BASTEI
LÜBBE

BASTEI-LÜBBE-TASCHENBUCH
Band 20 222

Erste Auflage:
Dezember 1993
Zweite Auflage:
November 1994

Dieser Roman basiert auf
der Rollenspielserie
DAS SCHWARZE AUGE, die
von der Schmidt
Spiel + Freizeit GmbH
vertrieben wird.


Deutsche Lizenzausgabe 1993
Bastei-Verlag
Gustav H. Lübbe GmbH & Co.,
Bergisch Gladbach
Lektorat: Reinhard Rohn
Titelillustration: Larry Elmore
Umschlaggestaltung:
Quadro Grafik, Bensberg
Satz: Fotosatz Schell, Bad Iburg
Druck und Verarbeitung:
Brodard & Taupin,
La Flèche, Frankreich
Printed in France

ISBN 3-404-20222-8

Wolfgang Hohlbein
Bernhard Hennen

Das Schwarze Auge

Das Jahr des Greifen

# DER STURM

Fantasy-Roman

BASTEI
LÜBBE

# Prolog

## Das Land Aventurien

DAS SCHWARZE AUGE, eigentlich ein kostbares magisches Artefakt in der Fantasywelt Dere, wurde zum Synonym für das erfolgreichste deutsche Fantasy-Rollenspiel. Mehr als zehn Jahre liegt die Geburtsstunde des Spiels zurück, und obwohl man mittels dieser kostbaren magischen Kugel in die Zukunft sehen kann, hätte wohl niemand geglaubt, daß DAS SCHWARZE AUGE einst eine nach Zehntausenden zählende Fangemeinde haben würde. Schauplatz aller Abenteuer, die bislang im Zusammenhang mit dem Spiel publiziert wurden, ist die Fantasywelt DERE oder noch genauer der Kontinent AVENTURIEN. Dort sind auch die Abenteuer der Trilogie DAS JAHR DES GREIFEN angesiedelt.

Zu den Besonderheiten Aventuriens gehört, daß mittlerweile eine Vielzahl fiktiver Quellen aus den Bibliotheken von Magiern und Gelehrten publiziert wurden, und so soll zunächst eine Aventurierin, eine Geweihte der Ordensschwesterschaft der Peraine – Göttin des Ackerbaus, der Kräuter und der Heilkunde –, das Wort erhalten, wenn es um ihren Kontinent geht:

*›Von dem Windhager Felsgesteyn bis zur Kueste von Mendena ziehet es sich hin, von Ifirns Eisgebirg bis zu dem dampfenden Waldt der Mohas, und fürwahr, es ist ein seltsam Land. Lieblich bisweilen, mild und voll der guten Menschen, aber zumeist rauh und feindlich und duldet keinen arglosen Wanderer. Gar manche Gegend mag nur durchschreiten, wer ein Schwert zu tragen und zu führen weiß, andre Länder wiederum öffnen sich nur den Mutigsten der Mutigen. Erwaehnet sei hier nur jene Steppe, wo die Orkscharen hausen. Wen es dorthin verschlägt, der findet nichts als Todt und Grausen! Auch der Bornwaldt mit dem Riesen Milzenis*

Karte von Aventurien
gezeichnet im Jahre 17 Hal
Meilen
Yeti-Land
Ifirns Ozean
Golf von Riva
Sorkten
Boreh
Manrek
Das Gelbe Land
Meer der S

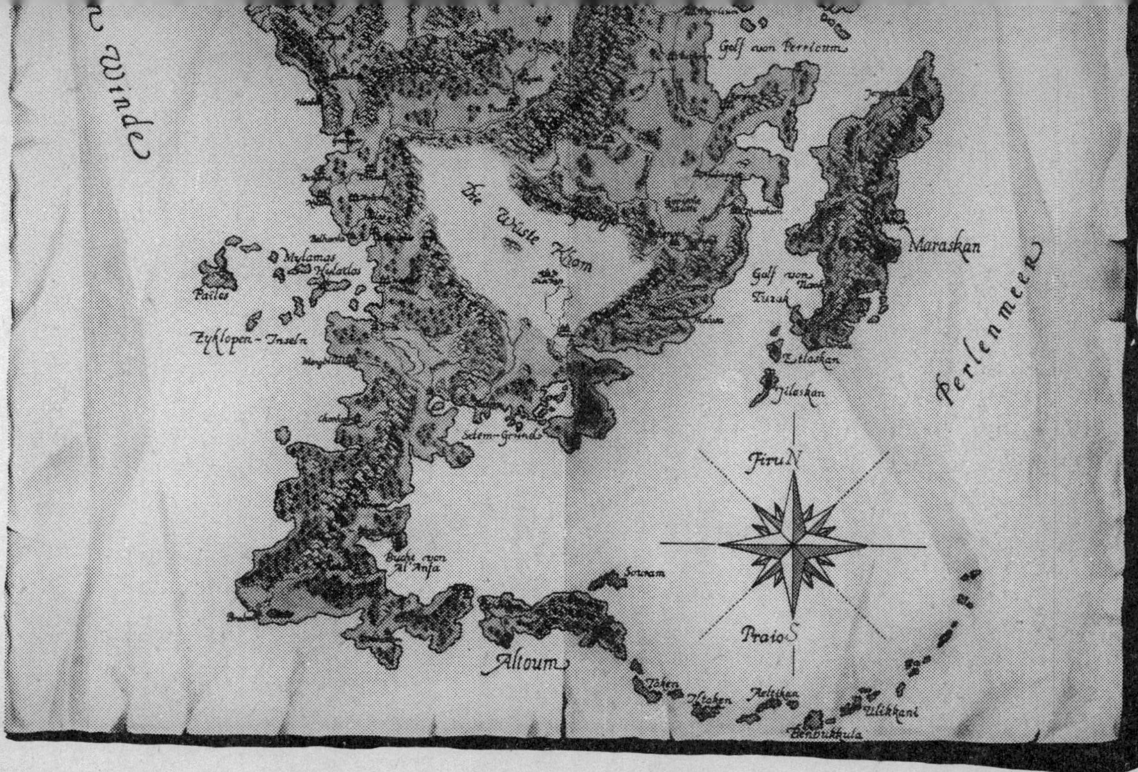

Winde
Golf von Perricum
Die Wüste Khom
Maraskan
Perlenmeer
Golf von Tuzak
Tuzak
Mylamas
Hot-Alem
Pailos
Zyklopen-Inseln
Selem-Grund
Etlaskan
Jilaskan
FiruN
PraioS
Bucht von Al'Anfa
Souram
Altoum
Token
Ytoken
Aeltikan
Ulikkani
Benbukkula

*darinne ist ein solcher Ort oder die Wueste Khom, das Land der Heiden. Der Herr Praios selbst verfolgt dort Mensch und Tier mit seinem Zorn und sendet ihnen eine Hitze, die jedwedes Kraut verdorren macht und den Kreaturen all die Haut verbrennet.*

*Und im Norden hoch droben ergehet es dem Menschen nicht besser. Hier bedeckt des Praios grimmiger Bruder Firun das Land mit seinem eisgen Panzerwerk und bläst über die Öde mit so kaltem Hauch, daß die Voegel tot und starr vom Himmel fallen!*

*Wahrlich, wer wie ich dies weite Land von Nord nach Süd durchstreifet, der mag sich freuen und wundern, wenn er seine Reisen ueberlebet. Aber man soll nicht hadern mit dem Land, das Aventurien geheißen wird, denn die Zwölfgötter haben es uns so gegeben, und sie werden wissen, warum sie es so und nicht anders geformet haben.‹*

(Zitiert aus dem Buch: ›*Das Heiltätige Kraut – Wie man es findet und bereitet*‹; verfaßt von der Peraine-Geweihten Schwester Larissa in Mendena im Jahre 80 vor der Thronbesteigung Hals.)

Der Kontinent Aventurien ist eine der kleineren Landmassen auf Dere, einer erdähnlichen Welt, von der die meisten Aventurier annehmen, daß sie die Form einer Scheibe besäße. Zwar wurde in neuerer Zeit mehrfach die Hypothese aufgestellt, die Dere sei kugelförmig, aber diese These läßt sich einstweilen nicht beweisen: Bisher ist es keinem Aventurier gelungen, die Welt zu umrunden – im Osten wird der Kontinent nämlich von einem schier unbezwinglichen, mehr als 10.000 Schritt hohen Gebirge begrenzt, dem ›Ehernen Schwert‹. Auf der Westseite des Landes erstreckt sich ein tückischer Ozean, geheißen ›Das Meer der sieben Winde‹. Jenseits dieses unheimlichen Gewässers liegt der sagenumwobene Kontinent ›Güldenland‹, und ob die Welt hinter dem Güldenland zu Ende ist oder nicht, entzieht sich der Kenntnis aventurischer Geographen.

Aventurien selbst mißt vom äußersten Norden bis zu den Dschungeln des Südens etwa 3.000 Meilen – keine sehr weite Strecke für einen Kontinent mag es scheinen, aber immerhin würde ein Aventurier gewiß mehr als drei Monate brauchen, um diese Entfernung zu durchreisen. Es kämen jedoch wenige Menschen auf die Idee, eine solche Reise zu wagen, denn ihr Weg würde sie durch Gebiete führen, in denen sie nicht hoffen können, auf menschliche Ansiedlungen zu stoßen, aber immer damit rechnen müssen, feindseligen Orks, gefräßigen Ogern oder wilden Tieren zum Opfer zu fallen.

Der äußerste Norden Aventuriens – so er nicht von Eis bedeckt ist – wird bestimmt von Wald- und Steppengebieten. Ansiedlungen gibt es hier kaum. Die wenigen Menschen, denen man begegnen kann, gehören meist zum Volk der Nivesen, den Steppen-Nomaden, die dem Zug der großen Karenherden folgen. Im Nordwesten liegt auch das Orkland, ein von mehreren Gebirgszügen eingeschlossenes Hochland, das hauptsächlich von Orks bewohnt wird. Die zahlreichen Stämme liefern sich häufig blutige Fehden um Jagdgründe, Weideland und Sklaven. Nur sporadisch schließen sie sich zu einem großen Verband zusammen und dringen auf einem blutigen Beutezug nach Süden in das Reich der Menschen vor. Zu der Zeit, da diese Zeilen geschrieben werden, sind wir gerade wieder Zeugen eines solchen Ork-Zuges, eines der schrecklichsten in der aventurischen Geschichte, denn es gelang den schwarzbepelzten Horden, bis vor die Tore der Kaiserstadt Gareth vorzudringen.

Auf gleicher Höhe mit dem Orkland liegt ganz im Westen des Kontinents Thorwal, das Reich eines streitbaren und räuberischen Seefahrervolkes. Mit ihren leichten, einmastigen Schiffen – ›Ottas‹ oder ›Drachenboote‹ – genannt, stoßen die Thorwaler zu allen Küsten Aventuriens vor. Finden sie einen kleinen Hafen unbefestigt und ahnungslos, wird er überfallen und geplündert. Stoßen die rothaarigen Hünen auf gut befestigte Städte, versuchen sie, in deren Häfen Handel zu treiben.

Im Nordosten des Kontinents erstreckt sich das Bornland, das an seiner Ostseite von den unüberwindlichen Gipfelketten des Ehernen Schwertes begrenzt wird. Das Bornland ist ein sehr waldreiches Gebiet, bekannt für seine strengen Winter und seine zähe und arbeitsame Bauernschaft, die als Leibeigene einer Vielzahl von Baronen, Grafen und Fürsten ein sorgloses Leben ermöglicht. Festum, die Hauptstadt des Landes und der Amtssitz des Adelsmarschalls, gilt als eine der schönsten und sinnenfrohesten Hafenstädte Aventuriens. Südlich der Waldzone und der Gebirge Rote und Schwarze Sichel, in denen die widerwärtigen Goblins beheimatet sind, beginnt das Mittelreich, eine Zone gemäßigten Klimas, die relativ dicht besiedelt ist und über ein gut ausgebautes Straßennetz verfügt. In der langen Zeit der Besiedlung wurden viele Rodungen vorgenommen, aber in der Umgebung der Gebirgszüge finden sich noch immer dichte, undurchdringliche Wälder. Die Gebirge selbst, vor allem Finsterkamm, Koschberge, Ingra Kuppen und Amboß, sind von Zwergen bewohnt. Die Hauptstadt des Mittelreiches, Gareth, ist mit ca. 120.000 Einwohnern die größte Stadt Aventuriens.

Auch die größte aventurische Insel, Maraskan geheißen und im Osten des Kontinents im Perlenmeer gelegen, ist eine der Provinzen des Mittelreiches. Seit vielen Jahren schon streben die Bewohner der waldreichen und von einem zerklüfteten Bergrücken durchzogenen Insel nach Unabhängigkeit, und neueste politische Ereignisse deuten an, daß die Zeit der kaiserlichen Besatzung bald beendet sein wird.

Südlich des Mittelreichs schließt sich die Khom-Wüste an, die Heimstatt der Novadis, eines stolzen Volkes von Wüstennomaden. Das Gebiet zwischen dem Khoram-Gebirge und den Unauer Bergen wird im Westen von den Eternen und den hohen Eternen begrenzt. Diese beiden Gebirgszüge schirmen die Khom auch von den Regenwolken ab, die fast ausschließlich mit dem Westwind ziehen.

Ein regenreiches Gebiet ist dagegen das Liebliche Feld; so heißt das blühende Land im Westen mit der Hauptstadt Vinsalt. Das Liebliche Feld ist angeblich das Land, in dem sich die ersten Einwanderer aus dem Güldenland ansiedelten. Das Gebiet um die Städte Grangor, Kuslik, Belhanka, Vinsalt und Silas gilt als der fruchtbarste Bereich des ganzen Kontinents. Hier findet man den intensivsten Ackerbau und die blühendsten Ansiedlungen. Die meisten Städte und Dörfer im Lieblichen Feld sind sehr wehrhaft gebaut, weil die Region ständig von Überfällen bedroht ist: Von Land dringen immer wieder Novadi-Stämme in die Provinz ein, und die Küste wird häufig von den Drachenschiffen der Piraten aus Thorwal heimgesucht.

Südwestlich der Eternen beginnt die aventurische Tropenregion. Das Land ist von dichtem Urwald bedeckt, nur die Gipfelkette des Regengebirges ragt aus dem undurchdringlichen Blätterdach. Die Dschungelregion wird von Ureinwohnern und Siedlern aus Nordaventurien bewohnt. Die Siedler leben in Handelsniederlassungen entlang der Küste, die Ureinwohner – sie sind zumeist kleinwüchsig, haben eine kupferfarbene Haut und werden ›Mohas‹ genannt – wohnen in Pfahldörfern tief im Dschungel. Die Gifte, Kräuter, Tinkturen und Tierpräparate der Mohas sind in den Alchemisten-Küchen ganz Aventuriens heiß begehrt, aber auch die Mohas gelten mancherorts als wertvolle Handelsware.

Vor allem in den südlichen Regionen des Kontinents ist die Sklavenhaltung weit verbreitet, und in vielen reichen Häusern gilt es als schick, sich einen echten ›Waldmenschen‹ als Page oder Zofe zu halten. Al'Anfa, der an der Ostküste des Südzipfels gelegene Stadtstaat, ist das Zentrum des Sklavenhandels und hat schon vor langer Zeit den Beinamen ›Stadt des roten Goldes‹ erworben, während es von Gegnern der Sklaverei als ›Pestbeule des Südens‹ bezeichnet wird.

Erbitterter Gegner Al'Anfas ist vor allem das kleine, an der Südküste gelegene Königreich Trahelien, das sich erst kürzlich seine Unabhängigkeit vom Mittelreich, dessen südlichste Provinz es einmal war, erstritten hat.

Im äußeren Südwesten läuft der aventurische Kontinent in eine Inselkette aus, deren größte Inseln, Token, Iltoken und Benbukkula geheißen, vor allem als Gewürzlieferanten bekannt sind.

So mächtig einige aventurische Reiche und ihre Potentaten auch sein mögen, sie sind dennoch nicht die wahren Lenker der Geschicke der Welt und ihrer Bewohner: Eine Vielzahl von Göttern herrscht über Land und Leute. Diese Gottheiten beziehen zwar ihre Macht aus dem Glauben derer, von denen sie verehrt werden, aber sie sind keineswegs reine Idealvorstellungen oder Gedankenbilder, sondern reale, überaus machtvolle Wesenheiten, die sich bisweilen ihren Gläubigen zeigen, Wunder wirken oder auf andere durchaus spürbare Weise in das Weltgeschehen eingreifen.

Am weitesten verbreitet ist in Aventurien der Glaube an die Zwölfgötter, nach denen auch die zwölf Monate des Jahres benannt sind. Die Menschen haben den Göttern bestimmte Eigenschaften zugeordnet und verehren die Himmelsherren unter den Namen Praios (Sonne, Macht, Gerechtigkeit; Juli), Efferd (Regen, Meer, Seefahrt; September), Boron (Schlaf, Tod; November), Firun (Jagd, Winter; Januar), Phex (Handel, Diebeszunft; März) und Ingerimm (Feuer, Schmiedekunst; Mai). Ingerimm wird vom Volk der Zwerge auch Angrosch genannt. Neben den Herren des Himmels gibt es eine Reihe nicht minder mächtiger Göttinnen: Rondra (Krieg, Blitz, Donner; August), Travia (Gastfreundschaft, Ehe; Oktober), Hesinde (Künste, Wissenschaft, Zauberei; Dezember), Tsa (Erneuerung, Jugend; Februar), Peraine (Aussaat, Heilkunde; April), und Rahja (Liebe, Rausch, Wein; Juni).

Diese Götter werden im Bornland, dem Mittelreich, dem Lieblichen Feld und an vielen anderen Orten des Kontinents verehrt. Die Nomaden der Wüste – Novadis genannt – huldigen dem Eingott Rastullah, die Bewohner der Insel Maraskan beten zur Rur und Gror, einem göttlichen Zwillingspaar.

Zwischen all diesen Göttern – zu denen noch eine Reihe Halbgötter kommen – mag es Zwistigkeiten und ernsten Streit geben, möglicherweise auch blutige Fehden, aber sie alle haben ihren stetigen unversöhnlichen Widersacher in einer übersinnlichen Kreatur, die man den ›Gott ohne Namen‹, aber auch das ›Rattenkind‹ nennt. Er ist der Inbegriff des Bösen und der Verderbtheit und besitzt eine beträchtliche geheime Anhängerschar in Aventurien, denn er versteht es, seine Gefolgsleute mit Reichtum und Macht auszustatten, wie sie die anderen Götter nicht gewähren wollen (oder können?).

Die Epoche, in der Aventurien sich befindet, ist nicht unbedingt mit dem irdischen Mittelalter, sondern eher mit der Frührenaissance vergleichbar, und ähnlich wie die Herrscher in jener Zeit verhalten sich auch die aventurischen Potentaten. Sie bedienen sich aller Mittel, die die Politik schon immer zu bieten hatte: Diplomatie, Korruption, Krieg und Intrige. Dennoch kann man davon ausgehen, daß die meisten von ihnen das Wohl ihres Volkes und Reiches im Auge haben. Fast alle werden von der Bevölkerung wie Halbgötter verehrt.

Die meisten bedeutendsten Staaten in Aventurien sind das ›Mittelreich‹ (auch Kaiserreich genannt) und das ›Liebliche Feld‹. Beide werden von einem Kaiser regiert, wobei der Herrscher des Mittelreiches, Kaiser Hal I., jedoch kürzlich auf rätselhafte Weise verschwunden ist. An seiner Statt regiert Prinz Brin I. Im ›Lieblichen Feld‹ thront Amene III., die erst vor kurzem den Titel einer Kaiserin (im Lieblichen Feld ›Horas‹ geheißen) angenommen hat.

Der junge Prinzregent Brin mußte seinen Anspruch auf

den Thron erst in einem blutigen Bürgerkrieg durchsetzen, doch kaum war der Usurpator Answin Rabenmund geschlagen, erwuchs dem Reich eine neue, noch viel tödlichere Gefahr im Norden. Der Aikar Brazoragh, sein Schwarzer Marschall Sadrak Whassoi und der Hohepriester Uigar Kai hatten alle Stämme der Orks unter dem roten Banner des Ashim Riak Assai vereint. Nachdem sie die freien Städte des Nordens unterworfen hatten, wandten sich die Schwarzpelze gen Süden, um nun das Kaiserreich zu unterjochen. Am 28. Praios im 19. Jahr nach Hals Thronbesteigung liefern sich Orks und Mittelreicher die Schlacht am Nebelstein. Die Truppen des Prinzen Brin werden vernichtend geschlagen, und nur wenige Tage später fällt Greifenfurt, die größte Stadt der Region, an die Orks.

Am 23. Rondra kommt es ganz in der Nähe des Dorfes Orkenwall zu einem erneuten Treffen der Kontrahenten. Wieder werden die Kaiserlichen geschlagen, und nun befindet sich die ganze Markgrafschaft Greifenfurt fest in der Hand der Schwarzpelze.

In den nächsten Monaten gelingt es dem Schwarzen Marschall, die Armee des Prinzen zu narren. Bis zum Frühjahr dringt er tief ins Reich ein und steht schließlich vor den Toren der Hauptstadt Gareth. Acht Tage stehen sich 14.000 menschliche Krieger und circa 8.000 Orken und Oger gegenüber. Doch erst am 1. Phex, dem Tag des Fuchses, der das Wappentier des jungen Prinzen Brin ist, kommt es zur Schlacht. Einen Tag und eine Nacht wog das Schlachtenglück hin und her. Doch als der Hügel, den der Prinz mit seiner Leibgarde verteidigte, schon zu fallen drohte, entschieden Fredegard von Rabenmund, die reuige Tochter des besiegten Thronräubers, und Hauptmann Alrik von Blautann und vom Berg das Schlachtenglück mit einer tollkühnen Kavallerieattacke.

Noch auf dem Schlachtfeld wird der junge Offizier vom Kaiser persönlich zum Oberst befördert und mit der weiteren Verfolgung der Orks beauftragt.

Während das Hauptheer des Kaiserreichs weiterhin vor Gareth lagert, beraten die Strategen, wie der Feldzug fortzuführen ist. Man kommt darin überein, daß Greifenfurt eine wichtige Rolle bei den weiteren Auseinandersetzungen spielen wird. Über die befestigte Stadt läuft ein Großteil des Nachschubs für das Heer der Orks. Greifenfurt zurückzuerobern hieße, den Schwarzpelzen einen empfindlichen Schlag zu versetzen und damit vielleicht sogar den Krieg zu entscheiden. Nach allen Informationen, die über die besetzte Stadt vorliegen, gibt es dort nur eine relativ schwache Orkgarnison. Mit dem ganzen kaiserlichen Heer nach Greifenfurt zu ziehen ist unmöglich, weil irgendwo zwischen Gareth und der Grenzstadt der Schwarze Marschall mit seiner zwar geschlagenen, doch immer noch gefährlichen Armee lagert. Deshalb soll eine kleine Gruppe ausgewählter Helden in der Stadt eine Revolte anzetteln und Greifenfurt im Handstreich zurückerobern.

Weil die Orks während ihrer Besatzung den Praiostempel der Stadt bis auf die Grundmauern zerstörten und in diesem Zusammenhang seltsame Dinge geschehen sein sollen, wird der Inquisitor Marcian mit der Rückeroberung beauftragt. Marcian gilt als ein Protegé des Großinquisitors Baron Dexter Nemrod. Nur so ist zu erklären, daß er bei der Inquisition Amt und Würden bekleidet, ohne gleichzeitig auf das engste nit der Praios-Geweihtenschaft, den Priestern des obersten aller Zwölfgötter, verbunden zu sein. Statt dessen bekleidet Marcian, ganz so wie auch der Großinquisitor selbst, ein Amt bei der KGIA, der Kaiserlichen Garethischen Informations-Agentur. Um die Mitglieder dieser dem Kaiser direkt unterstellten Sondereinheit ranken sich die wildesten Gerüchte.

Marcian gehört dort der Abteilung für Staatsumstürze und Sabotage an, deren Existenz von offizieller Seite strikt geleugnet wird. Mit einer kleinen Gruppe erst kurz nach der Schlacht bei Silkwiesen rekrutierter Agenten bricht er nach Greifenfurt auf, um die Stadt für den Prinzen zurückzuerobern und zu halten, bis die kaiserliche Armee eintrifft.

Um die ganze Tragweite der Ereignisse, die daraus folgen werden, besser darzulegen, beginnt unsere Geschichte um die Rückeroberung Greifenfurts etwas mehr als ein halbes Jahr vor dem Aufbruch Marcians.

Ulrich Kiesow und Bernhard Hennen

# 1

Das Geräusch von Stahl auf Stein hatte sich verändert. Die Spitzhacke vibrierte spürbar in seinen Händen, und das Zittern setzte sich sacht, aber fühlbar unter seinen Füßen fort, fast als wäre unter den steinernen Bodenfliesen nicht länger massiver Fels. Uriens hielt einen Augenblick inne, setzte die Hacke ab und wischte sich mit dem Handrücken den Schweiß ab, der ihm in Strömen über Gesicht und Hals lief, in seinen Augen brannte und einen salzigen Geschmack auf den Lippen hinterließ. Es war nicht nur die schwere Arbeit, die ihn schwitzen ließ. Zu der Anstrengung, Stunde um Stunde das schwere Werkzeug zu schwingen, kam der Umstand, daß es noch ziemlich warm für einen Travia-Nachmittag war; dabei müßte eigentlich in wenigen Wochen der erste Schnee fallen.

Aber dieses Jahr war ja ohnehin auf beängstigende Weise anders als alle, die er bislang erlebt hatte – warum also sollte da nicht auch der Winter ausbleiben? Uriens hätte noch vor zwei Monaten schallend gelacht, hätte ihm jemand erzählt, daß er ernsthaft an etwas so Unumstößlichem wie dem Aufeinanderfolgen der Jahreszeiten zweifeln würde, aber seit jenem denkwürdigen Tag vor zwei Monaten war die Welt nicht mehr, wie sie zuvor gewesen war.

Zwei Monate war es her, daß die kaiserliche Armee bei Orkenwall vernichtend geschlagen wurde. Und damit hatte nicht nur die Legende von der natürlichen Überlegenheit des Menschen über die Orks ihr Ende gefunden, sondern auch Uriens Leben als freier Mann. Er hatte die Schlacht zwar wie durch ein Wunder überlebt, war aber mit vielen anderen in orkische Gefangenschaft geraten – was nichts anderes bedeutete als Sklaverei.

Es hatte lange gedauert, bis Uriens den Schrecken der Niederlage überwunden hatte. Sie alle waren in der sicheren Gewißheit ihres Sieges aufgebrochen – schließlich waren sie ein diszipliniertes, kampferprobtes Heer, dem nichts anderes als eine Horde barbarischer, halbtierischer Kreaturen gegenüberstand. Uriens war kein Narr. Er hatte die Möglichkeit seines eigenen Todes durchaus in Betracht gezogen – aber eine *Niederlage*? Gegen *Orks*? Einfach lächerlich. Niemals hätte er geglaubt, daß diese beinahe mannsgroßen, schwarz beharrten Kreaturen in der Lage wären, ein diszipliniertes Heer zu schlagen. Orks waren keine Soldaten. Sie waren nicht einmal wirkliche Krieger. Sie waren ... nun, Orks eben. Mit den spitzen Eckzähnen, die wie Hauer aus ihren Unterkiefern ragten, sahen sie schon aus wie Tiere, nicht wie vernunftbegabte Geschöpfe. Dazu kam ihre Sprache – falls man ihre Grunzlaute, mit denen sie sich verständigten, *Sprache* nennen wollte. Nein – Orks waren keine Gegner. Sie waren Tiere, gefährliche Tiere, aber keine *Gegner*. Doch alle hatten sich getäuscht. Nicht nur er und seine Kameraden hatten die Kampfkraft der Orks unterschätzt. Einer von ihnen wog in der Schlacht leicht zwei Soldaten auf, und was ihm an Intelligenz und strategischem Geschick fehlen mochte, machte er an Mut und Tapferkeit doppelt wett. Uriens war kein Feigling, aber ihm lief noch heute ein eisiger Schauer über den Rücken, wenn er an die lebende Sturmflut brüllender, schwarzer Ungeheuer dachte, die wie die Berserker über ihre Schlachtreihen hereingebrochen waren und sie niedergemacht hatten.

Und auch ihre Heerführer hatten diesen Sadrak Whassoi unterschätzt, den General der Orks, den man jetzt überall den Schwarzen Marschall nannte. Noch eine oder zwei Niederlagen wie bei Orkenwall, dachte Uriens, und das Kaiserreich war verloren. Vielleicht aber war es das bereits. Niemand wußte das genau zu sagen. Seit sie in Gefangenschaft geraten waren, existierte die Welt außerhalb der Reichweite ihrer Ketten praktisch nicht mehr. Nachrichten erreichten die Gefangenen nur äußerst spärlich – was nicht einmal daran lag, daß ihre Wächter sie vor ihnen geheimhielten. Aber einen Ork interessierte für gewöhnlich nur die Frage, wo es etwas zu erobern oder plündern gab.

Uriens holte zu einem weiteren Schlag aus, und wieder erzeugte die Hacke diesen sonderbaren, nachhallenden Klang. Direkt unter seinen Füßen mußte ein Hohlraum sein. Noch immer war keiner der orkischen Wächter zu sehen. Ob er einen der Schwarzpelze rufen sollte? Nein, die würden mit ihrer kehligen fremden Sprache doch nicht verstehen, was er zu sagen hatte. Für einen Moment wog Uriens die schwere Spitzhacke in seiner schwieligen Hand. Dann holte er mit aller Kraft zum Schlag aus, nun wild entschlossen, dem Fußboden des Tempels sein Geheimnis zu entlocken. Vielleicht würde er einen Schatz finden. Der Gedanke beflügelte ihn. Nach einigen wuchtigen Schlägen durchbrach er den Boden. Vorsichtig sah er sich um, was die anderen Arbeitssklaven im Augenblick taten. Die meisten schleppten Steine fort und waren abgelenkt. Nur Karyla schaute gelegentlich zu ihm herüber, wenn sie mit dem Vorschlaghammer eine Pause einlegte. Sie hatte zu einem kaiserlichen Garderegiment gehört und war mit Abstand die stärkste unter den Sklaven. Im Moment war sie damit beschäftigt, ein weiteres Stück der massiven Außenwand des Tempels einzuschlagen.

Vorsichtig bückte sich Uriens, um durch das Loch im Boden zu schauen. Ein modriger Geruch schlug ihm entgegen, und dann spürte er einen schwachen Luftzug auf seinen Wangen. Wie ein langer Finger fiel ein Sonnenstrahl durch das faustgroße Loch, durchmaß vielleicht einen Schritt Finsternis und traf auf eine skelettierte Hand. Am mittleren Finger steckte ein Ring, der golden im Sonnenlicht funkelte. Hastig stand Uriens auf und vergrößerte mit einigen wuchtigen Schlägen das Loch. Dann schaute er sich wieder um. Noch immer beachtete ihn keiner. Langsam ging er in die Knie, blickte noch einmal prüfend umher und schob dann seinen Arm durch das Loch.

Hoffentlich waren da unten keine Ratten! Uriens schluckte und zögerte einen Moment. Nein, er wollte diesen Ring haben! Vorsichtig schob er den Schutt beiseite, der in die Gruft gefallen war. Dann spürte er mit den Fingerspitzen die Hand des Toten. Zögernd tastete er nach dem Ring. Dann hatte er ihn. Langsam zog er den Arm zurück. Der Ring steckte noch auf einem Fingerknochen. Wessen Hand das wohl gewesen sein mochte? Uriens zog den Knochen ab und ließ ihn durch das Loch zurück in die Gruft fallen. Der Ring war tatsächlich aus Gold. Er war wie ein kleiner Greifenkopf geformt; durch den weit aufgerissenen Schnabel konnte man den Finger stecken. Mit einem letzten Blick zu den anderen Sklaven ließ er das Kleinod in seinen zerschlissenen Stiefel gleiten. Dort würde der Ring zwar drücken, aber er war sicher aufbewahrt. Dann griff Uriens nach seiner Spitzhacke, um das Loch zu erweitern.

Leider war kaum etwas zu erkennen, obwohl er die Öffnung nun schon um mehr als das Doppelte vergrößert hatte. Uriens legte sich flach auf den Boden, um den besten Blick in die Grabkammer zu haben. Auch wenn man im Halbdunkel nur wenig erkennen konnte, fiel auf, daß diese Gruft erheblich größer war als üblich. Das Skelett lag mit weit ausgestreckten Gliedern auf dem Boden.

Beinahe wie einer, den man aufs Rad geflochten hat, ging es Uriens durch den Kopf. Es schien, als hätte man dem Unglücklichen seinerzeit irgendwelche Pfähle oder Messer durchs Fleisch gerammt.

»Was machst du denn da?« ertönte es plötzlich über ihm. Karyla hatte ihren Vorschlaghammer weggelegt und war herübergekommen.

»Was schaust du dir an?« Mit einem Stoß in die Rippen schob sie Uriens zur Seite, blickte in das Loch und pfiff durch die Zähne.

»Da liegen ja Dolche! Waffen! Du weißt, was das heißt! Das ist der Schlüssel in die Freiheit.«

Uriens schaute zu ihrem Vorschlaghammer. »Wie willst du dir mit Dolchen einen Weg in die Freiheit bahnen, wenn du noch nicht einmal mit deinem Hammer einen Orkschädel eingeschlagen hast?«

Verächtlich sah sie ihn an. »Das, mein kleiner Freund, wirst du schon noch merken.« Dann griff sie durch das Loch und angelte etwas heraus. Was Uriens zunächst nicht recht erkennen konnte, entpuppte sich im hellen Sonnenlicht als massiver, schwarz angelaufener Dolch. Es schien, als sei die ganze Waffe aus Silber.

Karyla ließ den Dolch in ihrem zerrissenen Gewand verschwinden und ging zu ihrem Arbeitsplatz zurück. »Hol die Wächter!« rief sie ihm über die Schulter zu. »Und sag keinem, daß ich mir die Sache schon angesehen habe. Tu so, als hättest du das Grab eben erst entdeckt.«

Sofort rief Uriens lauthals nach Krohai, dem Oberaufseher über die Sklaven. Wenig später war er umringt von diesen stinkenden, muskelbepackten Kreaturen. Aufgeregt unterhielten sie sich und schauten abwechselnd durch das klaffende Loch im Tempelboden. Außer dem Namen Sharraz Garthai verstand Uriens nichts.

Dann ließ Krohai noch mehr Sklaven heranholen und teilte weitere Spitzhacken unter ihnen aus.

Nach einer Stunde war die flache Grabkammer ganz freigelegt. Behutsam wurden die Trümmer herausgeholt, und Sharraz Garthai, der neu eingesetzte Verweser der von den Orks eroberten Reichsprovinzen, überwachte persönlich die Arbeit. Als die letzten Gesteinsbrocken beiseite geräumt waren, erkannte man, daß das Skelett inmitten eines großen Sonnenkreises lag. Noch sechs weitere Dolche steckten zwischen seinen Knochen. Einer im linken Unterarm, zwei in den Unterschenkeln, zwei waren durch die Augen gestoßen, und der sechste steckte ungefähr dort, wo das Herz war. Karyla hatte ihren Dolch wohl aus dem rechten Unterarm gezogen. Es war recht offensichtlich, daß hier etwas fehlte. Ängstlich blickte sich Uriens zu ihr um. Wenn herauskam, daß sie etwas aus dem Grab genommen hatten, war das ihr Ende!

Inzwischen betrachtete Sharraz Garthai das große Schwert, das auf der rechten Seite halb unter dem Skelett lag. Obwohl der prächtige Zweihänder schon unzählige Jahre in der Grabkammer gelegen hatte, zeigte er nicht die geringste Spur von Rost. Zufrieden grinste der Ork. Dann richtete er sich zur vollen Größe auf und rief in die Runde: »Fehlt hier was? Hat irgend jemand etwas aus diesem Grab genommen?«

Uriens schluckte. Gemurmel machte sich unter den Sklaven breit, die einander unsicher und verängstigt anschauten. Was würde jetzt kommen? Noch einmal blickte Uriens zu Karyla und sah, wie sie verstohlen den Dolch auf einen Erdhaufen fallen ließ und vorsichtig mit dem Fuß verscharrte.

Dann wendete sich Sharraz an ihn. Er hatte kurz etwas mit den Wächtern besprochen und sah Uriens nun mit stechendem Blick an.

»Du hast das Grab gefunden? War sonst noch etwas darin?«

Uriens schüttelte den Kopf. Sharraz winkte nach einem der Wächter.

»Wir werden sehen«, murmelte der Ork.

Mit ihren grobschlächtigen Händen begann die Wache, ihn abzutasten und sagte dann irgend etwas zu Sharraz. Kalter Schweiß stand Uriens auf der Stirn. Sharraz zuckte mit den Schultern und wies die übrigen Orks an, alle Sklaven zu durchsuchen, die bei der Freilegung der Grabkammer geholfen hatten.

Karyla hatte sich mittlerweile ein gutes Stück von dem Erdhaufen entfernt, in dem der Dolch steckte. Sie war bereits durchsucht worden und grinste Uriens an.

Nun war der schmächtige Tjolmar an der Reihe. Leise fluchend näherte sich ihm Krohai. Der Junge wich einen Schritt zurück, stolperte in den Erdhaufen und legte im Sturz mit den Armen rudernd den Dolch frei.

Krohai stieß einen überraschten Schrei aus, griff mit der Linken nach dem Knaben und nahm mit der Rechten die Waffe auf. Schon war Sharraz an seiner Seite, der vor Aufregung zunächst in der Sprache der Orks auf Tjolmar einredete. Dann beherrschte er sich wieder, blickte den jammernden Jungen kalt an und sagte so laut, daß es jeder auf dem Platz verstehen konnte:

»Der war wohl für den Rücken von einem meiner Männer bestimmt. Nun, wo du dich durch deine Tölpelhaftigkeit selbst verraten hast, wird dir der Dolch bei Sonnenuntergang den Weg zu Tairach weisen. Und alle, die ihr hier steht, werdet dabei zusehen. Das soll euch eine Lehre sein, nicht einmal daran zu denken, sich gegen meine Herrschaft aufzulehnen. Nun schafft diese Knochen auf den Schutthügel und stellt einen Pfahl für die Hinrichtung auf.«

Während der Verweser mit dem kostbaren Schwert den Platz verließ, musterte Uriens Karyla. Die Kriegerin sah bleich aus, aber sie machte keine Anstalten zu sagen, wer den Dolch wirklich gestohlen hatte. Sollte er sie verraten? Nachdenklich machte Uriens sich wieder an die Arbeit. Zunächst einmal galt es, den Wächtern nicht aufzufallen. Würde er noch weiter untätig herumstehen, bekäme er die Knute zu spüren.

Tjolmar hatten sie mitgenommen. Wütend brütete Uriens vor sich hin. In nicht einmal einer Stunde sollte der Junge geopfert werden. Ein Pfahl mit eisernen Ketten war bereits auf dem Schutthügel errichtet worden. Unheimlich grinsend lag der Schädel aus dem Grab neben dem Pfahl. Was würde passieren, wenn er Karyla verriet? Würde man den Jungen freilassen? Würde man beide dem blutgierigen Gott Tairach opfern? Würde man ihn selbst vielleicht auch noch dazustellen, weil er den Vorfall nicht sofort gemeldet hatte? Das Leben eines Sklaven zählte wenig bei den Orks. Bei ihren Siegen gegen die kaiserliche Armee hatten sie mehr als genug Gefangene gemacht. Noch vor einem halben Jahr war er ein eingebildeter Korporal gewesen, hatte einen Zug Thallusaner Bogenschützen kommandiert, und was war er jetzt?

Ein ehrloser Sklave, der feige zusah, wie ein Unschuldiger umgebracht wurde. Nein, er würde das nicht zulassen! Plötzlich riß ihn ein Schlag auf die Schulter aus seinen Gedanken. Karyla!

»Sag mal, mein kleiner Paradesoldat, gibt es nicht noch etwas, worüber wir zwei reden sollten?«

Unsicher sah Uriens die große Frau an, die ihn mit kalten grauen Augen musterte. Was meinte sie? Er hatte sie doch nicht verraten. Was wollte sie noch? Ihn vielleicht umbringen, damit er nichts ausplauderte?

»Du schaust mich ja an wie ein Rotzbengel, dem man seinen Brei weggenommen hat. Es gibt etwas, worüber wir reden müssen. Du weißt zu viel, und ich fühle mich nicht wohl dabei, wie du die letzten zwei Stunden verstohlen zu mir herüber geschaut hast. Jetzt werde mal nicht gleich blaß, Kleiner! Ich schlag' dir schon nicht den Schädel ein. Jedenfalls noch nicht. Ich weiß mehr über dich, als du denkst. Deshalb würde ich jetzt gerne sehen, was du in deinen rechten Stiefel gesteckt hast.«

Uriens schluckte. Dieses elende Grab hatte nichts als Unglück gebracht. Jetzt wollte sie ihm auch noch den Ring abnehmen! Langsam zog er den Stiefel aus und holte das Kleinod hervor.

Mit schnellem Griff riß Karyla ihm den Ring aus der Hand.

»Bei allen Göttern! Ein prächtiges Stück. So einen Ring habe ich noch nie gesehen. Wahrscheinlich hat er mal irgendeinem Praios-Priester gehört. Diese Sonnenanbeter lieben Gold und betrachten Greifen als Boten ihres Gottes. In Gareth könnte man sicher eine Menge Dukaten dafür bekommen. – Gib mir jetzt deine Spitzhacke!«

Uriens zögerte. Was wollte sie damit? Unsicher nahm er die Hacke in Brusthöhe, um sich gegen die Kriegerin zu verteidigen. Zu leicht wollte er es ihr nicht machen!

Karyla funkelte ihn an. »Du kleiner Dummkopf.« Sie nahm ihren schweren Hammer hoch, blickte plötzlich ganz freundlich und fragte: »Wollen wir nicht doch lieber miteinander reden? Ich habe dir doch gesagt, daß ich dir noch nichts tun will.« Im selben Moment rammte sie ihm den Stiel des schweren Hammers in den Magen. Uriens sackte zusammen und rang mühsam nach Atem. Während er noch fiel, trat die Kriegerin nach seinem Kopf. Uriens wurde herumgerissen und lag nun wehrlos auf dem Rücken. Breitbeinig stand sie über ihm. Dann ließ sie den Hammer zur Seite fallen. Bösartig grinste sie ihn an und bückte sich nach der Spitzhacke, die neben ihm lag. »Das machen wir anders, mein Kleiner.«

Verzweifelt blickte sich Uriens um. Nirgends war eine Wache zu sehen. Karyla hatte die Hacke hoch über seinen Kopf erhoben. In Panik versuchte er, sich ihr zu entwinden, doch die Kriegerin hatte einen Fuß auf seine Brust gestellt und drückte ihn zu Boden. Jetzt war es vorbei. Die Hacke sauste auf ihn herab. Mochten die Zwölf Götter ihn gnädig aufnehmen!

Hart schlug die Hacke unmittelbar neben seinem Kopf auf den Tempelboden. Lachend warf die Kriegerin die Spitzhacke beiseite. »Na, hast dich wohl schon in Borons Hallen gesehen! Wie es scheint, hat der Totengott heute noch keinen Gefallen daran gefunden, dich in seinem Reich zu begrüßen.«

Dann setzte sie ernster hinzu. »Das war eine Warnung. Du solltest nicht einmal daran denken, mich zu verraten.«

Mühsam setzte Uriens sich auf. Er hatte einen bitteren Geschmack im Mund. Sein Bauch schmerzte, und sein Kopf dröhnte. Karyla hockte vor ihm und griff nach etwas auf dem Boden. Uriens sah noch ganz verschwommen. Er rieb sich mit der Hand die Augen. Karyla hielt ihm irgend etwas hin und redete. Dann sah er etwas klarer. Es war der Ring. Sie hatte ihn mit ihrem Hieb in zwei Hälften gespalten.

»... Wir werden jetzt auf Gedeih und Verderb miteinander verbunden sein. Nimm dir schon eine Hälfte. Wenn jeder eine Hälfte des Rings hat, kann keiner den anderen verraten. Würdest du den Orks von der Sache mit dem Dolch erzählen, bräuchte ich nur den Ring zu erwähnen und meine Hälfte vorzeigen! Selbst wenn du deinen Teil weggeworfen hättest, denke ich, daß sie mir meine Geschichte glauben würden. Ich bräuchte nur zu behaupten, du hättest ihn irgendwo versteckt. Und dann würde ich noch von all den anderen Schmuckstücken erzählen, die du aus dem Grab geraubt hast. Schließlich hast du ja die Grabkammer entdeckt. Ich bin sicher, daß man mir glauben würde! Und dann zaubere mal einen Schatz hervor, wo es keinen gibt. Du würdest wahrscheinlich sogar vor mir sterben, während die Orks auf der Folter Antworten aus dir herausholen wollen, die du beim besten Willen nicht geben kannst. Also sieh ein, daß unser Schicksal von nun an miteinander verbunden ist.«

Lange blickte Karyla Uriens an. Dann drückte sie ihm eine Hälfte des Ringes in die Hand und ging durch die Tempelruine zum Schutthügel.

Noch immer war Uriens ganz benommen von ihren Schlägen. In der Ferne donnerte es, und ganz in der Nähe ertönte dumpfer Trommelschlag. Uriens richtete sich auf. Schwarz hob sich der Hinrichtungspfahl auf dem Hügel gegen den blutroten Himmel ab. Wieder donnerte es. Es würde ein Gewitter geben. Eine Wache kam und holte die beiden. Alle Sklaven sollten der Hinrichtung zusehen. Würden die Götter eine solche Ungerechtigkeit dulden?

Uriens fühlte sich schlecht. Tjolmar war tot, und er hatte bei der Hinrichtung zugesehen. Die Götter würden ihn verfluchen! Er war verdammt. Wie konnte er nur zu einem solchen Feigling werden. Es war gräßlich gewesen, die Tairach-Priester zu beobachten, wie sie den armen Jungen ermordeten. Er hatte lange gelitten, bevor er endlich sterben durfte. Noch immer hallten seine Schreie in Uriens Ohren. Karyla hatte bei der Hinrichtung ganz gelassen gewirkt. Ihr schien das alles nichts ausgemacht zu haben. Als die Priester die Opferung beendet hatten, waren sie von oben bis unten mit dem Blut des Jungen bespritzt. Sie mußten ihm Drogen gegeben haben, denn er war bis zuletzt bei Bewußtsein und hatte geschrien, hatte miterlebt, wie sie seinen Körper grausam verstümmelten. Zuletzt schnitten sie ihm das Herz aus der Brust und reichten es Sharraz Garthai. Uriens wurde übel, wenn er sich an diese Szene auch nur erinnerte. Der Stadtkommandant hatte das rohe Fleisch gegessen!

Danach brachte man die Sklaven in ihre Baracken nahe dem Schutthügel, vier grob gezimmerte Hütten, die kaum Schutz gegen Wind und Wetter boten. Solide war hier nur der schwere Balken, der durch die Mitte der Hütte lief und fest im Boden verankert war. In ihn waren Eisenringe eingelassen, an die man sie abends ankettete.

Uriens betrachtete seinen Knöchel. Der Eisenring an seinem linken Fuß hatte das Leder des Stiefels fast durchgescheuert. Ihm ging es immer noch besser als den anderen, denen man diesen Sklavenring ums nackte Fleisch gelegt hatte. Sie waren ständig wund gescheuert und hinkten, wenn es morgens zum Essen ging.

Draußen blitzte und donnerte es. Die Götter machten ihrem Zorn Luft. Vielleicht würde Rondra, die Herrin der Stürme und Göttin des Krieges, sie dafür strafen, daß sie zugesehen hatten, wie der unschuldige Tjolmar sein Leben ließ. Sollte sie doch die Hütte mit ihrem Blitz in Brand setzen, so daß er und die anderen, angekettet wie sie waren, bei lebendigem Leib verbrennen würden!

Uriens wickelte die Decke enger um seine Schultern und versuchte, sich so in seine Ecke zu verkriechen, daß er nicht in einer der zahllosen Pfützen lag. Karyla schlief. Sie machte ein ganz entspanntes Gesicht. Hatte diese Frau kein Gewissen? Kein Alptraum schien sie zu quälen. Wahrscheinlich hatte sie den Tod von Tjolmar längst verdrängt. Uriens biß sich auf die Lippen. Er mußte einen Weg finden, sie ihrem gerechten Schicksal zuzuführen. Finster brütete er vor sich hin. Wenn er sterben sollte, war ihm das gleichgültig. Er hatte nur Angst davor, so zu sterben wie der Junge am Pfahl. Diese gräßliche Marter. Das war zuviel für ihn. Ein tödlicher Schlag, ein schnelles, schmerzloses Ende – so etwas wünschte er sich. Aber Karyla sollte leiden!

Draußen hatte es aufgehört zu regnen. Sturmwind rüttelte an den Baracken, und hin und wieder durchzuckte ein Blitz die Dunkelheit. Gleißendes Licht fiel dann durch die tausend Ritzen der Hütte und verwandelte den Raum für Augenblicke in ein bizzares Muster aus Licht und Schatten. Wäre die Welt nur so einfach wie dieses Spiel der Sturmgöttin. Gäbe es nur Hell und Dunkel, Gut und Böse! Uriens wußte nicht mehr, auf welcher Seite er sich sehen sollte. Er mußte den Tod des Jungen sühnen, oder er war verdammt. Verdammt, weil er mit all den anderen bei der Schändung des Praios-Tempels geholfen hatte. Verdammt, weil er einen Toten bestohlen hatte, und verdammt, weil er ein elender Feigling war.

Eine neue Sturmbö ließ die Baracke erbeben. Als wäre er ein lebendiges Wesen, griff der Wind nach der Tür der Hütte und rüttelte an ihr. Uriens gab sich weiter seinen düsteren Gedanken hin. Doch dann schreckte er plötzlich auf. Was war das? Der Wind hatte sich gelegt, und noch immer schüttelte es die Tür. Unsicher blickte Uriens ans andere Ende der Baracke. Wer konnte versuchen, hier einzudringen? Wollte man sie befreien? Die Greifenfurter Bürger hatten bisher nichts für sie getan. Im Gegenteil. Angespuckt und verflucht hatte man sie, weil sie für die Orks den Tempel des Sonnengottes einrissen.

Der Lärm an der Tür hatte sich gelegt. Angestrengt lauschte Uriens. Ein leises Geräusch wie schlurfende Schritte war zu hören. Oder täuschte er sich? Wieder fegte der Sturmwind gegen die Hütte. Für einen Moment war außer dem Toben des Windes und dem Knarren der Bretter nichts zu hören. Dann war das schlurfende Geräusch wieder da. Wer auch immer dort draußen um die Hütte schlich, er würde jeden Augenblick an ihm vorbeikommen. Angestrengt versuchte Uriens, durch einen Spalt nach draußen zu sehen. Zwischen den Sturmwolken stand das Madamal hoch am Himmel und tauchte die Nacht in silbernes Licht. Ein leises Kratzen war zu hören. Ganz so, als würde man mit einem dürren Zweig über die Bretter der Baracke fahren. Nur noch wenige Augenblicke, und die Schritte würden um die Ecke der Baracke kommen. Langsam schob sich eine große Wolke vor das Madamal. Uriens wünschte sich, der Fremde würde ein klein wenig schneller gehen. Das Madamal war ganz hinter den Wolken verschwunden. Man konnte fast nichts mehr sehen. Jetzt kamen die Schritte um die Ecke der Hütte und mit ihnen das kratzende, tastende Geräusch. Suchte der Fremde vielleicht ein lockeres Brett, um es herauszureißen und in die Baracke schauen zu können? Jetzt blieb er genau vor ihm stehen. Das Kratzen wurde heftiger. Ein leises Knirschen und Knacken von splitterndem Holz war zu hören. Der Fremde machte sich an dem Spalt zu schaffen, durch den Uriens in die Finsternis gestarrt hatte.

»Wer dort?« flüsterte er mit heiserer Stimme.

Mit einem leisen Knall splitterte ein Brett der Barackenwand. Dann tauchte ein Blitz die Szene in grelles Licht. Eine skelettierte Hand schob sich durch den verbreiterten Spalt und angelte ziellos in der Luft.

Mit einem Schrei sprang Uriens so weit in die Hütte zurück, wie es seine Fußfessel nur zuließ, stolperte über zwei Schlafende und schrie wieder.

Murrend wurden die anderen Sklaven wach. »Halt's Maul!« murmelte sein Nachbar und versuchte, ihn zu treten. Ein anderer fragte verschlafen: »Was ist denn los? Laß uns schlafen!«

»Draußen ist es nicht geheuer!« schrie Uriens mit schriller Stimme. »Irgend etwas versucht, in die Hütte einzudringen!«

Wieder ließ der Sturm die Baracke erbeben.

»Du hast wohl schlecht geträumt?« drang es aus einer Ecke. »Gib Ruhe und leg dich wieder hin.«

Erneut war das Rütteln an der Tür zu hören.

»Da hört ihr?« schrie Uriens. »Es versucht hereinzukommen.«

»Du träumst, du Hasenfuß. Das ist doch nur der Wind!« erklang die verächtliche Stimme von Karyla durch die Hütte.

»Welcher Wind?« fragte Uriens. »Jetzt ist es windstill.«

Es wurde ruhig in der Baracke. Draußen war es wirklich windstill. Das Tosen des Sturms hatte sich gelegt. Wieder tauchte ein Blitz die Hütte für einen Augenblick in Licht. Jeder konnte das Rütteln an der Tür hören. Die Tür erbebte in den Angeln und würde dem Ansturm nicht mehr lange standhalten.

»Wer da?« rief Karyla in die Finsternis.

Wie zur Antwort hörte das Rütteln an der Tür auf. Einen Augenblick war nur der erneute Ansturm des Windes zu hören. Dann erklang eine Stimme, dumpf, leise und doch auf unheimliche Weise für jeden in der Baracke deutlich zu verstehen. Zuerst waren nur knurrende Laute zu hören und dann das Wort »Henker«. Einen Augenblick schwieg der Fremde vor der Tür, und dann sagte er unendlich langsam, so als ob er sich an jedes einzelne Wort mühsam erinnern müßte: »Hier – steht – euer – Henker.«

Wimmernd warf sich Uriens auf den Boden. »Das ist der Tod. Boron hat uns seinen Todesboten geschickt, um uns zu strafen.«

Ein gewaltiger Schlag krachte gegen die Tür. Ein Brett zersplitterte. Einige Sklaven begannen, lauthals zu allen Zwölf Göttern zu beten. Andere schrien um Hilfe. Mit Mühe versuchte Karyla, Ruhe zu gebieten. »Was seid ihr für Memmen! Habt ihr vergessen, daß wir alle Soldaten sind! Wer auch immer dort draußen steht. Er macht einen Fehler, wenn er sich mit zehn von uns anlegt. Wir dürfen nur nicht in Panik geraten.«

»Wie sollen wir uns denn wehren?« erklang eine andere Stimme. »Wir sind angekettet und haben keine Waffen.«

»Brauchst du zum Töten wirklich eine Waffe?« kam es verächtlich von Karyla zurück. »Laßt mich vor. Meine Kette reicht bis kurz vor die Tür. Ich werde euch zeigen, wie ein Krieger siegt oder stirbt. Auf keinen Fall werde ich hier warten, bis sich mein Schicksal erfüllt.«

Mit einem Knall zersplitterte ein weiteres Brett der Tür. Beim nächsten Schlag hörte man, wie eine Angel aus dem Türrahmen riß. Dann stürzte die Tür in die Baracke. Geschickt wich Karyla aus und wappnete sich, dem Fremden an die Kehle zu springen. Vor der Tür war nur ein Schatten zu sehen. Doch dann zerrissen die Wolken vor dem Madamal. Silbernes Licht erhellte die Nacht, und selbst Karyla machte einige Schritte entsetzt zurück, als sie sah, was im Türrahmen stand.

Auf den ersten Blick sah es aus wie das blutverschmierte Skelett eines Menschen. Alle Sklaven hatten schon Geschichten von Schwarzmagiern gehört, die die Knochen von Toten mit neuem, unheiligem Leben erfüllten. Doch dies hier war anders. Mehr dämonisch als menschlich. An einigen Stellen klebte blutiges, rotes Muskelfleisch an den Knochen. Der Schädel erinnerte an ein Raubtier. Gierige, lange Fangzähne füllten die bleichen Kiefer, und die skelettierten Hände glichen Klauen. Langsam näherte sich das Monstrum Karyla, die ein wenig zur Seite auswich. Alle anderen Sklaven waren so weit zurückgewichen, wie es ihre Ketten zuließen, und sahen wie gebannt dem ungleichen Kräftemessen zu. Mit einem raschen Schlag versuchte das Monstrum der Kämpferin die Kehle aufzureißen. Behende sprang Karyla zur Seite, und die Klauen fuhren ins Leere.

Karyla stand der Angstschweiß auf der Stirn. Ihr war klar, daß sie diesen ungleichen Kampf nicht gewinnen konnte. Nicht mit der Kette am Fuß. Irgendwann würde ihr kein Spielraum mehr bleiben, um auszuweichen. Aber bis dahin wollte sie durchhalten. Sie hatte als Söldnerin viele Fehler in ihrem Leben gemacht, doch dieser letzte Kampf sollte alles ausgleichen. Wieder wich sie einem der Schläge ihres dämonischen Gegners aus. Sie durfte jetzt nicht feige sein. Dann wäre ihr ein Platz an der Ehrentafel der Kriegsgöttin gewiß. Weglaufen konnte sie ohnehin nicht. Erneut entkam sie einem Hieb. Verzweifelt versuchte sie, nach ihrem Gegner zu treten. Doch geschickt wich dieses Monstrum aus und versetzte ihr einen Schlag in die Rippen. Karyla taumelte. Ein zweiter Schlag traf sie am Arm und riß sie von den Beinen. Dieser Treffer hatte ihr das Fleisch bis auf den Knochen zerfetzt. Mühsam unterdrückte sie den Schmerz. Die Bestie bückte sich langsam nach ihr. Kein Zweifel, gleich würde es ihr die Kehle zerfetzen. Fieberhaft suchte sie einen Ausweg. Vielleicht hatte dieses Monster doch ein wenig Menschliches an sich. Schon oft hatte sie ihre Gegner durch Spott zu Fehlern verleitet. Tödlichen Fehlern!

Mit vor Schmerz gepreßter Stimme stammelte sie: »Du machst es dir verdammt leicht. Eine Gefesselte zu überwinden ist ein Kinderspiel. Ist das deiner würdig? Hol von draußen eine Hacke, um meine Kette zu zerschlagen, und kämpf dann mit mir. So wird das Spiel für dich interessanter.«

Ihre Worte zeigten Wirkung. Das Monstrum verharrte einen Moment. Dann beugte es sich tiefer und griff mit seinen Klauen nach der Kette. Einen Augenblick leisteten die schweren Eisenglieder Widerstand. Dann zerriß die Kette.

Wohl tausendmal hatte Karyla selbst versucht, sich ihrer Sklavenkette zu entledigen. Nichts hatte sie damit erreicht. Und dieses Monstrum zerriß sie mühelos wie einen Bogen Pergament. Wenn sie in diese Klauen geriet, würde sie zerfleischt wie ein ROTPÜSCHEL, das der Habicht geschlagen hat. Ohne noch einen Moment weiter zu überlegen, nutzte Karyla die Gelegenheit und stürzte auf die offene Tür zu. Doch irgend etwas hinderte sie daran, die Schwelle zu überschreiten. Es war, als würde sie gegen eine unsichtbare Mauer rennen. Verzweifelt suchte sie einen Durchschlupf. Dann zerrte sie eine Klauenhand grausam herum. Der nächste Hieb riß ihr das Fleisch von der Brust. Ihre Rippen brachen wie dürre Äste. Blut quoll ihr über die Lippen. Nur verschwommen sah sie noch, wie sich das Monstrum über sie beugte, als wolle es ihr mit den Fangzähnen die Kehle herausreißen. »Rondra, sei mir gnädig!« dachte Karyla noch, als ihr ein neuer Schmerz die Sinne raubte.

Sharraz Garthai war äußerst zufrieden mit sich. Er genoß das Vertrauen des Schwarzen Marschalls. Nach dem großen Sieg bei Orkenwall hatte er ihn als Verweser der neuen Provinz Finstermark eingesetzt. Es war leicht, die Menschen hier zu unterdrücken. Die vernichtenden Siege der Orks hatten jeden Widerstand gebrochen. Nur selten hatte er jemanden hinrichten lassen. Vielleicht sogar zu selten. Die Tairach-Priester murrten und sagten, der Blutgott bekomme seinen Tribut nicht. Nun, heute hatte man ihm Tribut gezollt. Obwohl sich dieser Mensch äußerst unwürdig verhalten hatte. Er war ein Krieger gewesen, den sie wie all die anderen Sklaven bei Orkenwall gefangen hatten. Doch statt sich wie ein Krieger zu verhalten, hatte er bei der Hinrichtung ohne Unterlaß geschrien. Diese Nackthäute waren einfach zu schwach. Nun wo Ashim Riak Assai die Stämme geeint hatte und Sadrak Whassoi die Krieger anführte, würde ihnen nichts mehr widerstehen können. Die sieben Dolche, die man heute mittag gefunden hatte, würde er Marschall Whassoi schicken. Es war wichtig, sich seine Freundschaft zu erhalten. Das prächtige Schwert wollte Sharraz selbst behalten. Diese Klinge war etwas Besonderes. Sie war mehr als nur ausgezeichnet gearbeitet und perfekt ausgewogen. Irgendeine Kraft wohnte in ihr. Das konnte er deutlich spüren, und vor wenigen Stunden hatte ihn sein Schamane noch vor dieser Waffe gewarnt. Konnte ein Schwert Unglück anziehen? Geschichten gab es genug über verfluchte Waffen. Er selbst hatte aber noch nie eine dieser Waffen gesehen. Als er das mächtige Schwert zum ersten Mal berührte, hatten sich seine Haare gesträubt, er war einen Moment lang erschrocken, doch jetzt war es angenehm, den Griff der Klinge zu berühren. Sharraz erinnerte sich wieder an seine zahllosen Kämpfe. Er würde gerne wieder mit dem schwarzen Marschall in die Schlacht ziehen. Diese Waffe brauchte Blut, ging es ihm durch den Kopf. Sie hatte viel zu lange im Grab gelegen. Das konnte nicht gut für ein solches Schwert sein.

Draußen heulte ein Sturm. Das Gewitter hatte sich verzogen. Heute würde er nicht mehr in die ›Fuchshöhle‹ gehen. Das ehemalige Offiziersbordell im Torturm war zu seiner liebsten Abwechslung geworden. Sehr schnell hatten sich die Liebesdienerinnen dieses Hauses auf die neuen Herren der Stadt eingestellt. Doch das Beste waren nicht die Huren, sondern der Magier des Bordells. Er konnte beliebige Illusionen erzeugen, um den Spaß an der Sache noch zu verfeinern. Sharraz schmunzelte in sich hinein.

Plötzlich riß eine Sturmbö die hölzernen Fensterläden des Turmzimmers auf. Fluchend stürzte Sharraz durch das Zimmer und stolperte über einen Schemel. Der Wind hatte alle Kerzen im Raum gelöscht. Das matte Glimmen der herabgebrannten Holzscheite im Kamin verstärkte mehr die Dunkelheit, als daß es Licht spendete. Es kam Sharraz ungewöhnlich kalt vor. Sein Nackenhaar sträubte sich. Etwas stimmte nicht! Er hatte den Eindruck, daß außer ihm noch etwas im Zimmer war. Er bedauerte, das Schwert bei seinem Lehnstuhl gelassen zu haben. Er wurde aus der Dunkelheit beobachtet. Hatte er da nicht ein Atmen gehört? Jetzt war es wieder still, abgesehen vom Heulen des Sturms.

»Sharraz, du hast etwas, das mir gehört!« tönte es aus der Finsternis. Unsicher griff der Ork nach dem Dolch an seinem Gürtel.

»Laß das, es würde dir ohnehin nicht nützen!« sagte die Stimme.

Wer es auch war, er beherrschte die Sprache der Orks. Bei Feinden hatte Sharraz das nur selten erlebt. Er nahm die Hand vom Griff des Dolches.

»Setz dich wieder in deinen Sessel, und ich werde mich dir zeigen!« ertönte es.

Sharraz gehorchte. Er mußte sich wieder beruhigen. Was konnte ihm schon passieren? Ein Schrei von ihm, und Wachen würden den Raum stürmen. Die Stimme machte ihm Angst. Sie hatte einen Klang, wie er ihn noch nie gehört hatte. Oder war das nur seine Angst? Ein Schatten näherte sich dem Kamin. Noch einige Schritte, und er würde den Fremden sehen.

Vor Schreck krampften sich Sharraz' Finger in die Sessellehnen. Es kostete Mühe, nicht in Panik aufzuspringen. Was da vor ihm stand, war so groß wie ein riesiger Mann und sah auch entfernt so aus. Aber nur entfernt! Das Wesen war nackt. Nackt auf eine Art, die den Verstand kosten konnte. Es trug nicht nur keine Kleider, es sah so aus, als wäre es frisch gehäutet. Blut tropfte vom rohen Fleisch dieses Ungeheuers auf den Boden vor dem Kamin. Auch das Gesicht hatte nur mit viel Vorstellungskraft menschliche Züge. Doch erinnerten die langen Fangzähne mehr an einen Wolf. Und erst die Krallen, die dort saßen, wo man Hände erwartet hätte!

»Betrachte mich als einen Gesandten deines Blutgottes. – Euer Opfer heute abend hat ihn sehr erfreut. Doch es war zu wenig Blut! Er hat mich geschickt, um seinen Tribut einzutreiben. Ich habe ihm noch neun Leben gegeben. Du wirst die Toten in einer der Sklavenhütten am Tempelplatz finden. Den einzigen, der noch lebt, schone! Er kennt den Tag, an dem der Tod dich hier in Greifenfurt suchen wird. Nur wenn du die Stadt verläßt, kannst du deinem Schicksal entgehen. Behandle ihn gut! Ich habe ihm seinen Hochmut ausgetrieben. Er ist nun einer, den die Hand der Götter berührt hat. Und man sieht es ihm an! Viele würden einfach sagen, er ist wahnsinnig, aber das ist falsch. Er hat nur mehr gesehen, als Menschen verkraften können. Gib ihm seine Freiheit! Sorge dafür, daß er genug zu essen und ein Dach über dem Kopf bekommt, denn manchmal wird er mir als Diener nützlich sein. – Und nun gib mir das Schwert, das man heute gefunden hat. Es ist nicht für die Hände Sterblicher bestimmt.«

Sharraz zögerte einen Moment. Konnte dies ein Bote Tairachs sein? Dieser blutende, verstümmelte Körper? So etwas hatte er noch nie gesehen, ja noch nicht einmal davon gehört. Er würde dem Fremden gehorchen. Eine Stimme in seinem Inneren riet ihm dazu. Es war die Ahnung, daß er sich diesem Wesen nicht widersetzen konnte.

Sharraz griff nach dem großen Schwert, das an seinem Sessel lehnte. Vorsichtig reichte er es der Kreatur, die ein zufriedenes Grunzen von sich gab. Dann bewegte sich dieses Geschöpf der Finsternis auf das Turmfenster zu, stieß kraftvoll die Läden auf und verschwand in der stürmischen Nacht.

Sharraz stürzte zum Fenster. Angestrengt blickte er in die Dunkelheit, aber es war nichts mehr zu sehen. Was auch immer das gewesen sein mochte, die Nacht hatte es verschluckt. Dann rief er nach seinen Wachen. Er mußte sehen, was bei den Sklavenbaracken vorgefallen war.

Der Anblick, der sich Sharraz und seinen Kriegern bot, war schrecklich. Zerrissene Leiber bedeckten den Boden der Hütte. Was er hier sah, erinnerte ihn an etwas, daß er vor Jahren gesehen hatte, als er in einem strengen Winter auf der Jagd in eine sehr einsame Bergregion gekommen war. Dort hatte er die Reste einer versprengten Orkfamilie entdeckt, die einem Rudel Wölfe zum Opfer gefallen war. Noch einmal musterte er die Toten. Warum auch immer die Sklaven getötet worden waren, das Monster schien es nicht auf ihr Fleisch abgesehen zu haben. Dafür war erstaunlich wenig Blut zu sehen. Sollte dieses Geschöpf doch ein Gesandter Tairachs, des Blutgottes, gewesen sein?

Der Überlebende, der angeblich prophetische Gaben haben sollte, war schwer zu finden gewesen. Er sah nicht besser aus als die Toten. Sein Gesicht war zerfetzt. Sharraz war sich nicht sicher, ob der Mann überhaupt noch diese Nacht überstehen würde. Es schien jener Kerl zu sein, der am Morgen das Grab gefunden hatte. Sharraz wußte, daß er vor seinen Männern eine Erklärung abgeben mußte, sonst würde es die wildesten Gerüchte und vielleicht sogar Unruhen geben. Die meisten fühlten sich ohnehin nicht wohl in der Stadt.

»Das ist ein Zeichen der Götter!« erhob Sharraz seine Stimme. »Tairach hat unser Opfer gnädig aufgenommen und sich noch mehr Blut geholt. Das ist ein Beweis seiner Gnade. Wir werden die Heere der Menschen zermalmen, so wie er diese Sklaven zermalmt hat. Wir werden ihm unseren Dank beweisen und morgen noch ein Opfer bringen.«

Ehrfürchtiges Gemurmel erhob sich unter den Kriegern. Kein Zweifel, sie hatten Sharraz geglaubt.

»Wir werden finden, wonach wir für Aikar Brazorach suchen. Vergeßt nicht, daß wir für ihn, den göttergesandten Streiter hier sind, den Sohn des Jenseits und Bewahrer der Vergangenheit. Er allein wußte noch, was unter dem Tempelhügel liegt. Haben wir es erst gefunden, werden unsere Armeen unschlagbar sein.«

»Was ist mit dem Mann, der überlebt hat?« fragte einer der Krieger.

»Er ist von Tairach gezeichnet. Wenn der Gott ihn verschont hat, wird er vielleicht durch dessen Körper zu uns sprechen, so wie die Geister der Ahnen in die Schamenen einfahren. Bringt ihn zum besten Heiler der Stadt. Er darf nicht sterben!«

# 2

... Ein halbes Jahr später ...

Marcian war bester Laune. Seine Männer waren zwar nicht erste Wahl, aber er war sicher, daß sie ihre Aufgabe gut machen würden. Einen bunt durcheinander gewürfelten Haufen hatte er in der ›Stadt des Lichtes‹ bei der Ausbildung beobachtet. Jeder zeichnete sich durch besondere Stärken aus, aber alle hatten auch ausgesprochene Schwachpunkte. Wenn sie aber als Gruppe gut zusammenarbeiten würden, hätten sie mehr als genug Schlagkraft, um ihre Aufgabe zu bewältigen. Er hatte ihnen zugesehen, wie sie tollkühn ihre Regimentsfahne bei der Schlacht auf den Silkwiesen retteten. Genau solche Männer und Frauen brauchte er. Helden, die, einmal im Gefecht, nicht mehr über die Gefahr nachdachten, sondern unbeirrt vorwärtsstürmten. Wer auch nur über einen Funken Verstand verfügte, wäre niemals durch den Pfeilhagel der Orks gerannt, um ein Stück Tuch zu retten.

Vor vier Tagen hatte er sich in Wehrheim von ihnen getrennt und dabei noch einmal ihre Verkleidungen überprüft. Als Bauern, Händler, wandernde Heiler und Gaukler würden sie sich in Greifenfurt einschleichen. Die beiden, die man beim besten Willen nicht verkleiden konnte, den Zwerg und die Elfen, sollten sie nachts über die Stadtmauer holen. Sorgfältig hatte er alle noch einmal gemustert und ihre Waffenverstecke überprüft. Sie durften nichts Kriegerisches an sich haben, wenn sie ungeschoren durch die Posten und Patrouillen der Orks bis zur Stadt kommen wollten. Er war gespannt, ob es alle bis zur ›Fuchshöhle‹, ihrem Treffpunkt in Greifenfurt, schaffen würden.

Er selbst verstieß allerdings aufs Gröbste gegen alle Vorsichtsmaßnahmen, die er seinen Leuten eingebleut hatte. In prächtiger Rüstung und mit flammend rotem Umhang näherte er sich der Stadt. Eine Provokation! Aber das war beabsichtigt. Er ritt weit abseits der Reichsstraße, so daß die

Wahrscheinlichkeit geringer war, auf Orks zu stoßen. Doch selbst wenn! Größere Trupps kamen meistens zu Fuß, so daß er auf seinem Schlachtroß ohne Probleme entkommen konnte, und einem kleineren Trupp würde er sich stellen, so wie den dreien heute morgen, die den tödlichen Irrtum begingen, ihn für leichte Beute zu halten. Zwei waren jetzt ein Fraß für die Raben. Der dritte konnte ihm leider in einem Waldstreifen entkommen.

Sein eigentliches Ziel war es aber, nicht den Orks aufzufallen, sondern den Freischärlern, die in der Region um Greifenfurt operierten. Wenn er die Garnison der Stadt erobern wollte, brauchte er mehr als nur einige bewaffnete Bürger. Er mußte die Freischärler überreden, sich ihm anzuschließen. Nach allem, was er über sie gehört hatte, war eine Amazone ihre Anführerin. Das machte die Sache nicht gerade leichter.

Erst gestern hatte er die schwelenden Reste eines Versorgungszugs der Orks gefunden. Weniger die verkohlten Wagen als die verstümmelten Leichen verrieten die Handschrift der Amazone. Angeblich machte sie nie Gefangene; in der Art mit ihren Opfern umzugehen unterschieden sich diese Streiter kaum noch von den Orks. Auch sie nahmen Skalps und folterten die Überlebenden der Überfälle. Es war an der Zeit, daß er das Licht des Praios wieder in die Grafschaft Greifenfurt brachte. Ein schöner Satz, überlegte Marcian, er sollte ihn sich für später merken, wenn er vor den Bürgern der Stadt reden würde.

Was sich heute Freischärler nannte, hätte man vor zwei Jahren noch als Wegelagerer und Halsabschneider gejagt. Doch je länger der Krieg dauerte, desto mehr verlor der Ehrenkodex selbst bei den Rittern des Prinzen an Bedeutung. Es war wohl kaum einer unter den Soldaten der kaiserlichen Armee, der in den Schlachten des letzten Jahres nicht schon einen Freund neben sich hatte sterben sehen. Wie verbittert mußten erst die Freischärler sein, die seit einem Jahr Tag für Tag ihr Leben riskierten? Die meisten von ihnen hatten Heim und Familie durch die Orks verloren. Sie wollten nur noch Rache. An diesem Punkt mußte Marcian ansetzen, wenn er sie überreden wollte, die schützenden Wälder zu verlassen und mit ihm gegen die Garnison in Greifenfurt zu ziehen.

Es dämmerte. Marcian mußte sich nach einem geeigneten Lagerplatz umschauen. Den Tag über war er durch eine weite, grasbewachsene Ebene geritten. Nur hier und da gab es kleine Mulden, in denen Buschwerk wucherte. Dort hatte er sich mit dürren Zweigen für ein Lagerfeuer eingedeckt.

Mit Einbruch der Dunkelheit fand er einen sanften Hügel inmitten der Graslandschaft. Ungefähr eine Meile entfernt begann ein weitgestrecktes Waldgebiet. Hier mußte es gelingen! Er würde alle Regeln zum Schutz vor unliebsamen Besuchern in den Wind schreiben und mitten auf dem Hügel sein Feuer entfachen. Bei Nacht mußte man es meilenweit sehen.

Schon Stunden hatte Marcian, in eine dunkelgrüne Decke gehüllt, an der Flanke des Hügels in Deckung gelegen. Neben dem viel zu großen Feuer hatte er seinen roten Umhang so drapiert, daß man bis auf ein paar Schritt Entfernung glauben mußte, er schlafe neben dem Feuer. In der Dunkelheit schnaubte sein Pferd. Er hatte es ein gutes Stück vom Hügel weg angepflockt. Wieder wieherte das Pferd. Sollte er doch noch Erfolg haben? Oder war diese Falle zu offensichtlich? Nein! Jetzt hörte Marcian leise Schritte. Zwei Gestalten schlichen den Hügel herauf. Vorsichtig tastete Marcian nach der Armbrust neben sich. Ganz langsam, jedes Geräusch vermeidend spannte er die Waffe. Gleich mußten die beiden den Schwindel entdecken. Es waren irgendwelche Strauchdiebe. Genau darauf hatte er gehofft. Nun schob der eine seine Speerspitze unter den Umhang neben dem Feuer, um ihn dann mit einem Ruck fortzureißen.

»Verdammt, Erek, man hat uns reingelegt! Nichts wie weg.«

»Bleibt, wo ihr seid!« Marcian sprach nicht laut, aber in einem Tonfall, der keinen Widerspruch duldete. Langsam richtete er sich auf und trat mit gespannter Armbrust vor.

»Ich habe nicht vor, euch zu töten, es sei denn, ihr laßt mir keine Wahl.« Marcian sprach in einem sehr selbstgefälligen Ton. Er wußte, wie er in voller Rüstung auf seine Gegner wirkte.

»Gehört ihr zu den Freischärlern, oder seid ihr nur irgendwelche Strauchdiebe?«

Hämisch grinsten sich die beiden an. Ihr Aufzug war erbärmlich. Sie steckten in geflickten Lumpen, trugen dunkle löchrige Umhänge und hatten sich die Gesichter mit Ruß geschwärzt. Dann sagte der eine: »Ritter, legt eure Waffe weg. Wir möchten nicht, daß der Prinz einen seiner Streiter verliert!«

Marcian verschlug es schier die Sprache. So viel Dreistigkeit hatte er schon lange nicht mehr erlebt. Die beiden schienen den Ernst der Lage zu verkennen, in der sie sich befanden. Nur ein Zucken mit dem Finger, und der erste würde mit einem Armbrustbolzen in der Brust sterben. Den zweiten dann mit dem Schwert niederzumachen wäre eine Kleinigkeit.

Wie zum Hohn wieherte das Pferd irgendwo hinter ihm. Marcian unterdrückte mühsam seinen Ärger und sagte: »Glaubt ihr nicht, daß ihr den Ernst der Lage verkennt?«

»Ich denke eher, daß du den Ernst der Lage verkennst!« ertönte eine Frauenstimme hinter ihm. »Vor Eurem Lagerfeuer gebt Ihr ein erstklassiges Ziel ab, und zehn Bogenschützen warten nur auf ein Wort von mir, um Euch zu Boron zu schicken.«

Langsam ließ Marcian seine Armbrust sinken. Die zwei Gestalten neben dem Feuer kamen herüber und nahmen ihm die Waffe ab. »Laßt ihm sein Schwert!« ertönte es wieder aus der Finsternis. »Er ist doch ein Ritter, und Ritter neigen dazu, Dummheiten zu machen, wenn man nach ihrem Schwert greift.«

Marcian drehte sich um und sah die Frau mit kräftigen Schritten den Hügel heraufkommen. Angestrengt spähte er in die Dunkelheit. Er konnte beim besten Willen keine Bogenschützen entdecken.

»Suchst du was?« fragte ihn die Frau provozierend grinsend. »Dort draußen stehen so viele Bogenschützen, wie ich Barthaare habe. Glaubst du ernsthaft, deinetwegen würde ich hier mit großem Aufgebot anrücken. Wie du siehst, kommen wir ja auch so ganz gut zurecht. Nun laß uns darüber reden, was du hier verloren hast.«

Marcian hatte gefunden, was er suchte. Die Begegnung mit der Amazone Lysandra war zwar anders gelaufen als geplant. Was sie in die Grafschaft Greifenfurt verschlagen hatte, konnte er nicht aus ihr herausholen, doch das war auch nur Nebensache. Über eine Stunde lang hatte er ihr erklärt, wie er die Orks aus Greifenfurt vertreiben wollte und daß er dazu die Unterstützung der Freischärler brauchte. Nun starrte er Lysandra an, die die ganze Zeit geschwiegen und nur gelegentlich den Kopf geschüttelt hatte.

»Offengestanden finde ich deinen Plan nicht besser als den, mit dem du deinen Weg zu mir machen wolltest.«

»Habe ich dich vielleicht nicht gefunden?« fragte Marcian gereizt.

»Ich habe dich gefunden!« erwiderte Lysandra.

»Das war mein Plan.« Marcian verspürte nicht die mindeste Lust auf eine Diskussion über seine Fähigkeiten als Stratege. Sein Plan, die Stadt zu erobern, war narrensicher.

»Und was passiert, wenn wir die Stadt erobert haben?« Lysandra blickte ihn ernst an. »Was glaubst du, wie lange die Orks brauchen werden, um Greifenfurt zurückzuerobern?«

»Dazu wird es nicht mehr kommen. Seit der Schlacht bei Silkwiesen sitzt dem Schwarzen Marschall und seiner fliehenden Armee Oberst Blautann mit seinen Reitern im Nakken. Die Orks werden nicht einmal dazu kommen, sich neu zu organisieren. Der Prinz wird mit dem Heer nachrücken, und bald ist die ganze Grafschaft Greifenfurt wieder in seiner Hand. Wir werden die Stadt vielleicht zwei oder drei Wochen halten müssen.«

Marcian mußte seine Taktik ändern. Auf diesem Weg würde er Lysandra nie überzeugen. Seit einem Jahr operierte sie aus der Sicherheit der Wälder. Er sah ja ein, daß sie sich in der Stadt den Orks wie auf einem Präsentierteller auslieferten, wenn die Verstärkung nicht schnell genug nachrückte.

»Natürlich wird es nicht leicht sein, die Garnison zu überwältigen und die Stadt zu halten, bis Prinz Brin eintrifft. Aber Rondra liebt Krieger, die ein Risiko eingehen. Leichte Siege ignoriert die Göttin. Es ist viel einfacher, weiter in den Wäldern zu sitzen und gelegentlich aus dem Hinterhalt eine Orkpatrouille zu überfallen. Ich verstehe dich, wenn du in erster Linie auf eure Sicherheit bedacht bist.«

Wütend blitzte Lysandra ihn an. »Willst du damit andeuten, wir seien feige?«

»Nein, nein!« erwiderte Marcian schnell. »Ich meine nur, daß diese Aufgabe vielleicht zu schwierig für euch sein könnte. Schließlich ist es etwas anderes, eine Stadt zu erobern, als einen Wagenzug zu überfallen.«

Langsam richtete sich Lysandra auf. »Deine rhetorischen Tricks sind genauso durchsichtig wie dein Versuch, meinen Leuten einen Hinterhalt zu legen. Glaube mir, Marcian, hier draußen würdest du nicht einen Winter überleben. Wenn ich dir helfen sollte, dann nur, weil ich die Möglichkeit sehe, beim Kampf gegen die Garnison viele von diesen Schwarzpelzen zu ihrem Blutgott zu schicken. Wenn wir siegen, werde ich die Stadt genau so schnell wieder verlassen, wie wir sie erobert haben. Und wenn nicht ...« Lysandra drehte sich um und zuckte mit den Schultern. »Sterben muß jeder einmal.«

»In drei Tagen warte ich mit meinen Leuten um Mitternacht vor dem Andergaster Tor. Eine Stunde vor Morgengrauen werden wir uns wieder zurückziehen, wenn das Tor bis dahin nicht geöffnet wurde.« Ohne sich noch einmal nach Marcian umzudrehen, ging Lysandra den Hügel hinab. Ihre beiden Männer folgten ihr.

Sharraz Garthai war beunruhigt. Seit Tagen wich der verrückte Prophet, dessen Leben der Bote des Blutgottes geschont hatte, nicht mehr von seiner Seite. Immer wieder flüsterte er mit heiserer Stimme: »Der Tod trägt rot.« War das die Warnung, auf die der Götterbote in jener stürmischen Nacht vor über einem halben Jahr angespielt hatte?

Dann war da auch noch der Krieger, der heute morgen alleine von einer Streife zurückgekommen war und überall von einem mächtigen Ritter mit flammendrotem Umhang erzählte, der seine Kameraden tötete. Mußte er sich vor diesem Menschen hüten? Auf jeden Fall war es besser, der Stadt den Rücken zu kehren. Er würde erklären, daß er die anderen Ortschaften der Provinz Finstermark bereisen werde, um dort Tribut einzutreiben. Seit Monaten hatte er Greifenfurt nicht mehr verlassen. Er würde seine besten Krieger um sich scharen, einige Karren herrichten lassen und morgen aufbrechen. Sein Entschluß stand fest!

Marcian war ohne Schwierigkeiten in seiner Verkleidung als wandernder Augenarzt in die Stadt gekommen. Man hatte sich nur über sein prächtiges Pferd gewundert, worauf er kurzerhand eine rührselige Geschichte von einem alten Grafen erzählte, dem er das Augenlicht zurückgegeben habe und der ihm darauf voller Dankbarkeit das Pferd schenkte.

Nun genoß er in einem großen Holzzuber liegend das erste Bad seit einer Woche. Sharraz Garthai hatte am Morgen die Stadt verlassen, um die anderen Provinzstädte zu bereisen. Dabei hatte er die halbe Garnison mitgenommen. Das würde die Pläne sehr erleichtern. Nun galt es, unauffällig die Posten zu beobachten, einen Plan zum Angriff auf die Garnison auszuhecken, und die Bürger aufzuwiegeln. Ohne den Herrn der Stadt in der Nähe würde das alles vermutlich leichter werden. Nach seiner Erfahrung pflegte die Aufmerksamkeit von Garnisonen stets nachzulassen, wenn die Kontrolle von oben ausfiel. Marcian würde in die ›Fuchshöhle‹ gehen und dort versuchen herauszufinden, ob die Wut der Bürger auf die Orks zu einem Aufstand reichte oder ob er sich allein auf die Unterstützung der Amazone und ihrer Streiter verlassen müßte. Außerdem hatte er über Informanten der Inquisition herausgefunden, daß er in diesem Bordell einen alten Freund wiedertreffen würde. Sein Leben hatte sich zwar erheblich geändert, seit er den Magier Lancorian zum letzten Mal gesehen hatte, doch glaubte Marcian, in ihm noch immer einen zuverlässigen Freund zu finden. Außerdem würde er ein verläßlicher Informant sein, wenn er nicht mittlerweile völlig zum Sklaven seiner Laster geworden war.

Lancorian war gelangweilt. Diese Orks waren einfach zu phantasielos. Was waren das noch für Zeiten gewesen, als er die ausgefallenen Wünsche der Offiziere der kaiserlichen Garnison erfüllen mußte. Da sollte er alanfanische Rauschkrauthöhlen erschaffen, den Harem des Kalifen vortäuschen oder die Atmosphäre eines maraskanischen Freudenhauses nachahmen. Den Orks fiel einfach nichts ein. Sie wünschten sich von ihm Illusionen von Lederzelten oder weite Graslandschaften, und das mit gnadenloser Penetranz, immer und immer wieder. Da war ihm ja selbst dieser dicke almadanische Hauptmann lieber gewesen, der nur dann konnte, wenn der Raum vom Lärm einer Schlacht widerhallte und die Illusion einer brennenden Festung das Bild abrundete.

Ein Bordellmanager zu sein, das war in einer von Orks besetzten Stadt wirklich keine Freude! Wenn er die Mädchen hier nicht so mögen würde, hätte er schon längst Greifenfurt verlassen. Schließlich war es schwierig, einen begabten Illusionisten zu finden, der sich in einem Freudenhaus niederließ. Alle Akademiemagier, die er je kennengelernt hatte, waren viel zu eingebildet, um diesen äußerst lukrativen Beruf zu ergreifen. Leider war auch die Bezahlung in letzter

Zeit nicht mehr so wie früher. Die Orks waren einfach zu unkultiviert, um auch nur auf die Idee zu kommen, ein Trinkgeld zu geben. Manchmal vergnügten sie sich auch nächtelang mit einem Mädchen und vergaßen das Bezahlen. Einige begriffen einfach nicht, daß man hier nicht aus lauter Liebe so nett zu ihnen war. Sollten sie ihren Spaß doch auf der Straße suchen! Hier wurde das wesentlich professioneller gehandhabt, und deshalb meinten wohl auch alle Offiziere der Orks, nach Gutdünken in der ›Fuchshöhle‹ ein- und ausgehen zu können. Heute abend ging es wieder besonders wild zu. Lancorian warf einen Blick durch eines der kleinen Fenster.

Seit der Verweser Sharraz Garthai am Morgen die Stadt verlassen hatte, schien kein Offizier mehr auf seinem Wachtposten zu stehen. Alle hatten sich hier zu einem gewaltigen Saufgelage versammelt und auch noch fast alle Mädchen des Hauses mit Beschlag belegt.

Oben in der Schenke ging es ruhiger zu. Viele Fremde waren im Moment in der Stadt. Der Ruf der ›Fuchshöhle‹ reichte weit. Kaum ein Reisender ließ es sich nehmen, vorbeizuschauen. Früher hatten hier Jäger und Nordlandhändler häufig in einer einzigen Woche das Einkommen einer ganzen Saison verhurt. Jetzt war solche Kundschaft dünn gesät.

Lancorian stieg einige Stufen empor, um von der vermauerten Wendeltreppe aus, die das ganze Bordell durchzog, einen Blick in die Schenke zu werfen. Früher war sein Versteck eine großzügig angelegte Treppe gewesen, die sich von den Kellergewölben bis zur Turmspitze durch dieses verwitterte Gemäuer zog. Alle Räume konnte man von hier aus einsehen. Der ideale Arbeitsplatz für einen Spezialisten wie ihn, denn viele Kunden waren bedauerlicherweise plötzlich sehr gehemmt, wenn ein Magier sich mit ihnen im selben Raum befand, um die bestellten Illusionen zu erschaffen. Valliessa, die Besitzerin dieses Etablissements, hatte ihr ganze Geld in die Turmruine gesteckt und aus dem Trümmerhaufen das berühmteste Bordell im Nordland gemacht. Jetzt war einiges vom Glanz vergangener Tage verblichen. Sie hatten sogar einen Verschlag für Geflügel und einen zusätzlichen Stall anlegen müssen, denn wenn die Orks zahlten, brachten sie meist Naturalien mit. Manchmal war Lancorian der Überzeugung, daß sie einfach nicht richtig begriffen, was Geld bedeutete.

Aufmerksam musterte der Magier die Schenke. Einige neue Gäste waren hereingekommen. Ein Mann mit rotem Umhang fiel ihm auf. Ganz in der Ecke saß er hinter einem Krug Bier, scheinbar in Gedanken versunken. Vielleicht lauschte er aber auch den Gesprächen an den Nachbartischen. Irgendwo hatte er dieses Gesicht doch schon gesehen. Plötzlich erinnerte er sich wieder. Das war Marcian! Es mußten mehr als fünfzehn Jahre her sein, als er in ihm einen Gefährten für einen Sommer gefunden hatte. Beide teilten damals dieselben Vorlieben, schöne Frauen und teure Weine. Gemeinsam hatten sie mit Wonne ihr Geld verpraßt und zu später Stunde die Stadtwachen gefoppt. Schmunzelnd erinnerte er sich an den fingierten Kasernenbrand, damit Marcian im allgemeinen Tumult unbemerkt statt zum Zapfenstreich erst im Morgengrauen in seine Kammer schleichen konnte. Das war eine seiner ersten wirklich großen Illusionen gewesen. Tagelang hatte man nach dem Magier geforscht, der sich diesen Streich erlaubt hatte. Auf ihn, einen Akademieschüler im dritten Lehrjahr, war dabei nicht der Hauch eines Verdachts gefallen. Leider mochten seine Magister an der ›Akademie der magischen Rüstung‹ seine Vorlieben für Frauen und Wein überhaupt nicht. Die Erzmagierin Racalla hatte ihn damals im Herbst persönlich durch die Prüfungen fallen und von einem dienstbaren Geist vor die Tore der Schule setzen lassen. Danach war für Lancorian in der Stadt kein Bleiben mehr, und so verlor er auch Marcian aus den Augen.

Er hatte nur gehört, daß der Offizier nach einem allzu innigen Flirt mit der jungen Gattin eines vergreisten Admirals und einem tragischen Duell, auf das der alte Narr bestanden hatte, die Armee verlassen mußte und angeblich zur Inquisition gegangen war. Darauf gab Lancorian damals allerdings nicht viel. Es schien ihm schlichtweg unmöglich, daß ein Mann mit den Vorlieben Marcians auch nur einen Tag im Dienste des Barons Dexter Nemrods, des Großinquisitors und obersten Sittenwächters des Reiches, verweilen konnte. Daß Marcian sich an der Verbrennung einer hübschen Hexe beteiligen würde, war etwa so undenkbar, wie daß der Gott Praios seinen Fuß in dieses Bordell setzen würde.

Lancorian wollte wissen, was seinen alten Freund hierher verschlagen hatte. Eilig stieg er die Treppe weiter hinauf. Die Orks im Keller waren längst zu betrunken, um noch zu merken, daß die Illusion der Steppenlandschft um sie herum nun langsam verblassen würde. Im obersten Geschoß des Turmes angekommen, durchquerte der Magier seine Kammer, die die ganze oberste Etage ausfüllte und stieg die hölzerne Treppe an der Außenseite des Gemäuers hinab. Wie ein Gast kam er nun durch die Vordertür ins Bordell, stand im Schankraum und tat so, als schaue er sich ziellos um. Dann konnte er sich nicht mehr zügeln. Lauthals schrie er den Namen seines Freundes durch die Kneipe und stürzte auf ihn zu. Marcians kräftige Arme preßten ihm regelrecht die Luft aus den Lungen, als sie sich umarmten. Und dann begann er bei einem Krug des besten Weines, den die ›Fuchshöhle‹ zu bieten hatte, seinen Jugendfreund zu fragen, was ihn in diesen schlechten Zeiten nach Greifenfurt getrieben habe.

Als Marcian mit seiner Erzählung zu Ende war, glaubte er, Lancorian überzeugt zu haben. Er hatte sich als Glücksritter und Freiheitskämpfer ausgegeben, und der Magier glaubte ihm. Das war jedenfalls sein Eindruck. Aber wußte er auch etwas über Widerstandskämpfer in der Stadt? Gab es überhaupt welche? Lancorian grübelte schon eine Weile, bis er endlich mit der Sprache herauskam.

»Die meisten Bürger von Greifenfurt haben sich arrangiert. Sie sind nicht von der Besatzung der Orks begeistert, aber wer noch hier ist, hat auch nicht den Mut, gegen sie anzugehen. Der einzige, den ich je hinter vorgehaltener Hand über so etwas habe reden hören, ist der Schmied Darrag. Er war früher Waffenschmied, doch weil er für die Orks keine Waffen herstellen will, schlägt er sich seit der Besetzung mehr schlecht als recht als Grobschmied durch. Wenn es irgend jemand in der Stadt gibt, der über Rebellen Bescheid weiß, dann ist er es. Vielleicht ist er sogar ihr Anführer. Mehr weiß ich nicht. Es ist nicht gut für einen Mann in meiner Position, sich in die Politik einzumischen. Man macht sich damit nur einen Teil der Kundschaft zum Feind.«

»Aber gerade wegen deiner heiklen Position müßtest du dich eigentlich besser als irgend ein anderer auskennen. Frauen wie Männer sind nach dem Liebesakt doch häufig äußerst gesprächig, und du stehst doch so gut wie neben ihrem Bett. Ich muß wissen, wie es um die Verteidigung der Stadt bestellt ist. Wie viele Orks sind noch hier? Wann wird Sharraz Garthai zurückkehren, und wie fähig sind die Unterführer, die er in der Stadt gelassen hat?«

»Davon kann ich dir nur eine Frage beantworten, mein Freund. Die Anführer der Orks sind schlimmer als die schlimmsten Hurenböcke der kaiserlichen Armee. Sie liegen alle besoffen oder vom Liebesspiel erschöpft im Purpurgewölbe unter unseren Füßen, und ich bin mir sicher, daß es so Nacht für Nacht weitergehen wird, bis Sharraz Garthai zurückkehrt.«

»Und wie sieht es mit ihren Waffen aus? Kommen sie bewaffnet hierher?«

Der Magier schüttelte den Kopf. »Sie gehören nicht zu der Sorte, die in voller Rüstung ins Bett steigen. Kaum sind sie hier, reißen sie sich Waffen und Rüstung vom Leib und bespringen wie die Tiere unsere Mädchen. Im Liebesspiel haben sie so viel Zartgefühl wie ein läufiges Wollnashorn.

Und genau wie diese possierlichen Ungeheuer haben sie dabei am liebsten den Blick auf Grashügel.«

»Kann es sein, daß dir Kundschaft aus einer kaiserlichen Garnison lieber ist?«

Lancorian blickte seinen Freund ernst an. »Du hast schon bessere Späße gemacht! Kann es sein, daß einem Braten lieber ist als Hirsebrei? Glaubst du, mir ist ein Stall voller gakkernder Hühner lieber als klingende Dukaten im Beutel?«

»Dein Beutel wird vielleicht schneller wieder voll sein, als du glaubst. Du mußt mir allerdings helfen, das Gesindel aus der Stadt zu werfen. Wenn wir hier alle Anführer der Orks auf einmal erwischen, ist die Stadt schon halb erobert, und wenn sie betrunken oder gar von einem Gift in Schlaf versetzt oder gleich zu ihrem Blutgott befördert sind, dann werden wir leichtes Spiel haben.«

Lancorian blickte ernst. »Ich habe noch nie jemanden umgebracht und schon gar nicht auf so schändliche Weise.«

»Denk daran, wie die Orks mit den Mädchen hier umgehen. Soll das ewig so weitergehen?«

»Man könnte sie vielleicht mit einem leichten Gift im Wein betäuben. Ich bin kein Kampfmagier und kein Meuchelmörder. Du verlangst zu viel von mir, Marcian!«

»Ein bißchen Schlaf tut doch keinem weh. Ich verspreche dir, daß hier kein Blut fließen wird, wenn du die Offiziere betäubst.«

»Ich weiß ja nicht einmal, ob bei Orks die gleichen Betäubungsmittel wirken wie bei Menschen. Was ist, wenn sie wieder wach werden?«

»Dann nimm doch das stärkste Mittel, das du kennst.«

»Und wenn sie dann nicht mehr aufwachen?«

»Ich wäre der letzte, der über einen toten Ork eine Träne vergießt. Ich brauche nur einen lebend aus der ganzen Besatzung der Stadt. Was mit dem Rest geschieht, ist mir egal, so lange einer zum Verhör überbleibt. Das ist die Realität des Krieges. Du solltest dich langsam daran gewöhnt haben, Lancorian! Hat dir vielleicht gefallen, wie sie Tairach

Menschenopfer gebracht haben? Wie sie wehrlosen Sklaven das Herz herausgerissen haben? Ich habe schon einiges darüber gehört, was hier in den letzten Monaten passiert ist. Nun erzähle mir nicht, daß du nicht alles tun wirst, um dem ein Ende zu bereiten.«

Marcian war in Rage. Er konnte nicht begreifen, daß der Magier auch nur einen Moment zögern konnte, einen Ork zu töten.

»Wann soll das Ganze denn stattfinden?«

»In der übernächsten Nacht. Wir werden mit oder ohne deine Unterstützung zuschlagen. Es liegt in deiner Hand, dabei Menschenleben zu retten. Können sich die Offiziere noch wehren, wird es auch auf unserer Seite Tote geben. Das läßt sich nicht verhindern. Es sei denn, du tust, worum ich dich gebeten habe.«

Lancorian zögerte noch immer. Doch dann willigte er ein. Er würde den Aufstand nur verhindern können, wenn er seinen Freund an die Orks verriet, und das kam nicht in Frage. Er hatte nur die Wahl, ob er es den Rebellen leichtmachte oder nicht. Marcian hatte sich seit ihrem letzten Treffen sehr verändert. Vielleicht waren die Gerüchte, er sei ein Inquisitor, doch wahr? Lancorian mußte es wissen.

Ohne Zögern verneinte Marcian die Frage. Zu schnell für Lancorians Geschmack. Die Brände, die er heute legen ließ, waren keine Illusionen mehr.

»Du bist seit damals in Gareth ein ganz anderer geworden, Marcian.«

»Vielleicht habe ich meine Unschuld verloren.« Marcian setzte ein bitteres Lächeln auf. »Vielleicht steht es sogar noch schlimmer um mich. Manchmal raube ich auch anderen die Unschuld. Es lebt sich leichter, wenn man nicht dauernd strafenden Blicken ausgesetzt ist. – Doch laß uns jetzt ein wenig über alte Zeiten plaudern und sag mir, welches Mädchen hier noch Männer zu verwöhnen versteht und in dieser Nacht noch nicht mit einem Ork im Bett gelegen hat. – Weißt du Lancorian, du kannst mir sagen, was du willst, aber ich glaube, ihr habt hier alle schon lange eure Unschuld gelassen. Manchmal merkt man das erst sehr spät. Und nun reicht es mit dem moralischen Gerede. Das paßt zu uns beiden nicht, wenn ich an unseren Garether Sommer denke.«

## 3

»Guten Morgen, Darrag. Man sagt, du seist ein guter Waffenschmied. Ich habe einen Auftrag für dich.«

Darrag musterte den Fremden. Er trug teure Kleidung und einen leuchtend roten Umhang. Das mußte der Augenarzt sein, von dem man in der Stadt erzählte. Ganz offensichtlich kein armer Mann.

»Ihr seht nicht so aus, als sei Euch mit Sicheln oder Pflugscharen geholfen, Fremder. Was soll's sein?«

»Man sagt, Ihr schmiedet die besten Schwerter der Stadt.«

»Wer immer das sagt, muß seit langem mit verschlossenen Augen gelebt haben. Seit die Orks die Stadt besetzt halten, habe ich keine Waffe mehr geschmiedet. Man hat drei Tage auf der Folter versucht, mich zu meiner Kunst zu überreden, doch ich lehnte es ab, für die Schwarzpelze oder irgend einen anderen in der Stadt eine Waffe zu schmieden. Und ich kann mir nicht vorstellen, wie mich ein Fremder dazu bringen könnte, mit diesem Vorsatz zu brechen. Die glühenden Eisen der Folterknechte waren wesentlich überzeugender, als eure Worte jemals sein könnten. Und auch sie reichten schon nicht.«

»Große Worte und doch munkelt man, daß Ihr es mit Euren Vorsätzen nicht so ernst nehmt, wenn Ihr sicher wißt, daß Eure Waffen in den Händen von Rebellen liegen.«

»Wer sagt das? Seid Ihr ein bezahlter Spitzel der Orks,

oder was soll diese Fragerei?« Darrag runzelte die Stirn. Sollte dieser Fremde etwas wissen? Das war unmöglich!

»Nun, ich wäre ein schöner Freund, wenn ich meine Informanten preisgeben würde. Doch wenn Ihr nicht lügt, dann schwört doch bei Ingerimm, dem Gott der Schmiede, daß Ihr die Wahrheit sagt.«

»Ihr gebt mehr heiße Luft von Euch als mein Blasebalg. Auf Euer leeres Gewäsch einen Schwur zu leisten wäre Gotteslästerung.«

»So leugnet Ihr also nicht, daß Ihr den Rebellen Waffen liefert.«

»Dreht einem ehrlichen Mann nicht das Wort im Munde herum!«

»Nicht ich bin es, der heißes Eisen traktiert. Das ist doch wohl Euer Beruf, und wie ich sehe, versteht Ihr Euch recht gut darauf.«

Darrag hatte das Hufeisen, auf das er einhämmerte, außer Form geschlagen. Dieser Fremde war eine rechte Plage. Am liebsten wäre er ihm mit einer Eisenstange zu Leibe gerückt, aber die Orks warteten nur darauf, daß er einen Fehler machte, um ihn erneut in die Mangel zu nehmen. Wahrscheinlich war der Fremde deshalb hier. Darrag hatte schon erlebt, wie sich Ehrenmänner an die Besatzer um eines kleinen Vorteils willen verkauften. Sie achtete der Schmied nicht mehr als die Nutten, die sich diesen Blutsäufern hingaben. Wahrscheinlich war sein Gegenüber in Wahrheit so verrottet, wie er auf den ersten Blick als aufrechter Mann erschien. Der Schmied legte das Eisen wieder in die Glut, um mit seiner Arbeit noch einmal zu beginnen. Dann baute er sich mit verschränkten Armen vor dem Fremden auf. Hoffentlich begriff der mal langsam, daß er unerwünscht war.

»Versteh doch, Schmied, ich will den Orks das Fell gerben, und dazu brauche ich ein Schwert. Eine bessere Klinge, als ich an meiner Seite trage! Eine Waffe von dir. Ich weiß, daß du deine Schwerter am Tag der Besetzung nicht in den

Fluß geworfen hast. Man braucht dich nur anzusehen, um zu erkennen, daß du ein Kämpfer bist.«

»Ich bin ein Mann mit Frau und Kindern und sonst gar nichts.«

»Hast du nicht eben noch selbst verkündet, daß du stolz der Folter getrotzt hast. Das nenne ich den Mut eines Kämpfers. Sich hinter Frau und Kindern zu verschanzen, das paßt nicht zu dir.«

Das Eisen in der Esse glühte rot und konnte wieder bearbeitet werden.

»Was würdest du sagen, wenn ich im Auftrag Sharraz Garthais hier stehen würde?«

»Ich würde dir in dein elendes Gesicht spucken. Jedes Wort wäre dann zu schade für dich.« Darrag spürte, daß er bald die Beherrschung verlieren würde.

»Eben sind deine Frau und deine zwei Töchter zum Markt gegangen. Stimmt das?«

Der Schmied antwortete nicht.

»Ich fürchte, heute wirst du lange auf sie warten müssen.«

Darrag hob seinen schweren Hammer. »Verschwinde hier, oder ich werde dir den Schädel einschlagen und das Hufeisen hier vergessen.«

»Ich wollte dir doch nur sagen, daß du lange auf deine Frau und die Kinder warten kannst. Diese Nacht werden sich die Orks erst mit deiner hübschen Frau und dann mit deinen kleinen Töchtern vergnügen. Es sei denn, du verrätst deine Mitverschwörer und ...«

Mit einem wilden Schrei sprang Darrag über den Amboß. Er würde es dem Fremden schon zeigen! Sollten sie nur versuchen, seinen Kindern etwas anzutun. Er würde sich diesen Wicht packen und gegen seine Familie eintauschen. Darrag warf den Hammer zurück in die Werkstatt. Er mußte den Kerl lebend haben.

Geschickt tauchte der Fremde unter dem Schmied hinweg. Und versetzte ihm einen Schlag in den Nacken. Ein

Stiernacken! Als hätte er nichts gespürt, ging der Schmied erneut zum Angriff über.

Darrag kochte vor Wut. Diesem zappelnden Wicht würde er die Rippen brechen. Schnaubend drehte er sich um und blickte auf ein blitzendes Schwert. Die Nachbarn, die bisher neugierig zugesehen hatten, verschwanden in den Häusern. Mord und Totschlag bedeutete Ärger mit den Orks. Es wäre besser, nichts gesehen zu haben.

»Wenn du willst, daß deiner Familie nichts passiert, gehst du besser mit mir in deine Schmiede. Du handelst zu unbedacht, Darrag. Dein Fehler ist, daß du dich zu leicht reizen läßt. Und jetzt geh.«

Widerwillig drehte der Schmied sich um. Der Fremde hatte recht. Er mußte sich beruhigen. Langsam gingen beide durch die Schmiede ins Haus. Ein sauberer kleiner Wohnraum befand sich hinter der Werkstatt. Mitten auf dem Tisch lag eine Puppe aus Stroh.

Darrag stiegen vor Wut Tränen in die Augen. Wie konnte er seine Kinder retten, ohne seine Freunde zu verraten. Er war verzweifelt. Wieder ertönte die bohrende Stimme hinter ihm.

»Wem hast du Waffen gegeben, Darrag? Nenn mir die Namen! Mit jedem Namen, den du sagst, rettest du ein Leben. Deiner Frau und deinen Kindern würde nichts passieren. Drei Namen will ich von dir, und du wirst sie noch vor Mittag wiedersehen.«

Darrag schluckte. Er konnte doch seine Freunde nicht verraten. Er wollte nie so werden wie die Feiglinge, die mit den Orks zusammenarbeiteten.

»Ich weiß nicht, was du willst!« antwortete er mit gepreßter Stimme. »Es gibt niemanden, dem ich Waffen gegeben habe, seit die Orks in der Stadt sind.«

»In einer Hinsicht hast du recht, Schmied. Du kannst wirklich nicht wissen, was ich will.«

Der Fremde faßte mit der Linken unter sein Wams, während er mit dem Schwert in der Rechten immer noch nach

Darrags Kehle zielte. Er zog einen kleinen Siegelring heraus, der golden glänzte, und warf ihn auf den Tisch neben die Puppe.

»Sieh dir das an, Schmied. Ich bin sicher, so etwas hast du noch nicht gesehen, auch wenn du wahrscheinlich schon viel darüber gehört hast.«

Darrag griff nach dem Ring und musterte ihn aufmerksam. Er zeigte einen Greifenkopf. Das Symbol der Inquisition! Wer so etwas bei sich trug und nicht zur Inquisition gehörte, wäre des Todes! Wieder musterte er den Ring. Eine sehr feine Arbeit! Eine solche Fälschung schaffte nur ein ausgezeichneter Goldschmied. Immerhin konnte er den Ring aber auch von einem Toten haben.

»Was soll mir das sagen?« fragte der Schmied. »Daß Ihr auch schon einen Inquisitor getötet habt?«

Statt einer Antwort zog der Fremde eine lederne Rolle aus dem Wams, öffnete sie und holte ein gerolltes Pergament heraus.

»Du kennst die Geschichten, die man sich über das Siegelwachs der Kaiser erzählt. Das Wachs, mit dem die Urkunden der Lehensträger gesiegelt werden, und andere Dokumente, die in den falschen Händen den Wert verlieren sollen?«

Darrag hatte davon gehört. Es war ein dunkelrotes Siegelwachs, das angeblich auf magische Weise seine Farbe änderte und schwarz wurde, wenn es in die falschen Hände geriet.

»Siehst du dieses Dokument?« Der Fremde starrte ihn ernst an.

»Ich kann nicht lesen«, antwortete Darrag ärgerlich.

»Du sollst es auch nicht lesen, du sturer Hornochse.« Der Fremde lächelte. »Sieh dir das Siegel an!«

Es war von einem tiefen Rot und zeigte einen Fuchskopf.

»Jetzt nimm du das Dokument, Darrag. Sei vorsichtig und sieh dir genau das Siegel an!«

Unsicher griff der Schmied nach dem Dokument. Das Wachs änderte die Farbe. Darrag erbleichte. Unsicher legte er es auf den Tisch. Er hatte noch nie einen Zauber wirken sehen. Noch immer war das Siegelwachs schwarz.

»Und nun schau noch einmal genau her!« Der Fremde nahm das Pergament, und wieder veränderte das Siegel seine Farbe. Im Nu wurde es dunkelrot. Langsam rollte er das Schreiben zusammen, schob es in die Lederhülle und verbarg es wieder unter dem Wams.

»Gut«, murmelte Darrag, »du bist also ein Mann des Prinzen. Und was willst du von meiner Frau und meinen Kindern? Sie haben niemandem etwas getan. Wir waren immer auf Seiten des Kaiserreichs. Ihr seid ungerecht, wenn Ihr ihnen etwas zu leide tut.«

»Niemand will etwas von ihnen, Schmied. Wahrscheinlich sind sie noch damit beschäftigt, Kohl einzukaufen. Ich sah die drei vorhin aus dem Haus kommen und zum Markt gehen. Meine Geschichte war erfunden. Ich mußte wissen, ob du deine Freunde verraten würdest. Du hast diese Prüfung bestanden, doch solltest du lernen, dein Temperament besser im Zaum zu halten. Sag mir jetzt, auf wen man in dieser Stadt noch im Kampf gegen die Orks rechnen kann! Schon morgen nacht will ich die Schwarzperle aus ihrer Zitadelle werfen, doch dazu brauche ich noch Verbündete. Du sollst mir helfen, denn dir traue ich jetzt. Und entschuldige, wenn ich mich erst jetzt vorstelle. Ich bin Marcian, der neue Inquisitor für die Grafschaft Greifenfurt, und trage auch den Rang eines Obristen. Man hat mich geschickt, um diese Stadt von Orks zu befreien. Und ich brauche Männer wie dich. Ich hoffe, du kannst mir verzeihen, wenn ich deine Loyalität zunächst so grausam erproben mußte. – Bevor ich es vergesse: In wessen Auftrag ich hier bin, bleibt zunächst unser Geheimnis. Du sollst der einzige sein, der weiß, daß ich ein Inquisitor bin.«

Marcian reichte dem Schmied die Hand. Darrag zögerte, dann griff er zu und drückte die Hand fester, als nötig gewesen wäre. Der Inquisitor verzog keine Miene.

Lancorian fluchte vor sich hin. Eine Schande war es, den exzellenten Wein mit Gift zu versetzen. Er hätte niemals gedacht, daß er so tief sinken würde. Patriotische Gefühle hatte er dabei nicht. Bisher hatte er es nie nötig gehabt, die Welt in Freunde und Feinde zu unterteilen. Es gab nur Leute, die er mochte, und andere, die ihm gleichgültig waren. Er war nie gut in Intrigenspielen gewesen. Und jetzt hatte er auch noch den Eindruck, daß Marcian ihm nicht die volle Wahrheit sagte. Warum war er so versessen darauf, sich mit den Orks anzulegen? Wenn der Sieg der Kaiserlichen so nahe war, warum konnte er dann nicht die paar Wochen warten, bis die Armee des Prinzen vor den Toren der Stadt stand? Warum jetzt einen Aufstand riskieren? Jedenfalls hatte Marcian sein Ziel erreicht. Gerade jetzt mußte er in einem verborgenen Keller vor den Rebellen stehen, um ihnen seine Pläne darzulegen. Lancorian schmunzelte. Wenn er an die Greifenfurter Bürger dachte, konnte er sich nicht vorstellen, daß sein Freund viele Gleichgesinnte um sich geschart hatte. Insgeheim stellte er sich dicke Händler und Tuchmacher vor, für die die Revolte nicht mehr war als ihr liebstes Stammtischthema. Der Erfolg des Unternehmens würde davon abhängen, daß sein Schlafgift wirkte und daß Lysandra mit ihren Freischärlern wie versprochen um Mitternacht vor dem Andergaster Tor auftauchte.

Zweifelnd blickte der Magier über seinen Arbeitstisch. Ein Schlafgift war in der ganzen Stadt nicht zu bekommen. Vielleicht wollten ihm die Heiler und Apotheker aber auch deshalb keines verkaufen, weil sie insgeheim unterstellten, daß es bei seiner Arbeit in der Fuchshöhle eingesetzt würde und daß sie es vielleicht sogar am eigenen Leib zu spüren bekämen. Der Gedanke an die Bürger und ihre Doppelmoral ließ Lancorian einen Moment vor Wut erschaudern. Dann blickte er wieder über die Zutaten zum Schlaftrunk. Zwei Alraunenwurzeln, Ilmenblätter, einige schwarze Gänsedaunen und ein wenig Boronwein. Laut Rezeptur hätte eine der Alraunenwurzeln drei mal sieben Tage im Boronwein liegen sollen. Lancorian zuckte mit den Schultern. Das klappte nicht mehr. Da hätte Marcian sich schon ein wenig eher an ihn wenden müssen. Er würde es mit drei mal sieben Stunden probieren. Schließlich mußte der Trunk morgen nacht fertig sein.

Er legte die Ilmenblätter und sieben Gänsedaunen in eine kupferne Pfanne, um sie über kleiner Flamme zu rösten. In der Akademie war er als Alchemist nie sonderlich gut gewesen. Seitdem hatte er sich mit diesem Gebiet fast gar nicht mehr beschäftigt. Hoffentlich ging die Sache gut! Es machte ihn nervös, wenn er daran dachte, daß vielleicht Menschenleben vom Erfolg seiner Versuche abhingen.

Die Daunenfedern waren mittlerweile zerfallen und die zerriebenen Ilmenblätter zu schwarzen Krümeln verbrannt. Vorsichtig füllte er das Ganze in einen bronzenen Mörser und zerstieß es zu feinem schwarzen Pulver. Morgen abend würde er alle Ingredienzen zusammengeben und einen starken Schlafzauber auf den Trank legen. Sollte sich das Ganze dann zu einem zähflüssigen Sirup verdicken, dann war sein Zauber geglückt. Mit einem schweren Almadaner Wein vermischt würde der Schlaftrunk schon wirken. Der Wein alleine hatte es schließlich schon in sich.

Selbstzufrieden schmunzelte Zerwas in sich hinein. Er hatte die Gestalt eines kräftigen jungen Mannes angenommen, der ihn vor langer Zeit einmal für eine Nacht beherbergt hatte. Mit kaltem Lächeln erinnerte sich Zerwas an den erstaunten Blick des Holzfällers, als er starb. Man sollte sich in der Einsamkeit der Wälder halt besser überlegen, wem man Tür und Tor öffnete. Hier in der Stadt war es anders. In den letzten Woche hatte er nur noch wenig gemordet, obwohl die Besatzung der Orks im Vergleich zu früheren Zeiten wesentlich bessere Möglichkeiten bot. Als noch Priester in der Stadt waren, hatte er vorsichtiger sein müssen. Deshalb war er auch jetzt hier in diesem Keller. Schon gestern spürte Zerwas, daß sich etwas änderte. Plötzlich war jemand in der Stadt, der auch ihm gefährlich werden konnte. Darrag, der sich für seinen Freund hielt, hatte ihn über dieses Treffen der Verschwörer informiert. Hier zu sein bei dieser Versammlung war wichtig für ihn. Er durfte auf keinen Fall eine so grundlegende Veränderung versäumen. Es gab nun zwei Möglichkeiten, seine Macht zu steigern. Er konnte die Verschwörer an die Orks verraten. Statt die Orks zu überwältigen, würden sie dann in eine Falle laufen. Das gäbe eine blutige Nacht für Greifenfurt. Und genau das war der Punkt. Es würde *eine* blutige Nacht für Greifenfurt. Sollte er den Aufrühern helfen, bestanden gute Aussichten, die Besatzer aus der Stadt zu werfen. Aber nur vorübergehend. Wenn die Karten für den Prinzen so gut stünden, wie dieser Mann mit den weißen Schläfen hier vor den Verschwörern behauptete, dann wäre es nicht nötig, den Orks eine wichtige Nachschubbasis zu nehmen. Die kaiserlichen Armeen würden die Schwarzpelze einfach überrennen. Wahrscheinlicher war, daß diese Rebellion das Ziel hatte, Kräfte der Orks im Hinterland zu binden und so die Armee zu schwächen, die gegen den Prinzen kämpfte. Wenn dem so war, würden die Orks bald wieder vor den Toren der Stadt stehen. Es würden noch katastrophalere Zustände herrschen als jetzt, und vor allem würde sehr viel mehr Blut fließen. Die Vorstellung vom Leid einer ganzen Stadt erregte Zerwas. Sie würden büßen, was man ihm einst angetan hatte. Er würde zum Rachegott, der diese Stadt in Elend und Vernichtung stürzte. Er wollte die Einwohner leiden sehen. Lange leiden! Genauso, wie er damals im Angesicht der Greifenfurter lange gelitten hatte. Nun würde er zuschauen, wie diese Stadt zugrunde ging.

Wieder lauschte Zerwas auf die Worte des Redners. Er prangerte gerade die Schreckensherrschaft der Orks an und wurde durch zustimmendes Gemurmel bestätigt. Mit lauter Stimme erinnerte der Aufrührer an die sogenannte Blutnacht, als die Orks alle Sklaven einer Barracke niedermetzelten. Bis auf einen, den die Angst in den Wahnsinn getrieben hatte. Und dann sprach er von den Toten der folgenden Nacht, von den fünf Männern und Frauen, die man an Pfähle gefesselt hatte und die man über Nacht grausam tötete. Der neue Tag hatte ihre Leichen mit abgerissenen Köpfen an den Pfählen hängen sehen.

Zerwas schmunzelte, und die zwanzig Bürger im Keller machten ihrem Unmut durch empörtes Geschrei Luft. Diese Opportunisten, dachte Zerwas. Bislang hatte keiner von ihnen einen Finger krumm gemacht, etwas zu tun. Und dann kam dieser Fremde aus Gareth, redete von Aufstand und schon waren sie Feuer und Flamme.

Wieder musterte Zerwas den Mann mit dem flammend roten Umhang. Er konnte ihm gefährlich werden. Er hatte nicht nur den Willen zur Macht, sondern auch die nötige Intelligenz und Kälte, sich durchzusetzen. Es war nun an der Zeit, sich einzumischen. Er spürte ganz deutlich, an einer Weggabelung des Schicksals zu stehen. Jetzt wurde entschieden, ob er zu ungeahnter Macht gelangte oder den Weg in sein Verderben beschritt. Er hatte sich entschieden. Dann ergriff er das Wort.

»Wie soll eigentlich die Garnison gestürmt werden? Die Besatzungen der Stadttore zu überwältigen und betäubte Offiziere zu fangen, das stelle ich mir auch nicht schwierig vor. Aber was ist, wenn das Tor der Garnison verschlossen ist? Und soweit ich weiß, ist es jede Nacht verschlossen, und es gibt keinen menschlichen Sklaven, der es öffnen könnte. Die wenigen, die in der Garnison Frondienste verrichten, werden jede Nacht in Eisen gelegt. Also, wie kommen wir dort hinein?«

Der Redner blickte Zerwas fest an, der sich sicher war, mit seiner Frage einen wunden Punkt getroffen zu haben, und entgegnete lapidar: »Wir müssen versuchen, dort jemanden einzuschleusen.«

»Und wie soll das gehen?« Zerwas genoß es, diesen Mann, der sich Marcian nannte, in Schwierigkeiten zu bringen.

»Wir brauchen Freiwillige, die sich in die Festung einschleichen, die versuchen, mit Seilen noch vor Mitternacht heimlich über die Mauern zu kommen.« Marcians Stimme wirkte nicht mehr so fest und sicher wie bisher.

»Ich würde vorschlagen, daß ein starker Mann durch den Fluß schwimmt und über die Westmauer versucht, in die Garnison einzudringen. Wenn überhaupt jemand Wache steht, dann im Torbereich, nicht aber zur Flußseite hin.« Alle blickten auf Zerwas, und zustimmendes Gemurmel erklang. Großgewachsen, mit sorgfältig gestutztem Kinnbart und langem schwarzem Haar war er ein Mann, dessen Erscheinung allein schon Eindruck machte. Gewöhnlich fiel es ihm leicht, überzeugend zu sein. Nur Marcian musterte ihn mißtrauisch. Wahrscheinlich verübelte er ihm diesen begründeten Einspruch, der seine Fähigkeiten als Stratege in Frage stellte. Doch schnell fing er sich und fragte: »Und wer meldet sich für diese Aufgabe freiwillig? Vielleicht solltest du in die Garnison eindringen. Offensichtlich kennst du dich ja bestens aus.«

»Genau daran hatte ich auch gedacht. Ich würde diese Aufgabe gerne übernehmen.« Selbstzufrieden lächelnd lehnte Zerwas sich an die Gewölbewand zurück. »Oder gibt es sonst noch Freiwillige? Wahrscheinlich ist es sogar schlecht, wenn zu viele versuchen, über die Mauer zu gelangen. Jede weitere Person, die bei diesem Unternehmen dabei ist, bedeutet ein zusätzliches Risiko.«

»Gerade weil diese Aufgabe so wichtig ist, solltest du es aber nicht allein versuchen«, erwiderte Marcian. »Fällst du den Orks in die Hände, wird uns niemand das Tor öffnen.«

»Ich bleibe dabei: Der Starke ist am stärksten allein! Andere würden mich nur behindern.«

»Dann werden wir eben zwei Gruppen bilden, die unabhängig voneinander versuchen, in die Garnison einzudringen.« Marcians Stimme klang gereizt. »Ich denke, ich habe gestern in der Fuchshöhle noch einige Mitstreiter kennengelernt, die für eine solche Aufgabe geeignet sind. Jedenfalls scheuten sie nicht davor zurück, damit zu prahlen, was sie nicht schon alles zur Befreiung getan hätten, wenn Greifenfurt ihre Heimatstadt wäre. Sollen die auch ihr Glück versuchen! Doch falls alle Stricke reißen und keine der beiden Gruppen erfolgreich ist, werden wir mit Lysandras Leuten an der Seite auf jeden Fall stark genug sein, um die Garnison ohne Unterstützung von innen zu stürmen. Darrag, kümmere du dich darum, daß wir bis morgen nacht genügend Seile und Wurfanker haben, um die Mauern notfalls im Sturm zu nehmen!«

Marcian hatte die Verschwörer wieder unter Kontrolle. Sollte er nur weiter planen. Zerwas war zufrieden. Die alleinige Autorität dieses Fremden war in Frage gestellt, und er hatte eine wichtige Aufgabe, die er weitgehend allein lösen konnte. Damit war der erste Schritt in eine neue Richtung getan, und er gehörte auf jeden Fall zu denjenigen, die die Zukunft gestalten würden.

Marcian spielte unruhig an seinem Schwertknauf. Dieser Zerwas hatte ihm gerade noch gefehlt! Leise fluchte der Inquisitor vor sich hin. Als hätte er das Problem, die Garnison zu stürmen, nicht schon längst überdacht. Einige der Agenten, die er in die Stadt geschleust hatte, sollten in die Festung am Fluß eindringen, um das Haupttor zu öffnen. Nur konnte er den anderen Verschwörern im Keller davon nichts sagen. Wollte er diese Männer und Frauen auch in Zukunft noch als Agenten einsetzen, durfte man keine offensichtliche Verbindung zwischen ihnen und Marcian herstellen können. Wieder dachte er an Zerwas. Der Mann mit seinem stechenden Blick war ihm unheimlich.

Wieder blickte sich Marcian vorsichtig um. Hier am Platz der Sonne wollte er sich um Mitternacht mit seinen Agenten treffen. Er selbst war viel zu früh. Angestrengt lauschte er auf Schritte im Dunkeln. Dann grübelte er wieder, warum wohl die Orks den Praios-Tempel so vollständig zerstört hatten. Aus Berichten wußte er, daß die Schwarzpelze bisher auf ihrem Feldzug alle Tempel der Zwölfgötter geplündert hatten, doch daß sie jemals einen anderen Tempel so gründlich zerstört hätten, hatte er noch nie gehört. Und dann die Grube! Das Einreißen der Mauer allein genügte ihnen nicht! Sie hatten das ganze Fundament ausgehoben und begonnen, ein riesiges tiefes Loch zu graben, das fast den ganzen Platz ausfüllte. Am Rand erhob sich ein gewaltiger Schutthügel, in dessen Schatten sich Marcian nun verbarg. Viele Knochen sollen bei den Ausschachtungen gefunden worden sein. Mittlerweile war der Hügel zu hoch, um noch weiter Erde auf ihn aufzuschütten. Die Orks brachten den Abraum deshalb mittlerweile auf Karren vor die Stadt.

So sehr Marcian auch über den Sinn des Unternehmens nachdachte, es blieb ihm rätselhaft. Aus einer der vier Hütten am Rande des Platzes trug der Nachtwind einen lauten Seufzer zu ihm. Er hatte die Sklaven tagsüber beobachtet, wohl vierzig ausgemergelte Frauen und Männer. Auch wenn man hörte, daß es ausnahmslos gefangene Kämpfer waren, würden sie so schnell kein Schwert mehr führen. Die Sklaven in eine gute körperliche Verfassung zu bringen würde eine ganze Weile dauern.

Marcian fuhr herum und duckte sich noch tiefer in den Schatten. Schritte näherten sich. Er konnte die große gedrungene Gestalt des Ingerimm-Geweihten ausmachen. Mit einem leisen Pfiff gab er sich ihm zu erkennen.

Wenige Augenblicke später waren alle versammelt. Nur die Elfen und der Zwerg fehlten. Er hatte ihnen dringend davon abgeraten, in die Stadt zu kommen. So gut konnte keine Verkleidung sein, daß die Orks nicht gemerkt hätten, wen sie da vor sich haben. Sie sollten morgen um Mitternacht versuchen, über die Außenmauer in die Garnison einzudringen und heimlich das Tor öffnen. Wieder dachte der Inquisitor verärgert an Zerwas. Hoffentlich würde er nicht auffallen und alles verderben. Doch jetzt galt es, sich auf wichtigere Dinge zu konzentrieren. Mit leiser Stimme sprach er mit seinen Leuten noch einmal seinen Plan durch. Sie sollten alle gemeinsam in der Fuchshöhle gegen die Offiziere vorgehen. Sollte es Schwierigkeiten geben, brauchte er hier Männer und Frauen, denen er vertrauen konnte. Sobald dies geregelt war, würden sie sich in mehrere Gruppen aufteilen.

Die Stadttore mußten schnell in ihre Gewalt gebracht werden, und sobald Lysandra mit ihren Leuten eindrang, würden sie sich die Garnison vornehmen.

Auf Fackelzüge und Aufrufe, die die Bürger aus den Betten holten, würde er verzichten. Damit würde man nur das Überraschungsmoment für den Angriff auf die Garnison verspielen, und militärisch waren bewaffnete Bürger fast ohne Wert. Nein, er würde lieber auf die wenigen Männer, mit denen er gesprochen hatte, und auf die kampferprobten Freischärler vertrauen, die Lysandra vor die Tore der Stadt führte.

Als alles besprochen war, trennten sich die Verschwörer wieder. Unauffällig verließen sie den Platz in die verschiedenen Richtungen. Marcian war erleichtert, daß es alle bis Greifenfurt geschafft hatten. Das war ein gutes Omen. In vierundzwanzig Stunden würde sich erweisen, ob die Götter auf seiner Seite waren. Manchmal kamen dem Inquisitor Zweifel, ob er das Richtige tat. Doch nun würde er erst einmal bei Lancorian und einem hübschen Mädchen Ablenkung suchen.

Marican brauchte Ruhe. Fast glaubte er, ein Fieber habe von ihm Besitz ergriffen, als er zur Fuchshöhle zurückkehrte. Lancorian war nicht zu sehen. Wahrscheinlich stand er wieder auf der verborgenen Wendeltreppe, um die Gäste der Mädchen zu beobachten und seine Zauber zu wirken.

Außer dem Inquisitor hielt sich kein weiterer Gast mehr in der Schankstube auf. Einige Mädchen saßen gelangweilt an einem Tisch und warteten auf späte Freier. Neugierig blickten sie zu Marcian hinüber, der Wein bestellt hatte.

Die ersten Becher stürzte er wie Wasser in sich hinein. Marcian wollte sich schnell betrinken, um seiner üblen Stimmung zu entgehen. Er war nervös wegen der nächsten Nacht. Er mußte zu vielen vertrauen. Sollte nur einer der Eingeweihten den Plan zum Aufstand an die Orks verraten, würden sie alle in die Falle laufen, und wer das Pech hatte zu überleben, würde zum Opfer für den Blutgott Tairach.

Seit dem Treffen der Verschwörer fühlte Marcian sich elend. So als würde eine unbekannte Kraft ihm den Lebenswillen und die Zuversicht stehlen. Manchmal fragte er sich sogar selbst, ob der Aufstand sinnvoll sei. Er würde auf jeden Fall etliche Greifenfurter das Leben kosten, und sollte Prinz Brin nicht schnell genug mit seinem Heer erscheinen, konnte der Aufstand sogar die Vernichtung der Stadt und all ihrer Einwohner bedeuten. Daran, daß die Stadt mehr als nur Nachschubbasis für die Orks war, zweifelte Marcian nicht mehr, seit er die tiefe Grube auf dem Platz der Sonne gesehen hatte. So viel Energie würden die Schwarzpelze nur aufwenden, wenn es Großes zu gewinnen gab. Aber was?

Mit verschleiertem Blick starrte der Inquisitor zum Tisch der Mädchen hinüber. Der Wein wirkte bereits. Er fühlte sich freier. Auch freier von all den Vorschriften, die der Großinquisitor ihm einzubleuen versucht hatte. Träge musterte er die Mädchen, die mittlerweile gemerkt hatten, daß er herüberstarrte und sich aufreizend in Pose setzten. Eine Blonde stand auf und kam zu ihm herüber. Sie strich ihm übers Haar.

»Na, mein großer Krieger, willst du nicht aufhören, so wild zu stieren, und mich statt dessen dein Feuer aufnehmen lassen?«

Der Inquisitor schätzte Anzüglichkeiten dieser Art nicht. Lallend schob er sie beiseite. Er wollte Cindira, die dunkelhaarige Schönheit aus dem Süden, die ihn schon in der letzten Nacht beglückte. Glücklich hatte er sich schon lange nicht mehr gefühlt. Genaugenommen seit dem Tag, an dem er seine Geliebte auf dem Scheiterhaufen sah und nicht die Kraft und den Mut fand, ihren Tod zu verhindern. Sein Ruhm und die Inquisition hatten ihn verblendet. Auf Befehl des Barons legte er damals selbst die Fackel an den Scheiterhaufen. Niemals würde er die Schreie seiner Geliebten vergessen, als die Flammen nach ihr griffen, und ihr Betteln um einen schnelleren Tod klang ihm noch in den Ohren. Der Henker hatte ihr vor der Hinrichtung eine zauberkräftige Wurzel in den Rachen geschoben, so daß sie nicht schnell durch die Gnade eines Erstickungstodes erlöst wurde, sondern langsam verbrannte. Man hatte Marcian Vorhaltungen gemacht, wie er sich als Inquisitor auf eine Hexe hatte einlassen können. Seine Gunst beim Baron hatte er verspielt, und man schickte ihn weit fort. Für Jahre war er in Al'Anfa im tiefsten Süden des Kontinents. Er versuchte sich in allen Lastern, die diese sündige Stadt zu bieten hatte. Seine Tarnung war perfekt. Niemand hätte in dem vermeintlichen, reichen Kaufmannssohn, der Nacht für Nacht in den Bordellen und Spielhöllen der Stadt zubrachte, einen Inquisitor vermutet. Marcian hatte die Kunst des Intrigenspiels gelernt. Er kannte den Piraten El Harkir und konnte sich brüsten, ihm zu seinem Plan geraten zu haben, den alanfanischen Hochadmiral Paligan von dessen Flaggschiff zu entführen.

Es war ein Gedankenspiel von ihm gewesen, eine Idee, die er im Rausch dahergelallt hatte. Damals glaubte er sogar, einen Krieg verhindern zu können. Für ihn war es nicht mehr als das aberwitzige Gerede einer durchzechten Nacht. Doch El Harkir hatte diesen Wahn in die Tat umgesetzt, tollkühn im Hafen das Flaggschiff geentert und den Admiral mitten aus seiner Flotte entführt.

Statt so den Krieg zu verhindern, wie Marcian im Suff geglaubt hatte, hatte er die Kampfhandlung geschürt. Vielleicht war es ja sein Schicksal, dachte der Inquisitor, daß alles, was er im Guten begann, sich zu einem schrecklichen

Drama verselbständigte. Als der Krieg ausgebrochen war, hatte er sich für Wochen in einer Rauschkrauthölle im Hafen verkrochen. Er konnte sich nur vage an diese Zeit erinnern. Erst von dem Moment an, als Dorban, sein Leibdiener, ihn dort gefunden hatte und nach Gareth zurückbrachte, konnte er sich wieder klarer erinnern. Der Großinquisitor Baron Dexter Nemrod hatte ihn dazu beglückwünscht, auf diese Weise den Krieg mit verursacht zu haben. Indem sich das Sultanat und Al'Anfa gegenseitig zerfleischten, war die Machtposition des Kaiserreichs nur gefestigt worden.

Fünf Jahre war das nun her. In dieser Zeit hatte er seinen Körper mit endlosen Übungen gestählt. Hatte das Gift der Drogen aus seiner Seele gespült, doch seine Trauer, seine Melancholie hatte er nicht besiegen können. Sein Leben war verpfuscht. Er fühlte sich so niedergeschlagen wie damals in Al'Anfa, und die dunkelhaarige Cindira erinnerte ihn an seine liebste Gespielin aus dieser Zeit. Sie konnte zwar keine neue Liebe in ihm entfachen, doch verstand sie es meisterhaft, ihn vergessen zu lassen.

Marcian rief das Mädchen mit den großen dunklen Augen und der samtenen Haut zu sich herüber. Mit grazilen und selbstsicheren Schritten kam sie zu ihm und blickte den Inquisitor lange an. Er hatte das Gefühl, daß sie bis in sein Innerstes sehen konnte. Daß sie die Wunden spürte, die niemals verheilen würden. Er drückte ihr ein Goldstück in die Hand und flüsterte ihr ins Ohr, daß Lancorian für sie die Illusion einer Villa Alanfanischen Stils auf einer Steilklippe am Meer erschaffen solle. Mit einer prächtigen Terrasse, die aufs Perlenmeer hinausblickte. Er wollte das Geräusch der Brandung hören, während er Cindira liebte. Der helle Klang einer tulamidischen Flöte sollte aus dem Innern des Hauses kommen, und der schwere Duft exotischer Blüten seine Sinne betäuben. Wankend stand Marcian auf und ging zur Treppe zu den Kellergewölben hinüber. Heute nacht wollte er vergessen, bevor er morgen ein weiteres Mal Tod und Verderben in eine Stadt brachte.

Gebannt starrte Marcian durch das kleine Fenster des Verstecks. Die Orks hatten angefangen zu trinken. Es waren fünf, die Offiziere der Garnison. Sie hatten ihre ledernen Rüstungen abgelegt, und alle hatten bereits einen oder zwei Becher Wein mit dem Schlaftrunk hinuntergestürzt. Marcian fand ihre haarigen, muskulösen Körper abstoßend. Auch Cindira war unter den Mädchen, die sich den Bestien hingaben. Marcian schluckte. Er hätte nicht gedacht, daß es ihm etwas ausmachen würde, sie hier zu sehen.

Mit wilden Küssen fiel ein glatzköpfiger Ork über sie her. Sie mußte sich kunstvoll in seinen Armen winden, um nicht durch die vorstehenden Reißzähne seines Unterkiefers verletzt zu werden. Die Nägel seiner starken Hände hinterließen blutige Striemen auf Cindiras Rücken. Marcians Hand krampfte sich um den Griff des Schwertes an seiner Seite. Der Glatzkopf sollte sterben. Gleichgültig, was er Lancorian versprochen hatte. Ein anderes Mädchen stöhnte laut auf, als ihr Liebhaber in sie eindrang.

Marcian wollte an etwas anderes denken, versuchte seinen Blick in die Tiefen der Landschaftsillusion zu lenken, die Lancorian geschaffen hatte, grasbewachsene Hügel und ein strahlend blauer Himmel. Man glaubte sogar, die Hitze des Sommers zu spüren. Am Horizont graste eine Herde Mammuts. Das lustvolle Stöhnen der Orks holte ihn wieder ins Jetzt zurück. Wie lange mochte es noch dauern, bis der Schlaftrunk wirkte?

Einer der Orks taumelte auf die große Amphore zu, die in einem dreibeinigen Metallständer scheinbar inmitten der Hügellandschaft stand. Kurz bevor er sie erreichte, stolperte er, versuchte sich mit rudernden Armen an der Amphore festzuhalten und riß sie samt Ständer zu Boden. Das Gefäß zerbrach. Der dunkelrote Wein ergoß sich über dem Boden. Wie ein Tier versuchte der Ork, den verschütteten Wein aufzulecken. Dann setzte er sich mitten in die Pfütze und begann lauthals zu lachen. Die anderen ignorierten ihn. Sie waren zu sehr mit den Mädchen beschäftigt.

Cindira starrte mit riesigen Pupillen ins Leere. Marcian wußte von Lancorian, daß die Huren Drogen nahmen oder sich betranken, bevor sie sich den Orks hingaben. Marcian spürte eine unbändige Wut in sich. Noch immer war nicht das geringste Zeichen dafür zu erkennen, daß die Orks mehr als nur leicht betrunken waren. Nur mühsam gelang es dem Inquisitor, mit leiser Stimme zu sprechen, als er sich zu Lancorian umwandte.

»Was ist da unten los? Wieso wirkt dein Schlafmittel nicht? Haben diese Ungeheuer zu wenig getrunken, oder sind sie dagegen vielleicht immun?« Mit stechendem Blick fixierte er den Magier. »Oder könnte es sein, daß dein Trank nicht wirkt?«

»Das glaube ich nicht. Ich fürchte, die haben einfach zu wenig getrunken. Wahrscheinlich wird sich die Wirkung noch etwas verstärken, aber daß sie von dem bißchen einschlafen, glaube ich nicht.« Lancorian schluckte.

»Und wie lange dauert es erfahrungsgemäß, bis sie bei den Mädchen vor Erschöpfung einschlafen? Du siehst dir so eine Orgie doch nicht zum ersten Mal an. Also heraus mit der Sprache?« fauchte Marcian seinen Freund an.

»Das wird noch zwei bis drei Stunden dauern.«

Zu lange, dachte der Inquisitor. Bis dahin mußte längst das Stadttor geöffnet sein, und der Sturm auf die Kaserne sollte beginnen. Finster blickte er zu Lancorian hinüber. »Du hast es verbockt«, murmelte der Inquisitor. »Jetzt kann ich mein Wort nicht mehr halten. Wir müssen den Raum stürmen, und es wird Blut fließen. Es tut mir leid.«

Die letzten Worte meinte er nicht wirklich so. Er brannte darauf, dem glatzköpfigen Ork, der sich an Cindira vergangen hatte, sein Schwert in den Leib zu rennen. Hastig stieg Marcian die Treppe bis zur Turmspitze hinauf, durchquerte das Zimmer des Magiers und stieg die äußere Treppe hinab, um von der Straße in den Schankraum zu gelangen. Hastig blickte er sich dort um. Es waren nur Mitverschwörer hier. Der Schmied Darrag, die Agenten, die er aus Gareth mitgebracht hatte, und einige mutige Bürger, die schon gestern abend bei der Versammlung in dem Keller dabei gewesen waren.

»Meine Gefährten«, sagte Marcian mit hallender Stimme. »Männer und Frauen, die ihr euch entschieden habt, der Freiheit in diesen Stadtmauern wieder Einzug zu verschaffen! Nun ist unsere Stunde gekommen! Wie ein Sturm, der das letzte Herbstlaub von den Bäumen reißt, werden wir die Orks hinwegfegen. Ergreift eure Waffen und folgt mir in den Keller. Dort erwartet uns ein harter Kampf, denn der Wein hat den Bestien nicht die Sinne geraubt. Nackt liegen sie da, verzückt in ihrer Geilheit. Laßt uns ihrem grausamen Spiel mit den Mädchen dieses Hauses ein blutiges Ende bereiten!«

Mit diesen Worten stürmte Marcian die Treppe zum Keller hinunter. Die anderen folgten ihm gröhlend. Das Scharren von Schwertern, die aus den Scheiden gerissen wurden, war zu hören.

Nach wenigen Schritten stand Marcian vor der Tür zum Purpurgewölbe. Er hob die Hand zum Zeichen für die anderen, leiser zu sein und legte sein Ohr lauschend an die Tür. Es schien, als hätte man drinnen nichts bemerkt und die Orgie würde ungehemmt fortgesetzt. Noch einmal dachte Marcian an den Glatzköpfigen und Cindira. Dann stieß er die Tür auf und stürzte mit blankem Schwert in das Gewölbe.

Einer der Orks kniete unmittelbar vor seinen Füßen und versuchte, den verschütteten Wein aufzulecken. Die anderen hatten noch gar nicht richtig begriffen, was hier vor sich ging. Nur der Glatzkopf starrte über Cindira gebeugt wie gebannt zur Tür.

Mit aller Kraft ließ Marcian die Klinge auf den Schädel des vor ihm knienden Orks herabsausen. Der Ork erhob schützend die Hand, doch das Schwert trennte sie ihm glatt vom Arm und grub sich tief in seinen Schädel. Mit gurgelndem Laut sackte er in sich zusammen. Marcian setzte ihm den Fuß auf die Brust, um seine Waffe aus dem toten Ork zu ziehen. Hinter ihm drängten die anderen in das Gewölbe.

Die Orks hatten sich von ihrem ersten Schrecken erholt und versuchten, an ihre Waffen zu gelangen. Der Glatzkopf faßte Cindira um den Hals und zerrte sie mit sich weiter nach hinten, ihren Körper als Schutzschild benutzend. Marcian sprang über einen Gegner hinweg, der sich nach einer Axt bückte. Mit brennendem Blick fixierte er den Glatzkopf und parierte wie in Trance einen Hieb, der von der Seite gegen ihn geführt wurde.

Der Schwarzpelz hatte irgendwie einen Dolch zu fassen bekommen und sich bis zur Rückwand des Gewölbes zurückgezogen. Noch immer hielt er Cindira vor sich. Jeder Angriff Marcians konnte sie das Leben kosten. Der Inquisitor fluchte. Warum ging nie etwas glatt in seinem Leben? Er suchte eine Schwäche in der Deckung seines Gegners. Vergebens! Er war sich zwar sicher, den Glatzkopf besiegen zu können, aber jeder Angriff könnte den Tod des Mädchens zur Folge haben.

Hinter ihm hallte der Keller vor Kampflärm. Es schien, daß die Orks mehr Widerstand leisteten, als er erwartet hatte.

Marcian mußte den Glatzkopf aus der Reserve locken.

»Verkriechen sich die Männer des Sharraz Garthai nun schon hinter Frauen?« Marcian versuchte möglichst gelassen zu wirken, während er seinen Gegner in der gutturalen, wie ein Knurren klingenden Sprache der Orks ansprach. Wütend funkelte sein Gegenüber ihn an. »Ich habe auch gehört, daß ihr in Greifenfurt seid, weil der Schwarze Marschall euch nicht zum Kämpfen gebrauchen kann. Wenn ich dich so betrachte, kann ich dem nur zustimmen.« Vorsichtig hob der Inquisitor die Klinge. Der Schwarzpelz fletschte die Zähne. Bald würde er die Beherrschung verlieren.

Die Reaktion des Orks kam für Marcian völlig unerwartet. Mit einem wütenden Aufschrei stieß er Cindira auf den Inquisitor zu, der blitzartig die Klinge zur Seite riß, um das Mädchen nicht zu verletzen. Unter der Wucht des Aufpralls gingen beide zu Boden, und wie ein Raubtier sprang der

Ork mit erhobenem Dolch auf seine Opfer am Boden zu. Genau in diesem Augenblick versuchte Cindira sich aufzurichten, so daß die Klinge des vorschnellenden Orkkriegers ihr tief in die Schulter fuhr.

Marcian rollte sich zur Seite und kam mit katzenhafter Behendigkeit wieder auf die Beine. Ruckartig riß der Ork seine Waffe aus der Schulter des Mädchens. Aus der klaffenden Wunde ergoß sich ein breiter Strom Blut über Cindiras Rücken. Sie hatte das Bewußtsein verloren.

Vorsichtig umkreiste Marcian seinen Gegner. Blinder Haß drohte ihn zu ersticken. Er würde diesen Ork nicht einfach nur töten, er würde ihn schlachten. Aus den Augenwinkeln sah er Cindira, die in einer Blutlache lag.

Mit einem heftigen Schlag fegte Marcian den Dolch des Gegners zur Seite und zog ihm mit der Spitze des Schwertes eine tiefe Schramme über die Brust. Einen Moment taumelte der Ork, doch dann fing er sich und versuchte, den Inquisitor mit einem Kopfstoß von den Beinen zu rammen.

Mit einem Sprung zur Seite wich Marcian aus. Der Ork taumelte ins Leere, drehte sich herum und hob mit einem Schreckensschrei den linken Arm, um einen Schwerthieb des Inquisitors abzufangen. Fast ohne an Wucht zu verlieren, trennte der Schwerthieb die Hand vom Arm und fuhr seitlich des Halses in die Schulter des Orks.

Mit gurgelndem Laut ging der Glatzkopf in die Knie und preßte in dem verzweifelten Versuch, die Blutung zu stillen, den Armstumpf gegen seine Brust. Der Dolch war ihm aus der Hand geglitten. Noch immer sah Marcian das Bild der schwerverletzten Cindira vor seinem inneren Auge. Sah quälend langsam, wie ihr der Dolch bis ans Heft in die Schulter glitt.

»Ich … ergeben …«, stammelte der Ork mühsam in der Sprache der Menschen. In pulsierenden roten Strömen schoß ihm das Blut aus dem Arm und der Schulter. Mit der unverletzten Hand stützte er sich auf, um nicht vornüber zu kippen. Mit kaltem Blick setzte Marcian ihm die Klinge an den Hals.

»Ich ...« begann der Ork erneut, als der Inquisitor ihm die Klinge durch den Hals trieb und der Schwarzpelz mit einem gurgelnden Laut nach hinten fiel.

Mit einem kräftigen Ruck befreite Marcian sein Schwert und ließ dann gedankenverloren die Klinge fallen. Cindira, schoß es ihm durch den Kopf. Sie darf nicht sterben!

Er kniete sich neben dem Mädchen nieder. Die Wunde in der Schulter blutete nicht mehr so stark. Wie ein dünnes Rinnsal floß das Blut an ihrem Rücken hinunter. Verzweifelt riß sich Marcian einen breiten Streifen Stoff von seinem Umhang, um ihn auf die Wunde zu pressen und die Blutung zu stillen. Erst jetzt merkte er, daß es still geworden war.

Der Kampf hatte aufgehört. Die Männer und Frauen blickten zu ihm herüber. »Laß sie liegen. Sie ist tot«, klang eine tonlose Stimme von irgendwoher.

»Nein!« schrie Marcian. Gleichzeitig wurde ihm bewußt, daß er sich zusammenreißen mußte, wollte er nicht sein Ansehen bei den anderen verlieren. Für sie war Cindira nur eine Hure. Sie würden nicht verstehen, daß er sich ihretwegen hier aufhielt und der Angriff auf das Andergaster Tor verzögert wurde.

Marcian legte dem Mädchen die Hand auf den Hals. Ganz schwach fühlte er ihren Puls. »Laß mich ihr helfen«, hörte er eine vertraute Stimme über sich.

»Du kannst hier nichts mehr tun.« Lancorian kniete neben ihm nieder. Vorsichtig nahm er den blutdurchtränkten Fetzen von Cindiras Schulter und legte seine Hand auf die Wunde.

»Geh nun und tu deine Pflicht!« brummte Lancorian. Dann murmelte er einige unverständliche Worte und Marcian sah, wie sich die Wunde unter den Händen des Magiers schloß.

»Cindira hat viel Blut verloren. Ich glaube nicht, daß sie diese Nacht überleben wird, aber wenn du jetzt nicht gehst, wird sie umsonst gestorben sein.« Finster blickte der Magier Marcian an. »Mach schon! Geh dein blutiges Handwerk verrichten! Befreie die Stadt. Das hast du doch gewollt!«

Marcian hob sein Schwert vom Boden auf. Die Klinge schien ihm plötzlich unsagbar schwer. Er straffte sich und blickte seine Mitstreiter an. Nur mühsam konnte der Inquisitor ein Würgen im Hals unterdrücken. Dann sagte er mit einer Stimme, deren Kraft und Kälte ihn selbst überraschte: »Vorwärts, lassen wir Lysandra in die Stadt. Laßt uns Tod und Verderben über die Orks bringen! Und macht keine Gefangenen!«

Wieder starrte Marcian auf die beiden toten Orks zu seinen Füßen. An die letzten Augenblicke konnte er sich kaum erinnern. Er hatte die Rebellen zum Tor geführt. Am Gasthaus ›Zum Löwen‹ wartete eine seiner Agentinnen. Eine Jägerin, die in einem kleinen Wagen mit doppeltem Boden Waffen in die Stadt geschmuggelt hatte. Im Stall der Schenke wurde ein letztes Mal der Plan besprochen. Dann waren einige Männer wie im Suff grölend auf das Stadttor zugetorkelt und hatten sich an dem schweren Balken zu schaffen gemacht, der die Torflügel versperrte. Zwei Orks kamen aus dem Inneren der Toranlage und waren erdolcht worden, bevor sie auch nur einen Laut abgeben konnten. Dann stürmte er mit den anderen aus der Deckung. Als erster hastete er die schmale Steintreppe im Inneren des Torhauses empor und betrat den Wachraum. Zwei weitere Orks saßen dort an einem Tisch und würfelten. Was danach geschehen war, wußte er nicht mehr. Die Toten sahen übel aus. Noch immer krampfte sich seine Hand um ein blutiges Schwert. Er hatte seine Gegner regelrecht zerstückelt.

Erst jetzt merkte Marcian, daß auch Darrag der Schmied im Wachraum war. Er schien die Leichen der Orks nicht zu beachten und meldete, daß die Toranlage sowie die ganze nördliche Stadtmauer in der Hand der Rebellen sei. Widerstand hatte es so gut wie nicht gegeben. Außer den vier Orks am Tor war noch zwei anderen bei einem Wachgang über die Stadtmauer aufgelauert worden. Darrag blickte Marcian an, als würde er auf etwas warten. Als das Schweigen quälend wurde, fragte der Schmied: »Sollen wir nun vor dem Stadttor das Feuerzeichen für Lysandra und ihre Freischärler geben?« Marcian nickte, und Darrag verließ ohne ein weiteres Wort den Wachraum.

Der Inquisitor blickte durch eine der Schießscharten, während unter ihm vor dem zweiten Tor bewaffnete Frauen Fackeln schwenkten. Sollte die Amazone jetzt nicht mit ihren Freischärlern in den Feldern vor der Stadt warten, war die Rebellion bereits gescheitert, bevor sie richtig begonnen hatte. Bislang lief zwar alles nach Plan, und seine Mitverschwörer aus der Stadt hatten sich besser geschlagen, als Marcian erwartet hatte, und doch würde alles scheitern, wenn ihnen die Amazone mit ihren waffengeübten Freischärlern nicht beim Sturm auf die Garnison helfen würde.

Wieder blickte der Inquisitor über die Felder. Es war kaum etwas zu sehen in dieser Nacht. Dunkle Wolken trieben am Himmel. Er hing seinen Gedanken nach. Ob Cindira noch lebte? Bislang hatte er jedem Menschen, den er mochte, Unglück gebracht. Er wußte, daß man ihn in Gareth hinter vorgehaltener Hand den Boronsboten nannte. Die Leute mieden ihn. Selbst die anderen Inquisitoren. Seit er die Armee verlassen hatte, war er immer ein Außenseiter gewesen. In der Inquisition hatte er nur Neider, weil er schnell zu Amt und Würden gekommen war, obwohl er nicht einmal die Weihen eines Praiospriesters empfangen hatte. Alle anderen Inquisitoren, die er kannte, waren zugleich auch Geweihte des Sonnengottes, des obersten der ZWÖLFGÖTTER. Bei den Agenten, die im Dienste des Kaisers unterwegs waren, sah das anders aus. Hier zählte allein, daß man ihnen zutraute, loyal ihre Aufgabe zu bewältigen. Hier galten nicht so strenge Maßstäbe. Doch die Inquisitoren waren die Verkörperung der Gerechtigkeit, das Gewissen des Reiches. Man sagte, daß selbst der Prinz den Großinquisitor fürchtete. Baron Dexter Nemrod hatte immer schützend seine Hand über Marcian gehalten. Angeblich führte er über jede wichtige Person des Reichs eine Akte. Niemand war so gefürchtet wie er, und die Inquisitoren waren die Vollstrekker seines Willens.

Vor dem Tor erklangen gedämpfte Rufe. Marcian schreckte aus seinen Gedanken auf und blickte durch die Schießscharte. Dutzende Schatten näherten sich vom Rand der Felder. Einige Reiter waren dabei und gut hundert Kämpfer zu Fuß, soweit sich das bei der Dunkelheit überblikken ließ. Marcian wandte sich um und stieg die Treppe hinunter.

Im Torbogen stand Darrag und verteilte Wurfanker und Seile an die Freischärler. Neben ihm hatte Lysandra ihr Pferd gezügelt und scherzte mit einigen ihrer Leute, die das Tor passierten. Sie sah aus wie die Inkarnation Rondras. So hatte sich Marcian die Kriegsgöttin immer vorgestellt. Jeder Zoll eine Kriegerin. Lysandra trug einen bronzenen Muskelpanzer sowie polierte Arm- und Beinschienen, auf denen sich rot das Licht der Fackeln spiegelte, dazu einen prächtigen Helm mit einem Kamm aus weißem Pferdehaar. Wo sie sich diese Rüstung wohl beschafft hatte? Sie sah nicht so aus, als hätte sie ein Jahr in einem Versteck in der Wildnis gelegen. Und wenn, dann mußte Lysandra viel Zeit mit Waffenputzen verbracht haben. Marcians eigene Rüstung lag sorgfältig versteckt in einem hohlen Baum ein paar Meilen vor der Stadt. Es wäre unmöglich gewesen, sie unauffällig im Gepäck eines Augenarztes unterzubringen, und so hatte er sich am Morgen, bevor er in die Stadt ritt, von ihr getrennt.

Wieder blickte Marcian bewundernd zu Lysandra. Vor ein paar Nächten, als er die Amazone zum ersten Mal getroffen hatte, trug sie schlichte Lederkleidung. Jetzt war allein schon ihr schwarzer Umhang mit dem aufgestickten weißen Löwen einer Fürstin würdig. Sie würde den Männern und Frauen Mut machen. Und Mut würden sie brauchen, wenn es Zerwas und den Agenten nicht gelungen war, die Tore der Garnison zu erobern. Ein Sturm über die Mauern würde blutig. Doch der Inquisitor hatte keinen Zweifel, daß die Amazone auch in diesem Fall eine der ersten sein würde, die auf den Mauern der Festung stünde. Sie sah wie die Heldinnen in den Sagen der Bänkelsänger aus.

Stöhnend erhob sich Zerwas. Es bereitete ihm jedesmal unsägliche Schmerzen, wenn er seine Gestalt veränderte. Wie ein Dämon hatte er mit den gewaltigen Fledermausflügeln ausgesehen, und noch immer stand ihm das Bild des Turmwächters vor Augen. Die Orks galten als hartgesottene Kämpfer, doch dem Kerl hatte die Angst regelrecht die Kehle zugeschnürt, als er auf den Zinnen des Bergfrieds gelandet war. Der Wächter war nicht einmal mehr in der Lage gewesen, sein Schwert zu ziehen, bevor er ihm die Kehle herausriß. Zerwas wischte sich mit dem Arm über den Mund. Das Blut der Orks brachte ihm zwar genauso neue Kraft wie das eines Menschen, aber es war einfach nicht so schmackhaft. Irgendwie bitter, mit einem leicht metallischen Beigeschmack.

Argwöhnisch betrachtete er seine Hände. Seine Gestalt war jetzt wieder vollständig menschlich, und er war nackt. Sein großes Schwert hatte er sich mit einem breiten ledernen Gurt vor die Brust gebunden. Trotzdem war es beim Fliegen sehr hinderlich gewesen. Jetzt schnallte er sich die Waffe über den Rücken. Um die Taille hatte er sich ein langes Seil gewickelt. Sorgfältig knüpfte Zerwas eine Schlinge und ließ das Seil die Mauer des Turms hinuntergleiten. Die anderen sollten denken, er sei durch den Fluß geschwommen. Das würde auch erklären, warum er nackt war. Vorhin, als das Licht des Madamals für einen Augenblick durch die Wolken gebrochen war, hatte er drei Gestalten auf dem anderen Flußufer gesehen. Das mußten die anderen sein, von denen Marcian bei dem Treffen der Verschwörer gestern nacht erzählt hatte. Zerwas war sich sicher, daß er ihre Hilfe nicht brauchen würde. Es wäre ihm lieber gewesen, die Tore der Festung im Alleingang zu öffnen.

Zerwas hob sein Schwert vom Boden und trennte dem Toten den Kopf ab. Der Griff der Klinge verursachte ein angenehmes Kribbeln in seiner Handfläche. Er spürte, wie es den Arm heraufkroch und langsam von seinem Körper Besitz ergriff. Er war unbesiegbar!

Mit einem Ruck öffnete er die Bodenluke, die von der Plattform ins Innere des mächtigen Turms führte. Langsam schlich er die lange, gewundene Treppe hinab und durchsuchte jeden Raum. Die Quartiere der Ork-Offiziere waren leer. Außer dem Wächter auf der Plattform gab es im ganzen Turm kein lebendes Wesen. Erst in den Verliesen, tief unter der Erde fand Zerwas einige angekettete Sklaven. Sie schliefen. Sollten sie bleiben, wo sie waren. Würde er sie jetzt befreien, wären ihm diese ausgemergelten Gestalten nur hinderlich, auch wenn sie alle einmal Krieger gewesen waren. Die Sklaverei hatte ihren Kampfesmut schon lange gebrochen.

Zerwas stieg aus den Kellergewölben wieder nach oben. Nur eine Pforte führte aus dem gewaltigen Turm hinaus. Eine kleine Tür mit schweren Eisenbeschlägen sicherte den Eingang. Daneben lehnte ein Balken, mit dem sie von innen versperrt werden konnte. Die Pforte war unverschlossen. Die Orks fühlten sich in der Festung völlig sicher. Seit sie vor einem Jahr Greifenfurt eroberten, hatten die Bürger keinen nennenswerten Widerstand geleistet.

Vorsichtig öffnete Zerwas die Pforte und blickte über den Innenhof der Burg. Niemand war zu sehen. Er stieß die Tür ganz auf und schaute sich noch einmal um. Dann nahm er den schweren Balken. Er würde ihn auf die andere Seite des Hofs zu den Stallungen bringen. Sollte es beim Angriff doch ein paar Orks gelingen, sich in den Turm zu flüchten, würden sie eine böse Überraschung erleben, wenn sie versuchten, die Pforte von innen zu verriegeln. Er schob das große Schwert wieder in den Ledergurt und band es sich über den Rücken. Dann bückte der Vampir sich nach dem Balken. Das verdammte Ding war elendig schwer. Schmerzhaft verkrampften sich seine Rückenmuskeln, als er den Türbalken anhob. Einen Augenblick konzentrierte sich Zerwas auf die Kräfte des Schwertes. Wieder spürte er, wie das Prickeln durch seinen Körper floß, und plötzlich war der Balken in seinen Armen nicht schwerer als ein dürrer Ast.

Die drahtigen kleinen Orkpferde schnaubten unruhig und schabten mit den Füßen über den Boden, als Zerwas in den Stall kam. Tiere hatten Angst vor ihm. Sie schienen sein wahres Wesen zu erkennen. Aus dem Torhaus, das den Durchgang zwischen der inneren Burganlage und dem großen, vorgelagerten Hof sicherte, drang Licht. Das Grölen der Wächter war bis zu den Ställen zu hören. Im Schatten der Mauer schlich der Vampir bis zu einer steinernen Treppe, die zum Wehrgang führte. Um in das Torhaus zu gelangen, mußte er durch den Turm, der den westlichen Eckpunkt der oberen Burganlage sicherte. Die Mauern stießen hier in einem stumpfen Winkel zusammen. In den früheren Tagen waren auch in den Türmen Mannschaftsquartiere untergebracht gewesen. Wollte er sicher sein, daß ihm keine Orks in den Rücken fielen, müßte er den Turm durchsuchen. Nein, er würde sie nicht in den Betten töten. Da er im Grunde keine Feinde fürchten mußte, konnte er es auch darauf ankommen lassen, daß ihm die Turmbesatzung in den Rükken fiele, wenn der Kampf mit den Torwächtern lang und lautstark würde. Weiter im Süden war an der Mauer ein metallisches Geräusch zu hören.

Zerwas beugte sich über die Brüstung. Obwohl er im Dunklen besser sah als tagsüber, brauchte er eine Weile, bis er in der Finsternis etwas erkennen konnte. Es waren die anderen, die versuchten, in die Garnison einzudringen. Sie hatten einen Wurfanker über die Mauer geworfen und kamen nun einer nach dem anderen über die Brüstung geklettert. Sie würden sich um das zur Stadt hin gelegene Haupttor kümmern. Zerwas schmunzelte. Er sollte ein wenig Lärm machen und die Aufmerksamkeit der Verteidiger auf sich lenken. Den anderen würde es dann leichter fallen, ihre Aufgabe zu erfüllen. Sie waren schließlich nur Sterbliche.

Vorsichtig drückte der Vampir die Pforte des Turms auf und lauschte auf Geräusche aus dem Inneren. Das gleichmäßige Atmen mehrerer Orks war zu hören. Vorsichtig schlich er durch die Tür. Eine Wendeltreppe verband die verschiedenen Ebenen des Turms miteinander. Sowohl über ihm als auch unter ihm schienen Orkkrieger untergebracht zu sein. Langsam schlich er zur anderen Seite der Turmkammer und öffnete die Tür. Nur noch wenige Schritte trennten ihn vom Torhaus. Plötzlich hörte er über sich einen schweren Seufzer und dann Schritte! Einer der Orks war wach geworden. Langsam kamen die Schritte die Treppe herunter. Nervös blickte sich Zerwas um. Jetzt wollte er noch keinen Kampf. Zunächst mußte er das Tor sichern. Er drückte sich in eine der großen Schießscharten in der Turmwand. Der Ork kam so dicht an ihm vorbei, daß er ihn mit ausgestreckter Hand hätte berühren können. Er war nackt und wirkte schlaftrunken. Mit unsicheren Schritten wankte er durch die Tür, die zum Torhaus führte. Doch er ging nicht zu seinen Kameraden. Sollte der Krieger vielleicht doch etwas gemerkt haben?

Vorsichtig schlich Zerwas zur Tür. Der Ork stand auf den Zinnen der Mauer und pinkelte in hohem Bogen in den Fluß. Die Gelegenheit war günstig! Zerwas schlich durch die Tür und geduckt unter den Zinnen entlang. In dem Moment, wo er ihn von hinten greifen wollte, drehte sich der Ork um. Entsetzt blickte er in das Gesicht des Vampirs, der seine mörderischen Zähne entblößte. Zerwas preßte ihm die Hand auf den Mund und zerrte den Ork von der Mauer. Er strampelte verzweifelt mit den Beinen und versuchte sich zu befreien. Zerwas drückte ihm seine Finger in die Augen. Immer verzweifelter wurden die Befreiungsversuche des Orks. Dann erschlafften seine Glieder. Blut floß ihm aus den Augen. Zerwas beugte sich über seinen Hals und schlug ihm die Zähne in die Schlagader. Er wollte wenigstens einen Teil des Blutes haben. In den letzten Monaten hatte er sich sehr zurückhalten müssen, um kein Aufsehen in der Stadt zu erregen. Es wäre eine Schande, jetzt nicht zuzulangen. Sobald er mit den anderen Seite an Seite kämpfte, hätte er keine Gelegenheit mehr, seine Triebe auszuleben.

Als er genug hatte, zog der Vampir das lange Schwert aus dem Gürtel auf den Rücken. Nun galt es dafür zu sorgen, daß es keine Rivalen geben würde. Mit einem kräftigen Schlag trennte er dem Ork den Kopf ab und hob ihn auf. Einen Augenblick starrte er seinen toten Gegner an. Nach menschlichen Maßstäben waren sie sehr häßlich. Mit dem dichten schwarzen Haar, das ihnen am ganzen Körper wuchs, und den wuchtigen Hauern, die aus ihren Unterkiefern ragten, sahen Orks fast aus wie zweibeinige Wildschweine. Es ließ sich auch nicht vermeiden, Haare im Mund zu haben, wenn man sie biß. Orks waren wirklich nicht die idealen Opfer für einen Vampir. Ein Orkvampir würde aus diesem Kerl jedenfalls nicht werden, dachte Zerwas und schleuderte in hohem Bogen den abgetrennten Kopf in den Fluß.

Vorsichtig blickte der nackte Vampir durch die angelehnte Tür ins Innere des Torhauses. Drei Orks saßen beieinander, erzählten sich Jagdgeschichten und tranken dabei. Über eine große Winde konnte hier ein Fallgitter herabgelassen werden, um den Torbogen gegen Angreifer zu schützen.

Wenn er die Kette auf der Winde mit einem wuchtigen Hieb durchtrennte, würde das Gitter herabstürzen. Wie der Mechanismus zu blockieren war, konnte er nicht erkennen. Er mußte also die Kammer besetzen und verhindern, daß die Orks sie zurückerobern konnten, bevor die Rebellen den inneren Burghof gestürmt hatten. Weil das Tor so leicht zu blockieren war, hatte man darauf verzichtet, auch die schweren Torflügel zu verschließen.

Wieder musterte der Vampir die Orks. Einer von ihnen hatte sein strähniges Haar zu federgeschmückten Zöpfen zusammengeflochten. Er wirkte muskulös und gewandt. Auf diesen Krieger würde er aufpassen müssen! Prüfend wog Zerwas sein Schwert in der Hand. Eine prächtige Waffe aus einem dunklen, fast schwarzen Metall. Die Klinge war geflammt, und die Enden der vergoldeten Parierstange zeigten zwei Drachenköpfe. Das fast anderthalb Schritt lange Schwert war so ausbalanciert, daß man es sowohl mit einer als auch mit beiden Händen führen konnte. Im engen Wachraum würde er aufpassen müssen, um nicht ausmanövriert zu werden. Eine so große Waffe war hier von Nachteil. Trotzdem war es an der Zeit, ›Seulaslintan‹ Blut kosten zu lassen. Zerwas meinte zu spüren, wie sich die Klinge vor Begierde zu töten und die Seelen der Opfer zu verschlingen, regelrecht in seinen Händen wand.

Mit einem Krachen trat der Vampir die Tür auf und stand im Wachraum. Erschreckt starrten die Orks ihn an. Dann griffen sie nach ihren Waffen, doch für den ersten war es bereits zu spät. Mit einem tödlichen Pfeifen schnitt ›Seulaslintan‹ durch die Luft und fuhr dem vordersten Ork, noch während er aufsprang, tief in den Leib. Zerwas trat ihm in den Rücken und riß die Klinge aus dem toten Gegner. Die beiden anderen schrien mittlerweile nach Leibeskräften Alarm. Der Tisch, an dem sie eben noch zusammengesessen hatten, stand nun zwischen ihnen und dem Vampir. Der Ork mit den Zöpfen gab seinem Kameraden ein Zeichen. Sie würden versuchen, ihn von beiden Seiten gleichzeitig anzugreifen, dachte Zerwas und ließ seine Klinge hin- und herpendeln, um mal den einen und dann den anderen zu bedrohen. Mit einem Kampfschrei griffen beide gleichzeitig an.

Zerwas sprang auf den Tisch und hieb im nächsten Augenblick dem einen Ork die Waffe aus der Hand. Mit einem raschen Blick über die Schulter, erkannte er, wie der Krieger mit den Zöpfen mit seiner Axt ausholte, um ihn von den Beinen zu holen. Zerwas machte einen halsbrecherischen Sprung nach vorne, warf das schwere Schwert so nach oben, daß es mit der Spitze in einem der Deckenbalken stecken blieb und landete auf der anderen Seite des Tisches. Krachend fuhr die Axt seines Gegners in die Tischplatte.

Doch schon war der zweite Ork wieder um den Tisch herum und bedrohte Zerwas mit dem Schwert, das er mittlerweile wieder aufgehoben hatte.

Der Vampir zog seine immer noch zitternde Waffe aus dem Deckenbalken und hielt den Gegner auf Abstand. Auch der Zopfträger hatte seine Waffe wieder befreit und suchte nach einer Lücke in der Deckung des Vampirs. Wieder riefen beide Orks lauthals Alarm. Vom anderen Hof waren ein lautes Kettenrasseln und ein dumpfer Aufschlag zu hören. Die anderen Rebellen mußten das Haupttor gestürmt und die Zugbrücke herabgelassen haben.

Kurz blickten die beiden Orks sich erschreckt an, Zerwas nutzte die Gelegenheit. Mit einem Schrei stürzte er vor, holte mit der Klinge aus und führte einen Schlag von der Seite. Sein Gegner versuchte, das Schwert zur Deckung zu heben, doch die Wucht des Schlages riß ihm den Arm zur Seite. Mit einem knirschenden Geräusch glitt ihm das große Schwert zwischen die Rippen und schnitt durch Fleisch und Knochen. Der Ork war nicht einmal in der Lage zu schreien. Den entsetzten Blick auf die Klinge geheftet, ging er langsam in die Knie. Schon auf der Schwelle zum Tod, schien er zu begreifen, was ›Seulaslintan‹ ihm antat, schien zu ahnen, daß er nicht allein sein Leben verlor, sondern auch das Unsterbliche, das mit schwacher Flamme in jeder Kreatur leuchtete. Entsetzt riß er den Mund auf, griff mit den Händen nach der dunklen Klinge, um sie aus der tödlichen Wunde zu ziehen, und fiel dann kraftlos in sich zusammen.

Wie vom Blick einer Schlange gebannt, hatte der Ork mit den federgeschmückten Zöpfen den Tod seines Freundes beobachtet. Nun wich er vorsichtig vor Zerwas zurück. Der Vampir konnte sehen, wie seinem Gegner der Angstschweiß auf der Stirn stand. Immer darauf bedacht, mindestens einen Schritt Abstand zu halten, wich er weiter nach hinten zurück. Erst jetzt erkannte der Vampir, daß er seinen Gegner unterschätzt hatte. Er stand unmittelbar vor der Winde, über die die Kette des Fallgitters lief. Nur noch einen oder zwei Schritte und der Ork könnte den Hebel lösen, mit dem die Winde gesichert war.

Zerwas fluchte und ließ sein Schwert fallen. Völlig verblüfft starrte der Ork ihn an. Mit dem Fuß stieß der Vampir die Waffe in eine Ecke des Raums. Es klappte! Sein Gegner hatte die Winde vergessen. Weit mit der Axt ausholend, stürzte er auf ihn zu. Geschickt wich Zerwas zur Seite aus, konnte aber nicht verhindern, daß der Ork im letzten Moment die Richtung änderte und ihn mit der Axt streifte. Für einen Augenblick klaffte ein langer, schmerzender Schnitt in seinem Arm, doch dann begann die Wunde, sich langsam zu schließen. Sein Gegner bemerkte dies im Eifer des Gefechtes nicht. Erneut holte er mit der Waffe aus, um dem Vampir diesmal den Schädel zu spalten, doch Zerwas sprang vor und rammte dem Ork seinen Kopf in den Magen. Beide kippten nach vorne. Mit eisernem Griff versuchte der Vampir seinem Gegner die Axt zu entwinden. Der Ork war zwar bedeutend schwächer, doch sehr geschickt. Es gelang ihm, seinen Arm frei zu bekommen und die Axt wegzuschleudern.

Zerwas versuchte, ihn nun zu erwürgen. Verzweifelt wehrte sich der Ork mit der linken Hand, während er mit der rechten nach seinem Gürtel tastete, um an sein Messer zu gelangen. Mit letzter Kraft gelang es ihm, dem Vampir die Klinge in den Unterleib zu treiben. Mit lautem Aufschrei warf sich Zerwas nach hinten, kam schwankend auf die Beine und griff nach dem Messer in seinem Bauch. Die Klinge schmerzte höllisch, doch er wußte, daß eine solche Wunde ihn nicht töten konnte. Mit vor Schmerzen verkrampfter Hand griff er nach dem Heft des Dolches und riß sich die Waffe aus der Wunde. Dann mußte er sich auf die Kante des Tisches stützen. Ein breiter Strahl Blut quoll aus seinem Leib.

Für einen Augenblick konnte er seinen Feind nur verschwommen sehen. Der Ork bückte sich nach der Axt und ließ ihn nicht aus den Augen, schien aber damit zu rechnen, daß er jeden Moment zusammenbrechen würde. Dann hörte die Wunde auf zu bluten, und der Schmerz ließ nach. Zerwas faßte den Dolch fester, fixierte seinen Gegner, der langsam mit erhobener Axt näher kam, um dann in fließender Bewegung den Dolch zu werfen. Für jedes Ausweichen war es zu spät. Die Klinge drang tief in die Brust des Orks ein, der entsetzt rückwärts taumelte. Fassungslos starrte er Zerwas an, der sich umdrehte, um sein Schwert aufzuheben. Als er die Klinge in den Händen hielt, aber waren Schritte vom Wehrgang zu hören. Kampflärm klang vom vorderen Hof der Garnison. Es würde nicht mehr lange dauern, bis die Rebellen auch das zweite Tor stürmten. Er mußte nicht mehr lange durchhalten! Das Schwert ließ ihn die Schmerzen vergessen. Auch hatten sich beide Wunden bereits vollständig geschlossen, und Zerwas fühlte sich nur etwas geschwächt.

Mit zwei schnellen Schritten stand er neben der Tür zum Wehrgang. Dem ersten, der die Tür passieren wollte, hieb er ›Seulaslintan‹ in den Leib, so daß sich eine tiefe, klaffende Wunde über dessen Brust zog und der Ork schreiend in die Arme seiner Kameraden zurücktaumelte. Mittlerweile war auch Lärm von der gegenüberliegenden Tür zu hören. Krachend flog sie auf; mehrere Gestalten zeichneten sich im Türrahmen ab. Es wurde ernst!

Nun gut, dachte Zerwas, er hatte es ja nicht anders gewollt. Mit einem Schrei stürmte er zur gegenüberliegenden Tür und ließ sein Schwert über dem Kopf kreisen. Dem ersten Gegner hieb er mit einem glatten Schlag durch den Hals den Schädel vom Kopf. Doch die anderen drängten nach. Der Tote wurde in den Raum geschoben und fiel zur Seite. Die Orks hinter ihm waren mit Schwertern oder Speeren bewaffnet. Auch in seinem Rücken hörte Zerwas die Gegner näher kommen. Wieder ließ er das Schwert tödliche Kreise über seinem Kopf ziehen. Die Orks achteten sorgsam darauf, außerhalb der Reichweite der tödlichen Waffe zu bleiben. Von hinten traf ihn ein Speer in den Rücken. Zerwas zuckte herum, aber nur um im selben Augenblick von der Seite einen Schwerthieb in den Arm zu erhalten. Er mußte den tödlichen Kreis der Gegner durchbrechen. Blindlings stürmte er vorwärts und hieb dem Ork vor ihm mit einem Schlag den Speer entzwei, um ihm dann eine schwere Armwunde beizubringen.

Plötzlich ließ ein metallisches Rasseln den Raum erbeben. Zerwas blickte zur Winde des Fallgitters und sah die Kette ablaufen. Tödlich verletzt, hatte sich der Ork mit den Zöpfen gegen den Hebel des Sperrmechanismus geworfen und die Kette gelöst. Mit einem dumpfen Schlag hörte er das Gitter zu seinen Füßen auf den Torboden fallen. Vom Hof erklang lautes Fluchen. Die Orks ließen sich indessen nicht aus der Ruhe bringen. Wieder riß der Vampir das Schwert hoch und zog seine tödlichen Kreise. Einer der Orks wurde von der Klinge wie von einem schwarzen Blitz im Gesicht getroffen und stürzte gurgelnd nach hinten. Ein weiterer rammte Zerwas einen Speer in den Rücken, so daß die Spitze ihm zur Brust heraustrat. Darauf traten alle Gegner ein Stück zurück, um ihn sterben zu sehen. Die Schmerzen waren so entsetzlich, daß sie nicht einmal durch die magischen Kräfte ›Seulaslintans‹ völlig aufgehoben werden konnten.

Zerwas mußte den Speer aus der Wunde ziehen, sonst würde sie nicht heilen und der Blutverlust würde ihn immer mehr schwächen. Mit dem gehetzten Blick eines Tieres blickte der Vampir in die Runde. Die Schmerzen wurden immer unerträglicher. Etwas stimmte nicht! Der Geruch von schwelendem Fleisch stieg ihm in die Nase. Der Schaft des Speeres! Er mußte aus Eschenholz sein!

Der Vampir würde an dieser Wunde sterben, wenn nicht schnell etwas geschah. Langsam verließen ihn die Kräfte. Mit einem letzten Aufbäumen warf er sich gegen die Rückwand des Wachraums. Der Aufschlag trieb den Speer noch tiefer in die Wunde. Die Spitze ragte nun auf Armeslänge aus seiner Brust; langsam ging er in die Knie. Wirbelnde Lichtkreise zuckten vor seinen Augen. Er ließ das Schwert fallen. Die Schmerzen nahmen jetzt, wo ihm die magischen Kräfte der Waffe fehlten, ein schier unerträgliches Maß an.

Gebannt starrten die Orks zu Zerwas hinüber, während er mit beiden Händen das Stück des Speerschaftes umklammerte, das aus seiner Brust ragte. Das Holz brannte wie glühendes Eisen in seinen Handflächen. Dann riß er an der Waffe. Mit einem Ruck konnte er den Speerschaft ein Stück weiter herausziehen. Einer der Orks kam mit erhobenem Schwert auf ihn zu, er wollte seinem Leiden ein Ende machen. Plötzlich blieb der Ork wie gebannt stehen. Zerwas blickte auf seine Hände. Sie begannen sich zu verwandeln. Er war dabei, jegliche Kontrolle über seinen Körper zu verlieren. Er fauchte die Orks an und entblößte dabei seine Fangzähne. Erschrocken wichen sie zurück. Dann zog der Vampir noch einmal mit aller Kraft an dem Speer. Endlich glitt die Waffe ganz aus der Wunde. Ein Schwall Blut quoll hervor und Zerwas spürte, wie ihm Blut in den Mund schoß. Er mußte an sein Schwert gelangen, oder er würde sterben. Sterben! Er hatte es für unmöglich gehalten. Das wäre ihm niemals geschehen, wenn nicht dieser verfluchte Speerschaft gewesen wäre. Normale Waffen konnten ihn nicht töten! Er war ein Vampir! Ein Erzvampir! Ein Fürst der Nacht! Er spürte, wie er sich wieder in einen Menschen zurückverwandelte. Ein schlechtes Zeichen! Der Tod war ihm nahe. Er hörte ein Geräusch wie von mächtigen Flügeln.

Zerwas kippte nach vorn und fiel auf sein Schwert. Ganz langsam spürte er seine Kräfte zurückkehren. Er vernahm Lärm von den Mauern rechts und links des Torhauses. Er sah, wie sich die Füße der Orks zu den Türen des Wachraums bewegten. Der Vampir rollte sich auf die Seite. Im Türrahmen vor ihm kämpfte ein großer Mann mit einem schweren Hammer. Darrag! Alles schien so weit weg zu sein. Wie in unendlicher Ferne sah er den Schädel des Orks unter einem Hammerschlag des Schmiedes platzen. Dann stand Darrag vor ihm, kniete sich nieder und strich ihm über den Kopf. »Du brauchst nicht mehr zu kämpfen. Wir haben gewonnen! Die Orks sind besiegt. Sie waren so sehr mit dir beschäftigt, daß sie uns nicht einmal daran hinderten, an Seilen über die Mauer zu klettern, als das Fallgitter heruntergestürzt war. Du bist ein Held.« Mit diesen Worten wand er ihm sanft das schwarze Schwert aus der Hand, das der Vampir noch immer umkrampfte. Er wollte aufschreien, doch wie schwarze Wellen rissen ihn die Schmerzen fort aus dieser Welt, und Zerwas sank in Ohnmacht.

Zerwas wurde von einem unerträglichen Brennen wach. Er lag im hellen Sonnenlicht auf dem Burghof. Neben ihm in langer Reihe die anderen Verwundeten der letzten Nacht. Das Schwert hatte wohl Darrag hinter dem Vampir an die Burgmauer gelehnt. Er mußte hier weg. Die Sonne würde ihn zwar nicht töten, aber weiter schwächen. Mühsam versuchte Zerwas sich aufzurichten. Er hatte nicht die Kraft, alleine zu stehen. Er mußte sein Schwert in die Hände bekommen, dann würde alles besser werden. So war es bisher jedenfalls immer gewesen. Zerwas musterte seinen Körper. Überall, wo er nicht bedeckt gewesen war, hatte sich seine Haut rot verfärbt, so wie bei einem Menschen, der im Hochsommer stundenlang der Sonne ausgesetzt war. Nur war jetzt nicht Sommer! Der Vampir sammelte alle Kräfte, um nach dem Schwert hinter sich zu langen. Wie lächerlich. Schon dazu hatte er kaum die Kraft. Mühsam näherte er seine Hand Zoll um Zoll der Klinge. Dann konnte er sie endlich mit ausgestreckten Fingern berühren. Sofort spürte er, wie neue Kraft in seinen Körper floß. Er konnte ›Seulaslintan‹ jetzt umklammern und zu sich herüberziehen.

»Du scheinst ja wirklich richtig vernarrt in dein Schwert zu sein!« erklang eine Stimme. Darrag, der Schmied, stand vor ihm. »Gestern nacht habe ich noch gedacht, du würdest sterben. Hat dich ja ganz schön böse erwischt gehabt. Wenn ich es nicht besser wüßte, hätte ich glatt geglaubt, daß man dir diesen Speer, der unter dir lag, durch deine Brust gestoßen hat.« Darrag lachte ihn an. »Aber dann würdest du ja nicht mehr hier liegen, und wir hätten dich wie die anderen Toten heute morgen auf dem Boronsanger vor der Stadt beerdigt.«

Gequält lächelte Zerwas zurück. »Das ist wohl wahr. Ich habe gestern noch mal Glück gehabt. Plötzlich waren diese haarigen Kerle überall um mich ...«

»Du hast auch ganz gut abgeräumt!« bestätigte ihm der Schmied. »Schon jetzt erzählt man sich in der Stadt die wildesten Geschichten über dich, Henker. Du allein mußt sieben oder acht Orks getötet haben. Soviele hat nicht einmal Lysandra geschafft, und sie kämpft wie ein Dämon. In der Stadt nennt man dich schon jetzt überall Zerwas der Orkentod.«

Wieder lächelte der Vampir. Dann durchlief ihn erneut eine Welle des Schmerzes. Die Wunde, die er durch den Speer mit dem verfluchten Eschenholzschaft empfangen hatte, brannte noch immer, und auch die anderen Verletzungen konnten nicht verheilen, solange er in der Sonne lag. Mühsam richtete er sich ein wenig auf. »Darrag, kannst du mich von hier wegtragen?«

Der Schmied blickte ihn irritiert an. »Ich glaube nicht, daß der Medicus das erlauben würde. Du bist schwer verletzt und sollst ruhig liegen.«

»Aber die Sonne schadet meiner vornehmen Blässe.« Mit Mühe brachte Zerwas so etwas wie ein Lächeln über die Lippen. »Sieh mich doch nur an. Ich bin jetzt schon ganz verbrannt. Ich trage die Verantwortung. Ich müßte mich auf dich stützen, und du bringst mich auf die andere Seite des Hofes in den Schatten.«

Darrag schien nicht ganz überzeugt. Also machte Zerwas von sich aus einen Versuch, sich auf sein Schwert gestützt hochzustemmen, um dann den Hof zu überqueren. Noch bevor er richtig stand, wurde dem Vampir wieder schwarz vor Augen. Er sank nach vorne und fiel in die Arme des Schmiedes.

»Na schön, du sollst deinen Willen haben.« Darrag hob ihn hoch, als wäre er leicht wie eine Feder. »Wenn ich dich nicht rübertrage, würdest du dich bei dem Versuch, in den Schatten zu kommen, glatt umbringen. Wie kann man auch nur so empfindliche Haut haben!«

Noch immer hielt Zerwas sein Schwert umklammert, so wie ein Kind seine Puppe im Arm hält. »Eine schöne Waffe hast du da!« brummte Darrag. »Ich habe selber ja schon viele Schwerter geschmiedet und noch viel mehr gesehen, aber so ein Schmuckstück ist mir in meinem ganzen Leben noch nicht untergekommen.«

»Du hast das Schwert in der Hand gehalten?« Ängstlich blickte der Vampir den Schmied an. »Was war das für ein Gefühl?«

»Was soll das schon für ein Gefühl gewesen sein? Die Waffe liegt sehr gut in der Hand, und ich habe mich gewundert, wie leicht sie ist. Du machst aber ein ganz schönes Aufheben um das Schwert. Ich wollte es dir nicht wegnehmen. Doch hätte ich es nicht genommen, würde es noch immer oben beim Tor im Wachraum liegen, oder irgendein Bürger hätte das Schmuckstück mitgenommen.«

»Entschuldige, ich wollte dich nicht beleidigen«, erwiderte der Vampir. »Es ist nur so, daß man sagt, die Waffe sei verflucht. Es ist ein Henkerschwert, das schon vielen Menschen den Tod gebracht hat. Die Waffe ist sehr alt. Ich habe sie während meiner Dienste in Mengbilla erhalten. Niemand anders wollte sie haben. Faßt ein anderer als ein Henker diese Waffe an, so sagt man, würde ihm großes Unglück widerfahren, und zum Schluß würde er selbst durch ein Schwert sterben. Vielleicht verstehst du nun, warum ich mir Sorgen mache.«

Der Schmied blickte ihn an und dann zu dem Schwert. »Was für ein Glück, daß ich nicht alle Ammenmärchen glaube.« Er zuckte mit den Schultern. Seine Stimme hatte etwas unsicher geklungen. Zerwas war überzeugt, daß Darrag in Zukunft diese Waffe nicht mehr berühren würde.

Gerade weil er ein Schmied war, mußte er wissen, daß diese Geschichten mehr waren als nur Ammenmärchen und daß verfluchte Schwerter nicht allein in der Phantasie alter Frauen und verschreckter Kinder existierten.

»Wie verhalten sich denn die Bürger?« wollte Zerwas wissen.

»Ein Jahr lang haben sie gegen die Orks nicht die Hand erhoben, aber seit die Stadt befreit ist, tut jeder so, als sei er schon immer der größte Widerstandskämpfer gewesen. Die Freischärler, die hier vor ein paar Tagen noch von den meisten als Banditen beschimpft wurden, sind jetzt Helden der Stadt. Ohne ihre Hilfe wäre der Aufstand gescheitert, denn obwohl wir die Festung fast im Handstreich genommen hatten, leisteten die Orks unerwartet viel Widerstand. Wir haben nicht einen von ihnen lebend gefangennehmen können. Ich glaube, Lysandra und ihre Kämpfer hatten auch nie die Absicht, Gefangene zu machen.«

»Und wie soll es weitergehen?« fragte der Vampir.

»Marcian hat heute morgen eine große Rede auf dem Platz der Sonne gehalten. Er hat versichert, daß bereits jetzt kaiserliche Truppen auf dem Weg nach Greifenfurt seien und daß wir die Stadt nur ein paar Tage halten müßten. Außerdem hat er durchblicken lassen, daß es für die Bürger besser sei, sich in den nächsten Tagen von ihrer besten Seite als treue Untertanen zu zeigen, weil mit einer Untersuchung der Inquisition zu rechnen sei, wer hier mit den Orks zusammengearbeitet habe und wer nicht. Und ich kann dir sagen, Geschäfte mit den Besatzern hat hier fast jeder gemacht. Aber was rede ich? Das ist dir ja wohl auch nicht entgangen. Im Moment sind fast alle, die laufen können, damit beschäftigt, die Grube auf dem Platz der Sonnen wieder zuzuschütten. Marcian will dort so schnell wie möglich einen Schrein zu Ehren des Praios errichten lassen, um die Bluttaten, die dort von den Orks im Namen Tairachs begangen wurden, vergessen zu machen. Auch soll eine Tafel mit den Namen der Helden, die in der letzten Nacht bei der Befreiung der

Stadt ihr Leben gelassen haben, errichtet werden. Ich bin froh, daß du nicht auch auf dieser Tafel verewigt wirst. Heute morgen war ich schon einmal bei dir, und da warst du noch näher bei den Toten als bei den Lebenden.«

Zerwas lächelte den Schmied an. Er fühlte sich schon besser. Es tat ihm gut, aus der Sonne gekommen zu sein, und die Kraft seines Schwertes trug dazu bei, seine Heilung zu beschleunigen. Nur die Speerwunde würde lange brauchen, bis sie gänzlich ausheilte. Er mußte zurück in seine geheime Kammer, um sich dort in Ruhe auszukurieren. Vielleicht sollte er auch jemanden töten. Frisches Blut würde ihn stärken und die Heilung vorantreiben.

Darrag stand auf. »Ich muß zurück zu meinen Leuten. Heute nacht soll ein großes Fest gefeiert werden. Die ganze Stadt ist schon in Aufruhr. Man schmückt die Straßen mit Girlanden aus Zweigen und Frühlingsblumen. Mehr als ein Dutzend Ochsen sind geschlachtet worden und drehen sich schon über dem Feuer, und ich soll bis Sonnenuntergang für den Wirt vom Löwen noch einen Spieß fertig machen, auf den sechs Hühner passen. Also, sieh zu, daß du schnell wieder auf die Beine kommst. Dein Sonnenbrand ist jedenfalls wieder weg. Schau nur, du hast schon wieder so blasse Haut, wie ich sie seit jeher von dir kenne.«

Der Schmied klopfte Zerwas noch einmal auf die Schulter und ging quer über den Burghof zum Tor. Noch einige Stunden und er würde wieder laufen können, überlegte der Vampir. Er mußte hier weg. Der Medicus durfte ihn nicht noch einmal untersuchen. Es ließ sich nicht verhindern, daß dem Arzt dabei auffallen würde, wie ungewöhnlich schnell die Wunden heilten. Er würde Fragen stellen. Fragen, auf die es keine Antworten gab. Vielleicht würde der alte Mann auch Verdacht schöpfen. Darauf konnte er es nicht ankommen lassen. Zerwas gehörte zu den Helden der letzten Nacht, und als Held hatte man auch etwas Spielraum, sich ungewöhnlich zu benehmen. Er würde in sein Versteck verschwinden und erst wiederkommen, wenn er wieder im Vollbesitz seiner Kräfte war.

Marcian hatte schon am Nachmittag nach dem Sieg die Gemächer des Sharraz Garthai im Bergfried bezogen. Was wohl aus dem Ork werden mochte? Der Inquisitor konnte sich nicht vorstellen, daß man dem Verweser der neuen Provinz den Verlust der wichtigsten Stadt verzeihen würde. Auf der anderen Seite hatte auch der Schwarze Marschall erst vor wenigen Wochen eine wichtige Schlacht verloren, und den Kopf hatte ihn das nicht gekostet. Noch heute morgen erzählte er den Bürgern, daß es nur noch wenige Tage, im schlechtesten Fall vielleicht zwei Wochen, dauern würde, bis der Prinz mit seiner Armee vor den Toren der Stadt stünde. Er wußte es natürlich besser. Der Schwarze Marschall hatte sich längst von der Niederlage erholt, und seine Truppen waren immer noch stark genug, um der Armee des Prinzen die Stirn zu bieten. Die Kaiserlichen würden Glück und einen großen Sieg brauchen, um bis nach Greifenfurt durchzubrechen. Diesen Sieg mußte es spätestens bis Anfang des Sommers geben, denn sonst würden die Bauern und auch viele Adlige die Armee des Prinzen verlassen, um zu Hause die Ernten einzubringen. Nur mit den Berufssoldaten aus den Garnisonen war die Armee zu klein, um einen Angriff auf die Orks zu wagen. War nicht zum Monat Praios eine Entscheidung gefallen, konnte es sein, daß Greifenfurt erst im nächsten Frühling befreit würde. In diesem Fall wären Marcian und alle Bürger in der Stadt verloren. Ohne die Freischärler Lysandras hatte er kaum brauchbare Kämpfer. Die Frage war auch, wie lange er sie in der Stadt behalten konnte. Die Amazone hätte am liebsten schon heute nachmittag Greifenfurt wieder verlassen. Sie schien die Gefahr zu ahnen, der sie und ihre Leute hier ausgesetzt waren. Würde Greifenfurt belagert, gäbe es kein Entkommen mehr.

Auch wenn er ihre Grausamkeit nicht mochte, mußte Marcian schon zugeben, daß ihm Lysandras Fürsorge für die Kämpfer an ihrer Seite gefiel. Von den eigenen Leuten wurde sie geradezu vergöttert. Der Inquisitor mußte sie hier in der Stadt behalten! Sie gehörte zu denjenigen, zu denen die Leute auch in hoffnungsloser Lage noch aufschauten. Ihr würde man bis zuletzt glauben, daß es noch die Möglichkeit der Rettung gab. Er hingegen würde sich mit der Zeit unbeliebt machen. Er mußte alle unangenehmen Aufgaben übernehmen. Mußte für Recht und Ordnung sorgen, mußte falsche Versprechungen machen und die Lebensmittel der Händler enteignen, falls es zu einer Belagerung kam. Es würde nicht lange dauern, bis er kaum weniger verhaßt sein würde als die Orks. Aber das war für einen Inquisitor nichts Neues. In diesem Amt hatte man keine Freunde.

Wieder dachte Marcian an Lysandra. Sie mußte in der Stadt bleiben! Noch vorhin auf dem Fest hatte sie gesagt, daß sie morgen am späten Nachmittag mit ihren Leuten die Stadt verlassen wollte. Gutes Zureden nutzte nicht. Also mußte sie so krank werden, daß sie einen Arzt brauchte. Dann konnten sie nicht in die Wälder zurück. Der Inquisitor hatte auch Gifte unter seinen vermeintlichen Heilsalben versteckt, die er zur Tarnung als Augenarzt mit in die Stadt brachte. Für den Anfang wäre es vielleicht gut, Lysandra mit einem schweren Brechdurchfall und Fieber ans Bett zu fesseln. Morgen wollte er sie zum Frühstück im Palas der Burg treffen. Das war die Gelegenheit! Es würde auf jeden Fall vor dem Aufbruch wirken. Vielleicht würden sogar noch mehr Freischärler aus den Wäldern kommen, wenn erst einmal bekannt war, daß die Amazone auf Dauer ihr Lager in der Stadt aufgeschlagen hatte.

Der Vampir schlenderte über die Stadtmauer. In ein oder zwei Stunden würde es wieder Tag werden. Nur wenige Wachen waren eingeteilt. Nach dem Kampf um das Torhaus der Garnison wurde er von allen Soldaten mit Respekt behandelt. Man grüßte ihn freundlich, klopfte ihm auf die Schulter und redete hinter vorgehaltener Hand, daß er wohl über magische Kräfte verfügen müsse, da er sich so schnell von seinen Wunden erholt habe.

Zerwas lächelte bitter. Wäre das nur so einfach! Seine Wunde in der Brust heilte nicht, und zu einem Medicus oder zu einem Zauberer konnte er damit nicht gehen, ohne sich zu verraten. Selbst die Kraft seines Schwertes hatte hier ihre Grenzen. Er fühlte sich immer noch schwach und würde keinen ernsthaften Kampf mehr bestehen, solange nicht etwas geschah. Er dachte wieder an die Bäckerstochter. Schon früher hatte er den Eindruck, daß sie ihm anders als anderen Männern nachschaute. Manchmal hatte er sie auch auf seinen Spaziergängen in den frühen Morgenstunden getroffen und ein wenig mit ihr geplaudert. Sie trug dann frisches Brot zu den Häusern der reichen Bürger.

Sein Weg hatte den Vampir in der Nähe des Tors gebracht. Dort lag auch das Haus des Bäckers. In der Backstube brannte bereits Licht, während es in allen Häusern ringsherum noch dunkel war. Auf den Straßen war kein Mensch zu sehen, und selbst die Wachen am Tor waren nicht mehr sonderlich aufmerksam.

Zerwas überlegte. Es war besser, wenn Lucilla glaubte, sie hätte ihn getroffen. Der Vampir versteckte sich in einer Gasse und beobachtete die Tür der Backstube. Er brauchte nicht lange zu warten, bis das blonde Mädchen mit einem großen Korb voller Brot auf dem Rücken aufbrach, um die Kunden ihres Vaters zu beliefern. Unauffällig folgte er ihr, hielt sich im Schatten der Häuser und überholte sie in einer Seitenstraße, um scheinbar zufällig ihren Weg zu kreuzen.

Kaum, daß sie ihn sah, rief sie: »Meister Zerwas, ich bin froh, Euch auf den Beinen zu sehen.« Mit schnellen Schritten kam sie auf ihn zu. »Ihr glaubt gar nicht, was man sich für Geschichten über Euch erzählt. Ihr gehört zu den größten Helden der Stadt, und jedermann wundert sich über Euer plötzliches Verschwinden.«

»Nun wie Ihr seht, bin ich noch hier«, entgegnete der Vampir mit gewinnendem Lächeln. »Was erzählt man sich denn über mich?«

»Manche behaupten, daß Ihr ein Streiter der Götter seid.

Daß es Eure Aufgabe war, uns in höchster Not zu helfen, und daß Ihr deshalb auch wieder verschwinden mußtet, als die Garnison erobert war.«

Zerwas blickte ihr tief in die Augen. »Sehe ich aus wie ein Unsterblicher?«

Das Mädchen kicherte. »Natürlich nicht, das ist ja auch nur das Geschwätz der Dienstmägde. Andere erzählen, daß Ihr so schwer verletzt worden seid, daß Euer Leben verwirkt sei und Ihr Euch an einen abgelegenen Ort zum Sterben zurückgezogen hättet. Ich habe mir große Sorgen um Euch gemacht. Gestern mittag war ich bei Eurem Turm und habe lange geklopft, doch nichts rührte sich.«

»Nun, ich werde wohl spazieren gewesen sein, so wie jetzt. Haltet Ihr mich eigentlich auch für einen Helden?«

»O ja. Nachdem alles vorbei war, ist mein Vater in der Garnison gewesen, um zu schauen, was es dort zu sehen gab. Er hat mir von den vielen toten Orks beim oberen Tor erzählt, und daß Ihr fast alle allein erschlagen habt. Jeder in der Stadt hält Euch für einen Helden.«

»Und würdet Ihr einem Helden einen kleinen Gefallen tun?«

Das Mädchen schaute Zerwas verwundert an. Dann errötete sie. »Was wollt Ihr denn?« fragte Lucilla keck.

»Wenn Ihr mir einen Kuß geben würdet, dann wäre das mein schönster Siegeslorbeer.«

Die Bäckerstochter errötete noch mehr und wich verlegen einen Schritt zurück. »Ihr wißt doch, daß ich dem Sohn des Seilers versprochen bin. Mein Vater hat die Heirat schon kurz nach meiner Geburt ausgemacht.«

»Gewiß, das ist mir bekannt, doch soweit ich weiß, hat ein Kuß noch keine Jungfrau entehrt. Ihr hättet die Macht, mich für einen Augenblick den Schmerz meiner Wunden vergessen zu lassen. Und wenn Ihr erlaubt, würde ich ein Pfand von Euch in meinem nächsten Kampf tragen. Wißt Ihr eigentlich, daß Ihr ein wunderhübsches Mädchen seid? Für Euch zu sterben, wäre der schönste Tod, der einen Helden treffen könnte. Für einen Kuß von Euch würde ich alle Dämonen der Niederhöllen fordern.« Zerwas machte einen Schritt auf das Mädchen zu und blickte sie schmachtend an.

Lucilla wich nicht weiter zurück.

»Laßt uns in eine dunkle Gasse gehen«, erwiderte die Bäkkerstochter.

Zerwas folgte ihr ein Stück. Dann fragte er: »Vielleicht sollten wir zur Südmauer in den Rondratempel gehen. Er ist verlassen, seit die Orks die Stadt besetzt haben.«

Lucilla blickte ihn zweifelnd an. »Glaubt Ihr nicht, daß die Göttin uns zürnen könnte?«

»Sicher nicht. Wir brauchen ja auch nicht das Heiligtum zu betreten. Schon der Hof vor dem Tempel ist von der Straße her nicht mehr einzusehen.«

»Worauf wollt Ihr hinaus? Mein Vater würde mich in Schimpf und Schande aus dem Haus jagen, wenn ich meine Jungfräulichkeit verliere.«

»Glaubt Ihr nicht, daß Euer Vater lieber einen Helden zum Schwiegersohn hat als den Bengel, den ein einfacher Seiler in die Welt gesetzt hat. Macht Euch keine Sorgen, ich werde mit ihm reden, und Ihr sollt eine Morgengabe von mir erhalten, wie sie diese Stadt schon seit Generationen nicht mehr gesehen hat«, wieder lächelte der Vampir. »Wißt Ihr, Lucilla, seit ich Euch das erste Mal morgens so allein auf der Straße gesehen habe, geht Ihr mir nicht mehr aus dem Sinn.« Das war nicht einmal gelogen, dachte Zerwas. »Ich verzehre mich nach Euch. Ihr habt in mir ein Feuer entfacht, wie ich es noch nicht kannte.«

Lucilla lächelte verlegen. Sie schritten durch das Tor, das den Rondratempel von der Straße abschirmte. Alles war ruhig. Es würde noch mehr als eine Stunde dauern, bis die Sonne aufging. Zerwas blickte sich um. »Niemand kann uns sehen. Bitte erfüllt mir meinen Wunsch, und noch heute nachmittag werde ich mit Eurem Vater über unsere Hochzeit sprechen.«

Lucilla beugte sich vor. Schüchtern berührte sie seine Lippen. Zerwas griff in ihr langes, blondes Haar und beugte ihren schlanken Körper zurück. Sie mochte vielleicht gerade sechzehn Jahre sein und stand noch auf der Schwelle zwischen Mädchen und Frau. Sie duftete köstlich. Unverbraucht, unschuldig. Zerwas war sich sicher, daß sie noch nicht die wahren Freuden der Liebe kennengelernt hatte. Fester preßte er ihren jungfräulichen Körper an sich. Lucilla stöhnte. Ein bislang unbekanntes Gefühl schien in ihr zu erwachen. Sie war so voller Jugend und Kraft. Zerwas überschüttete sie mit Küssen. Vergrub seinen Kopf in ihrem köstlich duftenden Haar. Seine Zunge streichelte ihren Hals. Wieder stöhnte das Mädchen.

Der Vampir spürte, wie er sich verwandelte. War er eben noch erregt, so beherrschte ihn jetzt allein der Gedanke an ihr warmes Blut. Wieder liebkoste er ihren Hals. Heftiger jetzt als beim ersten Mal. Seine scharfen Zähne ritzten ihre Haut. Ein Tropfen Blut benetzte seine Lippen. Eine tierische Gier übermannte ihn. Er brauchte mehr. Ihr Blut bedeutete sein Leben! Er biß zu. Erschrocken gab das Mädchen einen spitzen Laut von sich. Doch dann ließ sie sich in seine Arme zurücksinken. Er wußte, daß seine Bisse keine Schmerzen bereiteten, wenn man sich nicht wehrte. Sie würde langsam entschlafen.

Der Vampir wischte sich mit der Hand über den Mund. Lucillas Blut war köstlich gewesen. So wie nur das Blut einer Jungfrau sein konnte. Mit einem Anflug von Bedauern blickte er auf den leblosen Körper zu seinen Füßen. Nie mehr würde sie die Freuden einer Liebesnacht erfahren. Der Sohn des Seilers mußte sich nach einer neuen Braut umschauen. Nun galt es, die verräterischen Spuren an ihrem Hals zu beseitigen.

Zerwas griff nach dem Messer an seinem Gürtel. Es war mühselig, auf diese Weise ihr Haupt vom Körper zu trennen, und es kostete viel Kraft, das Messer durch ihre Nakkenwirbel zu treiben. Schließlich gab der Knochen mit einem trockenen Knacken nach, und das Haupt des Mädchens rollte beiseite. Noch immer sah sie schön aus. Ihr Gesicht war wie in Trance verzaubert. Zerwas haßte sich dafür, ein so wunderbares Wesen vernichtet zu haben. Vielleicht hätte sie ihn wirklich lieben können? Doch das war nicht sein Weg. Er mußte nun darüber nachdenken, wie er den Tod des Mädchens den Orks anlasten konnte. Er würde sie skalpieren! Die Zholochai, einer der mächtigsten Stämme der Schwarzpelze, verfuhren so mit erschlagenen Gegnern. Vielleicht würde man glauben, daß ein einzelner Ork nachts über die Stadtmauer gekommen sei, um so seine Mannbarkeit unter Beweis zu stellen. Jedenfalls würde man niemandem, außer vielleicht Lysandras Freischärlern, eine solche Tat zutrauen.

Zerwas beugte sich über Lucillas Haupt und setzte sein Messer an ihrer Schläfe an. Das Mädchen starrte ihn mit toten blauen Augen an. Er kam sich sehr schäbig vor. Das nächste Mal würde er niemanden mehr töten, den er kannte. Sein Messer durchschnitt ihre Kopfhaut. Mit einem letzten Ruck trennte er ihr das Haupthaar vom Schädel und blickte schaudernd auf die schreckliche Wunde. Er mußte nun gehen. Keiner durfte ihn hier sehen. Das Haar des Mädchens versteckte er unter seinem Wams. Er würde es in seinem Turm im Kamin verbrennen. Schon jetzt spürte er, wie sich die Wunde in seiner Brust schloß. Das Opfer des Mädchens war nicht vergebens gewesen.

Vorsichtig schlich er durch die dunklen Gassen. Mit dem ersten Hahnenschrei erreichte er den verfallenen Turm, in dem er schon vor einem halben Jahr sein Quartier bezogen hatte. Derselbe Platz, den er schon einmal vor mehr als dreihundert Jahren bewohnt hatte.

# 4

Marcian schreckte aus seiner düsteren Stimmung hoch. Aus der Stadt erklang Jubel. Hörner wurden geblasen. Er ging zum Turmfenster, doch war durch die schmalen Schießscharten nicht genau zu sehen, was vor sich ging. Die Straßen waren voller Menschen, und alle bewegten sich auf das Andergaster Tor zu. Eilig schritt der Inquisitor zur Treppe, um auf die Plattform des Turms zu gelangen. Was mochte da vor sich gehen?

Noch bevor er oben angekommen war, hörte er den Turmwächter schon »Hurra!« schreien. Der Mann, einer von Lysandras wettergegerbten Freischärlern, fiel ihm schier um den Hals, als er durch die Bodenluke auf die Plattform trat.

»Sie sind da! Sie sind da! Der Krieg ist zu Ende.« Der Mann umarmte ihn, als seien sie Brüder. Freudentränen standen ihm in den Augen. Marcian begriff nicht, was vor sich ging. Er befreite sich von der Umarmung und schritt zu den Zinnen. Vor dem Andergaster Tor hatten über hundert Reiter in schimmernden Panzern Aufstellung genommen. Von weitem konnte Marcian kaiserliche Banner erkennen. Sollte das Prinz Brins Vorhut sein? Zwei Wochen war es nun schon her, seit die Greifenfurter die Stadt befreit hatten. Zwei Wochen, in denen sie keine Nachricht aus dem Kaiserreich erreicht hatte und in denen die Zweifel der Bürger stetig größer wurden, ob sie das Richtige getan hatten. Jetzt gab es kein Zurück mehr. Auch wenn sich kein Ork vor den Toren der Stadt blicken ließ, waren sie doch fast vollständig abgeschnitten gewesen. Marcian konnte im Moment keinen Kämpfer entbehren, und so hatte er darauf verzichtet, Reiter loszuschicken, um die Botschaft von der Rückeroberung Greifenfurts in den nahgelegenen Dörfern zu verbreiten. Es war auch keiner mehr zur Stadt gekommen, abgesehen von einigen wenigen Flüchtlingen. Von denen wußte er, daß die Orks alle Straßen zur Stadt gesperrt hielten.

Und jetzt standen kaiserliche Ritter vor den Toren! Ob es wohl noch eine weitere Schlacht wie auf den Silkwiesen gegeben hatte? War der Schwarze Marschall endgültig geschlagen worden, und waren die Truppen vor dem Tor die Vorhut des Prinzen? Die Reiter formierten sich zu einer Kolonne und kamen in die Stadt. In wenigen Augenblicken würden sie den Hof der Garnison erreichen. Es war an der Zeit, ihnen entgegen zu gehen.

Oberst Alrik von Blautann kommandierte die drei Kürassierbanner, die Greifenfurt erreicht hatten. Ein junger, schneidiger Offizier und seit der Schlacht auf den Silkwiesen, als er mit einer tollkühnen Attacke das Leben des Prinzen rettete, einer der Günstlinge des Garether Hofs. Mit klirrenden Sporen und in voller Rüstung kam er durch den Empfangssaal des Palas' auf Marcian zu. In einigem Abstand folgten seine Offiziere.

»Ich grüße Euch, Oberst von Blautann und vom Berg!« begann der Inquisitor formell das Gespräch. »Ich nehme an, Ihr seid die Vorhut des Prinzen. Bis wann ist mit Entsatz zu rechnen?«

»Die Vorhut des Prinzen sind wir, doch ich fürchte, mit dem Entsatz müßt Ihr noch ein wenig warten«, erwiderte der junge Oberst. »Kann ich offen sprechen?«

Marcian gab den Wachen einen Wink, und die Männer verließen den Saal. »Was ist los? Kommt Ihr mit geheimer Order?«

Der Oberst starrte auf die Kacheln am Boden des Saals. »Ich habe Nachrichten, die nicht jeder hören sollte. Wir sind keineswegs als Entsatz hier. Im Gegenteil, wir sind froh, die schützenden Mauern der Stadt noch erreicht zu haben. Gestern im Morgengrauen haben wir einen Angriff auf das Lager des Schwarzen Marschalls geritten und sind in einen Hinterhalt geraten. Entweder haben seine Späher frühzeitig meine Reiter entdeckt, oder wir sind verraten worden. Jedenfalls waren wir plötzlich von Hunderten bis an die Zähne bewaffneten Orks eingekreist, als wir das Lager angriffen. Ein Durchbruch nach Süden, zur Armee des Prinzen war nicht mehr möglich. Also haben wir es in westlicher Richtung versucht, um uns nach Greifenfurt durchzuschlagen oder um weiter im Norden in einem der Wälder Zuflucht zu finden. Seitdem war uns der Marschall persönlich mit seiner Leibgarde auf den Fersen. Ich habe fast ein Drittel meiner Männer verloren. Erst als die Stadt in Sichtweite kam, drehte er mit den Zholochai ab.«

Marcian rieb sich das Kinn. »Das sind in der Tat schlechte Nachrichten. Was ist mit den Truppen des Prinzen?«

»Er steht mit der Armee am Nordrand des Reichsforstes. Mit Glück könnte er in zwei oder drei Tagesmärschen hier sein. Aber ich fürchte, daß es mit dem Entsatz noch etwas dauern könnte. Die Orks haben sich organisiert und leisten verbissen Widerstand. Ich glaube nicht, daß wir deshalb bald mit dem Prinzen rechnen können.«

Marcian spielte nervös an seinem Schwertknauf. »Und was wird aus Euch und Euren Männern, Oberst?«

»Wir würden gerne von Greifenfurt aus weiter gegen die Orks kämpfen. Etliche meiner Reiter brauchen allerdings zunächst die Hilfe eines Medicus'.«

»Gut«, erwiderte Marcian. »Ihr sollt Quartiere hier in der Garnison bekommen. Hier gibt es angemessene Unterkunft und vor allem haben wir genug Ställe, um die Pferde unterzubringen. Die Geschichte von der Falle, in die ihr geritten seid, sollte in der Stadt allerdings nicht bekannt werden. Die Moral der Bürger ist nicht allzu gut. Sie rechnen täglich damit, daß der Prinz vor den Toren erscheint und daß dann für sie der Krieg zu Ende ist. Wenn die Nachricht von eurer Niederlage und den wiedererstarkten Orks die Runde macht, könnte es Unruhen in der Stadt geben.«

»Habt Ihr die Lage nicht unter Kontrolle?« Der Oberst blickte Marcian mit seinen blauen Augen an, als könnte er kein Wässerchen trüben. Dennoch schwang unüberhörbar ein provozierender Ton in der Frage mit.

»Ich habe hier keinerlei reguläre Truppen, nicht einmal

eine Stadtgarde. Die Kämpfer, auf die ich zurückgreifen kann, sind undisziplinierte Freischärler, ausgemergelte Sklaven und Bürger, die nicht einmal wissen, wie man ein Schwert richtig hält. Mit diesen Truppen habe ich die Garnison gestürmt und die Orks aus der Stadt geworfen. Nur leider glauben seit dem Tag alle, der Krieg sei bald vorbei. Noch Fragen?« Die letzten Worte hatte Marcian mit schneidender Schärfe gesprochen.

»Gab es seit der Befreiung der Stadt noch Schwierigkeiten mit den Orks?«

Der junge Oberst wollte ihn wohl aus der Reserve locken. Auf dieses Spiel würde sich Marcian nicht einlassen. »Wir sind vom Rest der Welt abgeschnitten. Alle Straßen nach Greifenfurt werden von den Orks kontrolliert. Doch sie wagen sich nicht in Sichtweite der Mauern. Nur einmal, zwei Tage nach dem Sturm auf die Garnison, muß ein vereinzelter Krieger in die Stadt eingedrungen sein. Er hat die Tochter des Bäckers vom Andergaster Tor getötet. Wir fanden sie morgens enthauptet und skalpiert. Von dem Ork fehlte jede Spur. Seitdem sind die Nachtwachen auf den Mauern verdoppelt, und es hat keine weiteren Übergriffe gegeben.«

»Habt Ihr außer uns noch Reiter in der Stadt?« wollte der junge Oberst wissen.

»Nein. Ich bin froh, gerade genug Kämpfer zu haben, um die Mauern zu bemannen. Worauf wollt Ihr hinaus, Oberst?« Marcian blickte den Offizier finster an.

Einen Augenblick zögerte er, doch dann brach es regelrecht aus ihm heraus: »Vielleicht wäre es an der Zeit, den Krieg unter die Orks zu tragen. Warum sollen wir ihnen immer die Initiative überlassen? Ich bin sicher, daß die Truppenkonzentration in der Nähe der Stadt nicht stark genug ist. Warum sollten wir die Orks nicht angreifen und die Bauern aus der Region in die Stadt bringen, um über mehr Kämpfer zu verfügen. Ich bin sicher, die meisten Männer und Frauen, die ein Schwert halten können, wären froh, wenn sie gegen die Orks kämpfen könnten. Sie brauchen nur Anführer. Sie müssen sehen, daß wir die Schwarzpelze besiegen können. Dann werden sie schon von ganz allein zu unseren Fahnen eilen. Draußen auf dem Hof stehen 80 unverwundete Reiter, die nur darauf warten, die Scharte von gestern wieder auswetzen zu können. Das sind die besten Kavalleristen des Prinzen. Ich glaube nicht, daß es hier in der Nähe irgendwelche Truppen gibt, die uns gewachsen sind. Wir sollten …«

Marcian unterbrach den Oberst. »Ihr solltet über das, was Ihr sagt, noch einmal nachdenken. Es ist wenig mehr als eine Stunde her, daß Ihr und Eure Männer noch auf der Flucht waren. Ihr haltet es wohl für völlig ausgeschlossen, daß man vor den Mauern noch auf Euch warten könnte? Nichts für ungut, Oberst, doch seid Ihr noch ein sehr junger Offizier, und nichts liegt mir ferner, als Euren Mut in Frage zu stellen, aber für den Moment halte ich Euren Plan für alles andere als gut. Schont Eure Männer ein paar Tage, und dann werden wir weitersehen.«

Der Ritter setzte zu einer Entgegnung an, doch bevor er etwas sagen konnte, fuhr Marcian fort. »Falls Ihr nun mit mir darüber diskutieren wollt, daß auch Ihr Oberst seid und demzufolge nicht meiner Befehlsgewalt untersteht, so bedenkt, daß ich das höhere Dienstalter habe. Außerdem bin ich vom Prinzen und vom Großinquisitor als Befehlshaber dieser Stadt eingesetzt, was heißt, daß mir alle Offiziere in diesen Mauern unterstellt sind. Habe ich mich klar genug ausgedrückt?«

Ein zerknirschtes »Ja« kam als Antwort. Der Oberst und seine Offiziere wichen Marcians Blick aus. Er durfte nicht zulassen, daß sie seine Autorität in Frage stellten.

»Meine Herren, wir sind hier nicht auf dem Jahrmarkt! Wie heißt die korrekte Antwort gegenüber einem Vorgesetzten?« Der Inquisitor hatte einen beißenden Ton angeschlagen.

Blautann und seine Männer nahmen Haltung an und schmetterten wie aus einer Kehle: »Jawohl, Herr Oberst!«

»Gut so.« Nur mit Mühe konnte Marcian sich das Grinsen verkneifen. »Wegtreten! Die Wachen vor der Tür werden Euch die Quartiere zeigen. Ich würde mich freuen, Euch um Sonnenuntergang zu einem gemeinsamen Nachtmahl begrüßen zu können.«

»Jawohl, Herr Oberst!« tönte es wieder durch den Saal. Dann machten die Ritter auf der Stelle kehrt und marschierten im Gleichschritt zur Tür hinaus. Es war lange her, daß richtige Soldaten vor ihm Haltung angenommen hatten. Ein wenig wehmütig dachte Marcian an seine Tage als junger Offizier in der Garether Kaserne. Er war sicher, daß die jungen Burschen vor der Tür nun über ihn alten Schinder fluchen würden. Der Inquisitor schmunzelte. Die Ritter sollten sich um die Ausbildung der Bürger und Freischärler zu richtigen Soldaten kümmern. Er war es leid, sich mit diesen Witzfiguren auf dem Exzerzierplatz der Burg herumzuschlagen. Er hatte wichtigere Dinge zu tun, als Dummköpfen den Schwertkampf beizubringen. Die Worte des jungen Obristen gingen ihm immer noch durch den Kopf. Vielleicht war es wirklich an der Zeit, die Stadt zu verlassen und den Orks einen Besuch abzustatten. Der Moral der Bürger würden kleine Kommandounternehmen mit Sicherheit guttun. Und die Gefahr, auf ernsthaften Widerstand zu stoßen, war wirklich nicht sehr groß. Marcian würde mit den Rittern heute abend darüber sprechen. Doch nun mußte er bei Lysandra vorbeischauen. Die Arme war durch ihre zweiwöchige Krankheit ziemlich gereizt. Sie hatte mit ihren Frauen und Männern die alte Unterkunft der Stadtwache nahe dem Andergaster Tor bezogen. Marcian würde ihr kein Gift mehr ins Wasser mischen. Er brauchte sie wieder einsatzfähig. Niemand kannte das Gelände rund um die Stadt so gut wie sie und ihre Freischärler. Sie sollten die Attacken der Ritter vorbereiten und sie als Späher begleiten.

Lysandra hatte es sich nicht nehmen lassen, ebenfalls zum Nachtmahl mit den Offizieren im Palas der Burg zu erscheinen. Wie in der Nacht des Angriffs auf die Garnison hatte sie wieder ihre prächtige Rüstung angelegt, und nur wer sie sehr genau kannte, konnte ihr ihre Schwäche anmerken. Fast zwei Wochen hatte sie im Bett gelegen und kaum die Kraft gehabt aufzustehen. Kein Heiler der Stadt hatte ihr helfen können. Marcian war sehr besorgt um sie gewesen und hatte sie täglich besucht. Als keine Medizin half, hatte er sogar seinen Freund, den Magier Lancorian zu ihr gebracht. Doch seinen Künsten waren in ihrem Fall auch Grenzen gesetzt. Er hatte ihr nur leichte Linderung verschaffen können. Heilen konnte er sie nicht. Es war das erste Mal, daß sie seit der Krankheit etwas anderes als Milchbrei aß. Das Wildbret, an dem sich die Offiziere gütlich taten, war freilich nicht das Richtige für sie. Auch wenn sie gerne endlich wieder Fleisch gegessen hätte, begnügte sie sich vorerst mit hellem Brot, etwas Bratensoße, Obst und verdünntem Wein.

Gut, daß sie die Kraft hatte, wieder unter Menschen zu kommen. Ihr hatte nicht gefallen, daß ihre Leute in der Stadt geblieben waren, nur weil sie krank war. Und jetzt planten die Offiziere an diesem Tisch, mit ihren Männern gegen die Orks zu ziehen. Es mochte ja sein, daß jeder für sich ein guter Kämpfer war, aber mit ihren Vorstellungen von Rittertum würden sie es draußen in der Wildnis nicht weit bringen. Die Strategie ihrer Freischärler sah keine glänzenden Kavallerieattacken vor. Das würde viel zuviele Krieger das Leben kosten. Lysandra wußte genau, daß sie deshalb von ihren Kämpfern so vergöttert wurde, weil sie kein unnötiges Risiko einging, und immer wenn es gefährlich wurde, selbst in vorderster Reihe stand. Diese Ritter dachten anders. Ihre Leute betrachteten sie wahrscheinlich lediglich als bewaffnete Bauern. Wertlose Figuren im Kriegsspiel der Edlen, die man bedenkenlos in den Tod schicken konnte. Ihr Leben zählte nichts. Doch sie würde nicht zulassen, daß man so mit ihren Leuten umging!

»Nun, Lysandra, meint Ihr, Ihr könnt Euch wieder auf einem Pferd halten? Marcian hat mir erzählt, was für ein Mißgeschick euch heimgesucht hat.« Oberst von Blautann machte während der Worte eine grüßende Geste in ihre Richtung.

»Mich auf einem Pferd zu halten ist noch das geringste unserer Probleme. Offen gestanden halte ich nicht viel davon, einfach ins Blaue zu reiten. Ich hoffe, Ihr verzeiht mir dieses Wortspiel.«

Der Ritter runzelte die Stirn. Mit der Zunge schien er nicht so geschickt zu sein wie mit dem Schwert, dachte Lysandra. Nun, das bedeutete zumindest, daß er kein Höfling sein konnte.

»Was meint Ihr ›mit ins Blaue reiten‹, gute Frau?« Der junge Oberst versuchte herablassend zu klingen, doch konnte er seinen Zorn nicht ganz verbergen. Die Amazone blickte zu Marcian hinüber. Er hatte sich in seinem Eichensessel zurückgelehnt und beobachtete mit einem amüsierten Lächeln ihre Auseinandersetzung.

»Nun nicht, daß ich der Reiterschar, die Ihr in die Stadt geführt habt, nichts zutrauen würde. Doch wie gefährlich ist das beste Schwert in den Händen eines Knaben?«

Der Oberst sprang auf: »Das nehmt Ihr zurück!«

»Was?« fragte Lysandra provozierend gelassen. »Etwa, daß man Eurer Reiterschar durchaus etwas zutrauen kann?«

»Ihr wißt genau, was ich meine.« Die Stimme des jungen Offiziers überschlug sich vor Wut. »Wenn Ihr Euch nicht auf der Stelle entschuldigt, verlange ich Satisfaktion.«

»Glaubt nicht, daß ich dulden werde, daß sich meine Offiziere gegenseitig an die Gurgel gehen!« Marcian hatte sich erhoben. »Setzt Euch wieder! Ich erinnere Euch daran, daß Greifenfurt unter Kriegsrecht steht, und deshalb Duellanten mit der Todesstrafe zu rechnen haben. Einen Verstoß gegen die Disziplin in dieser Stadt werde ich nicht dulden. Schon gar nicht unter Anführern. Muß ich Euch wirklich daran erinnern, daß Ihr Vorbilder sein solltet. Und was dich angeht, Lysandra, unterlaß deine Zweideutigkeiten und sag, was du meinst.«

»Ich meine, daß es vollkommen sinnlos ist, einfach aus der Stadt zu reiten und zu hoffen, daß uns schon ein paar Orks in die Arme laufen werden. Ein solches Unternehmen sollte sorgfältig vorbereitet werden. Ich möchte weder den Erfolg noch das Leben meiner Leute in die Hände des Zufalls legen. Ich bin der Meinung, daß einige meiner besten Leute die Stadt verlassen sollten, um auf ihre Art nach einem lohnenden Ziel zu suchen. Tollkühne Todeskommandos, wie Ihr gestern früh eines geleitet habt, Oberst, möchte ich nicht verantworten. Ich bin sicher, hättet Ihr Euer Ziel vernünftig ausgespäht, würden eine Menge Eurer Männer jetzt noch leben.« Mit Genugtuung beobachtete Lysandra, wie sich die Hände des jungen Ritters bei diesen Worten in die Stuhllehnen krampften.

»Was wißt Ihr schon von Heldenmut und Ritterlichkeit? Soweit ich vernommen habe, gehört es zu Eurer Art von Kriegsführung, Feinde feige von hinten zu erschießen und Gefangene langsam zu Tode zu foltern.« Es war nicht zu übersehen, daß Oberst von Blautann kurz davor war, die Fassung zu verlieren. Trotzdem konnte Lysandra das nicht unerwidert lassen.

»Wenn Ihr so gut über mich informiert seid, guter Ritter, dann wißt Ihr ja sicher auch, daß ich das, woran ihr schon nach wenigen Wochen gescheitert seid, über ein Jahr geschafft habe. Mir haben die Orks in dieser Zeit nicht ein einziges Mal so sehr im Nacken gesessen wie Euch und Euren Reitern heute früh. Freilich war ich nie so ritterlich, mit unterlegenen Kräften mitten in das Lager des Schwarzen Marschalls zu galoppieren, doch mir scheint, daß mancher Ritter des Prinzen nicht recht zwischen Aberwitz und Heldentum zu unterscheiden weiß. Wollte man dem Ritterstand Böses, könnte man natürlich auch unterstellen, daß mancher feine Herr nur allzu gern das Leben seiner Leute opfert, um schnell zu Rang und Namen zu gelangen, ja vielleicht sogar der Held in einem der Lieder der fahrenden Sänger zu werden.«

»Jetzt reicht es, Lysandra!« Marcian hatte seinen bronzenen Pokal zu Boden geschleudert. »Wenn du so überlegen bist, dann solltest du auch begriffen haben, daß es Gift ist, wenn sich die Streiter einer Partei untereinander wie die Kampfhähne aufführen.«

»Laßt es gut sein, Kommandant«, warf der junge Ritter ein. »Eine Wegelagerin kann mich nicht beleidigen. Und ob ihr Schwert so scharf ist wie ihre Zunge, soll sie mir zeigen, wenn wir gemeinsam gegen die Orks reiten.«

»Dazu wird es nur kommen, wenn meine Leute die Örtlichkeiten ausspähen und mein Wort bei der Planung der Angriffe das gleiche Gewicht hat wie das dieses Grünschnabels.«

»Anders war es nie vorgesehen«, beschwichtigte Marcian die Amazone. »Entschuldigt, wenn ich diese Tafel nun aufhebe, doch ich habe heute abend noch andere Verpflichtungen und bin offen gestanden der Streitereien müde. Lysandra, ich wäre dir dankbar, wenn du schon in dieser Nacht Spione aussenden könntest, denn ich habe das Gefühl, daß uns ohnehin nicht mehr viel Zeit bleiben wird, bis die Orks vor unseren Toren stehen.«

Lysandra erhob sich als letzte und beobachtete, wie die anderen gingen. Erst dann machte sie sich auf den Weg zu ihren Quartieren, denn der Sieger verließ das Schlachtfeld stets als letzter.

Obwohl er mehr als fünfhundert Krieger befehligte, war Sharraz Garthai nervös. Der Schwarze Marschall hatte ihm vergeben, daß er mit Greifenfurt die wichtigste Stadt der Provinz Finsterkamm verloren hatte. Mehr als zwanzig Tage lag es nun schon zurück, daß er Greifenfurt verlassen hatte. Nun sollte er mit seinen Kriegern sicherstellen, daß die Übergriffe aus der Stadt aufhörten. In den letzten Tagen waren immer wieder Angriffe auf Vorposten der Orks durchgeführt worden. Flüchtlinge aus der ganzen Provinz retteten sich in den Schutz der Stadtmauern, brachten das Vieh von den Feldern und verbrannten ihre Ernte. Mit der Revolte in der Stadt hatte der Widerstand in der ganzen Provinz an Kraft gewonnen. Gab es früher nur die Freischärler in den Wäldern, so bewaffneten sich jetzt schon die Bauern und fielen über die Besatzer her. Die Gerüchte, daß bald Prinz Brin mit seinen Truppen käme, taten das ihre, um die Lage noch zu verschlechtern.

Sharraz Garthai lächelte grimmig. Vorgestern war der Anführer der Menschen bei einem Scharmützel verletzt worden. Es hätte nicht viel gefehlt, und er wäre von den Pferden seiner eigenen Leibgarde zertrampelt worden. Jedenfalls waren die Armeen der Menschen am Vormarsch gehindert.

»Was lächelst du?« erklang es hinter Sharraz. Der Ork drehte sich um. Hinter ihm ritt Gamba, der Druide. Der Marschall hatte ihm diesen Menschen als Berater mitgegeben. Vielleicht sollte er auch über ihn wachen. Sharraz mochte ihn nicht, diesen weißhaarigen Mann mit dem wettergegerbten, harten Gesicht. Er war mit Federn und Amuletten geschmückt und trug trotz der Hitze einen Umhang aus Bärenfell. Auch seine Männer hatten Angst vor ihm, doch bei Sadrak Whasoi, dem Marschall, und auch bei Uigar Kai, dem Obersten der Shamanen, genoß dieser Mensch grenzenloses Vertrauen.

»Nun, versuchst du, deine Gedanken vor mir zu verhüllen?« Der ironische Ton des Druiden war nicht zu überhören.

»Nein!« antwortete Sharraz hastig. »Ich dachte daran, wie sehr die Menschen sich irren, wenn sie glauben, daß sie mit ihrem Aufstand Erfolg haben werden.«

»Und wenn sie sich nicht irren?«

Sharraz zügelte sein Pferd und blickte sich verwundert zu dem Druiden um. »Wie meinst du das, Gamba?«

»Nun, diese Rebellen in Greifenfurt haben eine Reihe

leichter Siege errungen. Sie halten sich vielleicht schon für unbesiegbar. Vor allen Dingen glauben sie fest daran, daß bald der Prinz mit seiner Armee vor der Stadt stehen wird. Mich würde es nicht wundern, wenn sie in diesem Glauben noch weitere große Taten vollbringen würden, denn Glaube ist die Grundlage für Wunder.« Gamba blickte ihn ernst an.

»Wir sind fünfhundert. Wie sollen uns die Menschen besiegen? Sie haben weniger als fünfhundert Kämpfer, und wir haben in diesem Krieg noch nie eine Schlacht verloren, wenn wir auf gleichstarke menschliche Gegner gestoßen sind.«

»Und auf den Hochmut folgt der Fall!« entgegnete Gamba knapp.

Für eine Weile herrschte Schweigen zwischen den beiden Reitern. In der Hitze wirbelte die Kolonne eine große Staubwolke auf der Kaiserstraße auf, der sie Richtung Orkenwall folgten. Nur wenige Meilen trennten sie noch von dem kleinen Ort, in dessen Nähe die Armee des Reiches vor einem Jahr von den Orks vernichtend geschlagen worden war.

»Ich habe noch nie eine Stadt gestürmt«, unterbrach Sharraz das Schweigen. »Diese Art von Schlacht ist völlig neu für mich. Hast du einen Plan, wie wir kämpfen sollen. Am liebsten wäre mir, wenn wir einfach vor den Toren von Greifenfurt lagern und warten könnten, bis der Hunger sie heraustreibt. Hast du eine bessere Strategie?«

»Wenn sie glauben, daß sie uns nicht besiegen können, haben wir Greifenfurt schon halb erobert. Dazu gehört auch, daß wir Dinge tun, die sie nicht verstehen. Deshalb bin ich dafür, daß wir noch nicht bis vor die Tore der Stadt ziehen, sondern unser Heerlager in Orkenwall aufschlagen. Das werden sie nicht erwarten. Vielleicht werden sie sogar so unvorsichtig und versuchen, uns anzugreifen. In einer offenen Feldschlacht werden wir ihnen auf jeden Fall überlegen sein. Weißt du, Sharraz, bei den Menschen ist es so, daß der Krieg in den Köpfen entschieden wird. Sie sind keine geborenen Krieger wie ihr Orks. Sie haben Angst, wenn sie in die Schlacht ziehen. Angst, ihr Leben zu verlieren. Die meisten, die uns als Kämpfer gegenüberstehen werden, sind gar keine richtigen Soldaten. Es sind Bauern, die ihr Feld bestellen wollen, oder Bürger, deren Herz an irgend einem kleinen Laden in der Stadt hängt. Sie sind nicht aus Überzeugung im Krieg. Sie kämpfen, weil sie glauben, es ihrem Prinzen schuldig zu sein. Aber was denkst du, werden sie tun, wenn sie hören, daß ihr Prinz gar nicht kommen wird? Wenn sie hören, daß Brin tot ist. Vielleicht kämpfen sie auch dann noch weiter, doch in ihren Herzen haben sie die Schlacht dann schon längst verloren gegeben.«

Sharraz schaute den Druiden lange an: »Ihr seid sehr kompliziert, ihr Menschen. Aber was wäre, wenn nur du so kompliziert bist? Was ist, wenn du dich irrst?«

»Du glaubst, ich kenne meine eigenen Leute nicht?« Gamba wirkte verblüfft. Mit einer solchen Unterstellung hatte er nicht gerechnet. »Wie kommst du darauf?«

»Ich frage mich schon eine Weile, warum du, ein Mensch, auf unserer Seite stehst? Kann man jemandem vertrauen, der sein eigenes Volk verrät? Ich würde jedenfalls niemals einem Ork trauen, der seinen Stamm verrät. Ich durchschaue dich nicht, Gamba. Ich gestehe dir sogar, daß du mir unheimlich bist, weil du Mächte kontrollierst, die sich meinem Verständnis entziehen. Und den meisten meiner Männer geht es genauso.«

»Warum duldest du mich dann überhaupt an deiner Seite?« fragte der Druide.

»Weil mir der Schwarze Marschall befohlen hat, dich mitzunehmen und auf deinen Rat zu hören. Vielleicht bist du so etwas wie eine Prüfung für mich. Vielleicht sollst du auch mein Henker sein, wenn ich noch einmal versage. Es wäre besser für die Moral der Truppe, wenn du mich hinrichten würdest.«

»Vielleicht hast du mit einer deiner Vermutungen recht.« Gamba grinste Sharraz unverschämt an und genoß offensichtlich seine Stellung.

Eine Weile ritten sie wieder schweigend nebeneinander her. Dann fragte der Druide: »Was glaubst du eigentlich, wozu wir die Gefangenen mitnehmen?«

Der Ork zuckte mit den Schultern. »Wohl, um sie während der Namenlosen Tage Tairach zu opfern. Schließlich ist dann seine Macht am größten. Vielleicht wird es uns mit seiner Hilfe gelingen, die Stadt zu stürmen.«

»Du denkst schon wieder viel zu einfach, Sharraz.« Erneut setzte Gamba sein freches Grinsen auf.

»Aber wie weise kannst du sein, wenn du es laufend darauf anlegst, mir deine Klugheit zu demonstrieren?«

»Was für eine gute Entgegnung, Ork! Vielleicht wird es doch noch amüsant, sich mit dir zu streiten. – Nun, ich habe diese Baronin mitgenommen, um sie entkommen zu lassen.«

Sharraz klappte der Unterkiefer herunter. Das war das Verrückteste, was er je gehört hatte. Diese Frau war eine große Kriegerin. Sie hatte an der Seite des Prinzen gekämpft und etliche Orks erschlagen, bis man sie vorgestern in dem Scharmützel gefangennahm, in dem der Prinz verletzt wurde. Sie war das ideale Opfer für den Blutgott. Ein Kämpfer, für den man einen hohen Preis hatte zahlen müssen. Eine Heldin. Tairach würde seine Freude an ihr haben. Dem Druiden antwortete er: »Du bist verrückt!«

»Schlimmer, Sharraz, ich habe Phantasie! Ist dir aufgefallen, wie niedergeschlagen die Frau ist? Ich bin in ihre Gedanken eingedrungen. Das letzte, was sie in dem Gefecht vorgestern gesehen hat, war, wie der Prinz verletzt vom Pferd stürzte und von unseren Kriegern umringt wurde. Dann traf sie selber ein Schlag, der ihr das Bewußtsein raubte. Diese Frau glaubt, daß ihr Herrscher tot ist. Deshalb hat sie sich auch selbst aufgegeben. Sie kann für uns zu einer tödlicheren Waffe werden als eine Herde wildgewordener Oger. Ich werde sie ein wenig foltern, und dann muß die Baronin uns über Nacht entkommen. Ich glaube, eine Gelegenheit zur Flucht würde sie trotz allem noch ergreifen. Sie soll nach

Greifenfurt reiten und dort die falsche Botschaft verbreiten, der Prinz sei gefallen. Darin wird sie besser als der beste Agent sein. Selbst wenn man ihr einen Wahrheitstrunk gibt, oder ein Zauberer in ihre Gedanken eindringt, wird es immer nur dasselbe Resultat erbringen. Jeder Spion würde dabei entlarvt. Sie nicht, denn für unsere Baronin ist diese Lüge die Wahrheit, und sie wird auch die anderen überzeugen.«

»Gamba, einen so hinterhältigen Halunken wie dich habe ich in meinem ganzen Leben noch nicht getroffen. Ich glaube, Männer wie dich kann nur die menschliche Rasse hervorbringen.«

»Du schmeichelst mir! Und falls du dir Sorgen machst, daß diese Kriegerin der rächenden Hand Tairachs entgeht, kann ich dich trösten. Das wird nicht geschehen. Auch mit dem Tod, den ich ihr zugedacht habe, wird sie noch einmal Angst und Schrecken unter den Greifenfurtern verbreiten.«

## 5

»Herr Oberst, Herr Oberst! Aufwachen!« Wieder hämmerte die Wache mit der Faust gegen die schwere Eichentür. Schlaftrunken rieb sich Marcian die Augen. In seinem Arm lag Cindira. Lancorian, dem alten Zweifler, war es doch noch gelungen, ihr das Leben zu retten. Er hatte seine ganze Kraft in das Mädchen fließen lassen, hatte versucht, ihr auf magische Weise das Blut wieder zu ersetzen, das sie verloren hatte. Später hatte der Zauberer ihm erzählt, wie er selbst dabei die Kälte des Todes zu spüren bekam. Boron, der Herrscher über Leben und Tod, duldete nicht, wenn ihm Sterbliche ins Handwerk pfuschten. Und Lancorian hatte nach dieser Heilung selbst lange gebraucht, um wieder zu Kräften zu kommen.

Rein äußerlich war Cindira völlig wiederhergestellt. Nicht einmal eine Narbe war auf ihrer Schulter zurückgeblieben; nur kam sie Marcian jetzt etwas stiller und in sich gekehrter vor. Aber er mochte sich auch irren. Schließlich kannte er das Mädchen ja kaum.

Ein erneutes Klopfen an der Tür riß Marcian aus seinen Gedanken. Vorsichtig befreite er sich aus der Umklammerung des schlafenden Mädchens, nahm ein Bettlaken und ging zur Tür. Dort erwartete ihn ein aufgeregter Wachposten. »Herr, ihr müßt sofort mit mir in den Palas kommen. Wir haben endlich Nachricht vom kaiserlichen Heer. Dort wartet eine Baronin, die sich zu uns durchschlagen konnte.«

Einen Augenblick starrte Marcian den Mann fassungslos an. Er konnte nicht glauben, daß es jemanden gab, der sich während der Namenlosen Tage durch die Reihen der Orks schlagen würde. Er selbst hatte für diese fünf Tage jede Operation verboten, denn nichts, was man in dieser Zeit unternahm, konnte zum Guten geraten. Die Macht des Bösen regierte, und jeder vernünftige Mensch verbarrikadierte sich in seinen vier Wänden und betete. Er hatte sich zwar auf andere Weise vergnügt, doch dabei sorgsam darauf geachtet, kein Kind mit Cindira zu zeugen. Was immer in den Tagen zwischen den Monaten Rahja und Praios gezeugt oder geboren wurde, hatte eine finstere Seele. Und ausgerechnet jetzt schaffte es ein Bote, nach Greifenfurt durchzukommen, wo seit Wochen jede Verbindung zum Prinzen abgebrochen war?

»Geh! Und hole die anderen Anführer. Ich ziehe mich um und komme gleich!« befahl Marcian der Wache.

»Die anderen sind schon unterrichtet und wahrscheinlich schon auf dem Weg.«

»Gut, Mann, dann geh auf deinen Posten zurück.« Ohne die Wache noch eines Blickes zu würdigen, lief Marcian in seine Turmkammer zurück, um sich hastig anzukleiden.

Als Marcian im Festsaal des Palas ankam, waren die anderen Anführer schon versammelt. Lysandra die Amazone, Oberst von Blautann, sowie Darrag der Schmied und Zerwas der Henker, die von den Greifenfurter Bürgern zu Milizkommandanten gewählt worden waren. Unter ihnen saß eine Frau. Sie war verletzt und machte den Eindruck, daß sie sich nur noch mit letzter Kraft aufrecht halten konnte.

Der junge Reiteroberst war der erste, der sprach: »Der Prinz ist tot.«

Die Worte trafen Marcian wie ein Schlag ins Gesicht. »Das kann nicht sein! Das glaube ich nicht. Das ist ein Trick der Orks! Was glaubt ihr, warum ausgerechnet ein Bote mit so schlechten Nachrichten zu uns durchkommt? Das ist ein Trick, und ihr fallt wie die Idioten darauf herein!«

Wieder war es Oberst von Blautann, der ihm antwortete: »Diese Frau ist über jeden Zweifel erhaben. Das ist die Baronin Ira von Seewiesen, Hauptfrau in der kaiserlichen Armee und seit der Schlacht um Gareth Mitglied der kaiserlichen Leibgarde. Ihre Loyalität steht außer Frage. Außerdem ist sie keine Botin. Sie ist den Orks entkommen. Sieh sie doch nur an! Es ist ein Wunder, daß sie überhaupt noch lebt. Vor einigen Tagen ist sie bei einem Scharmützel mit den Orks in Gefangenschaft geraten. In demselben Gefecht hat sie auch den Prinzen sterben sehen.«

»Und wenn sie Feldmarschall Haffax persönlich wäre! Ich glaube nicht, daß der Prinz tot ist! Das können die Götter nicht zulassen! Holt Lancorian aus seinem Bett! Ich möchte, daß er ihre Gedanken liest. Einen Magier kann man nicht belügen. Vorher glaube ich ihr kein Wort.«

»Ihr beleidigt mich.« Obwohl die verletzte Baronin sich nur zitternd auf ihrem Stuhl halten konnte, versuchte sie sich zu erheben. Doch mit einem Seufzer sank sie in den Sessel vor dem großen Kamin zurück. »Wenn ich nicht so schwach wäre, würde ich auf der Stelle Satisfaktion von euch fordern.«

Dieser lächerliche Ehrenkodex des Offizierskorps. Die

Besten waren ständig darauf versessen, sich gegenseitig umzubringen. Argwöhnisch musterte Marcian die Frau. Sie mochte wirklich den Rang bekleiden, den Alrik von Blautann angegeben hatte. Ihr Körper war durchtrainiert, der Schwertarm muskulöser als der linke Arm, an dem sie im Kampf den Schild trug. Wie schwer sie verletzt war, konnte Marcian schlecht einschätzen. Sie sah nicht besser als diejenigen aus, die bei der hochnotpeinlichen Befragung der Inquisition lange Widerstand leisteten. Ihr Gesicht war von Schlägen entstellt, ihre Augenlider so angeschwollen, daß sie kaum noch sehen konnte. Die Nase war gebrochen und das Haar von Blut verklebt. An den Armen hatte man ihr mit Messern Hunderte von kleinen Schnitten beigebracht. Was man ihr sonst noch angetan haben mochte, konnte Marcian nur ahnen. Sie hatte sich eng in einen dunklen Umhang geschlungen, den ihr wohl einer der Wachposten überlassen hatte. Alle Soldatinnen, die er kannte, hätten sich lieber selbst umgebracht, statt lebend in die Hände der Orks zu fallen. Hinter der Kriegerin stand jetzt Lysandra. Sie hatte ihr die Hände auf die Schultern gelegt und wirkte auf eine Weise mitfühlend, die über bloße Betroffenheit weit hinausging. So viel Sensibilität hätte er der Amazone nie zugetraut.

Marcian wandte sich um und ging zur Wache an der Tür. Leise flüsterte er dem Mann zu, dem ersten Boten zu Lancorian zu folgen und dafür zu sorgen, daß der Magier auch Kräuter und Verbandszeug mitbrachte. Dem zweiten Türwächter trug er auf, Wasser und Wein zu holen. Dann wandte Marcian sich wieder um. »Laßt uns in Ruhe miteinander reden. Ein kühler Trunk wird uns allen dabei guttun. Diese Nachricht ist zu wichtig, um sie einfach ungeprüft zu glauben. Ich hoffe, Ihr könnt mir mein Mißtrauen verzeihen, Baronin.«

Die Kriegerin gab keine Antwort. Statt dessen starrte Lysandra den Inquisitor an.

»Vielleicht könnt Ihr mir selbst erklären, auf welch verschlungenen Wegen Ihr durch die Linien der Orks bis nach

Greifenfurt gekommen seid.« Marcian blickte die Baronin herausfordernd an.

Stolz straffte sich die Frau, lehnte den Kopf an den lederbezogenen Rücken des Sessels und schaute Marcian fest ins Gesicht. Langsam und stockend trug sie ihre Geschichte vor:

»Es war am 26. Tag des Monats Rahja, als Prinz Brin, nur begleitet von seiner Leibwache, aufbrach, um eine Stellung des Zweiten Garether Freiwilligenregiments am Nordrand des Reichsforstes rund fünfzig Meilen von hier zu inspizieren. Kurz bevor wir das Lager erreichten, gerieten wir auf einer Lichtung in einen Hinterhalt. Bogenschützen der Orks hatten sich im Dickicht versteckt. Mit einigen der Leibwächter galoppierte ich auf die heimtückischen Schützen zu. Der Prinz blieb ein wenig zurück. Doch kaum hatten wir die Schwarzpelze erreicht, wurde Lärm vom anderen Ende der Lichtung laut. Ein zweiter Trupp Orks brach hervor. Ich sah, wie der Prinz von seinem Pferd stürzte und den Feinden fast vor die Füße fiel. Ich versuchte, mein Pferd herumzureißen. Dann traf mich irgend etwas am Kopf. Das letzte, woran ich mich erinnere, ist, wie Prinz Brin von Orks mit blitzenden Klingen umgeben war. Hinter ihm holte einer mit seiner Axt aus, um ihm die Waffe in den ungeschützten Rücken zu treiben. Alle Leibwächter waren zu weit fort, um Brin noch beizustehen. Ich wollte ihn warnen, doch in diesem Augenblick traf mich selbst ein schwerer Schlag. Dann erinnere ich mich für lange Zeit an gar nichts mehr.«

Betroffen schauten sich Marcian und seine Offiziere an. Sie alle kannten Brins selbstlosen Mut; seine Angewohnheit, mit viel zuwenig Wachen auszureiten, und die Art, wie er stets in der ersten Reihe kämpfte, ohne dabei Rücksicht auf sein Leben zu nehmen. So hatte er die Herzen seiner Soldaten erobert, denn jeder wußte, daß der Prinz niemals einen Mann oder eine Frau in eine Gefahr schickte, der er sich nicht auch selbst ausliefern würde. Die Geschichte der Baronin klang glaubwürdig.

»Und was geschah dann mit Euch?« unterbrach Marcian das Schweigen.

Die Kriegerin setzte einen Becher mit Wein ab, um ihre Erzählung wieder aufzunehmen. »Als ich erwachte, saß ein in Felle gehüllter Mann neben mir. Ich lag in einem Lederzelt, umgeben von Räucherpfannen, in denen Kräuter brannten. Zunächst glaubte ich, vielleicht von einem Jäger, der mich im Wald gefunden hatte, gepflegt zu werden. Doch dann bemerkte ich, daß auch Orks im Zelt waren. Der Mann an meiner Seite war ein Verräter. Er versuchte, mir Milch zu trinken zu geben, und erklärte mir, daß ich fast einen Tag und eine Nacht ohne Bewußtsein gewesen sei. Mein Kopf schmerzte höllisch. Nach seinen Worten war ich die einzige Überlebende des Gefechtes auf der Lichtung.«

Für einen Moment hielt die Baronin inne. Tränen rannen ihr über die geschundenen Wangen, als sie stockend weiter erzählte: »Er sagte, der Prinz sei tot. Man hätte seinen Kopf abgetrennt und nach Khezzara ins Orkland geschickt, wo er in Zukunft den heiligsten Altar des Tairach schmücken werde.«

Wieder brach die Baronin ihren Bericht ab. Lange suchte sie nach Worten. »Am nächsten Morgen wurde ich dann auf einen Karren verladen, weil ich noch zu schwach zum Gehen war. Wie sie mir schon in der Nacht gesagt hatten, sollte ich ...«

»Wer hat was in der Nacht zu Euch gesagt?« unterbrach sie Marcian. »Was verschweigt Ihr uns?«

Die Baronin blickte zu Boden. Wütend stellte sich Lysandra vor sie. »Kannst du dir wirklich nicht denken, was in der Nacht geschehen ist? Kannst du ihr nicht wenigstens ein bißchen Würde lassen? Du bist so kalt wie Stahl. Gefällt es dir vielleicht, dich am Leiden anderer zu weiden? Frag noch einmal nach dieser Nacht, du seelenloses Monstrum, und du wirst mit dem Stahl meines Schwertes Bekanntschaft machen!«

Marcian schaute sich um, doch die anderen wichen

seinem Blick aus. »Ich entschuldige mich bei Euch, Baronin Ira. Ich glaube, Lysandra hat recht. Was in dieser Nacht geschehen ist, ist nicht wichtig für uns. Bitte fahrt mit Eurem Bericht fort.«

»Am nächsten Morgen ist ein Ork Namens Sharraz Garthai mit fünfhundert Kriegern Richtung Greifenfurt aufgebrochen. Ihn begleiten der Druide Gamba und etliche Schamanen. Sie sollen die Stadt für den Schwarzen Marschall zurückerobern. Mich hatten sie mitgenommen, um mich während der Namenlosen Tage Tairach zu opfern. Gestern erreichten sie Orkenwall und haben dort ihr Lager aufgeschlagen. So wie ich es verstanden habe, wollen sie dort zunächst auch bleiben. Am Abend kamen sie, um mich an einen Pfahl zu fesseln. Sie gaben mir Kräuter, um meine Widerstandskraft zu erhöhen, und begannen dann mit dem Ritual, um mich langsam zu Tode zu foltern. Es sollte wohl die ganzen fünf Tage dauern. Sie haben mir Hunderte von Messerstichen versetzt, mich geschlagen und mit glühenden Eisen verbrannt. Ich dachte, ich würde wahnsinnig vor Schmerzen. In der Nacht des zweiten Tages waren die Lederriemen, mit denen man mich an den Pfahl gefesselt hatte, so von meinem Blut aufgeweicht, daß ich sie abstreifen konnte. Es gelang mir, mich zu den Pferden zu schleichen, als die Orks in ekstatischen Tänzen ihrem Gott huldigten. Dort mußte ich eine Wache töten und bin dann auf dem schnellsten Weg hierher geritten.«

Die letzten Sätze von Iras Bericht hatte auch Lancorian mitgehört, der inzwischen eingetroffen war. Er bat Marcian, die erschöpfte Kriegerin in einen Nebenraum bringen zu lassen, um dort in Ruhe ihre Wunden behandeln zu können.

Als die Baronin herausgetragen wurde, wandte sich Marcian an die anderen: »Selbst wenn die Nachricht vom Tod des Prinzen stimmt, wovon ich immer noch nicht überzeugt bin, ist eines gewiß: Dieses Gerücht darf sich auf keinen Fall in der Stadt verbreiten. Die Bürger würden in Panik geraten.«

»Damit hast du sicherlich recht, nur wie sollen wir diese Nachricht auf Dauer geheimhalten. Vielleicht kommen noch andere mit der Botschaft zu uns. Vielleicht ist sie schon längst in der Grafschaft rund, und wir sind die letzten, die davon erfahren?« Zerwas strich sich über seinen kurzgeschorenen Kinnbart: »Ich glaube fast, es ist besser, den Bürgern die Wahrheit zu sagen.«

»Ich bin dagegen!« entgegnete Oberst von Blautann. »Die Rebellion würde in sich zusammenbrechen.«

»Vielleicht würde es aber auch den Kampfeswillen anstacheln«, meldete sich Lysandra zu Wort. »Der Prinz war sehr beliebt. Wir sollten Rache für seinen Tod nehmen. Ein Angriff auf die Orks, die mit ihren Ritualen beschäftigt sind, könnte sogar Erfolg versprechen.«

»Nein!« Marcian hieb mit der Faust auf den Tisch. »Das alles ist eine Falle. Was meint ihr, warum sie ihr Lager in Orkenwall aufgeschlagen haben und nicht vor den Toren der Stadt? Wir müßten vierzig Meilen durch offenes Gelände marschieren, um sie anzugreifen. Da wir viele Fußtruppen mitnehmen müßten, bräuchten wir zwei Tage, um bis Orkenwall zu kommen. In der Zeit hätte man uns längst bemerkt, und wir würden die Orks nicht mehr überraschen können. An Reitern, die die Strecke schneller schaffen, können wir höchstens zweihundert zusammenbringen. Das heißt wiederum, wir wären hoffnungslos unterlegen. Ein Angriff verbietet sich von selbst. Ich kann mir allerdings denken, daß die Orks wirklich glauben, daß wir durch die Nachricht vom Tod des Prinzen so kopflos werden, daß wir tatsächlich einen solchen Rachefeldzug versuchen, oder wir uns ergeben, weil der Aufstand sinnlos geworden scheint.«

In diesem Moment kehrte Lancorian in den Saal zurück. Er machte ein ernstes Gesicht. »Eines ist sicher«, verkündete der Magier, »die Baronin belügt uns nicht. So schwer verletzt, wie sie ist, war es ein leichtes, ihr meinen Willen aufzuzwingen. Und sie bleibt dabei. Sie hat den Prinzen sterben sehen.« Lancorian schilderte noch einmal die Szene, wie sie die Baronin den Offizieren erst eben erzählt hatte. »Uns bleibt nur eine kleine Hoffnung. Sie hat nicht gesehen, wie den Prinzen der tödliche Axthieb getroffen hat. Vielleicht ist er doch davongekommen. Nur so, wie sie die Lage schildert, ist die Wahrscheinlichkeit nicht groß. Auch daß die Orks sie gefangennehmen konnten, spricht dafür, daß sie die Lichtung als Sieger verlassen haben.«

Bedrücktes Schweigen herrschte unter den Offizieren. Die schwüle Sommerluft sowie die Hitze und der Rauch der Fackeln an den Wänden machten jeden Atemzug zur Qual. Im Osten war das Donnergrollen eines Gewitters zu hören. Blitze zuckten über die Graslandschaft vor der Stadt, doch der erfrischende Regen blieb aus.

»Ich habe mich entschieden«, unterbrach Marcian die Stille. »Wir müssen den Bürgern sagen, was geschehen ist.«

Marcian hatte einen trockenen Hals, und seine Beine wollten ihm den Dienst versagen. Er haßte es, vor großen Menschenmengen zu reden. Lieber würde er jetzt in die Schlacht reiten. Er stand am Fenster eines der hohen Kaufmannshäuser und blickte über den Platz der Sonnen. Das gewaltige Loch, das die Orks hier ausgehoben hatten, war verschwunden. Die Bürger hatten es mit vereinten Kräften in weniger als einer Woche zugeschüttet. Auch die Sklavenbaracken waren abgerissen worden. Der Platz war nun voller Menschen. Eine unüberschaubare Masse von Gesichtern schaute erwartungsvoll zu ihm herauf. Die Greifenfurter wußten, daß er eine wichtige Rede zu halten hatte, doch worum es ging, ahnten sie nicht. Das Gerücht von der Reiterin, die sich in der letzten Nacht zum Andergaster Tor gerettet hatte, hatte noch nicht die Runde gemacht. Marcian schritt noch einmal ins Zimmer zurück und griff nach der Zinnkaraffe mit Wein. Ein letzter Schluck. Der Wein würde vielleicht ein wenig seine Zunge lösen. Die Hand, mit der er den Pokal zum Mund führte, war naß von Schweiß. Nun mußte er beginnen. Vom Platz war schon ein unruhiges Raunen zu hören. Entschlossen schritt er zum Fenster, blickte noch einmal über die Menge, die sich auch in allen angrenzenden Straßen und Gassen drängelte. Er hob die Hand, und das Gemurmel verstummte.

»Frauen und Männer von Greifenfurt. Freischärler, Ritter und Flüchtlinge, in der letzten Nacht hat mich eine Kunde erreicht, die das Leben von uns allen verändern wird. Eine Reiterin, geschändet und gequält, erreichte die schützenden Tore eurer Stadt, die sich in den letzten beiden Wochen bereits für Hunderte anderer Flüchtlinge geöffnet haben. Der Name Greifenfurt ist gleichbedeutend mit dem Wort Hoffnung geworden. Hoffnung auf ein freies Leben ohne die Knute der Orks. Freunde, ich habe nun die traurige Pflicht, euch zu sagen, daß ein Teil dieser Hoffnung verloren ist. Es ist sehr wahrscheinlich, daß Prinz Brin im Kampf gegen die Orks sein Leben verloren hat.« Marcian machte eine Pause. Ein Raunen ging durch die Menge. Wieder hob der Inquisitor die Hand, und es wurde still.

»Ich sagte, es ist sehr wahrscheinlich. Es ist nicht sicher, doch es ist meine Pflicht, euch diese Nachricht zu verkünden, bevor falsche Gerüchte die Runde machen. In der letzten Nacht ist es der Baronin Ira von Seewiesen gelungen, aus der Gefangenschaft der Orks zu fliehen. Sie gehörte zur Leibgarde des Prinzen und sah, wie er in einem Gefecht vom Pferd stürzte und von Orks umringt wurde. Sie sah ihn nicht sterben! Dann wurde sie selbst durch einen schweren Treffer ohnmächtig und geriet in die Gefangenschaft der Orks. Erst im Lager der Orks hörte sie vom Tod des Prinzen. – Ich glaube, daß dies alles Lug und Trug ist. Eine bösartige Intrige, um uns unsere Hoffnung zu nehmen, doch ich kann mich auch irren. Aus diesem Grund, weil ich mir selbst nicht mehr sicher bin, was wahr ist und was verwirrendes Gaukelspiel unserer Feinde, kann ich nicht mehr weiter für euch entscheiden. Ich weiß, daß ich mir in den letzten Wochen als Befehlshaber dieser Stadt viele Feinde gemacht habe. Trotzdem kann ich für mich beanspruchen, vor meinem Gewissen immer recht getan zu haben und niemals eigennützig entschieden zu haben. Was ich wollte, war das Wohl des Kaiserreiches und seiner Bürger. Die Entscheidung aber, die heute zu treffen ist, kann ich nicht für euch tragen. Ich möchte nicht in meinem Namen womöglich euer Unglück verschulden.

Ich werde weiterkämpfen, denn das Kaiserreich ist für mich eine Idee, die nicht mit dem Schicksal eines einzelnen Menschen verbunden ist. Sollte der Prinz tot sein, haben wir einen Helden verloren, der sein Leben und seine ganze Kraft dem Fortbestand des Reiches geopfert hat. Doch auch wenn der Prinz tot ist, so ist sein Reich nicht verloren. Er hat es geschafft, die Gefahr von Gareth abzuwenden und die Orks fast wieder über die Nordgrenzen des Reiches hinauszutreiben. Und ich werde für dieses Ziel weiterkämpfen, für das Brin gestorben ist. Würde ich nun aufgeben, hätte ich ihn verraten. Doch dies ist die Entscheidung eines Ritters, der sein Leben seinem Land verschrieben hat. Ich kann es verstehen, wenn für euch Bürger andere Werte gelten. Mir ist wichtig, daß mein Sohn einst nicht den Nacken vor einem Orkherrscher beugen muß. Doch ich entscheide hier nur für mich allein. Ich habe keine Familie, an die ich denken muß, bin nicht dafür zuständig, hungrige Mäuler zu stopfen. Ich habe allein die Rechte und Pflichten eines Ehrenmannes! Doch für euch mag es andere Dinge geben.

Wenn ihr euch den Orks ergebt, werden sie einige von euch bestrafen, um wegen des Aufstandes ein Exempel zu statuieren. Vielleicht werden sie euch allen auch tief in die Taschen greifen, eure Hühner vom Hof stehlen und eure Silbertaler unter dem Bettkasten wegholen. Aber ihr werdet leben. Nicht das Leben von freien Ehrenmännern, aber immerhin werdet ihr nicht tot sein.

Vielleicht werden die Orks auch euren hübschen Töchtern nachstellen, und ihr werdet ihre Bastarde auf den Schößen eurer Frauen sitzen sehen. Aber ihr werdet leben und nicht tot sein!

Nun, für mich kann es ein Leben ohne Ehre nicht geben, auch wenn es meine letzte Freiheit sein sollte, ehrenhaft zu sterben. Ich werde jetzt mein Schwert nehmen und in die Garnison gehen, die ich vor vier Wochen mit meinem Schwert befreit habe. Ich werde dort warten. Und wenn die Orks kommen, werde ich meinen letzten Kampf kämpfen. Wenn ihr euch entscheidet, nicht zu kämpfen, so öffnet den Orks die Tore. Vielleicht werden sie euch die Rebellion dann vergeben. Weist mit den Fingern auf die Garnison und sagt ihnen, daß dort der Rebell sitzt, der für den Tod der Orks, die diese Stadt besetzt hielten, verantwortlich ist.

Ihr seid Bürger und keine Helden. Ich erwarte deshalb nicht, daß ihr euch wie Helden verhaltet. Solltet ihr mir folgen, so kann ich euch nur Elend, Hunger und Tod versprechen und die Hoffnung, daß die, die überleben, werden ein Leben in Freiheit führen können. Doch viele von euch würden die Freiheit nicht mehr sehen. Vielleicht sind sogar alle dazu verdammt zu sterben. Ich will nicht in Unfreiheit leben. Für mich ist Ehre mehr als nur ein Wort, doch über euer Schicksal mag ich nicht entscheiden. Darum gehe ich nun und warte auf eure Entscheidung. Ich sage ›Nein‹ zur Demut. Ich sage ›Nein‹ zum leichtesten Weg. Doch wenn ihr ein Überleben um jeden Preis wollt, dann sagt nun ›Ja‹ zur Sklaverei.«

Marcian drehte sich um und zeigte der Menge den Rükken. Auf dem Platz war es still geworden. Im Zimmer vor ihm standen seine Offiziere. Lysandra blickte ihn an. »Noch vor wenigen Tagen dachte ich, daß mich nichts in dieser Stadt halten könnte, die unweigerlich zur Todesfalle wird, wenn die Kaiserlichen keinen schnellen Durchbruch schaffen. Jetzt weiß ich, daß ich bleiben werde. Ich gehe mit dir, Marcian, und alle, die in diesem Raum stehen, sind mit dir einer Meinung!«

Gemeinsam gingen sie die enge Stiege des Kaufmannshauses hinab, um auf den Platz der Sonne zu treten. Von draußen waren Stimmen zu hören. Vereinzelte Männer und Frauen, die »Nein!« riefen.

die schwarzen Pfeile aus dem Boden und hoben sich von einem unheimlichen Glanz umgeben in die Luft. Immer lauter wurden die Beschwörungen des Wesens, das sich Gambas Körper bemächtigt hatte. Immer durchdringender wurde das Licht, das von den Pfeilen ausging. Schließlich überschlug sich die Stimme in immer höher werdenden Kreischlauten, bis schließlich für Sharraz nichts mehr zu hören war, obwohl der Druide noch immer weit den Mund aufgerissen hatte und mit aller Kraft zu schreien schien. Dann schoß ihm ein Schwall Blut über die Lippen. Gamba stürzte vornüber. Wieder schlug nahe dem Zelt ein Blitz ein, und eine gewaltige Sturmbö zerrte an den Lederplanen. Danach war es still.

Sharraz war irritiert. Der Körper des Druiden rühte sich noch immer nicht. War dies ein neuer Trick des Dämons? Wollte er, daß er nun in Sorge um das Leben des Druiden die Zirkel durchschritt? Falls das sein Plan war, hatte er sich geirrt. Sollte dieser Mensch doch sterben! Sharraz wäre es eine Erleichterung, in Zukunft den heimtückischen Gamba nicht mehr in seinem Lager zu wissen. Ein Röcheln ließ den Ork zu der Gestalt am Boden blicken. Mühsam stützte sich der Druide auf seine Hände und versuchte, sich hochzustemmen. Würgend spuckte er Blut in den Staub und drehte sich zu Sharraz um. Das glühende Rot war aus seinen Augen gewichen. »Nun, Ork, habe ich dir zuviel versprochen? War das kein eindrucksvolles Schauspiel?« krächzte er mit heiserer Stimme.

Sharraz war immer noch mißtrauisch. Er machte keinerlei Anstalten, dem Druiden zu Hilfe zu kommen. Der Mensch bückte sich indessen stöhnend nach den schwarzen Pfeilen, die auf dem Boden verstreut lagen. Prüfend wog er sie in den Händen, fing an hysterisch zu kichern und flüstere immer wieder: »Es ist gelungen, es ist gelungen ...« Dann brach sein Kichern jäh ab. Argwöhnisch musterte er einen der Pfeile, der im Gegensatz zu den anderen verschlungene weiße Zeichen trug. Gamba legte die Stirn in Falten, musterte erneut den Pfeil und fuhr mit seinen Fingerspitzen vorsichtig über die geheimnisvollen Zeichen. Dicht hinter der Pfeilspitze war eine schwarze Haarlocke um den Schaft geschlungen. Der Druide blickte zu Sharraz, und dem Ork schien es so, als habe er Mitleid. Aber mit wem? Und warum?

Nervös herrschte Sharraz ihn an: »Was soll das? Was hat das alles zu bedeuten? Was gaffst du mich so an? – Rede!«

Doch statt zu antworten, stellte Gamba eine Gegenfrage: »Was hast du Altijar gesagt?«

Ruckartig richtete der Ork sich auf. »Ich habe ihn nicht aus dem Zirkel befreit, ganz so, wie du es mir aufgetragen hast. Was ist los? Was ist mit diesem Pfeil?«

»Ich hätte es wissen müssen«, murmelte Gamba vor sich hin. Dann blickte er wieder zum Ork. »Manchmal ist es leichter, nichts zu wissen, Sharraz. Ich werde dir nicht sagen, welcher Schatten von nun an über deinem Leben liegt. Du kannst deinem Schicksal nicht mehr entgehen, und die einzige Erleichterung, die ich dir noch verschaffen kann, ist Unwissenheit. Frage mich nicht mehr, was mit dir geschehen wird! Geh nun und sorge dafür, daß morgen vor Sonnenaufgang alle Reiter zum Aufbruch bereit sind. Wir werden Greifenfurt besuchen und uns holen, was Tairach versprochen war.«

Der Klang von Hörnern und Alarmrufe schreckten die Offiziere aus ihrer nachmittäglichen Besprechung auf. Gerade hatte man eifrig darüber debattiert, wie die wenigen Geschütze der Stadt aufzustellen seien, um sie möglichst wirkungsvoll gegen den bevorstehenden Angriff der Orks einzusetzen. Als man gerade nach den Waffen griff, um auf die Mauern zu eilen, erreichte ein Bote den Saal. Atemlos verkündete er, daß mehr als hundert Orks vor den Toren stünden und man forderte, den Oberbefehlshaber der Stadt zu sprechen.

Marcian blickte in die Runde und erklärte mit erzwungenem Lächeln: »Gut, laßt uns gehen! Es wäre doch unhöflich, unsere pelzigen Freunde warten zu lassen.« Mit energischem Schritt verließ er den Saal. Auf dem Hof der Burg warteten bereits gesattelte Pferde. »Wo stehen die Orks?« fragte er die Frau, die sein Pferd hielt. »Vor der Ostmauer. Leider halten sie sich außer Reichweite unserer Bogenschützen.«

Marcian riß sein Pferd herum, gab dem Tier die Sporen und jagte, dicht gefolgt von den anderen, vom Hof der Burg. In der Stadt herrschte Aufregung, ja beinahe Panik. Alles schien auf den Beinen zu sein und sich zur östlichen Stadtmauer zu bewegen. Jedem war klar, daß nun über das weitere Schicksal der Stadt entschieden wurde. Immer dichter wurden die Menschenmassen, die die Straßen blockierten und das Fortkommen mit den Pferden beinahe unmöglich machten. Ängstliche Blicke streiften Marcian. Die Bürger, die ihn gestern noch auf ihren Schultern getragen hatten, schien der Mut bereits wieder verlasen zu haben. Nur wenige wichen seinen Blicken nicht aus.

Innerlich fluchte der Inquisitor und trieb sein Pferd immer rücksichtsloser durch die Menge. Die halbe Stadt würde Zeuge sein, wie er mit den Orks verhandelte. Er mußte auf der Hut sein. Würde ihm nun ein Fehler unterlaufen, konnte alles vorbei sein.

Endlich erreichte er die Stadtmauer, sprang vom Pferd und hastete über ausgetretene steinerne Stufen zum Wehrgang hinauf. Soweit er blicken konnte, drängelten sich Soldaten und Bürger auf der Mauer. Gut zweihundert Schritt entfernt warteten die Orks. Eine langgezogene Reihe von mehr als hundert Reitern auf struppigen kleinen Ponys. Hinter ihm raunte Oberst von Blautann: »Das ist eine günstige Gelegenheit, wenn wir nun unsere Reiter versammeln, können wir sie alle erwischen.«

Ruckartig drehte Marcian sich um: »Wir sollten erst hören, was sie zu sagen haben. Außerdem könnte das eine Falle sein. Keine Meile von hier wird die Ebene zu Hügelland. Wenn ich der Anführer der Orks wäre, hätte ich dort mein Fußvolk versteckt und würde nur darauf warten, mit den Reitern als Köder eine Ausfalltruppe in die Falle zu lokken.«

»Marcian hat recht«, mischte sich Lysandra ein. »So wie die Dinge stehen, können wir uns keinen Fehler leisten. Eine Niederlage direkt unter den Augen der Bürger ist das letzte, was wir brauchen können. Lassen wir den Orks lieber den Triumph, uns erfolgreich provoziert zu haben, falls es doch keinen Hinterhalt gibt, als daß wir uns in ein aussichtsloses Gefecht stürzen.«

Drei Reiter lösten sich aus der Kette der wartenden Orks. Der vordere hatte ein zerfetzes weißes Hemd an einen Speer gebunden. Ihm folgten ein massiger Krieger und ein Mensch auf einem Rappen.

»Das sind Sharraz Garthai und der Druide Gamba«, flüsterte die Baronin, die sich vor Schwäche kaum auf den Beinen halten konnte und von Lysandra gestützt wurde.

Als sie bis auf Rufweite herangekommen waren, hielten die Reiter an. Der Druide erhob seine Stimme. »Ist euer Anführer nun endlich aus seinem Loch gekrochen?«

Marcian stieg auf die Zinnen der Brüstung und gab den Bogenschützen auf der Mauer ein Zeichen, ihre Waffen zu senken. Der Wind griff nach seinem Umhang, so daß er fast wie eine rote Flamme um seine Schultern spielte. Mit fester Stimme fragte der Inquisitor: »Was willst du, Verräter?«

»Zunächst möchte ich dein Wort, daß ihr die weiße Fahne des Parlamentärs achtet und uns sicheres Geleit versprecht.«

»So sei es!« antwortete Marcian knapp.

»Gut. Hiermit fordere ich euch auf, die Stadt zu räumen. Allen Kriegern verspreche ich freies Geleit bis zur kaiserlichen Armee. Alle Bewaffneten, die nicht bis morgen früh die Stadt verlassen, haben ihr Leben verwirkt. Allen Bürgern versprechen wir, daß ihnen kein Leid geschehen wird, denn Sharraz Garthai ist sehr wohl bekannt, daß sie am Aufstand keinen Anteil hatten.«

Ein Raunen ging durch die Menge. Marcian konnte aus den Augenwinkeln beobachten, wie kleine Grüppchen miteinander diskutierten. Die Worte des Verräters hatten ihre Wirkung nicht verfehlt. Marcian mußte etwas entgegnen: »Diese Stadt gehört zum Reich. Sie war in ihrer ruhmreichen Geschichte schon immer ein Bollwerk gegen die Orks, und nun, da, wie jeder weiß, ihr Orks wie Hasen vor den Soldaten der kaiserlichen Armee flieht, wird sich Greifenfurt mit Sicherheit nicht ergeben!«

Gamba schmunzelte. Genau mit dieser Reaktion hatte er gerechnet. Und nun würde er alle Zuversicht der Bürger vernichten. »Habt ihr euch schon einmal gefragt, warum euer Anführer nur noch vom Reich und nicht mehr vom so beliebten, so vorbildlichen Prinzen spricht?« Gamba schrie diese Worte hinaus, so daß sie jeder auf der Mauer hören konnte. Dann machte er eine wohl berechnete Pause. Im Geiste labte er sich an der Verwirrung, die er nun beinahe mit den Händen zu spüren glaubte. Da fiel ihm Marcian ins Wort. »Solltest du auf den Anschlag auf das Leben des Prinzen anspielen, so weiß jeder in der Stadt darüber Bescheid. Und schon gestern haben wir entschieden, auch wenn Brin tot sein sollte, werden wir ihn ehren, indem wir uns nicht ergeben.«

Für einen Moment verschlug es Gamba die Sprache. Sharraz schaute finster zu ihm herüber. Er hatte diesen Mann im roten Umhang unterschätzt. Das sollte ihm nicht wieder geschehen! Gamba hätte im Traum nicht daran gedacht, daß der Anführer der Greifenfurter Rebellen es riskieren würde, die Geschichte um den vermeintlichen Tod des Prinzen den Bürgern preiszugeben. Nun gut, er hatte eine Waffe in seinem Kampf damit unerwartet verloren. Doch er verfügte durchaus noch über andere Mittel.

»Euer Mut ehrt euch, auch wenn ihr damit euer Leben verspielt. Doch alle, die Zweifel im Herzen tragen, mögen mir nun gut zuhören! Wer immer die Stadt verlassen will, wird am ersten Tag des Monats Praios von uns freies Geleit bekommen. Wer sich nach Sonnenuntergang dieses Tages noch in den Mauern Greifenfurts aufhält, dessen Schicksal ist besiegelt. Und nun fordern wir, was uns gehört! Eine Kriegerin hat sich zu euch geflüchtet. Sie ist Tairach versprochen. Ich verlange sie zurück! Gebt ihr sie nicht heraus, werdet ihr den Zorn des Blutgottes auf eure Häupter ziehen!«

»Daß ihr ein Verräter seid, ist nicht zu übersehen, doch wir hier werden unseresgleichen nicht verraten«, antwortete Marcian stolz.

»Ich weiß, daß es eure Pflicht ist, mir so zu antworten, doch bedenkt, es gibt keinen Priester der Zwölf Götter mehr in der Stadt, der für euer Heil beten könnte oder euch vor dem Zorn Tairachs behüten würde. Es wäre nicht das erste Mal, daß der Blutgott sich holt, was ihm gehört.«

Marcian blickte zu der Baronin hinüber. Nein, er würde sie den Orks nicht übergeben. Das wäre ehrlos. »Spar dir deinen faulen Atem! Wir werden keinen aus unseren Reihen opfern. Und deine Götter, die den Rauschträumen von Schamanen entsprungen sind, fürchten wir nicht.«

»Wenn es so ist, dann laßt doch die Götter ein Urteil fällen!« Gamba richtete sich in den Steigbügeln auf. Dann zog er einen schwarzen Pfeil aus dem Köcher an seinem Sattel. Die ganze Nacht hatte er daran gearbeitet und ihn mit kunstvollen Runen beschriftet, um zum Schluß einen Fetzen vom Hemd der Kriegerin eng um den Schaft zu wickeln. Der Pfeil trug den Namen der Baronin. Sharraz reichte dem Druiden einen kunstvoll geschwungenen Hornbogen.

Die Bogenschützen auf der Stadtmauer hoben ihre Waffen. Was sollte diese bedrohliche Geste? Wollte ein einzelner Bogenschütze die ganze Stadt fordern? Marcian gemahnte seine Männer zur Ruhe. Dann war wieder Gambas Stimme zu hören: »Seht diesen Pfeil!« Er hob das Geschoß hoch über seinen Kopf. »Er soll über unseren Streit entscheiden. Ich werde ihn nun in den Himmel schießen. Sollten eure Götter auf eurer Seite stehen, so wird er mit Sicherheit in den Wolken verschwinden oder zumindest wieder vor meine Füße fallen, wie es jeder Pfeil tun muß, der senkrecht in den

Himmel geschossen wird. Doch hat euer Verhalten den Zorn Tairachs geweckt, so wird er ihn lenken und seine Rache nehmen, denn niemand, der einmal am Opferpfahl für den Blutgott gestanden hat, kann ihm entkommen. Nehmt ihr diesen Vorschlag an? Wenn ihr an die Macht eurer Götter glaubt, kann euch schließlich nichts passieren!«

Marcian blickte zur Baronin. »Ich würde dieses Angebot nicht annehmen!«

»Und alle Bürger müßten glauben, daß wir das Vertrauen in die Götter verloren haben. Nein! Einen so schlechten Dienst werde ich unserer Sache nicht erweisen. Laßt mich los, Lysandra.« Unsicheren Schrittes trat die Kriegerin an die Brüstung. Dann kletterte sie auf die Zinnen, um sich, leicht schwankend, neben Marcian zu stellen.

»Sieh her, Gamba, ich habe überlebt, was du und die Tairachpriester mir angetan haben! Ich vertraue auf meine Götter, auch wenn du sie dann forderst, wenn die Macht des Bösen am stärksten ist. Schieß deinen Pfeil in den Himmel! Ich habe keine Angst vor dir oder den Göttern der Orks, denen ich schon einmal entkommen bin.«

Ein Raunen lief durch die Menge auf der Stadtmauer. Greifenfurt hatte eine neue Heldin. Ein Blitz zuckte vom Himmel. Das konnte ein Zeichen des Praios sein, denn jeder wußte, daß der oberste der Zwölfgötter Frevler mit einem tödlichen Blitz verfolgte. Mit Getöse zog das Donnergrollen über die Köpfe der wartenden Menge hinweg. Seit die Namenlosen Tage begonnen hatten, verschlechterte sich das Wetter immer mehr. Es war drückend heiß geworden, und mehrere Gewitter hatten sich über der Stadt entladen. Jetzt war der Himmel pechschwarz, und die Türme der Stadt schienen fast bis an den niedrigen Himmel zu reichen.

Gamba legte den Pfeil auf die Sehne und spannte den Bogen bis zum Zerreißen. Seine Hände waren feucht. Er war sich darüber im klaren, daß er mit seinen Reden die Zwölfgötter gereizt haben mußte, doch er vertraute darauf, daß sie an diesem Tag nicht die Macht haben würden, ihn dafür zu strafen. Noch einen Moment zauderte er, dann ließ er den Pfeil von der Sehne schnellen. Mit sirrendem Geräusch stieg er fast senkrecht in den Himmel. Wieder blitzte es, als das schwarze Geschoß in den niedrigen Gewitterwolken verschwand.

Einige auf der Mauer begannen zu beten. Ein Loblied auf Praios, den Gott der Gerechtigkeit. Immer mehr Stimmen fielen in den Gesang ein. Die Baronin kniete auf den Zinnen nieder, breitete ihre Arme aus, blickte zum Himmel und stimmte in das Gebet mit ein. Andere schlugen verstohlen ein Schutzzeichen gegen das Böse, da sie einem Gebet allein an diesem finsteren Tag nicht vertrauten.

Auch die Orks wirkten nervös. Viele Reiter hatten Schwierigkeiten, ihre unruhigen Ponys im Zaum zu halten. Ein böiger Wind jagte von Norden über die Ebene.

Da ertönte ein einzelner Schrei von der Stadtmauer. Eine Frau zeigte auf den Himmel. Andere fielen in ihr Schreien ein, und im nächsten Augenblick griff die Baronin nach ihrer Kehle. Ein schwarzer Pfeil steckte zitternd in ihrem Hals. Ein breiter Strom von Blut ergoß sich über den Brustpanzer, den Marcian ihr geschenkt hatte. Dann kippte sie vornüber und stürzte von der Mauer herab.

Triumphierend erhob Gamba seine Stimme. »So wie Tairach diese Frevlerin bestraft hat, so wird er auch diese Stadt bestrafen, wenn ihr uns nicht die Tore öffnet. Der Blutgott hat über euren Sonnengott den Sieg davongetragen. Euer Praios konnte seine Streiterin nicht beschützen, und ebensowenig wird er diese Stadt beschützen können, wenn unser Zorn euch trifft.« Damit rissen der Druide, Sharraz Garthai und der Fahnenträger ihre Reittiere herum und ritten zurück zu ihren jubelnden Leuten.

»Haltet die Bögen unten!« übertönte Marcians Stimme das Chaos auf der Stadtmauer. Gerade hatte er beobachten müssen, wie einige von Lysandras Freischärlern ihre Waffen spannten, um den Parlamentären in den Rücken zu schießen. »Laßt uns die Götter nicht kränken, indem wir so ehrlos ihren Schicksalsspruch in Frage stellen. Lysandra, achte auf deine Männer!«

Die letzten Worte gingen in dem unbeschreiblichen Lärm auf der Mauer unter. Manche warfen sich zu Boden und beteten. Andere schrien lauthals, daß alles verloren sei und man den Orks die Tore öffnen solle. Die meisten drängten in wilder Panik von der Mauer, um in ihren eigenen Wänden Schutz zu suchen. Marcian mußte mitansehen, wie ein alter Mann in dem Gedrängel von der Mauer stürzte, und auch in den engen Gassen mochte es noch Tote geben, wenn er der Flucht nicht Einhalt gebieten konnte. Nur wenige Schritt von ihm entfernt stand eine Frau mit einem Horn am Gürtel. Sie gehörte zu den Freischärlern. Er drängelte sich zu ihr hinüber.

»Gib mir dein Horn!« schrie der Inquisitor, um den Lärm der kreischenden Menge zu übertönen. Die Frau starrte ihn fassungslos an, und er riß ihr das schöne messingbeschlagene Horn vom Gürtel und setzte es an die Lippen. Der dumpfe Ton übertönte das Geschrei vor der Mauer. Noch einmal stieß Marcian ins Horn. Es war nun ein wenig ruhiger geworden. Einige hatten sich umgedreht und blickten zu ihm hinauf, doch die meisten versuchten immer noch, in blinder Panik zu fliehen. Die wenigen, die stehenblieben, wurden zum Hindernis für die, die nichts anderes im Sinn hatten, als so schnell wie möglich von der Mauer und dem Ort des Gottesgerichtes wegzukommen.

Mittlerweile hatten einige handfeste Schlägereien begonnen. Da erhob der Inquisitor die Stimme: »Männer und Frauen von Greifenfurt! Es mag so scheinen, als hätten uns die Götter verlassen, doch morgen sind die Namenlosen Tage vorbei, und Praios wird uns wieder schützen!«

»Und wenn die Götter der Orks wirklich mächtiger sind als die Zwölf?« erhob sich eine Frauenstimme aus der Menge.

»Gestern haben wir hören müssen, daß der Prinz tot ist, und heute haben uns sogar die Götter schon verlassen.

Nenn uns einen Grund, warum wir noch kämpfen sollten?« schrie ein bärtiger Mann.

Marcian schwieg. Er wußte nicht, womit er den Menschen noch Mut machen sollte. Da stellte sich Zerwas neben ihn. Ein Schauder durchlief den Inquisitor. Der Henker hatte eine schwarze Rüstung mit kostbaren goldenen Verzierungen angelegt. Es war das erste Mal, daß Marcian ihn in dieser Rüstung sah. Zerwas breitete die Arme aus, und es wurde ruhiger. Alle hingen an seinen Lippen.

»Die Götter sind gegen euch, weil ihr sie verraten habt. Ihr habt geduldet, daß die Orks den Praios-Tempel eurer Stdt niedergerissen haben. Ihr habt zugeschaut, wie dem Blutgott Menschen geopfert wurden, und keiner von euch hat seine Hand erhoben, als die Schwarzpelze die Geweihten aus ihren Tempeln zerrten, um sie in die Sklaverei zu verschleppen. Das war der Dienst, den ihr den Zwölfgöttern geleistet habt. Und ihr erwartet noch, daß sie ihre schützende Hand über euch halten? Wenn ihr nicht für jetzt und alle Zeiten ein gottloses Leben führen wollt, dann erweist ihnen einen Dienst. Zeigt ihnen, daß ihr noch an sie glaubt! Wehrt euch gegen die Orks! Jetzt haben die Götter euch nur ihre Gunst entzogen. Doch öffnet den Orks die Tore, und Greifenfurt wird eine verdammte Stadt sein! Legt Zeugnis ab für euren Glauben! Wehrt euch gegen die Orks, und ihr werdet die Gunst der Zwölfe wiedererlangen können. Die Entscheidung liegt bei euch.«

Die Menge war nun ganz ruhig geworden, und Marcian richtete noch einmal das Wort an sie: »Geht nach Hause und denkt über das nach, was ihr gehört habt! Wer gehen will, soll gehen! Ich werde niemanden aufhalten, der die Stadt verläßt, denn wer die Angst in seinem Herzen trägt und ihr keinen Einhalt gebieten kann, den können auch wir nicht gebrauchen.«

Langsam leerte sich die Stadt vor der Mauer. Durch viele kleine Gassen verstreute sich die Menge. Vom Jubel des Vortages gab es keine Spur mehr. Marcian war sicher, daß morgen viele gehen würden.

Zerwas blickte ärgerlich zu ihm herüber. »Ihr versteht es, den Menschen Mut zu machen! Mußtet ihr die Feiglinge auffordern, ihre Sachen zu packen?«

»Offengestanden, Henker, glaube ich nicht, daß sie uns eine große Hilfe wären. Wenn die Stadt angegriffen wird, muß ich mich auf die, die noch hier sind, verlassen können.«

Dicke Regentropfen fielen vom Himmel. Marcian schlang seinen Umhang enger um die Schultern und schritt die steinerne Treppe an der Mauerseite hinab. Dort warteten immer noch einige Männer mit den Pferden der Offiziere. Er würde vor die Stadt reiten und den Leichnam der Baronin holen. Sie hatte sich tapfer ihrem Schicksal gestellt und sollte nicht zum Fraß der Wölfe und Raben werden.

Als hätte sie seine Gedanken gelesen, sagte Lysandra hinter ihm: »Ich komme mit dir.« Schweigend ritten sie durch die engen Gassen der Stadt. Wie in Sturzbächen ergoß sich das Regenwasser von den steilen Giebeln über die Amazone und den Inquisitor. Ohne ein Wort öffneten die Wachen die schweren Torflügel, als sie am Andergaster Tor ankamen. An der Mauer entlang ritten sie bis zu der Stelle, wo die Baronin von den Zinnen gestürzt war. Sie lag in einer Pfütze, das Gesicht mit starrem Blick zum Himmel gerichtet, so als könne sie es selbst im Tod nicht fassen, daß die Götter es zugelassen hatten, daß dieser verfluchte Pfeil sie traf.

Marcian drückte ihr sanft die Augen zu. Dann bemerkte er Lysandras Blick. »Das ist kein normaler Pfeil«, erklärte die Amazone. Noch immer ragte der gefiederte Schaft aus dem Hals der Toten. Marcian griff danach und versuchte, ihn herauszuziehen.

»Das ist sinnlos«, kommentierte Lysandra seinen Versuch. »Die Pfeilspitze hat Widerhaken. Du wirst ihr regelrecht die Kehle zerfetzen, wenn du versuchst, den Pfeil auf diese Art herauszubekommen. Du mußt ihn durch die Wunde drücken, so daß er in ihrem Nacken wieder herauskommt.«

Die Amazone kniete sich neben ihm nieder und drückte

mit dem Handballen gegen den Pfeilschaft, um ihn noch tiefer in den Hals zu treiben. Dann drehte sie den Leichnam herum. Wenige Fingerbreit ragte die blutverschmierte Spitze aus dem Nacken. Lysandra griff danach und zog unter sichtlicher Mühe den Pfeil heraus. Dann wusch sie in der Pfütze das Blut von ihm und musterte das Resultat. »Siehst du diese weißen Runen auf dem Schaft? Ich sage dir, dieser Verräter hat ein falsches Spiel mit uns getrieben. Das war kein Gottesurteil! Laß Lancorian den Pfeil untersuchen!«

Der Inquisitor musterte das Geschoß, sagte aber nichts. Dann steckte er den Pfeil in seine Satteltasche. Wieder drehte er sich zur toten Baronin um. Ihm tat leid, wie er sie an dem Abend behandelt hatte, als sie in die Stadt gekommen waren. Nun war es zu spät, sie um Verzeihung zu bitten. Das letzte, was er noch für sie tun konnte, war, ihr ein ehrenvolles Begräbnis zu bereiten. Sie sollte unter dem Altarstein im Rondra-Tempel ruhen.

Gemeinsam mit Lysandra legte er die Tote über den Rükken seines Pferdes. Als sie die Baronin aufhoben, begann die Wunde noch einmal zu bluten und besudelte Marcians Umhang. Ein böses Omen! Gaben ihm die Götter die Schuld an ihrem Tod? Lysandra schien davon nichts bemerkt zu haben. Jedenfalls sagte sie nichts. Der Inquisitor nahm sein Pferd am Zügel, und sie machten sich auf den Rückweg durch den Regen.

Das neue Jahr begann mit strahlendem Sonnenschein. Ein Morgen, der dem Sonnengott Praios, dem der erste Monat des Jahres zugeordnet war, alle Ehre machte. Nichts erinnerte mehr an die düsteren Gewitterwolken, die in den letzten Tagen über der Stadt gehangen hatten, und doch wirkten die unheilvollen Auswirkungen vom Auftritt der Orks am Vortag weiter. Auf den Straßen drängten sich Bürger und Flüchtlinge, die ihre Habe zusammentrugen, um Maultiere und Wagen zu bepacken. Kinder schrien; allenthalben blokkierten Säcke oder gar Möbel, die man kurzentschlossen wieder von überladenen Wagen geworfen hatte, die Gassen und Straßen, und überall ertönte der Lärm lauter Streitereien zwischen Nachbarn, die sich jetzt gegenseitig Feiglinge oder Selbstmörder schimpften.

Das vermeintliche Gottesurteil vom Vortag hatte die Stadt in zwei Lager gespalten, und schon als mit den ersten Sonnenstrahlen des neuen Tages die beiden Stadttore geöffnet wurden, hatten die ersten Flüchtlinge Greifenfurt verlassen. Von den Orks war weit und breit nichts zu sehen, und die Wagen nahmen ihren Weg auf der Kaiserstraße entweder Richtung Andergast im Westen oder nach Wehrheim im Osten.

Schon vor Sonnenaufgang hatte Marcian Oberst Blautann mit seinen Kürassieren ausgeschickt, um zu überprüfen, wie sicher die Straßen waren. Insgeheim hoffte er darauf, daß die Orks die Flüchtlinge ausplünderten und ihr Wort vom Vortag nicht hielten. Dann würden es sich viele Bürger im letzten Moment noch einmal anders überlegen, doch bislang hatte er keine Meldung von den Reitern erhalten. Es war nun schon Mittag. Der Inquisitor hatte sich in sein kühles Turmzimmer im Bergfried zurückgezogen und überdachte noch einmal die Ereignisse der letzten Tage, als es klopfte.

»Wer da?« rief er unwirsch zur Tür. Ohne die Frage zu beantworten, trat Lancorian ein. Er sah müde und übernächtigt aus. Sein langes, blondes Haar hing in Strähnen vom Kopf, und dunkle Ringe rahmten seine Augen.

»Schlechte Nachrichten«, murmelte der Magier. Er hielt den Pfeil hoch, der die Baronin am Vortag getötet hatte. »Dieser Pfeil ist mit einem Zauber belegt. Um welche Art Magie es sich handelt, ist mir schleierhaft. Ich bin zwar alles andere als ein Experte im Analysieren magischer Artefakte, doch soviel ist sicher, dieser Pfeil ist anders als alles, was mir bislang in die Finger geraten ist. Jeder magische Gegenstand ist von einer unsichtbaren Aura astraler Kraftlinien umgeben. Sie bilden ein kompliziertes Netz, aus dessen Form und Aufbau man Rückschlüsse auf den Zauber ziehen kann, mit dem er belegt ist. Doch das hier ist mir völlig fremd. – Eine gute Nachricht gibt es allerdings auch. Ich konnte herausfinden, was die Schriftzeichen auf dem Schaft des Pfeils bedeuten. Hier steht ›Baronin Ira von Seewiesen‹.« Der Zauberer schaute Marcian gespannt an.

Der Inquisitor zog die Stirn in Falten. »Willst du mir damit sagen, daß dieser Pfeil allein dazu diente, sie zu töten.«

»Ich fürchte, wenn ein solcher Pfeil einmal abgeschossen ist, findet er immer den, dessen Namen er trägt, egal, ob der Schütze nun auf sein Opfer zielt oder wie gestern einfach den Pfeil in den Himmel schießt, um ein Gottesurteil zu inszenieren. Dafür spricht auch dieser kleine Stoffetzen, der um den Schaft gewickelt ist.« Lancorian zeigte Marcian einen blutgetränkten Leinenstreifen, der unmittelbar unter der Pfeilspitze einige Male um den Schaft gewickelt war. Der Stoff saß sehr straff und fiel erst bei näherer Betrachtung auf.

»Ich denke, dieser Streifen stammt vom Hemd der Baronin oder irgend einem anderen Wäschestück«, erklärte der Magier. »Wenn meine Vermutungen stimmen, spielt er eine entscheidende Rolle, um diesen Pfeil einsatzfähig zu machen. Man braucht etwas, das derjenige, dem man schaden will, an seinem Körper getragen hat. Etwas, das ein wenig von der Aura des potentiellen Opfers in sich aufgenommen hat. Nur so kann man die Brücke für den Zauber schlagen.«

Marcian wirkte leicht irritiert.

»Man könnte auch einen Vergleich zu einem Bluthund ziehen. Um sein Opfer aufzuspüren, muß man ihn auf die Fährte führen oder besser noch, an einem Kleidungsstück desjenigen schnuppern lassen, den es zu finden gilt«, dozierte Lancorian, der trotz seiner Müdigkeit mehr und mehr in Redelaune kam.

Dem Inquisitor lief ein Schauer über den Rücken. Im Geiste sah er einen schwarzen Pfeil, der seinen Namen trug. »Wie viele von diesen Pfeilen können die Orks wohl haben?«

Der Zauberer zuckte mit den Achseln. »Viele können es eigentlich nicht sein. Solche Artefakte herzustellen ist gefährlch und kostet viel Kraft. Es mag vielleicht fünf oder sechs von diesen Pfeilen geben.«

»Das würde ja schon völlig reichen. Dieser Schwarzmagier, Hexer, Druide oder was immer er sein mag, den wir gestern an der Seite von Sharraz Garthai gesehen haben, braucht auch nur wenige Pfeile. Was glaubst du, was passiert, wenn es hier einen Anführer nach dem anderen erwischt. Wenn Lysandra, ich, du und noch ein paar andere von schwarzen Pfeilen getroffen werden, die scheinbar aus dem Himmel kommen? Ein paar solcher Unglücksfälle und die Greifenfurter öffnen freiwillig ihre Stadttore. Die Orks brauchen uns gar nicht zu belagern. Jetzt wird mir auch klar, warum sie in Orkenwall und nicht vor unseren Stadttoren stehen. Ein Angriff ist erst gar nicht geplant. Sie werden hier ohne einen Schwertstreich als Sieger einziehen.« Marcian sah den Magier hilfesuchend an. »Gibt es irgendein Mittel, mit dem man sich gegen die Pfeile schützen kann?«

»Nicht, daß ich wüßte«, antwortete Lancorian. »Vielleicht könnte man etwas tun, wenn man genau wüßte, welcher Art von Zauber auf den Pfeilen liegt, aber so wie die Dinge im Moment stehen, weiß ich nicht weiter.«

Marcian erhob sich aus dem großen Lehnstuhl, in dem er gesessen hatte, und ging zu dem Fenster, das auf die Stadt hinauswies. Er verschränkte die Hände hinter dem Rücken und dachte nach. Sie mußten einen Weg finden, an diese Pfeile zu kommen. Aber wie?

Marcian wußte nicht, wie lange er nach draußen gestarrt hatte, als er ein Räuspern in seinem Rücken hörte. Der Inquisitor drehte sich um.

»Mit Verlaub, ich bin müde. Ich habe die ganze Nacht und den Vormittag in meinem Arbeitszimmer versucht, dem

Geheimnis dieser Pfeile auf die Spur zu kommen. Jetzt würde ich gerne schlafen.« Es schien, als würde Lancorian noch etwas verschweigen. Er wirkte bedrückt.

»Entschuldige, ich war so in Gedanken, daß ich dich für einen Augenblick vergessen hatte. Geh nur, Lancorian, aber bitte sei heute abend zur Versammlung der Offiziere anwesend. Wir müssen gemeinsam überlegen, was zu tun ist. Ich allein weiß im Moment keinen Rat.« Als der Magier schon fast zur Tür hinaus war, eilte ihm Marcian nach. »Warte noch einen Augenblick! Dich bedrückt doch etwas. Was verschweigst du mir?«

Lancorian zögerte. »Heute morgen hat es Streit in meinem Haus gegeben. Die Mädchen wollen gehen. Sie haben einen Karren gepackt und vor einer Stunde die Stadt verlassen. Sie sagten, daß sie nicht in die Hände der Orks fallen wollen, wenn die Stadt gestürmt wird. Selbst das Geschäft als Troßhuren der kaiserlichen Armee sei ihnen lieber als solche Aussichten.«

Marcian war merklich blasser geworden, als der Magier fortfuhr. »Mach dir keine Sorgen! Cindira ist geblieben, obwohl sie in den letzten Tagen schlecht von dir und deiner Heimlichtuerei redet. Wenn du mich fragst, machst du einen Fehler.«

»Ich frage dich aber nicht!« herrschte ihn der Inquisitor an.

»Wenn die Dinge so liegen, haben wir uns wohl nichts mehr zu sagen.« Der Magier drehte sich auf dem Absatz um und stieg die Wendeltreppe des Bergfrieds hinab.

Marcian ging an das Fenster zurück und beobachtete, wie der Magier Augenblicke später den staubigen Burghof passierte. Es tat ihm leid, ihn so angefahren zu haben. Daß sein Verhältnis zu Cindira schwierig war, wußte er selbst. Erst letzte Nacht hatten sie lange gestritten. Das Mädchen verlangte, daß er sich offen zu ihr bekennen solle. Der Inquisitor versuchte, die Sorgen zu verdrängen und sich mit dringenderen Problemen zu beschäftigen.

So wie es aussah, würde jeder dritte Greifenfurter die Stadt verlassen. Mehr als tausend Bürger packten ihre Sachen oder waren schon unterwegs. Von den zwölfhundert Flüchtlingen, die in den letzten Wochen in den Mauern der Stadt Schutz gesucht hatten, würde auch die Hälfte gehen. Damit würden die Lebensmittelreserven der Stadt zwar deutlich länger reichen, doch nun fehlten auch viele kampffähige Männer und Frauen, und es würde schwieriger, die Stadt zu halten. Der Inquisitor hatte das Gefühl, auf verlorenem Posten zu stehen. Vielleicht sollte er Zerwas aufsuchen? Gestern hatte er mit seiner Rede das Blatt gewendet. Vielleicht wußte er auch diesmal einen Ausweg, auch wenn Marcian es haßte, ausgerechnet bei ihm Rat suchen zu müssen.

Schon mehrmals hatte Marcian vergeblich gegen die schwere Eichentür geklopft. Entweder war Zerwas nicht da, oder er wollte ihm nicht öffnen. Noch einmal musterte der Inquisitor die Turmruine, in der der Henker hauste. Einen ungewöhnlichen Geschmack hatte Zerwas! Sein Heim war früher einmal Teil der Stadtmauer gewesen. Irgendwann mußte es dann ausgebrannt sein. Noch immer wiesen die massiven grauen Steine die Zeichen eines verzehrenden Feuers auf. Vor allem dort, wo der Turm in geborstenen Mauerresten endete, waren die Steine selbst heute noch schwarz vor Feuer. Der hölzerne Dachstuhl mußte damals eingestürzt sein, und einen Teil des oberen Mauerrands hatte er mit in die Tiefe gerissen.

Marcian hatte noch nie die Wohnung des Henkers betreten. Vom Hörensagen wußte er, daß sich Zerwas, nachdem er vor mehr als einem halben Jahr in Greifenfurt aufgetaucht war, die Ruine vom Magistrat gekauft hatte und er das Erdgeschoß wiederherstellen ließ. Er hatte den Auftrag gegeben, statt eines Turmdachs auf drei Schritt Höhe ein provisorisches Dach aus schweren Balken und Holzschindeln zwischen die Mauerreste zu ziehen.

Wieder klopfte Marcian. Diesmal noch energischer. Er hielt inne. Hatte sich die Tür bewegt? Marcian drückte gegen das Holz. Tatsächlich, die Tür war von innen nicht verschlossen. Neugierig öffnete er. Wahrscheinlich war die Tür nicht richtig ins Schloß geschnappt, als Zerwas gegangen war. Nun, Marcian würde es sich gemütlich machen und auf den Henker warten.

Als Marcian eintrat, verschlug es ihm schier die Sprache. Was Zerwas sich hier eingerichtet hatte, war ein regelrechter Palast. Wo mochte er diese erlesenen Kostbarkeiten während der orkischen Besatzungszeit nur herbekommen haben? Prächtige Teppiche aus der Khom und elegante Möbel aus den edelsten Hölzern füllten den Raum. Es duftete nach Rosenholz und Weihrauch. Vor einem kleinen Boronschrein brannten Räucherstäbchen, wie man sie im Süden Aventuriens benutzte. Auf dem elegant geschnitzten Tisch in der Mitte des Raums lagen mehrere Bücher. ›Das Arcanum‹, ›Almanach der Wandlungen‹ und ›Das große Buch der Abschwörungen‹ waren die auffälligsten Titel. Literatur, die man eher auf dem Tisch eines Magiers als bei einem Henker erwartet hätte.

Verwundert blickte sich Marcian weiter um. Was mochte dieser Mann getan haben? Eine solche Pracht hatte er hier nicht erwartet. Zerwas mußte reich sein. Doch wie konnte ein Henker zu einem Vermögen kommen? Der Inquisitor konnte sich nicht vorstellen, daß man in Mengbilla einen Scharfrichter um so vieles besser bezahlte als im Kaiserreich.

An den Wänden hingen auf Haken einige kostbare Waffen. Die prächtige Rüstung, die Zerwas am Vortag getragen hatte, war nirgends zu sehen. Auch der mächtige Zweihänder, den er immer mit sich führte, fehlte. Hinter dem Bett mit seinem dunkelblauen Himmel führte eine Stiege nach oben. Neugierig erklomm Marcian die Stufen, stemmte eine Falltür hoch und befand sich auf dem leicht angeschrägten Dach. Hier waren die Mauern des Turms noch immer pechschwarz. Das Ganze wirkte fast wie ein großer Kamin. Nur die steinernen Stufen, die sich an der Wand des Turms in Spiralen nach oben wanden, hatten die Feuersbrunst überstanden. Jetzt führten sie ins Nichts.

Marcian stieg wieder in den prächtigen Wohnraum hinab. Dort setzte er sich auf einen hohen Lehnstuhl aus Ebenholz und blätterte in den Büchern, die auf dem Tisch lagen.

Nach einiger Zeit ließen den Inquisitor Schritte auf dem Dach erschrecken. Nur wenig Licht drang noch durch die schmalen, hochgelegenen Fenster in den Raum. Es mußte schon fast Abend sein. Jetzt wurde die Klappe zum Dach geöffnet. Wie konnte jemand von dort oben kommen? Als er dort gewesen war, hatte er niemanden gesehen! Und ein anderer Weg führte nicht auf das Dach! Instinktiv griff Marcian nach seinem Schwert.

Schwere Schritte kamen die hölzerne Stiege herab. Marcian sprang auf und sah Zerwas, der nicht minder überrascht wirkte als der Inquisitor. Der Henker faßte sich als erster wieder und fragte süffisant: »Was verschafft mir die Ehre dieses unangekündigten Besuchs?«

»Ich wollte mit dir reden. Aber wo kommst du her?«

Zerwas musterte sein Gegenüber mißtrauisch. »Das ist doch wohl unschwer zu sehen. Vom Dach natürlich!«

»Das wundert mich. Ich war auf dem Dach und habe dich nirgends gesehen.«

Der Henker lächelte herablassend. »Spionierst du mir nach?«

»Nein!« Marcian blickte ihn fest an. »Trotzdem wüßte ich gerne, wo du herkommst. Man erzählt sich in der Stadt so allerlei über dich. Bist du vielleicht doch ein Magier? Kannst du fliegen?«

Zerwas machte eine wegwerfende Geste. »Weder das eine noch das andere. Bist du bei deinen Beobachtungen vielleicht auch die Treppe hinaufgestiegen?«

»Nein. Warum diese Frage?«

»Ist dir aufgefallen, daß es auf halber Höhe eine Türöffnung gibt?«

»Ja, ich erinnere mich.« Marcian fragte sich, worauf der Henker hinauswollte.

»Diese Tür führt auf eine schmale Terrasse. Dort habe ich gesessen und die Sonne genossen. Du siehst, wie Geschichten über mich entstehen. Wärest du nicht ein aufgeweckter Offizier, sondern irgendein Bürger, würde noch heute abend das Gerücht die Runde machen, Zerwas könnte fliegen.«

Marcian gab sich zum Schein mit der Antwort zufrieden. Insgeheim war er sich aber völlig sicher, daß er den Henker durch den Türbogen gesehen hätte, wenn er wirklich auf der Terrasse gewesen wäre. Außerdem erinnerte er sich an eine Geschichte, die Darrag ihm über die empfindliche Haut von Zerwas erzählt hatte. Nein, was immer dieser Mann getan haben mochte, ein Sonnenbad hatte er bestimmt nicht genommen! Doch Marcian stellte keine weiteren Fragen. Statt dessen berichtete er dem Henker von den schwarzen Pfeilen und fragte ihn um Rat.

Zerwas strich sich über den kurzgeschorenen Kinnbart und grübelte.

»Offen gestanden bin ich mir nicht sicher, was zu tun ist. Das beste wäre, sich die Pfeile zu holen, doch glaube ich kaum, daß das einem unserer Männer gelingen könnte. Man müßte unauffällig ins Orklager eindringen und sie stehlen, doch nüchtern betrachtet ist das nichts anderes als eine besonders makabre Art von Selbstmord. Auf der anderen Seite ist unsere Situation aber wohl auch nicht ganz so verzweifelt, wie sie vielleicht im ersten Moment scheinen mag. Schließlich genügt es den Orks ja nicht, allein unsere Namen zu wissen, sie müssen auch noch irgend etwas aus unserem Besitz haben, was sich obendrein leicht an einen Pfeil befestigen läßt. Also ein Haar, einen Stoffstreifen oder ein Lederriemchen. Sicher sind die Pfeile nicht ungefährlich, aber sie sind auch bei weitem nicht so leicht einzusetzen, wie es auf den ersten Blick scheinen mag.«

»Du hast recht«, entgegnete Marcian kühl und fuhr nach einer Pause fort: »Du scheinst für einen Henker ungewöhnlich gut in Sachen Magie bewandert zu sein. Auch die Lektüre auf deinem Tisch ist nicht das, was man im Haus eines Scharfrichters erwarten würde.«

Zerwas warf einen flüchtigen Blick zu den Büchern und antwortete mit einem Achselzucken: »Daß ich mich für Magie interessiere, verhehle ich ja gar nicht. Nur leider befähigt einen das Interesse allein noch nicht zum Zaubern. Und habt nicht auch Ihr in diesen Büchern gelesen, als ich hereinkam?«

Marcian entgegnete darauf nichts, er wurde aber das Gefühl nicht los, daß Zerwas ein Geheimnis umgab. Statt Antworten hatte ihm dieser Besuch nur neue Fragen gebracht. Er würde seine Agenten auf ihn ansetzen. Es wurde ohnehin höchste Zeit, sie wieder zu beschäftigen, denn abgesehen von einigen Überfällen auf die Orks, bei denen sie im Gefolge von Oberst Blautann mitgeritten waren, hatten sie seit der Rebellion in der Stadt und der Erstürmung des vorderen Garnisonstores keine ernsthafte Aufgabe mehr gehabt. Sollten sie Zerwas beschatten!

Der Inquisitor wandte sich zum Gehen. An der Tür drehte er sich noch einmal um. »Fast hätte ich es vergessen! Du kommst doch gleich zur Versammlung?«

»Sicher!« Zerwas lachte verschmitzt. »Schließlich hat Greifenfurt im Moment auch nicht allzu viel Unterhaltung zu bieten. Das Bier wird immer teurer, und Gerüchten zufolge sind Lancorian heute fast alle Nutten abgehauen.«

Worauf spielte der Kerl damit an? Wußte er von ihm und Cindira? Sie war immer heimlich in die Garnison gekommen, und nur drei Wächter waren eingeweiht. Schließlich würde es seinem Ruf als Stadtkommandant schaden, wenn die biederen Bürger wüßten, daß er sich regelmäßig mit einer Hure traf. Cindira hatte dafür allerdings kein Verständnis. Marcian schloß die schwere Tür zum Turm energischer als nötig gewesen wäre, und schon im nächsten Moment ärgerte er sich darüber. Zerwas konnte keine Beweise haben, aber diese Reaktion würde seine Vermutungen bekräftigen.

Zerwas setzte sich auf den Stuhl, auf dem eben noch Marcian gesessen hatte, und blätterte in den Büchern. Er suchte nach verräterischen Notizen, die er während seiner Studien gemacht haben konnte. Doch er hatte Glück. Diese Bände schienen nichts zu enthalten, woraus der Stadtkommandant auf seine Herkunft oder sein Geheimnis hätte schließen können. Dennoch ärgerte ihn die Neugier und das Mißtrauen. Vielleicht sollte er sich überlegen, wie Marcian zu beseitigen war. Die ganze Art, in der er hier eingedrungen war, und seine Fragen mißfielen dem Vampir. Er griff nach seinem Schwert, das er auf den Tisch gelegt hatte, und streichelte die tödliche Klinge. Noch immer war es ihm nicht gelungen zu ergründen, was ›Seulaslintan‹ eigentlich war. Diese Frage, die jedem anderen absurd vorkommen mußte, beschäftigte den Vampir schon seit Jahrhunderten. Er dachte an jene Nacht in den Bergen, in der er das Schwert gefunden hatte. Damals suchte er mit seinen Freunden in einer Burgruine im Finsterkamm vor einem Unwetter Zuflucht. Nur wenige Wochen war es her, daß er sich mit seinem Vater zerstritten hatte. Er wollte, daß er Schmied würde. Schließlich habe er in seiner Kindheit und Jugend auch nichts anderes gelernt. Doch ihm reichte es nicht, Schwerter für andere zu schmieden. Er wollte selbst endlich eine Waffe führen und hatte auch schnell einige leichtfertige Glücksritter gefunden, denen er sich anschließen konnte. Doch die Nacht in der Ruine beendete seine Karriere als Abenteurer, noch bevor sie begonnen hatte.

Ihre Pferde brachten sie damals zum Schutz vor dem Schneesturm im verfallenen Palas unter, und Beorgol, der

Thorwaler, fand eine verborgene Treppe zu den Kellergewölben. Auf der Flucht vor der schneidenden Kälte stiegen sie hinab und richteten dort unten ihren Lagerplatz ein. Als ihnen nach einer Weile wärmer wurde, untersuchten sie die Gewölbe, fanden leerstehende Vorratskammern, das Verlies, eine geplünderte Schatzkammer und schließlich die Gruft. In steinernen Sarkophagen und Nischen in den Wänden lagen die Herren dieser Burg bestattet.

Zerwas erinnerte sich noch genau, daß sie sich damals beobachtet fühlten und daß die Auelfe Ilanesse vorschlug, den Plunder doch liegen zu lassen und wieder zum Feuer zu gehen. Doch keiner hörte auf sie. Der Zwerg war der erste, der eine Grabplatte hochstemmte, um nach den Schätzen der Toten zu suchen. Zerwas selbst hatte sich an dem Leichnam in einer rostigen Rüstung zu schaffen gemacht, der unmittelbar hinter der Eingangstür in der Gruft gelegen hatte. Es war eine Frau, von Pfeilen durchbohrt. Im Sterben war sie auf ihr mächtiges, schwarzes Schwert gestürzt. Oder hatte sie es unter ihrem toten Körper verstecken wollen?

Als er nach der Waffe griff, ließ ein kalter Windstoß alle Fackeln verlöschen, die sie mitgeführt hatten. Und dann kam das, was sie bis dahin nur beobachtet hatte, und die Nacht wurde zu einem Alptraum.

Als er wieder zu Sinnen kam, stand er allein im Schnee, das blutverschmierte, schwarze Schwert in seiner Hand. Von seinen Freunden hatte es keiner nach draußen geschafft. Als er sich ein Pferd holen wollte, fand er die Tiere bestialisch niedergemetzelt. Ohne sich nach seinen Kameraden umzuschauen, floh er.

Tage später erreichte er halb erfroren Greifenfurt. Ein alter Mann, der auf einem Schlitten Holz in die Stadt brachte, hatte ihn mehr tot als lebendig im Schnee gefunden und mitgenommen.

Als er wieder zu Kräften kam, war auch seine Barschaft erschöpft. Sein Wirt hatte bereits einen Teil seiner Ausrüstung beschlagnahmt, und es sah schlecht für ihn aus, bis er hörte, daß man in der Stadt einen Henker suchte. Es galt, eine Kindesmörderin hinzurichten, und Zerwas meldete sich.

Das Töten verschaffte ihm eine ungewöhnliche Befriedigung. Er benutzte seine neue Waffe als Richtschwert. Zunächst hatte es deshalb Widerstand durch den Magistrat gegeben, doch schließlich verebbten die Einwände, und er blieb länger als nur den Winter. Viel länger! Nur selten verließ er die Mauern der Stadt. Sein Durst nach Abenteuern war gestillt, und außerdem erlebte er an sich selbst ein Abenteuer, wie er es sich in seinen kühnsten Träumen nicht hätte vorstellen können. Er entwickelte Fähigkeiten, wie man sie Magiebegabten zuschrieb, und er fand Gefallen an Menschenblut.

Diese grausige Entdeckung machte er an einem Sommertag bei der Hinrichtung eines Raubmörders. Als er ihm den Kopf vom Rumpf trennte, spritzte ihm Blut ins Gesicht. Es lief ihm über die Lippen, und wollüstige Schauder ließen ihn erbeben. Zerwas fühlte sich kräftiger als je zuvor. Damals ahnte er nicht, welche Konsequenzen sich daraus ergeben sollten. Bis er sich zum Vampir entwickelt hatte, dauerte es noch Jahre. Und doch war er sich nie sicher, ob er sich so nennen sollte, denn er war ganz anders als ein gewöhnlicher Vampir. Das Licht des Praios zum Beispiel war ihm unangenehm, aber es brachte ihn nicht um. Allerdings entsprachen die Kreaturen, die aus ihren Gräbern auferstanden, wenn er seine Opfer nicht enthauptete, vollkommen dem allgemeinen Bild von Vampiren. Seine Veränderung mußte mit diesem Schwert in Verbindung stehen. Daß es ›Seulaslintan‹ hieß, wußte er aus einem Traum, so wie er auch manch anderes über die Waffe in bedrückenden Alpträumen erfahren hatte. Ein Traum, der immer wiederkehrte, machte ihn besonders froh, daß er nicht in die Kellergewölbe der Burg zurückgegangen war. So konnte er sich sagen, daß dieser Alp nicht mehr als ein Hirngespinst war. Ein bösartiges Trugbild. Jedenfalls erleichterte es ihn, sich keine Gewißheit über das Schicksal seiner Gefährten verschafft zu haben.

Zerwas versuchte, die trüben Gedanken zu verdrängen. Er hatte schon oft vergebens mit seinem Schicksal gehadert. Würde er sich jetzt nicht ablenken, käme als nächstes die Erinnerung an seine Hinrichtung vor dreihundert Jahren. Die grausame Marter durch die Praios-Geweihten und das Gesicht seiner großen Liebe würden ihn wieder tagelang verfolgen. Selbst zum Festmahl der Offiziere zu gehen wäre noch besser, als weiter hier zu sitzen und in melancholische Stimmung zu geraten.

Einen Moment überlegte der Henker, ob er seine Rüstung holen sollte. Dann verwarf er den Gedanken. Für das Essen wäre sie nur unbequem. Draußen war es schon dunkel, als er sich auf den Weg machte. Er erwartete einen langweiligen Abend. Das Wesentliche hatte ihm Marcian bereits erzählt. Am unangenehmsten war ihm die Völlerei, zu der es mit gewisser Regelmäßigkeit bei diesen Offiziersversammlungen kam. Sicher waren die Speisen erlesen, die aufgetragen wurden, doch aus dieser Art von Nahrung machte Zerwas sich nicht mehr viel. Allein der Wein vermochte noch seinen Gaumen zu erfreuen.

Es war wieder ruhig in der Stadt. Alle Flüchtlinge waren fort. Wieder fluchte der Vampir über Marcian. Es wäre wirklich nicht nötig gewesen, den Feiglingen zu erlauben, die Stadt zu verlassen. Es mochte der Tag kommen, an dem sie jedes Schwert brauchen würden.

Zerwas passierte das Tor der Festung. Die Wachen grüßten ihn respektvoll, und er schritt über den Hof auf den hell erleuchteten Palast zu.

Als der Vampir den großen Saal betrat, erstattete Oberst von Blautann soeben Bericht. »... Auf größere Gruppen von Orks sind wir nicht gestoßen. Ich glaube, daß außer den Reitern, die wir gestern gesehen haben, noch keine Truppen in der Nähe der Stadt sind. Des öfteren konnten wir beobachten, wie die feigen Flüchtlinge von Orks angehalten wurden. Nach kurzem Gespräch ließ man sie aber immer passieren. Die Orks haben nicht einmal versucht, sie zu bestehlen. Wir haben uns dabei immer im Hintergrund gehalten und ganz nach Befehl jede Konfrontation mit den Orks vermieden.« Der Tonfall des Obristen war merklich kühler geworden. Er blickte zu Marcian hinüber, bevor er mit seinem Bericht fortfuhr. »Einmal haben wir eine der Flüchtlingsgruppen angehalten, um in Erfahrung zu bringen, was die Orks wollten. Ihr werdet es kaum glauben.« Von Blautann machte eine kleine Pause und blickte feixend in die Runde, als Marcian das Wort an sich riß: »Sie haben nach unseren Namen gefragt, richtig?« Dem jungen Obristen klappte der Unterkiefer herunter. Er brauchte einen Augenblick, um seine Fassung wiederzufinden.

»Wie könnt ihr das wissen? Ich meine, das ist doch absolut ungewöhnlich. Mit so etwas kann man bei Orks doch nicht rechnen. Das sind doch nur primitive Krieger.«

Marcian richtete sich auf und klärte die Versammlung der Offiziere über die schwarzen Pfeile auf. Als er mit seinem Bericht zu Ende war, herrschte ein allgemeines Durcheinander. Alle redeten drauflos, und viele blickten zwischendurch immer wieder verstohlen zu den Fenstern und zur Tür, ganz so, als erwarteten sie, daß jeden Moment ein Pfeil hereingeflogen käme, um ihrem Leben ein Ende zu bereiten. Marcian ließ sich Zeit, um die verschiedenen Reaktionen seiner Befehlshaber zu beobachten. An ihrem Verhalten ließ sich abschätzen, wer später im Kampf die Nerven verlieren würde und wem er auch dann noch vertrauen konnte, wenn die Lage verzweifelt war. Schließlich hieb er mit der Faust auf den Tisch. Schlagartig wurde es still im Saal.

»Es besteht kein Anlaß zur Panik. Solange die Orks nicht etwas aus eurem persönlichen Besitz in Händen haben, nutzen ihnen die Pfeile wenig.«

Lancorian mischte sich ein. »Fühlt euch aber nicht zu sicher! Es gibt Zauber, mit denen sich ein Magier zum Beispiel in eine harmlose Taube verwandeln kann, um in eurem

Quartier einen Stoffetzen oder auch nur ein einzelnes Haar zu suchen. Haltet Türen und Fenster fest verschlossen, wenn ihr nicht in euren Räumen seid. Ich weiß nicht, mit welcher Art Magie bei Orks zu rechnen ist. Vielleicht können ihre Schamanen auch Dinge, von denen ich noch nie gehört habe. Also, seid wachsam! Berichtet mir sofort von der kleinsten Unregelmäßigkeit. Und laßt nirgendwo etwas liegen! Das gilt vor allem für die, die auf Ausritten die Stadt verlassen. Schon ein paar Fäden, die ein Dornbusch aus einem Umhang reißt, können zu eurem Verderben werden. Und redet euch untereinander nicht mit Namen an, wenn ihr nicht ganz sicher seid, daß kein Ork euch belauschen kann. Schließlich kennen die Schwarzpelze und ihre Schamanen nur die wenigsten von uns. Macht es ihnen also nicht leichter!«

»Und was ist, wenn es Verräter in unseren Mauern gibt?« Zerwas hatte die Frage gestellt und blickte herausfordernd in die Runde. »Kann ich jedem an diesem Tisch trauen?«

»Wenn wir einander nicht mehr vertrauen, ist unsere Sache schon jetzt verloren!« ergriff Marcian das Wort, bevor die Männer und Frauen Zeit hatten, über die Tragweite der Frage nachzudenken. Er schaute finster zu Zerwas hinüber. Diesen Gedanken auszusprechen grenzte schon fast an Hochverrat. »Viele von euch sind Offiziere der kaiserlichen Armee und Ehrenmänner, und alle, die an diesem Tisch sitzen, haben mir die Treue geschworen. Ich glaube nicht, daß es in dieser Runde einen Verräter gibt. Und doch ist es anzuraten, vorsichtig zu sein. Es wäre leichtfertig, jedem Bürger der Stadt zu trauen. Daß wir vorsichtig sein müssen, steht völlig außer Frage.«

»Willst du damit andeuten, daß wir unsere Wäsche in Zukunft vielleicht besser selbst reinigen sollten?« Eine junge Ritterin aus dem Gefolge des Obristen von Blautann hatte die Frage gestellt.

»Prüfe, ob du deiner Waschfrau vertrauen kannst, und beantworte dir dann diese Frage selbst«, erwiderte Marcian.

»Blindes Mißtrauen wird nur auf uns zurückfallen. Keiner von euch sollte außerhalb dieser Runde über die schwarzen Pfeile reden. Für die meisten wird es besser sein, von dieser Bedrohung nichts zu wissen. Außerdem bringen wir so auch niemanden auf den Gedanken, uns vielleicht an die Orks zu verraten. Und nun laßt uns genießen, was die Tafel zu bieten hat! Es wird ohnehin wahrscheinlich nicht mehr lange dauern, bis hier Schmalhans Küchenmeister ist.«

Doch es kam keine richtige Stimmung mehr auf. Das Essen verlief sehr ruhig, und schon früh verließen die Offiziere in kleinen Grüppchen den Saal.

Nach dem Essen traf Marcian sich mit seinen Agenten. Schon vor Wochen hatte er befohlen, allen Fremden, die sich in der Stadt aufhielten, Quartiere in der Burg einrichten zu lassen. So hatte er Gelegenheit, sich unauffällig mit seinen Leuten zu treffen. Die wenigen anderen Fremden, die nicht zu seinen Agenten zählten, hatten die Stadt verlassen. Marcian konnte ihnen nicht einmal verübeln, daß sie Angst davor hatten, hier ihr Leben zu verlieren. Übrig waren nur seine Leute: die Jägerin, die in ihrem Karren Waffen in die Stadt geschmuggelt hatte, die Auelfe Nyrilla und die Halbelfe Sartassa, die aus völlig undurchsichtigen Gründen in die Dienste der Inquisition getreten waren, dann der Zwerg, dem Marcian reine Gier als Motiv unterstellte. Das galt auch für den Söldner, dem er das Kommando über die ehemaligen Sklaven, die alle einmal Soldaten der kaiserlichen Armee gewesen waren, anvertraut hatte. Es waren allerdings nur fünfzig Schwerter. Sie würden bei einem entschlossenen Angriff der Orks schnell aufgerieben sein. Zu guter Letzt hatte Marcian noch die drei Magier Odalbert, Yonsus und Riedmar. Obwohl sie die Überprüfungen der Inquisition überstanden hatten, mißtraute er ihnen. Für Uneingeweihte waren die drei ein Heiler, ein Wahrsager und ein wandernder Pflanzenkundler und Kräutersammler.

Als Marcian und seine Offiziere aus dem Kaufmannshaus traten, waren die einzelnen Stimmen zu Sprechchören geworden. Aus Hunderten von Kehlen ertönte ein »Nein!«

Marcian war ergriffen. Leute, die er nicht kannte, hoben ihn auf ihre Schultern. Wie ein roter Ball auf dem Meer trieb er mit seinem flammenden Umhang über die Menge der aufgewühlten Menschen und immer noch lauter wurde das »Nein«, das zum Himmel erschallte. Die dunklen Wolken des Gewitters der letzten Nacht standen noch immer wie finstere Gebirge über der Stadt.

Am Rand des Platzes befand sich Uriens. Sein zerschundenes Gesicht war zum Himmel gerichtet. Das drohende Gewitter machte ihm Angst. Und wie ein finsteres Gebet wiederholte er immer wieder die Worte: »Der Tod trägt rot. Der Tod trägt rot. Der Tod ...«

»Ich freue mich, daß du meiner Einladung gefolgt bist, auch wenn du mich nicht magst.« Gamba wies mit seiner Hand auf einen Stapel von Wolfsfellen. »Nimm Platz, Sharraz Garthai, du sollst einem ungewöhnlichen Schauspiel beiwohnen.«

»Was hast du vor, Druide? Ich habe keine Zeit für Spielereien. Die Männer sind unruhig, weil unser Opfer für Tairach entkommen ist und wir kein neues finden können. Die Priester legen das als böses Omen für das nächste Jahr aus.«

»Erinnerst du dich, daß ich dir mein Wort gegeben habe, daß uns diese Baronin nicht entkommen wird. Du wirst nun sehen, warum.«

Unbehaglich blickte sich Sharraz im Zelt des Druiden um und betrachtete die Tierschädel, die an den Zeltstangen aufgehängt waren. Schädel von Wesen, wie er sie als Jäger noch nie getroffen hatte. Schädel mit gewundenen Hörnern oder mit den Reißzähnen von Raubtieren. Speere und ein Schild lehnten an der Rückwand. Ein großer kupferner Kessel stand davor. Auf den Boden aus gestampfter Erde hatte

Gamba verschlungene Zeichen gemalt. Einen Stern mit sieben Zacken. Daneben einen Kreis, in dessen Mitte er stand, und viele Symbole, die Sharraz nicht erkennen konnte. Stern und Kreis waren von einem zweiten großen Kreis umgeben. Vor den Druiden steckten zehn schwarze Pfeile im Boden. Gamba hatte sich mit Amuletten behängt und trug wieder sein Bärenfell. Obwohl es draußen heiß und staubig war, herrschte im Zelt eine beinahe schon angenehme Kälte. Eine Gänsehaut kroch Sharraz über die nackten Arme, und seine Haare stellten sich wie kleine schwarze Borsten auf.

»Du wirst gleich ein wenig Mut brauchen, Sharraz. Für einen Krieger wie dich ist das doch kein Problem, oder? Nun, was immer auch passiert, berühre auf keinen Fall die Zeichen auf dem Boden! Selbst dann nicht, wenn ich dich gleich darum bitten sollte! Hast du das verstanden?«

Der Ork nickte. »Was soll das, Gamba? Was für ein Spiel treibst du mit mir?«

»Setz dich hin und sieh!« Der Druide begann seinen Oberkörper hin und her zu wiegen und unverständliche Worte zu flüstern. Immer und immer wieder murmelte Gamba dieselben Worte, dann schrie er einzelne Silben, um bald wieder in einen Flüsterton zu fallen.

Plötzlich war er still. Sharraz hatte den Eindruck, daß es dunkler im Zelt geworden war. Die wenigen Kerzen waren kurz vor dem Verlöschen. Es wurde noch kälter. Sharraz fühlte sich aus der Dunkelheit heraus beobachtet. Er wollte sich erheben und gehen, doch seine Beine versagten ihm den Dienst. Minuten zogen sich ins Unendliche. Der Druide stand völlig bewegungslos, den Kopf in den Nacken gelegt. Eine Windbö ließ das Zelt erbeben. Ganz in der Nähe schlug ein Blitz ein. Der Boden erzitterte, und Sharraz konnte aufgeregtes Rufen aus dem Lager hören. In dem Stern mit den sieben Zacken erhob sich eine Säule aus schwarzem undurchsichtigen Rauch. Bizarre Laute waren zu hören. Erst wie ein Lachen, dann wie das Wiehern eines Hengstes, um schließlich wie ein schmerzhaftes Stöhnen zu klingen. Der Rauch verfestigte sich zu einer Gestalt. Ein großes Wesen auf Pferdebeinen, mit dem Körper eines Kriegers und dem Kopf eines schwarzen Hengstes stand in dem Bannkreis. Die Augen des Geschöpfes leuchteten wie glühende Kohlen, und aus seinem Rücken bogen sich fünf lange Hörner, von denen etwas Dunkles wie Blut herabtropfte.

»Altijar, Herr der Ränke«, hörte Sharraz die heisere Stimme des Druiden flüstern. Die Gestalt wandte sich um und blickte Gamba an. Sie versuchte, ihn zu greifen, doch plötzlich zuckten Blitze aus blauem Licht um ihre klauenbewehrte Hand. Mit einem Schmerzenslaut zog das Geschöpf sich zurück und versuchte, an einer anderen Stelle aus dem siebengezackten Stern auszubrechen. Doch vergebens. Ein metallischer Geruch zog durch das Zelt.

»Altijar, erhöre mich!« erklang wieder die Stimme des Druiden. »Ich möchte dir ein Opfer bringen. Ich will dir zehn Leben schenken. Siehst du die Pfeile im Boden stekken?«

Statt zu antworten, versuchte das Wesen, wieder aus dem Stern auszubrechen. Immer wieder rannte es gegen den Bannzirkel an. Sharraz rutschte so weit zurück, wie er nur konnte.

»Altijar, sei weise, besiege deinen Zorn! Was hast du schon von mir? Ich biete dir zehn Leben statt des einen, das du mir nehmen kannst. Komm zu mir und überzeuge dich von der Wahrhaftigkeit meiner Worte!«

Gamba mußte wahnsinnig sein! Er durchbrach mit seinem Fuß den Schutzzirkel und wischte auch eine Spitze des siebenzackigen Sterns aus. Wieder wieherte die Gestalt wie ein Hengst, dann zerlief sie zu schwarzem Rauch und umhüllte den Druiden.

Als der Rauch sich verzogen hatte, stand Gamba allein in den Zirkeln und starrte Sharraz mit roten Augen an. »Komm zu mir!« sprach er mit Donnerstimme, doch Sharraz blieb, wo er war. Das war nicht mehr Gamba, was er dort vor sich sah. Das mochte wohl noch der Körper des Druiden sein, doch in ihm herrschte nun etwas, das noch finsterer war als die ohnehin schon verlorene Seele Gambas. Dem Befehl nachzukommen hieß, den Kreis zu durchbrechen und sich und seine Leute diesem Geschöpf auszuliefern. Die roten Augen seines Gegenübers schienen sich Sharraz tief in den Kopf zu bohren. Der Ork zitterte, und blanker Angstschweiß trat ihm auf die Stirn. »Komm zu mir, und ich erlöse dich von allem Übel!« erklang es wieder hämisch aus Gambas Mund.

Sharraz nahm all seinen Mut zusammen und versuchte, dem Blick standzuhalten. Vergeblich! Er starrte auf den Boden, um der Macht der roten Augen auszuweichen. Sein Blick fiel auf die Bannzeichen im Staub. Die gewundenen Linien schienen ihm Kraft zu geben. Nun fand sein Wille zum Widerstand endlich Worte. Er brauchte lange, um das »Nein!« seinen Lippen abzuringen. Dann fügte er hastig, gleichsam als Schutzformel hinzu: »Weiche von mir, elender Dämon!«

Mit einem Schrei des Zorns rannte das Wesen in der Gestalt Gambas erneut gegen den Schutzzirkel an. Doch vergebens! Der Zauber, den der Druide in die Symbole auf dem staubigen Boden gelegt hatte, hielt der Macht des tobenden Dämons stand. Dann wurde die Gestalt in den Zirkeln wieder ruhig. Sie blickte auf die Pfeile, die im Boden steckten. Dann fixierten die bösen roten Augen erneut Sharraz Garthai. »Nicht ich bin hier der Verdammte. Ich werde noch sein, wenn deine Knochen zu Staub zerfallen sind, und selbst wenn die Schamanen, die ihr Wissen von einem auf den anderen weitergeben und die sündige Schrift meiden, deinen Namen vergessen haben werden. Dein Schicksal steht fest. Ich habe Tag und Art deines Todes bestimmt, und du wirst mir nicht entgehen, denn mein ist die Rache!«

In einer drohenden Geste hob der glutäugige Gamba die Arme und begann mit einem unverständlichen und bedrohlichen Singsang. Wie von Geisterhand geführt, lösten sich

Marcian hatte allen von seinem Mißtrauen gegenüber Zerwas erzählt. Sie würden zwar auch weiterhin den Aufgaben nachgehen, die man ihnen in der belagerten Stadt übertragen hatte, doch jedem blieb noch genug freie Zeit, um ein Auge auf den Henker zu haben. Einigen traute er auch zu, ohne weitere Fragen Zerwas zu ermorden, falls er es fordern sollte. Der Inquisitor erschrak über diesen Gedanken. Warum haßte er den Mann so, daß er an Mord dachte? Lag es daran, daß er seine Autorität nicht zu akzeptieren schien?

## 6

Darrag der Schmied lehnte an der Brüstung der Ostmauer und sah den Bürgern bei einer Übung an den Geschützen zu. Die Hoffnung auf einen schnellen Entsatz durch die Kaiserlichen hatten mittlerweile alle fahren lassen, und doch stand es um die Moral in der Stadt besser denn je. Die Orks machten einen Fehler, indem sie nicht gegen Greifenfurt vorrückten. Viele waren bereits der Überzeugung, daß die Schwarzpelze sich davor fürchteten, die Mauern berennen zu müssen. Dachte man an Lowangen, das ein ganzes Jahr den Angriffen des Orkheeres standgehalten hatte, oder an das Kloster von Marano, in dem wenige Ritter und Mönche für etliche Tage den Vormarsch der Orkarmee aufgehalten hatten, so konnte man sicher sein, daß auch Greifenfurt nicht schnell fallen würde.

In den letzten zwei Wochen hatte Marcian fieberhaft die Vorbereitungen für die Verteidigung vorangetrieben. Im Umkreis von zweihundert Schritt waren jeder Busch und jeder Baum vor den Stadtmauern gerodet worden, damit die Angreifer über keinerlei natürliche Deckung verfügten. Die wenigen dürren Sträucher, die stehengeblieben waren, dienten als Landmarken für die Geschützbedienungen, die so besser die Entfernungen zu den Angreifern abschätzen konnten. Etliche Karrenladungen voller Steine waren herangebracht worden, damit die wenigen Katapulte in der Stadt auch über genügend Munition verfügten. Der Wahrsager Yonsus hatte sich als guter Mechaniker bewährt und von Marcian das Kommando über alle Geschütze der Stadt erhalten. Mit fünfzig Männern und Frauen war er unermüdlich im Einsatz, um die Artillerie in einen einsatzfähigen Zustand zu bringen. Die langen Jahre des Friedens waren den Böcken und Rotzen, wie man die verschiedenen Geschütze im Wehrheimer Landserjargon nannte, nicht gut bekommen. Die Seile waren verrottet, etliche Metallteile rostig und manche Lafette von Holzwürmern zerfressen. Mit den besten Schreinern der Stadt waren die dringendsten Reparaturen erledigt worden, doch trotz aller Bemühungen konnte man die Artillerie von Greifenfurt nicht anders als bescheiden nennen. Doch das sollte sich ändern. Heute nachmittag würde Darrag mit seinen Rekruten einen Wagenzug zu dem Wald auf halbem Weg nach Greifenfurt begleiten. Dort sollten sie einen Tag lang Bauholz schlagen, um die Vorräte in der Stadt aufzustocken. Das beste Material würde zum Bau neuer Geschütze verwendet werden.

Darrag blickte von der Mauer auf seine Schützlinge. Langsam fingen sie an, sich etwas geschickter im Schwertkampf anzustellen. Hundert Männer und Frauen übten mit Holzschwertern und leichten Lederschilden. Sie hatten zwei große Gruppen gebildet und waren in Schlachtlinien aufeinander zu marschiert. Leider brachen ihre Formationen im Eifer des Gefechts immer wieder auf. Geschah das im Kampf gegen die Orks, würde es das Ende bedeuten. Die Schlachtlinie, in der jeder Kämpfer auch seinen Nachbarn deckte, war der einzige Vorteil, den sie gegenüber den Schwarzpelzen hatten, die den Einzelkampf bevorzugten. Im Gefecht Mann gegen Mann waren die Orks einfach besser.

Darrag feuerte die Kämpfer der Partei an, die zu unterliegen drohte. Sie wichen immer weiter gegen die Stadtmauer zurück. Würden sie die Gegner jetzt nicht zum Stehen bringen, war ihre Sache verloren, denn bald würden sie so sehr zusammengedrängt sein, daß sie kaum noch die Schwerter über die Köpfe erheben konnten.

Gespannt schaute der Schmied dem Übungskampf zu. Die Gruppe vor der Mauer hatte verloren. Die hintere Linie stand bereits mit dem Rücken zur Wand.

»Legt die Waffen nieder! Schließlich sollt ihr euch nicht so verprügeln, daß ihr heute mittag nicht mehr marschieren könnt. Die Übung ist beendet. Geht nach Hause, holt euch Verpflegung für zwei Tage und seid zur Mittagsstunde in voller Ausrüstung vor dem Andergaster Tor!« Darrag mußte schreien, um den Lärm der aufeinanderprallenden Holzwaffen zu übertönen.

Müde ließen die Bürger ihre Waffen sinken. Die Ausrüstung der Kämpfer war erbärmlich, und dabei waren diese Hundert noch die besten, die seinem Kommando unterstanden. Vor einer Woche hatte Marcian die Stadt in vier Bezirke unterteilt. Jeder Bezirk unterstand einem Offizier, der alle waffenfähigen Bürger um sich zu sammeln hatte und für deren Ausbildung und Arbeitseinsatz zuständig war. Darrag hatte fast sechshundert ›Kämpfer‹ aufgestellt, doch die meisten von ihnen taugten so wenig, daß sie es nicht einmal zu dritt mit einem Ork hätten aufnehmen können.

Darrag stieg die Mauer hinab. Seine Frau wartete auf ihn. In den letzten Wochen hatten Misira und die Kinder wenig von ihm gehabt. Tagsüber mühte er sich ab, um aus Sensen Speere zu machen. Abends übte er mit seinen Schützlingen auf den Feldern vor der Stadt, und nachts mußte er an den Offiziersversammlungen im Palas der Burg teilnehmen. Doch Misira murrte nicht. Sie hatte sich als starke Frau erwiesen. Schnell war sie zu einer der Unterführerinnen in seiner Truppe aufgestiegen, und einmal hatte sie es sogar geschafft, ihn im Schwertkampf zu besiegen. Sie war zwar viel schwächer als er, aber dafür erstaunlich gewandt. Zerwas hatte ihr einige Übungsstunden im Schwertkampf gegeben, mit dem Resultat, daß sie um Darrag herumgetänzelt war wie eine wütende Hornisse.

Misira stand in der Schmiede. Sie beaufsichtigte die Gesellen, während Darrag die Bürgerwehr drillte. Wieder einmal empfing sie ihn mit besorgtem Gesicht. Nach einem flüchtigen Kuß eilte sie in den kleinen Wohnraum hinter der Werkstatt und kam mit Brot, einem Weinschlauch und etwas Hühnerfleisch zurück, das sie in ein Leinentuch eingeschlagen hatte.

»Mußt du wirklich gehen? Kann nicht ein anderer die Holzfäller begleiten?«

Darrag haßte diese Diskussionen. Seit Yonus der Wahrsager ihr prophezeit hatte, ihr Mann würde nicht in Greifenfurt sterben, gab es jedesmal dasselbe Gerede, wenn er die Stadt verließ.

»Schau, mein Schatz, morgen nachmittag bin ich wieder zurück. Wir haben nicht vor, die Orks zu überfallen. Überraschungsangriffe sind die Sache des Obristen von Blautann und seiner Reiter.« Genausogut konnte er gegen eine Wand reden. Noch immer blickte ihn Misira mißmutig an.

»Und was ist, wenn die Orks euch einmal überraschen? Ein Trupp aus Holzfällern und Rekruten wäre doch ein lohnendes Ziel.«

»Unsinn! Wir haben das gestern alles in der Offiziersrunde durchgesprochen. Die Aufgabe ist völlig ungefährlich. Die Orks bewegen sich seit Wochen nicht vom Fleck. Mach dir keine Sorgen! Die Sache ist völlig ungefährlich.«

»Dann nimm mich doch mit!«

Darrag wurde ärgerlich. »Du weißt doch genau, daß ich dich hier in der Schmiede brauche. Außerdem muß auch jemand nach den Kindern schauen.«

»Unsere Nachbarin kann für einen Tag nach den Kleinen schauen, und deine Gesellen werden auch eine Weile ohne uns auskommen. Ich habe schon alles geregelt.«

»Bist du eigentlich von allen guten Geistern verlassen? Warum muß ausgerechnet ich eine Frau haben, die glaubt, alles über meinen Kopf hinweg planen zu können?«

Misira schaute bekümmert zu Boden. Darrag taten seine harten Worte leid. Er nahm seine Frau in den Arm und drückte sie an sich. »Bitte versteh doch, daß ich dich nicht mitnehmen kann! Ich könnte nicht mehr kommandieren, vor Sorge, dir könnte etwas zustoßen. Es ist wirklich nicht gut, wenn du mitkommst.«

Misira schluckte. »Was glaubst du eigentlich, wie ich mich fühle, wenn ich auf der Mauer stehe und dir nachschaue, bis du mit deinen Rekruten zwischen den Feldern am Horizont verschwunden bist?«

Darrag drückte sie fester. »Verzeih mir, wenn ich dir solchen Kummer bereite!« Zärtlich hob er ihr Kinn mit seiner schwieligen Hand und blickte sie lange an. »Ich werde morgen wieder hier sein und dich in den Arm nehmen! Und jetzt wünsch mir Glück. Ich muß gehen. Meine Männer warten vor dem Tor.«

Noch einmal küßte er sie, dann machte er sich auf den Weg zum Tor. Darrag haßte Abschiedsszenen.

Der Schmied wischte sich den Staub aus dem Gesicht und blickte an der Marschkolonne entlang. Fast zweihundert Greifenfurter standen unter seinem Kommando: die hundert besten Schwertkämpfer aus seiner Bürgerwehreinheit, ein Haufen bunter, zerlumpter Gestalten sowie dreißig Kutscher, die alle nur erdenklichen Fuhrwerke der Stadt zusammengebracht hatten, und dreißig Bogenschützen, die er von Lysandra zugeteilt bekommen hatte. Alle Freischärler waren beritten und dienten als Kundschafter. Im Grunde galt das Land nördlich von Greifenfurt zwar als sicher, aber Darrag wollte kein unnötiges Risiko eingehen. Der Schmied blickte zum Himmel. Etwas mehr als eine Stunde mochte es noch dauern, bis sie den Wald erreichten. Der staubige Feldweg, auf dem sich Karren und Fußsoldaten in der Hitze vorwärtsmühten, führte durch eine hügelige Graslandschaft. Vielleicht sollte er auf dem Rückweg einige Feldblumen pflükken, um sie Misira zu schenken.

Ein Reiter kam im wilden Galopp über die Hügel geprescht. Es war Bartka, einer der gefürchtetsten Raufbolde unter den Jugendlichen der Stadt. Kurz vor dem Schmied riß er sein bebendes Pferd herum und salutierte.

»Melde gehorsamst, kein Ork so weit das Auge reicht!«

Darrag winkte ihm lässig zu. »Gut, Bartka! Dann mach dich jetzt auf den Weg nach Norden.«

Der junge Bursche blickte ihn verwundert an. »Was soll ich denn dort? Du warst doch selbst mit dabei, als Oberst von Blautann die Garnisonen von Greifenberg und Weihenhorst ausgeräuchert hat. Dort gibt es keine Orks mehr!«

»Über Befehle wird nicht diskutiert! Haben wir uns verstanden?«

Einen Augenblick hielt Bartka inne, dann machte er sich auf den Weg.

Darrag konnte den Jungen verstehen. Eigentlich müßte die Straße nach Norden sicher sein. Vor einigen Tagen hatte der Obrist erst mit hundert Reitern die kleinen Orkbesatzungen der Dörfer im Norden überfallen. Die Gefechte waren kurz und vernichtend gewesen. Sie hatten mehr als fünffache Übermacht angegriffen und die Orks völlig überrascht. Nachdem die Schwarzpelze abgeschlachtet waren, wurden alle Bewohner der Dörfer in die Stadt gebracht, alles Vieh von den Weiden getrieben und die Kornfelder verbrannt, damit Sharraz Garthai für seine Truppen keine Vorräte aus dem Umland Greifenfurts bekommen konnte. Nicht zuletzt wegen dieser tollkühnen Attacken unter dem Kommando des Reiterobristen hatte sich die Stimmung in der Stadt wieder erheblich gebessert.

Der Schmied beschleunigte den Schritt, um sich wieder an die Spitze der Marschkolonne zu setzen und einen geeigneten Lagerplatz zu bestimmen.

Als die Nacht hereinbrach, konnte Darrag mit seinem Tagwerk zufrieden sein. Er saß auf einem Baumstamm und nagte an dem Hühnchen, das Misira ihm eingepackt hatte. Die Wagen waren in einem Halbkreis am Waldrand aufgestellt, und die erschöpften Arbeiter hatten etliche Lagerfeuer aus den dürren Ästen entzündet, die man von den Baumstämmen abgeschlagen hatte. Lysandras Freischärler hatten im Wald einige Rehe geschossen, die sich nun an Spießen über den Lagerfeuern drehten, und irgend jemand spielte auf einer Laute alte Kriegerlieder. Den ganzen Tag über hatte Darrag ein ungutes Gefühl verfolgt. Vielleicht lag es daran, daß er zum ersten Mal eine so große Schar anführte. Auch der große schwarze Vogel, der während des Marsches immer wieder über der Kolonne seine Kreise gezogen hatte, erschien ihm als schlechtes Zeichen, doch offensichtlich waren alle Sorgen unbegründet. Nach Sonnenaufgang würden sie noch vier oder fünf Stunden arbeiten müssen, und dann wäre genug Holz geschlagen, um die Karren zu beladen.

Darrag erhob sich, um ein wenig mit dem Lautenspieler zu plaudern. Danach würde er die Nachtwachen einteilen und sich in eine Decke gehüllt unter einem Wagen zum Schlafen legen.

Der Schmied brummte vor sich hin und schritt kräftiger aus, um mit Bartka neben ihm Schritt halten zu können. Der Tag war ein einziges Desaster gewesen. Früh morgens war ein Baum zwischen eine Arbeitsgruppe gestürzt und hatte einen Mann erschlagen und fünf weitere verletzt. Zwei Karren hatten sie mit Achsbrüchen am Wegrand liegen lassen müssen, und jetzt kreiste wieder der große schwarze Vogel über der Kolonne. Immer mehr Köpfe hoben sich, um das auffällige Tier zu beobachten. Ein Jäger hatte ihm heute morgen erzählt, daß es ein Nachtwind sei. Ein Räuber mit scharfen Augen, der allerdings für gewöhnlich nur bei Dunkelheit jagte. Ihn bei Tageslicht zu sehen brachte angeblich Unglück. Darrag mußte die Soldaten von dem Unglücksvogel ablenken!

»Wie wäre es mit einem Lied?« schrie er die Kolonne entlang. Zaghaft stimmten einige ein Trinklied an.

»He, heute abend könnt ihr euch einen hinter die Binde kippen, aber jetzt wird marschiert. Barde, spiel uns das Lied der Thalionmel auf!«

Lustlos begann der Spielmann auf seiner Laute zu klimpern. Doch bei der dritten Strophe, hatten fast alle eingestimmt. Thalionmel, eine Heilige der Kriegsgöttin Rondra, hatte vor langer Zeit ganz allein eine Brücke gegen eine Übermacht von Wüstenreitern verteidigt. Sie galt als eine der populärsten Heldinnen im Kaiserreich. Viel hatte sie von ihrem Ruhm allerdings nicht gehabt, denn auch sie überlebte das heldenhafte Gefecht nicht.

Langsam besserte sich die Stimmung. Darrag atmete auf.

»Bartka, nimm dir noch zwei Reiter und mach dich auf den Weg in die Hügel! Reite bis zur Straße nach Hundsgrab und halte nach den elenden Schwarzpelzen Ausschau! Und sollten euch unterwegs einige Hasen vor den Bogen laufen, gebt ihnen kein Pardon!«

»Zu Befehl, Kommandant!« Übermütig lachend wendete der Junge seinen Braunen, um zu den Kundschaftern zu reiten, die die Nachhut des Zuges bildeten. Über die Schulter rief er Darrag zu. »Ich werde mir alle Mühe geben, deine Tafel zu bereichern.« Dann gab er dem Pferd die Sporen und ritt an der Kolonne entlang.

Der kleine Ausflug würde dem Heißsporn guttun. Hier unter den Marschierenden war er mit seinem Pferd fehl am Platz. Außerdem fand Darrag auch die Aussicht auf einen Braten recht angenehm. Er trennte sich von der Kolonne und schritt ein Stück in die blühende Wiese seitlich der Straße. Ein paar Blumen würden Misira versöhnlich stimmen, wenn er heute abend nach Hause kam.

Der Schmied hatte schon einen ganzen Arm voller Blumen gepflückt, als ihn lautes Geschrei aufblicken ließ. Bartka kam den Hügel heruntergeritten. Der Junge trieb das Tier in halsbrecherischem Tempo den Hang hinunter. Dichtauf folgte ihm ein zweiter Reiter. Der dritte Mann fehlte!

Jetzt schrie er wieder. »Orks! Die Schwarzpelze kommen!«

Die Rufe wären nicht mehr nötig gewesen. Fünf Reiter auf kleinen drahtigen Pferden erschienen auf dem Hügelkamm, zügelten ihre Reittiere und musterten die Kolonne.

»Los, packt sie!« schrie Darrag und gab den berittenen Kundschaftern ein Zeichen. Lysandras Freischärler trennten sich von der Kolonne und trieben die Pferde den Hang hinauf. Inzwischen hatte Bartka fast den Schmied erreicht.

»Ruf sie zurück!« schrie der Junge. »Wir müssen hier weg!« Endlich brachte er sein Pferd neben dem Schmied zum Stehen. Völlig außer Atem keuchte er: »Das ist nur die Vorhut! – Wir müssen weg! – Da kommen über hundert Reiter! – Wenn wir hierbleiben, sind wir verloren!«

»Halt's Maul!« herrschte der Schmied ihn an. »Hast schon mal von einem Fußsoldaten gehört, der in offenem Gelände einem Reiter entkommen ist?«

Besorgt blickte sich Darrag um. Die Stelle war für einen Überraschungsangriff perfekt ausgesucht. Die Straße zog sich zwischen sanften Hügeln hindurch, so daß es schwierig würde, ein flaches Arenal zu finden, das groß genug war, aus den Holzkarren eine Wagenburg zu bauen.

»Nimm dir alle Reiter und brich nach Greifenfurt durch, Bartka. Ihr seid zu wenige, um uns in dieser Schlacht zu nutzen.«

Die Marschkolonne war mittlerweile zum Halten gekommen. Darrag blickte zur Hügelkuppe und fluchte. Die Orks waren verschwunden, und die Freischärler hatten den Gipfel des Hügels erreicht. Lauthals brüllte er: »Kommt zurück, ihr verdammten Hurensöhne!« Doch die Männer waren schon außer Rufweite.

»Bildet eine Wagenburg!« Darrag kletterte auf den Wagen neben ihm, zog sein Schwert und machte eine kreisende

Bewegung in der Luft. Langsam setzten sich die Fuhrwerke wieder in Bewegung und verließen die Straße. »Schafft die Wagen auf diesen Hügelkamm! Und du Bartka, mach dich endlich auf den Weg nach Greifenfurt. Es liegt jetzt ganz allein bei dir. Bringst du uns bis heute abend den Obristen mit seinen Kürassieren, findest du hier vielleicht noch ein paar Überlebende.«

Der Junge ritt davon. Einen Augenblick schaute der Schmied ihm nach. Er würde es nicht leicht haben. Darrag war sich sicher, daß die Orks Vorkehrungen getroffen hatten, um Reiter abzufangen, die versuchten, sich zur Stadt durchzuschlagen.

»Darrag, das schaffen wir unmöglich.« Der Kutscher seines Wagens hatte sich umgedreht. »Die Ochsen kommen mit den Fuhrwerken nicht den Hügel hinauf. Wenn wir alle absteigen und schieben, kriegen wir die Wagen vielleicht innerhalb einer Stunde da hinauf. Bis dahin haben uns die Schwarzpelze aber längst massakriert.«

Darrag fluchte. »Kommando zurück! Bringt die Wagen an den Fuß des Hügels. Schnell!« Seine Stimme überschlug sich vor Aufregung. Kaum führte er das erste Mal Kommando, ging alles schief. Er hätte in seiner Schmiede bleiben sollen!

Ein Geräusch wie Donnergrollen brandete über die Hügel östlich der Straße. Zwei der Freischärler, die die Verfolgung der Orks aufgenommen hatten, kamen über den Hügel geprescht. Darrag winkte ihnen mit seiner Waffe und zeigte nach Süden. Die Männer hatten verstanden. Sie rissen die Pferde herum und ritten Richtung Greifenfurt. Vielleicht würde es ihnen gelingen durchzukommen.

Wieder brüllte der Schmied harsche Kommandos. Zwei weiteren Wagen waren die Achsen gebrochen, als sie von der Straße auf die Wiese gelenkt wurden. Die Holzstämme rissen sich aus der Halterung und fielen zwischen die Soldaten, die im Laufschritt auf den Hügel zuhasteten. In Panik sprangen sie auseinander. Eine Frau, die Darrag erst gestern als gute Schwertkämpferin aufgefallen war, wurde von einem der Stämme erfaßt und zerquetscht. Neben ihr lag ein schreiender Krieger, dem die Beine eingeklemmt waren. Freunde versuchten, ihn zu befreien. Vergeblich! Mittlerweile nahm die Wagenburg Konturen an. Die ersten Holzkarren standen in einer Reihe parallel zur Straße.

In diesem Augenblick verebbte das gleichmäßige Donnern. Die Orks hatten den gegenüberliegenden Hügelkamm erreicht. Eine gewaltige Reiterschar auf kleinen struppigen Pferden. Mitten unter ihnen glaubte Darrag, Sharraz Garthai zu erkennen. Während sich der Anführer der Schwarzpelze in die Steigbügel stellte und die Wagenburg musterte, schrie der Schmied weitere Befehle. Noch fünf oder sechs Wagen mußten auf die Rückseite des Karrees geführt werden, um die Verteidigungslinie zu schließen.

Sharraz Garthai hob seinen Reitersäbel und schrie einen unverständlichen Befehl in der kehligen Sprache der Orks. Darrag meinte, das Wort ›Tairach‹ gehört zu haben. Das hieß, daß die Orks keine Gefangenen machen würden. Sie wollten Rache für ihre toten Kameraden!

Wie die schwarze Sturmflut ergossen sich die Reiterscharen vom Hügel auf die Wagenburg zu. Noch immer war die hintere Verteidigungsfront nicht ganz geschlossen. Ein Wagen schien sich in der weichen Erde festgefahren zu haben. Verzweifelt hatte ein Dutzend Soldaten in die Speichen gefaßt, um den schweren Karren fortzubewegen.

Darrag sprang in Deckung. Vereinzelte Pfeile schwirrten über den Köpfen der Bürger. Die Orks hatten mittlerweile die Straße erreicht. Höchstens zwanzig Schritt trennten sie jetzt noch von den Greifenfurtern, die mit blanker Klinge hinter der hölzernen Mauer der Wagen warteten. Besorgt blickte der Schmied sich über die Schulter. Schreiend stürzte ein Kutscher vom Bock seines festgefahrenen Wagens. Ein verirrter Pfeil hatte ihn in die Brust getroffen. Verzweifelt stemmten sich die Ochsen in ihr Joch. Die Tiere waren nicht weniger in Panik als die Soldaten, die immer noch versuchten, den Wagen freizukriegen. Würde die Lücke in der Verteidigungslinie nicht geschlossen, wären sie alle verloren!

Darrag rannte quer durch das Karree. »Jeder bleibt auf seinem Posten. Denkt an das, was ihr gelernt habt! Keiner darf die Verteidigungslinie verlassen!«

Keuchend erreichte er den festgefahrenen Wagen. Hinter ihm hatten die ersten Reiter die vordere Front der Wagenburg erreicht. Lautes Kriegsgeschrei und das Klingen von Schwertern erfüllte die Luft. Auf alle Dämonen der Niederhöllen fluchend, stemmte Darrag sich mit den anderen gegen die Wagenräder. Endlich kam das schwere Fuhrwerk frei. Keinen Augenblick zu spät, denn im selben Moment, als der Wagen in die Lücke geschoben wurde, umrundeten die ersten Orks das Karree. Tobend vor Wut trieben sie ihre kleinen Ponys gegen die hölzerne Mauer. Doch die Greifenfurter kämpften mit dem Mut der Verzweiflung. Sobald ein Krieger fiel, schloß ein neuer Kämpfer die Lücke der Linie.

Die Schwachpunkte der Verteidigungslinie lagen dort, wo die Deichseln der Wagen aneinanderstießen. Die schmalen Stangen lieferten keine Deckung, denn die Ochsen waren ausgeschirrt und in der Mitte des Wagenvierecks getrieben worden. Immer wieder versuchten die Orks, an diesen Stellen durchzubrechen. Darrag stand wie ein Fels im Gefecht. Er strahlte Ruhe und Zuversicht aus, auch wenn er sich insgeheim in sein Schicksal ergeben hatte. Etliche Pfeile staken in seinem großen Schild und ließen ihn immer schwerer werden, während er mit seiner breiten Klinge auf die Reiter eindrosch.

Plötzlich übertönte ein Kriegshorn den Kampflärm, und die Orks wichen zurück. Während die Reiter vom Karree zurückwichen, musterte der Schmied seine verbliebenen Truppen. Viele waren verwundet. Mit aufmunternden Worten mischte er sich unter die Kämpfer, lobte ihre Standhaftigkeit und versuchte, sich die Gesichter der Toten nicht zu merken.

Die Orks hatten sich inzwischen auf den gegenüberliegenden Hügel zurückgezogen. Über die Wagen hinweg war zu sehen, wie Sharraz Garthai neue Befehle ausgab und die Schwarzpelze sich zu einer langen Linie formierten.

»Springt mir diesmal nicht so gnädig mit diesen Bestien um!« brüllte Darrag, während er beunruhigt beobachtete, wie die Orks die Schwerter in die Scheiden steckten und nach ihren Hornbögen griffen. Ohne Eile kamen sie den Hügel herab. Sie würden sie umzingeln und mit Pfeilen niederschießen!

»Alles in Deckung! Springt hinter die Wagen und bleibt dort, bis sie versuchen durchzubrechen.« Neben Darrag bohrte sich ein Pfeil ins Holz. Die Orks hatten nun einen weiten Kreis um die Wagenburg gezogen und beschossen die Verteidiger aus allen Richtungen. Sie konnten sich dabei viel Zeit lassen, denn im Karree gab es keine Schützen, die das Feuer erwidern konnten.

Dann ertönte wieder das Horn, und mit lautem Gebrüll trieben die Orks in erneutem Sturmangriff ihre Ponys gegen die Barrikaden. Darrag war einer der ersten, der bereit zur Verteidigung hinter den Wagendeichseln stand. Ein mächtiger Krieger versuchte, sein Reittier über das Hindernis zu jagen. Das Pony stieg auf die Hinterbeine, und Darrag hieb ihm mit einem gewaltigen Streich beide Vorderläufe ab. Laut wiehernd brach das Tier zusammen. Der Krieger rollte sich seitlich ins Gras.

»Tötet die Pferde!« brüllte Darrag über den Kampflärm. »Ohne ihre Reittiere sind sie nur noch halb so viel wert.« Da stand der Krieger, dessen Pony er abgeschlachtet hatte, wieder vor ihm. Wütend schwang er eine gewaltige Streitaxt. Doch der Schmied tauchte unter dem Hieb hinweg.

»Du wirst sterben!« fauchte der Ork ihn in gebrochenem Garethi, der Sprache des Kaiserreichs, an und holte erneut zum Schlag aus. Diesmal trieb er die Klinge seiner Axt tief in den Holzschild des Schmiedes. Die Wucht des Schlages lähmte Darrags linken Arm, doch die Axt des Gegners hatte sich verkeilt. Mit zusammengebissenen Zähnen riß er den Schild ruckartig nach hinten, so daß dem Ork der Griff der Axt aus der Hand glitt.

Der Krieger wich zurück, zog seinen schweren Säbel und schaute herausfordernd zu Darrag herüber. »Komm!« rief er ihm entgegen.

Doch der Schmied durfte die Schlachtlinie nicht verlassen. Würde er die Herausforderung annehmen, ließ er eine Lücke hinter sich zurück.

»Du hast wohl das Herz einer Maus!« höhnte der Ork.

Rings um die beiden verebbte der Kampflärm. Die Orks wichen zurück. Wieder ertönte das Schlachthorn. Noch einmal erhob der Orkkrieger drohend den Säbel, dann machte er mit den anderen kehrt.

Die Verluste der Verteidiger waren diesmal größer. Darrag überlegte. Sie mußten die Karren enger zusammenschieben, sonst würden sie die nächste Attacke nicht mehr überstehen.

»Klappt die Deichseln hoch. Schiebt die Wagen zusammen. Und rollt die Baumstämme von den Ladeflächen. Wir brauchen Plattformen, von denen wir kämpfen können. Jeder Karren muß als eine Festung für sich stehen können, falls die Orks durchbrechen sollten.«

Fieberhaft machten sich die Leute an die Arbeit, während Darrag beobachtete, was Sharraz Garthai trieb.

Der Anführer der Orks hatte seine Truppen wieder zum Hügel auf der anderen Straßenseite zurückgezogen. Wild gestikulierend erteilte er Befehle. Kleinere Gruppen von Reitern machten sich darauf in verschiedene Richtungen davon. Auch die Reihen der Orks hatten sich gelichtet, obwohl die Verluste der Verteidiger deutlich höher lagen.

Beunruhigt beobachtete Darrag, wie sich auf allen umliegenden Hügeln kleine Gruppen der Schwarzpelze sammelten, während Sharraz Garthai mit einigen Kriegern zu den beiden umgestürzten Wagen neben der Straße ritt. Dort saßen sie ab und machten sich an den gebrochenen Achsen zu schaffen. Es sah ganz so aus, als versuchten sie, einen der Wagen wieder flottzumachen, aber wozu?

Im selben Moment prasselten aus allen Richtungen Pfeile auf die Karren nieder.

Darrag fluchte. Da die Orks auf den Hügeln höher standen, würden er und seine Leute nun in den Wagen keinen Schutz mehr finden.

»Alles unter die Wagen!« schrie er. »Und laßt mir die Verwundeten nicht liegen!«

Kaum hatten sich alle Verteidiger unter die Karren zurückgezogen, hörte der Beschuß durch die Orks auf. Doch hatte diese Attacke mehr Opfer gefordert als der erste Sturm gegen das Karree. Darrag blickte zum Himmel und versuchte zu schätzen, wie spät es war. Die Orks belagerten sie hier vielleicht schon zwei Stunden. Wenn jemand durchgekommen war, mußten jetzt die ersten Reiter Greifenfurt erreichen. Doch ob sie unter diesen Bedingungen noch einmal zwei Stunden überleben würden, wußten allein die Götter.

Vorsichtig lugte er unter dem Wagen hervor. Die Orks machten sich immer noch an den umgestürzten Karren zu schaffen. Sie versuchten, die zerbrochene Deichsel des einen Karrens durch die Vorderdeichsel des anderen zu ersetzen. Darrag atmete auf. Was immer dieser Unsinn sollte, sie würden eine Weile beschäftigt sein. Die meisten anderen konnten aus ihren Verstecken nicht mehr sehen, was passierte. Er mußte seinen Soldaten die Angst nehmen. Die meisten warteten wahrscheinlich in Panik auf den nächsten Angriff.

»He, nehmt doch mal die Nasen aus dem Gras und sperrt die Ohren auf! Ihr werdet kaum glauben, was unsere pelzigen Freunde machen! Sie reparieren uns die umgestürzten Wagen neben der Straße.«

Ungläubiges Gemurmel war zu hören. »Deswegen hätten sie uns aber nicht die Schädel einschlagen brauchen! Den Dreck hätten sie sofort von mir haben können!« ertönte es unter einem der Wagen hervor. Gelächter war zu hören.

»Das beste wißt ihr noch nicht«, grölte der Schmied. »Ich verrate es aber nur, wenn ihr es unseren Freunden auf den Hügeln nicht weitersagt.«

»Sehr witzig, Kommandant. Ich liege hier mit einem Pfeil im Bauch und verspreche Euch, daß ich mich noch totlachen werde, wenn Ihr so weiter macht!« erklang es stöhnend unter einem Wagen. Das Gelächter verstummte.

Darrag fluchte leise vor sich hin. Diesen Idioten hätte er am liebsten persönlich zu Boden geschickt. Schon drohte die Stimmung wieder umzuschlagen. »Nur die Ruhe bewahren, Leute«, erhob der Schmied erneut seine Stimme. »Es sind Reiter unterwegs nach Greifenfurt. Die Orks scheinen keine Ahnung zu haben, denn sonst würden sie sich wohl kaum so viel Zeit mit den Wagen nehmen. Noch bevor die Sonne untergeht, wird Oberst von Blautann hier sein, und dann hat der ganze Zauber ein Ende.«

Die Zeit verging und nichts geschah. Wann immer jemand versuchte, unter den Wagen hervorzukommen, hagelte es Pfeile, so daß sie es schließlich ganz aufgaben. Die brütende Hitze machte den Verwundeten zu schaffen. Heiler gab es nicht, und das einzige, was man für die Verletzten tun konnte, war, sie großzügig mit Wasser aus Lederschläuchen und Feldflaschen zu versorgen. Die Orks hatten inzwischen einen Wagen repariert und begannen ihn mit mächtigen Holzstämmen zu beladen. Darrag schaute ihnen verwundert zu. Ihm war völlig schleierhaft, was das nun sollte. Als die Schwarzpelze mit den Arbeiten fertig waren, spannten sie etliche von ihren kleinen Ponys vor den großen Karren und zogen ihn hinter den Hügel außer Sichtweite.

»Was tun die da, Kommandant?« fragte ein alter Weber, der mit Darrag unter dem Wagen lag. Der Schmied zuckte mit den Schultern. »Keine Ahnung. Wir werden schon sehen, was dahinter steckt.«

Eine Weile blieb alles ruhig. Dann rief jemand unter einem der anderen Wagen. »Hinter der Hügelkuppe steigt Rauch auf.«

Darrag war nervös. Die ganze Zeit mußte er an das Gespräch mit Misira denken. Sollte er jetzt sterben? War seine Zeit gekommen? Das Vorgehen der Orks war ihm völlig unbegreiflich. Wozu dieses Feuer. Gaben sie ein Signal, um weitere Truppen heranzuführen? Da ertönte wieder das Schlachthorn. Ein Teil der Bogenschützen verschwand von den umliegenden Hügeln und machte sich auf den Weg zu der Stelle, an der die Rauchsäule in den Himmel stieg. Und plötzlich fiel es Darrag wie Schuppen von den Augen. Sie würden den brennenden Wagen den Hügel herunter rollen lassen, eine Bresche in die Verteidigungslinie schlagen und durch diese Lücke in das Karree einfallen. Was konnte er tun? War der schwere Wagen erst einmal ins Rollen gekommen, würde ihn nichts mehr aufhalten. Feuer und Rauch würden die Panik unter den Verteidigern noch steigern.

Verzweifelt schrie der Schmied den anderen zu, was passieren würde. Panik brach aus.

»Was sollen wir tun? Wie kommen wir aus der Falle heraus?« wollten sie von ihm wissen. Doch Darrag wußte auch nicht weiter. Kämen sie unter den Wagen hervor, würden sie ein Opfer der Bogenschützen. Schon lagen zwei Bürger tot im Karree, die versucht hatten, über die freie Fläche der Wagenburg zu rennen und unter einem anderen Karren Schutz zu suchen. Blieben sie, wo sie waren, würden die Orks unter ihnen ein Massaker anrichten. Auch die Ochsen im Inneren der Wagenburg wurden immer unruhiger. Es war, als spürten die Tiere das bevorstehende Unglück.

»Darrag, hilf uns!« erklang eine vertraute Stimme von den bedrohten Wagen. Das war Misira! Wie konnte das sein? Was machte seine Frau hier? Darrags Gedanken überschlugen sich. Er mußte sie retten!

»Wer hat alles einen großen Schild? Los abzählen!« Der Schmied hatte einen Plan.

Insgesamt waren es mit ihm zweiundzwanzig. »Alle Schildträger, die sich gemeldet haben, raus aus den Wagen. Wir bilden einen Schildwall und retten die anderen. Wenn ich den Befehl gebe, rennt ihr alle zur Mitte des Karrees, scheucht die Ochsen beiseite und bildet einen Kreis.«

Darrag schob seinen Schild vor sich her und kroch unter dem Wagen hervor. Dann zog er die Lederschlingen über seinen linken Arm. Noch einmal atmete er tief durch. Dann schrie er: »Jetzt!«

Aus allen Richtungen sprangen geduckte Gestalten in die Mitte der Wagenburg. Die Orks eröffneten das Feuer. Hastig formierte die Truppe einen Schildwall und bewegte sich auf die bedrohte Flanke der Wagenburg zu. Der Schutz war keineswegs perfekt. Da die Orks höher standen, boten sie immer noch ein gutes Ziel.

»Hebt die Schilde über die Köpfe und verschränkt sie miteinander!« befahl Darrag. Das dichte Dach aus Holz und Leder fing nun die meisten Geschoße ab. »Nehmt auch die Verwundeten mit!« schrie einer der Männer unter dem Schildwall, während sie endlich die Wagen erreichten.

Die Orks hatten mittlerweile den brennenden Wagen bis zum Rand der Hügelkuppe gebracht. Darrag trieb seine Leute zur Eile an. Sie mußten verschwinden. Als letzte kroch Misira unter einem der Wagen hervor. Der Schmied nahm sie schützend in den Arm und brüllte: »Alles zurück! Und haltet die Formation ein!«

Das war leichter gesagt als getan, da mehr Krieger unter den Schildern Schutz suchten, als Platz vorhanden war. Immer wieder waren Schreie zu hören, wenn doch einer der Pfeile sein Ziel gefunden hatte. Viel langsamer rückten sie nun von den Wagen zurück, als die Orks dem brennenden Karren den entscheidenden Stoß gaben.

Funkenstiebend und mit atemberaubendem Tempo kam der Wagen den Hang herunter geschossen. Unter den Soldaten brach Panik aus. Wenn der Karren die Wagen des Karrees mit seiner Wucht beiseite stieß, würde er mitten in die Wagenburg durchbrechen. Das Dach aus Schilden brach auseinander. Jeder war jetzt sich selbst der nächste, und die Bogenschützen der Orks hielten reiche Ernte. Verwundete blieben liegen und versuchten, kriechend in Deckung zu kommen. Darrag schrie Befehle, doch niemand hörte in dem Chaos mehr auf ihn. Er schirmte Misira mit seinem Schild ab und bewegte sich rückwärts auf einen schützenden Wagen zu.

Wie hypnotisiert beobachtete er den brennenden Karren, sah, wie er mit lautem Krachen zwei Wagen aus der Front des Karrees umriß und von der Wucht des Aufpralls zerschmettert wurde. Glühende Holzstücke ergossen sich in einem Funkenregen über das trockene Gras. Hier und dort brachen Brände aus, während die schwelenden Baumstämme von der Ladefläche des Wagens stürzten und durch das Lager rollten. In Panik stampften die Ochsen über Verwundete, die am Boden lagen. Immer dichter wurde der Rauch. Die beiden Wagen, die es umgerissen hatte, bildeten mit den Trümmern des dritten Gefährts einen riesigen Scheiterhaufen. Wieder ertönte das Horn vom Hügel.

Nun hatte ihre letzte Stunde geschlagen, dachte der Schmied und drückte Misira fester gegen die Brust. »Alles unter den Wagen hervor!« rief er mit einer Stimme, über deren ruhige Gelassenheit er selbst überrascht war. Wenn das Ende so klar war, wurde vieles auch einfacher. »Alles zurück zur unteren Wagenreihe. Dort werden wir uns gemeinsam verteidigen. Das Karree ist nicht mehr länger zu halten!«

Rußgeschwärzte Gestalten krochen unter den Wagen hervor und taumelten durch den Rauch. Fast überall waren die Brände schon wieder erloschen. Das Gras bot dem Feuer wenig Nahrung, und das massive Holz der Wagen hatte sich nicht entzündet. Dennoch waren die Tiere halb wahnsinnig vor Angst und erschwerten den Verteidigern den Rückzug. Allein dort, wo die Bresche war, schlugen noch gewaltige Flammenwände zum Himmel und hinderten die Orks am Durchbruch. Doch dann kam Bewegung in die Reiter auf dem Hügel. Die Schwarzpelze stiegen von ihren Ponys und formierten sich in drei ungefähr gleich große Angriffsgruppen. Sharraz Garthai hatte erkannt, daß ihnen die Reittiere in dieser Lage keinen Vorteil mehr brachten, sondern lediglich den Angriff verzögerten.

Auch der Kommandant der Orks war gespannt. Er wollte die Sache zu Ende bringen, denn er wußte genau, daß ihm nicht mehr viel Zeit bleiben würde, hatte es auch nur einer der entkommenen Reiter bis zur Stadt geschafft.

Während zwei der Orkgruppen direkt zum Angriff übergingen, machte sich der dritte Trupp an zwei Wagen zu schaffen. Es hatte ganz den Anschein, als würden sie versuchen, jetzt auch die untere Linie des Karrees mit den Wagen als Rammböcken zu zerschmettern.

Darrag hatte Misira auf den Karren in seinem Rücken geschickt. Dort würde sie sicher sein, während erneut das Gefecht entbrannte. Seine Kämpfer waren fast alle verwundet. Darrag spürte, wie auch ihn immer mehr die Kräfte verließen. Gerade hatte er einem Gegner eine tiefe Schulterwunde beigebracht, doch es war gleichgültig, wie viele er tötete, immer stand wieder ein neuer Ork vor ihm.

Diesmal war es der massige Kerl, der ihn schon einmal zum Duell gefordert hatte. Der Ork stürmte los. Den Schild zum Schutz vor dem Leib und den Säbel hoch über den Kopf erhoben, wollte er Darrag in einem einzigen Ansturm von den Beinen reißen. Krachend schlugen die Schilde gegeneinander. Darrag zitterten die Knie, doch er hielt stand. Wie Hagelschläge prasselten die Hiebe des Orks auf ihn herein. Er war ein überaus gewandter Kämpfer und suchte nach einer Lücke in Darrags Deckung.

Schon blutete Darrag aus mehreren Schnittwunden an den Armen. Schweiß lief ihm in die Augen. Der Schmied blinzelte. Fast hätte ihn das den Kopf gekostet. Der Ork schlug eine Finte. Darrag riß seinen Schild hoch, doch im letzten Moment änderte der Ork die Schlagrichtung und zielte nun auf die Brust des Schmiedes. Im Reflex sprang der zur Seite, so daß die Klinge des Feindes wirkungslos über seinen Lederpanzer schrammte. Nun ging er zum Angriff über. Schlag auf Schlag verpaßte er dem Gegner. Blinde Wut brannte in Darrag. Er wollte diesen Kerl töten, und wenn es das letzte war, was er tat.

Da ertönte wieder das Horn über dem Kampflärm. Laute Befehle in der kehligen Sprache der Orks waren zu hören. Die Angreifer wichen zurück. Zum ersten Mal seit Beginn des Kampfes hatte Darrag Gelegenheit, an der Linie seiner Streiter entlangzublicken. Der Trupp war sichtbar zusammengeschmolzen. Viele mußten sich mit dem Rücken gegen die Karren lehnen, um nicht vor Schwäche in die Knie zu gehen. Trotzdem war Darrag stolz. Keiner hätte der Bürgerwehr einen solchen Kampf zugetraut.

Dann sah Darrag zu den Orks hinüber. Obwohl einige Tote im Gras lagen, hatte er den Eindruck, daß es kaum weniger wurden. Diejenigen, die beim Angriff zurückgeblieben waren, hatten ganze Arbeit geleistet. Zwei Wagen waren aus dem zerschlagenen Karree gelöst und mit Baumstämmen beladen. Diesmal hatten die Schwarzpelze darauf verzichtet, Feuer zu legen. Schon formierten sie sich hinter den langen Deichseln, um die Wagen wie gewaltige Rammböcke durch die Verteidigungslinie der Menschen zu treiben. Die Ochsen, die nun als Hindernis zugunsten der Verteidiger hätten wirken können, flohen durch die Breschen im Karree, um sich in den umliegenden Hügeln zu verteilen.

Jetzt ist es zu Ende, dachte Darrag. In Gedanken begann er ein altes Gebet zu Ingerimm, dem Gott der Schmiede. Da erklang eine vertraute Stimme neben ihm. »Laß uns diesen Weg gemeinsam gehen.«

Misira war vom Karren herabgestiegen, hielt Schwert und Schild erhoben und versuchte, tapfer und zuversichtlich drein zu blicken. Darrag war fasziniert. Diese Seite seiner Frau kannte er bis dahin kaum. Dann dachte er an ihre beiden Kinder und all die Dinge, die ihm bis jetzt so selbstverständlich erschienen waren und die sie nun nicht mehr gemeinsam erleben würden. Er mußte schlucken. Misira stieß ihr Schwert in den Boden und griff nach seiner Hand. »Ich liebe dich und will ohne dich nicht leben.« Sie stockte.

»... und du sollst wissen, daß ich niemals einen Tag an deiner Seite bereut habe.«

Darrag wußte nicht, was er ihr sagen sollte. Ein dicker Kloß saß in seinem Hals. Da ertönte wieder ein Horn. Darrag blickte zu den Orks. Diesmal klang das Signal anders. Irgendwie vertraut. Unter den Schwarzpelzen herrschte Unruhe. Laute Schreie klangen von den umliegenden Hügeln. Und dann geschah das Unfaßbare. Sie wandten sich zur Flucht. Stürmten an den brennenden Wagen vorbei den Hügel hinauf und sprangen auf ihre drahtigen Ponys.

Darrag konnte noch immer nicht begreifen, was geschehen war, als erneut das Hornsignal erklang. Diesmal schon viel näher. Dann schrie jemand »Hurra!«, und immer mehr stimmten in das Siegesgeschrei mit ein. Darrag kletterte auf einen Karren. Die Orks waren schon nicht mehr zu sehen. Dafür näherte sich von Süden eine große Gruppe Reiter in schimmernden Rüstungen. Über ihnen flatterte das Banner des Kaiserreichs. Oberst von Blautann und seine Kürassiere!

Mehr als zwei Stunden hatte es gedauert, bis die unbeschädigten Wagen wieder flottgemacht waren und man die Ochsen zwischen den Hügeln eingefangen hatte. Alle, auch die Kürassiere, mußten mit anpacken, um die schweren Stämme wieder aufzuladen. Zuletzt hatte man die Verwundeten und Toten auf die Fuhrwerke gelegt und sich dann, flankiert von den Reitern, auf den Weg gemacht. Dreiundvierzig Frauen und Männer waren beim Angriff der Orks ums Leben gekommen. Weitere einundfünfzig waren so schwer verletzt, daß sie nicht mehr die Kraft hatten zu gehen. Wie viele von den dreißig berittenen Freischärlern überlebt hatten, konnte Oberst von Blautann dem Schmied nicht sagen. Jedenfalls erreichten einige der Freischärler die Stadt, und Marcian hatte umgehend den Befehl zur Rettungsaktion erteilt. »Aber, er hat mir auch verboten, die Orks zu verfolgen.« Nur mühsam konnte der junge Offizier die Wut in seiner Stimme unterdrücken. »Heute mittag haben wir schlechte Nachrichten erhalten. Ständig sind irgendwelche Späher von Lysandra unterwegs, um die Orks zu beobachten. Und bei denen tut sich zur Zeit einiges. Das Lager bei Orkenwall ist abgebrochen worden und die Schwarzpelze marschieren auf Greifenfurt zu. Eine zweite Kolonne kommt aus Richtung Hundsgrab. Es hat den Anschein, als seien dies frische Truppen, die erst in den letzten Tagen den Finsterkamm überquert haben. Angeblich mehr als fünfhundert Kämpfer und ein riesiger Troß.«

»Und was glaubt Ihr, wann sie vor der Stadt stehen?« fragte der Schmied kurzatmig.

»Wenn sie dieses Tempo beibehalten, spätestens übermorgen.«

Darrag seufzte. »Dann wird es jetzt also ernst.« Der Obrist blieb ihm eine Antwort schuldig. Der Schmied hatte kaum noch die Kraft, einen Fuß vor den anderen zu setzen. Obwohl die Reiter ihm ein Pferd angeboten hatten, hatte er darauf bestanden, zu Fuß zu gehen. Er hatte die Stadt zu Fuß verlassen, und so würde er auch zurückkehren. Schließlich mußte auch die Bürgerwehr marschierend in die Stadt zurück, denn mit Toten und Verwundeten waren die Karren dermaßen überlastet, daß hier kein Fußkranker mehr Platz fand.

An seiner Seite versuchte Misira mühsam, mit ihm Schritt zu halten. Ein verirrter Pfeil hatte ihr eine tiefe Schramme am Arm beigebracht, doch sonst war sie unverletzt. Manchmal klammerte sie sich an seinen Arm und stützte sich für ein Stück des Weges auf ihn. Es war offensichtlich, daß sie mit ihren Kräften am Ende war. Doch sie hatte kein Wort der Klage verlauten lassen. Zuerst war Darrag über diese Haltung stolz, doch mittlerweile machte er sich Sorgen. Was wollte sie ihm damit beweisen?

Wieder blickte er zu seiner Frau hinüber. Sie hatte ihren Blick stur auf die Straße gerichtet und setzte wie unter einem Zauberbann einen Fuß vor den anderen. Plötzlich sackte sie vornüber. Darrag fing sie auf, und schon schlug Misira auch wieder die Augen auf. »Entschuldige, ich bin ein wenig müde. Laß mich jetzt los, es wird schon weitergehen.«

»Für dich endet der Weg hier!« entgegnete Darrag mit gespielter Strenge. »Du setzt dich jetzt auf einen der Wagen!«

»Ich will hier keine Privilegien, nur weil ich deine Frau bin. Ich bin nicht schwächer als irgendein anderer.«

Misira setzte ihren Schmollmund auf. Doch diesmal blieb der Schmied hart. »Alle, die verletzt und erschöpft sind, sitzen schon längst auf einem der Wagen. Dort wirst du dich jetzt auch niederlassen!«

Misira gab den Widerstand auf. Im Grunde war sie ja froh, nicht mehr laufen zu müssen. Darrag hob sie auf einen Kutschbock, und erschöpft ließ sie sich gegen die Holzstämme sinken.

Die Kolonne war nun ungefähr eine Stunde von Greifenfurt entfernt, als es einen Tumult an der Spitze gab. Einige Reiter waren auf einem Hügel neben der Straße und diskutierten über etwas, das dort lag.

Darrag trennte sich von der Kolonne, um nachzuschauen, was los war. Müde erklomm er die Hügelkuppe und bahnte sich einen Weg. Dort lag ein grausam verstümmelter Mann im Gras. Sein Schädel war eine einzige blutverkrustete Masse. Erst auf den zweiten Blick erkannte der Schmied, wer dort lag. Bartka! Die Orks hatten ihn erwischt, gefoltert und skalpiert. Der Junge mußte furchtbare Qualen gelitten haben. Neben ihm schwelte immer noch ein kleines Feuer. Sein ganzer Körper war mit Brandmalen bedeckt.

»Was gafft ihr hier rum?« schnauzte Darrag die Reiter an. Er mußte seiner Wut Luft machen. »Macht ihn los und legt ihn zu den anderen Toten!« Der Schmied drehte sich um und ging.

Als er die Marschkolonne fast schon wieder erreicht hatte, kam ihm einer der Männer hinterhergeeilt. Atemlos rief er den Namen des Schmieds. »Darrag, der Mann lebt noch. Er hat nach dir gefragt!«

Verwundert hielt Darrag an. Er konnte nicht glauben, was er da hörte. Trotzdem kehrte er zum Hügel zurück. Bartka stöhnte leise. Einer der Reiter kniete neben ihm. »Er fragt wieder nach dir, Darrag.«

Der Schmied beugte sich über den Jungen. Mit der rechten griff er nach einer seiner verstümmelten Hände. »Ich bin bei dir. Die Orks sind fort. Du warst sehr mutig. Wir bringen dich jetzt zu deinem Vater, und dann wird alles wieder gut.« Innerlich verfluchte er sich für diese schamlose Lüge. Nichts würde jemals wieder gut werden. Sie hatten Bartka zum Krüppel gemacht.

Der Junge stöhnte. Es schien, als versuchte er etwas zu sagen. Darrag brachte sein Ohr an Bartkas Lippen. »... ist – vorbei. Töte – mich!«

Darrag war entsetzt. Das konnte er nicht! Bartka schlug die Augen auf. »Bitte!« murmelte er. Hilflos blickte der Schmied sich um. Hinter ihm stand der Oberst. Kalt blickte er auf den Verstümmelten hinab.

»Tu ihm den Gefallen. Er wird diese Nacht nicht überleben. Du kannst ihm lange Qualen ersparen. Wenn du ihn jetzt tötest, ist das ein Akt der Barmherzigkeit.«

Der Schmied atmete tief ein. Erneut blickte er sich unsicher um. Er hatte den Eindruck, daß die Reiter ihn mehr neugierig als mitfühlend beobachteten. Wieder stammelte der Junge etwas.

»Wenn du es nicht kannst, nehme ich dir die Arbeit ab!« Blautanns Stimme war tonlos.

Dann richtete sich Darrag auf. »Laß das!« fuhr er den Obristen an. »Das ist einer meiner Leute!« Langsam führte er sein Schwert. Bartka hatte die Augen geschlossen. Der Schmied führte die Klinge zur Brust des Knaben. Seine Hand zitterte leicht. Noch immer war er sich nicht sicher, ob er es tun könnte. Wieder schüttelte ein Krampf den zerschundenen Körper des Knaben. »Bitte!« röchelte er.

Darrag stieß zu. Bartka bäumte sich noch einmal auf, dann sank er zurück. Im Tod wirkten seine Züge entspannter. »Bringt ihn auf einen Wagen!« herrschte der Schmied die Reiter an.

Von Blautann legte ihm die Hand auf die Schulter. »Du hast das Richtige getan.«

»Laß mich in Ruhe!« zischte er. Darrag kniete nieder und säuberte seine blutige Klinge im hohen Gras. Dann schritt er den Hügel hinab und schloß sich wieder der Wagenkolonne an.

Als Darrag am Abend in seine Schmiede zurückkam, war er völlig in sich gekehrt. Er hatte Bartkas Vater besucht und ihm vom Tod seines Sohnes berichtet. Er hatte ihm nicht die ganze Wahrheit gesagt, sondern verschwiegen, was die Orks dem Jungen antaten. Der alte Mann war gebrochen. Er hatte Bartka vergöttert, war er doch das einzige, was ihm nach dem Tod seiner Frau noch geblieben war. Der alte Mann wollte den Jungen noch einmal sehen, doch der Schmied hatte dafür gesorgt, daß Bartka als erster in dieser Nacht beerdigt worden war. Schweigend überließ er dem Alten die Waffen des Toten. Der Mann wollte noch mit ihm reden, aber Darrag konnte nicht. Er hatte schon mit Dutzenden Vätern und Müttern reden müssen, die nach den Verwundeten und Toten fragten. Er fühlte sich leer. Als er nach Hause kam, wünschte er sich sogar, weit weg von Misira und den Kindern zu sein. Er wollte seine Ruhe. Wollte allein sein, mit niemandem mehr reden müssen.

# 7

Den ganzen Morgen musterte Marcian bereits den Aufmarsch der Orks. Es mußten mindestens tausend Krieger sein, die mit der Einkreisung der Stadt begonnen hatten. Durch das neumodische Fernrohr, das auf dem Bergfried aufgestellt war, konnte er die Aktivitäten der Belagerer verfolgen. Es war noch gar nicht so lange her, daß die Praios-Priester diese praktische Erfindung mit dem Bann belegt hatte. Noch vor dreißig Jahren war der Bote des Lichts, der Hohepriester des Kultes, der Auffassung, daß es gotteslästerlich sei, weiter zu sehen, als es einem von Geburt aus bestimmt war.

Marcian lächelte. Er war froh, dieses große Messingrohr zu haben.

Die Schwarzpelze gingen sehr systematisch vor. Eigentlich hatte er einen wilden Sturmangriff auf die Mauern erwartet. Doch die Orks hielten sich außer Reichweite der Bogenschützen, hatten zwei kleine Lager vor den beiden Toren der Stadt aufgeschlagen, um Ausfälle schnell abwehren zu können. Ein größerer Trupp bezog nahe der Bastion am Fluß sein Quartier, und die Hauptmacht lagerte vor der östlichen Mauer. Mit sicherem Gespür hatte Sharraz Garthai in ihr den schwächsten Punkt in den Verteidigungsanlagen Greifenfurts erkannt.

Der Inquisitor wandte sich zu seinen Offizieren um. »Nun, was haltet ihr davon?«

Von Blautann war der erste, der auf die überraschende Frage antwortete: »Ich denke, wir sollten einen Ausfall machen und ihren Aufmarsch stören. Meine Reiter brennen darauf, es den Schwarzpelzen für den Überfall auf den Wagenzug heimzuzahlen.«

»Danke, Alrik, genau diese Antwort habe ich von dir erwartet. Nur fürchte ich, daß wir uns dabei lediglich eine blutige Nase holen. Wir sollten beobachten, wie es weitergeht, und dann vielleicht einen zielgerichteten Angriff unternehmen. Allein deshalb die Stadt zu verlassen, um mit den Orks die Klinge zu kreuzen, halte ich für völlig falsch. Wir sind leider in einer Position, in der wir uns keine unnötigen Verluste leisten können.«

»Sehr diplomatisch gesprochen«, warf Lysandra ein. »Von jetzt an sind wir hier gefangen. Wir haben nicht genügend Krieger, um uns mit den Orks auf eine offene Feldschlacht einzulassen. Mit anderen Worten, wir sitzen hier wie die Mäuse in der Falle und können nur abwarten, was die Orks tun.«

Keiner sagte mehr etwas. Die Amazone hatte die Sache auf den Punkt gebracht.

Marcian ging unruhig in seinem Turmgemach auf und ab. Bis weit nach Mitternacht hatten die Offiziere im Palas beratschlagt, was zu tun sei, und wieder einmal keine Lösung gefunden. Zehn Tage standen die Orks nun schon vor den Toren der Stadt, und noch immer hatten sie keinen Angriff unternommen. Lysandra und von Blautann behaupteten, durch das Fernrohr einen Zwerg im Lager der Schwarzpelze gesehen zu haben. Marcian wollte das nicht glauben. Er konnte sich einfach nicht vorstellen, was einen Krieger aus dem kleinen Volk dazu treiben sollte, mit den Orks zusammenzuarbeiten. Auf der anderen Seite erklärte es das überaus geschickte Taktieren der Belagerer. Sie hatten sich einen Experten gekauft!

Vor den Stadttoren waren Schanzen errichtet worden, auf denen leichte Geschütze standen. Den Mauern der Stadt konnten diese Speerschleudern nicht gefährlich werden, doch sollten sie einen Ausfall unternehmen, würden die Geschütze mit Sicherheit einen hohen Blutzoll unter den Greifenfurtern fordern. Auch die beiden anderen Lager der Orks waren durch Erdanlagen geschützt. Sie hatten mindestens hundert menschliche Sklaven, die sie unerbittlich im

Regen arbeiten ließen. Unterdessen blieb den Belagerten nichts anderes übrig, als zuzuschauen, wie die Orks ihre Positionen ausbauten und sicherten. Um die Stellungen der Gegner mit einem Trommelfeuer zu belegen, hatten sie weder genug Geschütze noch ausreichend Munition. Sie mußten haushalten! Schließlich konnte keiner sagen, wie lange die Belagerung dauern würde. Die Hoffnung auf einen schnellen Entsatz der Stadt hatten mittlerweile alle fahrenlassen.

Ihnen blieb nichts anderes übrig, als in dieser Lage ihre Verteidigungsposition auszubauen und auf den Angriff der Orks zu warten. Erst gestern hatte Marcian mit Darrag noch einmal die Sperren im Fluß kontrolliert, die verhindern sollten, daß Boote in die Stadt eindringen konnten. Auch hatte er veranlaßt, daß die alte Stadtmauer, die an mehreren Stellen von Straßen und Häusern durchbrochen war, wieder in Stand gesetzt wurde. Es hatte böses Blut wegen dieser Angelegenheit gegeben. Einige Wohnhäuser mußten zwangsgeräumt werden. Zerwas und Lancorian weigerten sich, ihre Türme zu verlassen. Bislang hatte er ihnen nachgegeben, doch es würde der Tag kommen, an dem sie weichen mußten. Sollten die Orks die Ostmauer überrennen, brauchten sie eine zweite Verteidigungslinie in der Stadt.

Marcian wußte ohnehin nur zu gut, wie unbeliebt er in Greifenfurt war. Vor zwei Tagen hatte er das Kommando über seine Einheiten an den Patrizier Gernot Brohm abgegeben. Die Brohms gehörten zu den ältesten Geschlechtern der Stadt. Der junge Mann genoß einen hervorragenden Leumund und hatte sich bereits als Unterführer bewährt. Dem Inquisitor hingegen verübelte man, daß er noch am selben Tag, an dem die Stadt eingekreist worden war, alle privaten Lebensmittel beschlagnahmen ließ. Dies war jedoch der einzige Weg, innere Unruhen zu verhindern. Sollten die Reichen ihn dafür nur hassen! Damit konnte er leben.

Schwieriger war es, mit der Wut Cindiras fertig zu werden. Sie lag hinter ihm im Bett. Marcian war sich nicht sicher, ob sie schlief. Erst eben hatten sie sich gestritten. Er wußte von seinen Agenten, daß sie sich in letzter Zeit immer häufiger mit Zerwas traf. Ausgerechnet! Obwohl er ihn nun schon mehr als zwei Wochen beobachten ließ, lieferten seine Spione kein wirklich stichhaltiges Material.

Wieder blickte er sich zu Cindira um. Gleichmäßig hob und senkte sich ihre Brust. Sie schien wirklich zu schlafen. Vielleicht sollte er noch einmal zu den Magiern gehen. Sie hatten in den letzten Tagen im Stadtarchiv nach Hinweisen gesucht, aus denen sich ergründen ließ, warum der Praios-Tempel eingerissen worden war. Marcian dachte oft darüber nach, was die Orks zu dieser unverständlichen Tat bewogen haben mochte. Doch er konnte sich keinen Reim darauf machen.

Die Magier schliefen offensichtlich schon. Marcian klopfte schon zum wiederholten Mal gegen die schwere Holztür, als sie endlich geöffnet wurde. Der kleine muskelbepackte Yonsus stand in der Tür und schaute ihn verschlafen an.

»Darf ich hineinkommen?« Die Frage des Inquisitors war kaum mehr als eine Höflichkeitsfloskel. Ohne auf die Antwort zu warten, schritt er in die Kammer. Die beiden anderen Männer lagen noch in ihren Betten.

»Ich wollte wissen, wie weit ihr mit euren Nachforschungen im Archiv gediehen seid!« Die Männer sahen sich schlaftrunken an, brummten unverständlich vor sich hin und standen aus ihren Betten auf, während Yonsus schon wieder unter seine Decke kroch.

»Laß ihn schlafen, Marcian, der hat sowieso nichts anderes als seine Geschütze im Kopf. In den letzten Tagen haben wir ihn kaum noch gesehen.«

Der Inquisitor stellte seine Laterne auf den Tisch, und die beiden Männer setzten sich zu ihm.

»Gut, daß du hier bist«, eröffnete der bärtige Odalbert das Gespräch. »Spätestens morgen wären wir zu dir gekommen. Wir brauchen eine Sondergenehmigung. Das Recht, ein Haus zu durchsuchen, und vielleicht auch ein paar Soldaten. Ich fürchte, es wird Ärger geben.«

»Hat Zerwas Dreck am Stecken?« Marcian gab sich erst gar keine Mühe, seine Freude zu unterdrücken.

»Ich sprach von einem Haus, nicht von einem Turm«, entgegnete Odalbert trocken.

»Wir sind bei unseren Recherchen einer ganz anderen Sache auf die Spur gekommen«, mischte sich der schlacksige Riedmar ein. Er hatte sich seine Decke um die Schultern geschlungen und rutschte unruhig auf dem Schemel. »Zunächst waren wir sehr verwundert über die Unordnung, die im Archiv des Magistrats herrscht. Überall liegen Aktenstapel auf dem Boden des Kellers. Einige Regalbretter sind eingestürzt, und man muß schon wirklich lange suchen, um ein bestimmtes Dokument zu finden. Eigentlich ist es sogar fast unmöglich. Kennt man sich dort nicht aus, kann man höchstens Zufallsentdeckungen machen.«

»Und genau das ist auch die Absicht, die dahinter steckt«, ergriff nun wieder Odalbert das Wort. »Der Stadtschreiber Irgan Zaberwitz hat etliche Dokumente verkauft. Wir haben fast eine Woche gebraucht, um das festzustellen. Was alles fehlt, läßt sich auf die schnelle nicht einmal annähernd schätzen. Wir haben bislang nicht einmal den zehnten Teil der Dokumente durchgesehen. Es reichte allerdings, um zu bemerken, daß immer wieder Seiten in Büchern fehlen, Urkunden, deren Existenz in anderen Dokumenten erwähnt ist, unauffindbar sind und so weiter.«

»Und wer hat den Kram, der fehlt?« Marcian wurde ungeduldig.

»Ich bin nicht sicher, ob Irgan uns alle seine Kunden genannt hat, doch das meiste scheint er an das Patrizierhaus Brohm verkauft zu haben. Nach dem, was er uns erzählte, muß es dort eine umfassende Bibliothek über die Geschichte der Stadt geben«, fuhr Odalbert fort.

»Wie habt ihr den Schreiber zum Reden gebracht?«

Die Magier grinsten sich an. »Das war kein Problem. Wir haben ihn ein wenig eingeschüchtert.«

Marcian fragte nicht weiter. Für einen Moment herrschte Schweigen.

»Über die Orks und den Grund für ihre merkwürdigen Ausgrabungen auf dem Platz der Tempel haben wir nichts gefunden. Ich denke, es sieht auch schlecht aus, was das angeht. Vor zweihundert Jahren ist das Rathaus bis auf die Grundmauern abgebrannt. Dokumente aus der Zeit vorher sind so gut wie nicht erhalten geblieben. Es gibt nur ein paar Niederschriften aus dem Gedächtnis des damaligen Archivars. Doch dieses Material ist auch wieder sehr lückenhaft. Eine interessante Spur haben wir aber, was Zerwas angeht.« Odalbert schwieg einen Augenblick, um die Spannung des Inquisitors zu genießen. »Der Turm, in dem Zerwas wohnt, ist der Turm der Henker. Er selbst war ja angeblich auch Henker. Dies mag noch Zufall sein, aber jetzt höre dir mal diese Namen an: WARSEW – WRESAN – ZARWEN. So hießen drei Henker, die dort vor Jahrhunderten lebten. Klingt alles recht ähnlich, nicht? Es kommt aber noch besser.« Wieder legte Odalbert eine seiner rhetorischen Pausen ein.

»Wir haben die Beschreibung des Henkerschwertes, mit der die drei ihren Beruf ausübten. Es ist genau die Waffe, die Zerwas heute besitzt.«

»Ja, und ...?« Marcian war die Spielchen des Magiers leid.

»Das war alles. Erscheint dir das nicht verdächtig?« mischte sich Riedmar ein.

»Das reicht nicht. Nur weil es ein paar Henker gab, die ähnliche Namen hatten, kann ich Zerwas noch nichts ans Zeug flicken. Ich brauche mehr.«

»Dann sorge dafür, daß wir uns das Privatarchiv der Brohms ansehen können. Vielleicht finden wir dort ja mehr.« Odalbert klang beleidigt. »Außerdem beobachten die beiden Elfen Tag und Nacht den Henker und dienen auch in seiner Bürgergarde. Ich bin sicher, daß wir bald mehr über ihn wissen werden. Dann werden wir den Stadtschrei-

»Aber ...« setzte der dicke Ratsherr an.

»Strapaziert nicht meine Geduld! Als Befehlshaber der Stadt leite ich die Untersuchung. Die beiden hier taten nur ihre Pflicht. Sie haben Irgan in meinem Auftrag ausgerichtet, daß seine schludrige Verwaltung zum Himmel stinkt und daß er mit einer Strafe zu rechnen hätte. Wenn sich der alte Mann darüber in irgendwelche Wahnvorstellungen gesteigert hat, tut es mir aufrichtig leid. Diesen Schrieb hier betrachte ich als blanken Unsinn.«

»Ihr habt wohl recht«, lenkte Glombo ein.

»Holt den Toten da runter«, wandte sich Marcian an die Wachen, die noch auf der Treppe standen. »Und ihr beiden folgt mir zur Garnison. Ich habe mit euch zu reden.« Unsicher schauten sich Odalbert und Riedmar an.

Als man Irgan vom Seil geschnitten hatte, nahm Marcian dessen Schlüssel zum Archiv an sich. Dann hob er den Aktendeckel vom Boden auf und stieg die Treppe hinab.

Der Inquisitor durchmaß schon zum dritten Mal das Turmzimmer. Er war außer sich vor Wut. Auf dem Weg bis zur Garnison hatte er geschwiegen. Er wollte nicht, daß andere dieses Gespräch mitbekamen. Doch jetzt platzte es aus ihm heraus.

»Seid ihr eigentlich von allen guten Geistern verlassen! Ihr habt euch wohl als allmächtige Inquisitoren gegenüber dem alten Mann aufgespielt!«

»Gar nichts haben wir«, entgegnete Odalbert trotzig.

»Und was soll dieser Brief? Jemand weiß Bescheid. Die Frage ist nur, ob er seine Informationen von Irgan hat oder aus einer anderen Quelle. Mit diesem Abschiedsbrief wollte er uns auffliegen lassen.«

Die beiden Magier konnten Marcian nicht ganz folgen.

»Ich glaube nicht, daß dieser alte Schmierfink Selbstmord begangen hat.« Jetzt legte Marcian eine kleine Pause ein und genoß die Verblüffung auf den Gesichtern der zwei. »Seid ihr eigentlich blind? Habt ihr nicht den Krückstock am umgestürzten Stuhl lehnen sehen? Glaubt ihr, Irgan ist, nachdem er sich erhängt hat, noch einmal herabgestigen, um den Stock ordentlich anzulehnen? Und was fällt euch an dieser Akte auf?« Der Inquisitor hielt den beiden die Kladde aus dickem Papier hin. Die Aufschrift aus Tinte war naß geworden und bis zur Unkenntlichkeit zerlaufen.

Riedmar musterte den Aktendeckel und zog dann die Schultern hoch.

»Haltet die Pappe mal schräg gegen das Licht.«

Der Magier folgte den Anweisungen Marcians, konnte aber nichts Auffälliges entdecken.

»Siehst du den Siegelabdruck unten in der Ecke nicht? Das ist ein Siegel der Inquisition. Der Greif ist fast nicht mehr zu erkennen. Jemand hat dort seinen Ring in der Pappe abgedrückt. Das heißt, daß in dieser Akte irgendein Schriftstück der Inquisition aufbewahrt wurde. Wer immer Irgan ermordete, hat es mitgenommen. Wahrscheinlich ist der Täter über das Dach gekommen. Schließlich war eine Stelle am Dach eingedrückt, so daß es dort morgens durchregnete und das Mädchen geschickt wurde, um den Eimer aufzustellen. Außerdem war auch eines der Dachfenster nur angelehnt, so daß es ganz schön gezogen hat da oben. Ich denke, der Schreiber wollte jemanden erpressen.«

»Aber wen?« fragte Odalbert.

»Das herauszufinden ist eure Aufgabe. Ihr nehmt euch jetzt einige Wachen und stattet dem Patrizier Brohm einen Besuch ab. Von ihm wissen wir, daß er von Irgan Akten gekauft hat. Schaut euch seine Sammlung an und sucht dort und im Stadtarchiv nach Hinweisen auf einen Inquisitionsprozeß. Wenn wir darüber mehr wissen, werden wir vielleicht den Mörder finden.«

Diese Sartassa Steppenwind machte ihm schon wieder schöne Augen. Zerwas lächelte ihr zu. Sie war durchaus talentiert. Er hatte die hübsche Halbelfe in den Rang eines

Korporals erhoben und zur Anführerin eines Trupps seiner Bürgermiliz gemacht. Zu schade, daß dies alles nur ein Spiel war. Der Vampir war gewohnt, daß Frauen seinem besonderen Charme sehr schnell verfielen. Doch bei Sartassa war es zu schnell gegangen. Sie kam aus der Garnison, und er war sich von Anfang an sicher, daß Marcian sie zusammen mit der Auelfe geschickt hatte, um ihm nachzuspionieren. Genauso wie die beiden Gelehrten, die im Stadtarchiv herumschnüffelten, um etwas über ihn herauszufinden. Gestern nacht hatte er sich von Sartassa verführen lassen. Es war schön. Er glaubte schon, es wäre ernst, doch als er ihre Sachen durchsuchte, fand er den Beweis, daß sie nichts als seinen Tod im Sinn haben konnte.

Der Vampir schaute der Halbelfe beim Schwertkampf zu. Nur wenige aus seiner Bürgerwehr konnten es mit ihr aufnehmen. Ihre Art zu kämpfen war fast wie ein Tanz. Sie bewegte sich mit eleganten Bewegungen, wich den Schlägen des Gegners aus, um ihn in eine unvorteilhafte Position zu locken und dann blitzschnell einen tödlichen Schlag zu landen.

Übermütig grüßte sie ihn mit erhobenem Schwert vom Fechtplatz. Ihr Gegner lag zu ihren Füßen im Staub. Sie trug ein Kettenhemd und einen Waffenrock, der von einem breiten silberbeschlagenen Wehrgehänge umgürtet war. Ihr langes schwarzes Haar hatte sie wie immer zum Kampf hochgesteckt. Zerwas verschlang sie mit Blicken. Sie würde heute nacht wiederkommen.

Selbstsicher lächelte Sartassa ihm zu. Sie wußte nicht, was er war. Sie ahnte es nicht einmal. Als er vergangene Nacht von seinem Ausflug zurückgekehrt war, lag sie nicht mehr in seinem Bett. Sie hatte die Sachen gepackt und war verschwunden. Es hatte ihn nicht sehr überrascht, sie nicht mehr zu treffen. Er war die Treppe im verfallenen Turm hochgestiegen, um sich in seinem geheimen Gemach für ein paar Stunden zur Ruhe zu legen. Dabei fiel ihm eine Eule auf, die zwischen den geborstenen Steinen der Turmruine saß. Das Tier hatte er bislang noch nie bemerkt. Eine ungewöhnliche Ausstrahlung umgab den nächtlichen Jäger. Die Kraft ›Seulaslintan‹ ließ ihn erkennen, was es wirklich war. Zunächst hatte er nur die magische Aura der Eule wahrgenommen, doch dann erkannte er Sartassa in ihr. Er war nicht mehr in sein Versteck gegangen, doch sie mußte etwas ahnen. Sie würde mit Sicherheit in dieser Nacht wiederkommen.

Zerwas beendete die Übungen. Es war sehr schwül heute. Der Regen der letzten Tage hatte aufgehört. Dennoch stand der Himmel voller Wolken. Sartassa schlenderte über den Platz auf ihn zu. Mit schweißglänzender Hand griff sie ihm ins Haar. »Na, mein Schöner, wie vertreibt Ihr Euch diese Nacht?« Sie streichelte ihm den Nacken. »Mit Sicherheit angenehm. Vielleicht sollten wir zusammen etwas essen?«

Zerwas lächelte sie hintersinnig an. »Ich werde die Offiziersversammlung heute abend früh verlassen. Sei um Mitternacht an meinem Turm! Ich werde dich bei Kerzenlicht und kühlem Wein erwarten.«

»Sei pünktlich, ich werde nicht warten«, entgegnete sie übermütig und ging.

Er war pünktlich. Doch Sartassa kam zu spät. Zerwas hatte Dutzende von Kerzen in seinem Turmzimmer aufgestellt. Räucherstäbchen brannten vor dem Boronschrein und schwängerten die schwüle Luft mit süßlichen Düften. Eine Karaffe mit erlesenem Wein und silberne Pokale standen neben dem Bett. Er hatte sich mit Duftölen aus Maraskan eingerieben und wartete. Diese Nacht war wie geschaffen für ein erotisches Abenteuer. Endlich klopfte es. Zerwas mußte sich zwingen, nicht zu schnell zur Tür zu eilen. Er wollte nicht, daß sie sah, wie sehr er sie herbeigesehnt hatte.

Sartassa sah göttlich aus. So mußte die Göttin Rahja sein, die Herrin von Rausch und Liebe. Die Halbelfe trug ihr langes schwarzes Haar jetzt offen. Eine einzelne Blume steckte zwischen den Locken. Ein dünnes Kleid betonte ihren vollkommenen Körper mehr, als daß es ihn verbarg. Um die Hüfte trug sie wieder Wehrgehänge und Schwert. Sie wirkte gefährlich. Um ihren Hals lag eine schwere tulamidische Kette aus Silbermünzen und aus zu schweren Tränen geschliffenen Onyxen. Fußknöchel und Handgelenke zierten filigrane Ketten mit kleinen silbernen Glöckchen, die jede ihrer Bewegungen mit einem hellen Klingeln unterstrichen.

»Ich hoffe, Ihr habt nicht auf mich gewartet«, sagte sie mit keckem Augenaufschlag und trat ein. Sie hatte sehr wohl bemerkt, wie Zerwas sie mit den Augen verschlang. »Schön hast du es gemacht.« Sie strich ihm über die Brust und öffnete spielerisch sein Hemd. »Den ganzen Tag sehne ich mich schon nach dir. Wohin bist du gestern abend verschwunden?«

»Spazieren. Nach deinen feurigen Umarmungen brauchte ich ein wenig kühle Nachtluft.«

»Das Feuer, das ich heute in dir entfachen werde, wird kein Nachtwind mehr löschen können.« Sartassa schlenderte zum großen Himmelbett, ließ sich auf den schweren Brokatstoff fallen und räkelte sich wie eine Katze. »Komm her zu mir!«

Sie winkte Zerwas und fuhr sich mit der Zungenspitze über die sinnlichen Lippen. Sie wollte diesen Mann. Es war ihr Auftrag, ihn zu verführen und ihm seine Geheimnisse zu entlocken, doch noch nie hatte sie einen Auftrag so gern erfüllt. Er war ein göttlicher Liebhaber, und die Aura des Geheimnisvollen, die ihn umgab, machte ihn noch interessanter. Sie streifte ihm das Hemd von den muskulösen Schultern, grub ihre Nägel in seinen Nacken und genoß seine wilden Küsse. Geschickt öffnete er ihr Kleid, ließ seine Hände über ihren Körper streichen und drang in sie ein. Meisterhaft verstand er es, den Liebesakt immer wieder hinauszuzögern, bis ihr Körper ein einziges Sehnen nach lustvoller Erlösung war. Als sie endlich kam, war sie der Ohnmacht nahe. Stöhnend warf er sich über sie, kitzelte mit seiner Zunge ihren Hals und biß in ungezügelter Lust zu. Was für ein Kuß! Der Schmerz war schnell verflogen. Dann fühlte sie sich so leicht wie unter der Einwirkung einer Droge. Schließlich rollte Zerwas mit einem Seufzer zur Seite. Sartassa tastete nach ihrem Hals. Der Biß hatte zwei kleine Male hinterlassen.

Sie drehte sich um und spielte mit den Haaren auf der Brust des Henkers. »Du gebärdest dich ja wie ein Raubtier.« Ein kleiner Tropfen Blut hing noch zitternd in seinem Mundwinkel.

»Hat es dir nicht gefallen?« Zerwas schlug mit gespielter Überraschung die Brauen hoch.

»So hat mich noch kein Mann geküßt.« Sartassa schloß die Augen. Nach einer Weile fragte sie: »Gibt es hier ein Versteck? Ich sehe dein Schwert und deine Rüstung nicht.«

Hätte sie nur den Mund gehalten! Zerwas richtete sich auf. Wäre sie seinetwegen hier gewesen, hätte er sie geschont, hätte sie zu seiner Gefährtin gemacht und mit ihr die Stadt verlassen. Aber sie wollte nur seinen Kopf. Dessen war er sich nun sicher. Wieder dachte er an den Ring in ihrem Gürtel, der das goldene Siegel mit dem Greifen trug. Wie ihm die Inquisition nur so schnell auf die Spur gekommen war? Er blickte Sartassa tief in ihre grünen Augen. »Ich werde dir nun mein Geheimnis zeigen. Es gibt hier eine verborgene Kammer. Komm mit mir!«

Der Vampir erhob sich aus dem großen Bett und ging zu der kleinen Stiege hinüber. »Zieh dich nicht an! Ich sehe dich lieber nackt, und uns kann niemand beobachten.« Schelmisch grinste die Elfe ihn an und folgte dem Vampir. Sie stiegen auf das provisorische Dach des Turmes und kletterten dann die schmale Steintreppe an der Innenwand hinauf. Auf der letzten Stufe blieb Zerwas stehen. »Hast du Mut?« Verschlagen blickte er Sartassa an.

»Was soll die Frage?« Die Halbelfe wurde zornig. Was spielte der Henker für ein Spiel?

»Wenn du den Mut hast, einen Schritt zu tun, den kein

vernünftiger Sterblicher tun würde, wirst du mein Geheimnis sehen.«

»Du sprichst in Rätseln, Henker.« Der Nachtwind spielte in Sartassas Haar. Die Situation war ihr unheimlich. Ein Schauer lief ihr über den Rücken.

»Siehst du die geborstene Stufe, mit der die Treppe ins Nichts endet? Geh einen Schritt weiter!«

»Willst du mich in die Tiefe stürzen sehen?« Die Halbelfe drückte sich gegen die schwarzen Steine der Mauer.

»Ich hätte dich für mutiger gehalten.« Zerwas zuckte resignierend mit den Schultern. Dann trat er über die letzte Stufe und war verschwunden.

Sartassa blickte in die Tiefe. Er war nicht abgestürzt. Er war einfach verschwunden, als hätte die Nacht ihn geschluckt. Unsicher erklomm sie die letzte Stufe und tastete vorsichtig mit dem Fuß in die Luft. Da war nichts. Würde sie einen Schritt weiter gehen, stürzte sie ab.

»Folge mir! Hab keine Angst!« Die Stimme von Zerwas kam mit dem Nachtwind. Sartassa biß sich auf die Lippen. Sie war sich nicht sicher, ob sie wachte oder träumte. Dann nahm sie all ihren Mut zusammen und machte den Schritt über den Abgrund. Im nächsten Moment spürte sie festen Boden unter den Füßen. Sie stand in einer dunklen, kühlen Kammer.

»Eines meiner Geheimnisse kennst du nun«, erklang hinter ihr die Stimme von Zerwas. »Und gleich wirst du noch eines erfahren.«

Sartassa drehte sich um. Hinter ihr stand breitbeinig der Henker, sein großes, schwarzes Schwert zum Schlag erhoben.

# 8

Marcian stand auf der Stadtmauer und beobachtete aufmerksam die Aktivitäten im Lager der Orks. Es schien große Aufregung unter den Schwarzpelzen zu herrschen. Schon früh am Morgen waren Reiter aus dem Süden den Strom entlang gekommen. Darauf wurde das Lager bei der Bastion am Fluß in Alarmbereitschaft gesetzt. Dann formierte sich eine große Reiterschar im Hauptquartier an der Ostmauer und galoppierte wieder den Fluß hinab. Geschütze wurden verlegt und in das Lager vor der Bastion geschafft.

Marcian hatte darauf alle Truppen in Greifenfurt in Alarmbereitschaft versetzen lassen. Der Hafen war von Bürgerwehren besetzt, und auf den Stadtmauern entlang des Flusses standen Lysandras Bogenschützen. Es sah ganz so aus, als würden die Orks die Bastion am Fluß stürmen wollen oder gar einen Schlag gegen den Hafen planen. Was dieser plötzliche Sinneswandel sollte, nachdem massive Vorbereitungen für einen Angriff auf die Ostmauer stattgefunden hatten, war Marcian unbegreiflich. Auch er hatte Geschütze auf leichte Karren laden und in den Hafen bringen lassen. Nun lagen sich die Heere gegenüber und belauerten einander, ohne daß eine Seite das Gefecht begann.

Es wurde immer heißer. Hoch am Himmel drehten einige Mauerschwalben ihre Kreise. Das Warten zerrte an den Nerven. Die Orks schoben Bogenschützen, die hinter Wänden aus geflochtenem Ried Schutz fanden, bis an den Fluß vor. Doch sie eröffneten nicht das Feuer. Von der Bastion auf der anderen Flußseite stiegen dünne Rauchsäulen auf. Die Soldaten, die ohne Aussicht auf Verstärkung aus Greifenfurt den Hauptangriff zu tragen hätten, erhitzten Wasser in riesigen Kesseln, um so den ersten Angriff auf die Mauern abzuweisen.

Plötzlich entstand Unruhe unter den Kämpfern. Marcian blickte die Mauer entlang. Auf dem südlichsten Turm waren

Lysandras Löwinnen postiert, die besten Kämpferinnen ihrer Bürgerwehr, und wiesen nach Süden den Fluß entlang. Dort waren knapp über dem Wasser einige bunte Schemen zu erkennen. Schiffe! Marcian schickte einen Burschen nach seinem Fernrohr. Mit bloßem Auge war noch so gut wie nichts zu erkennen. Er prüfte den Wind. Er blies aus dem Süden, doch war es nicht mehr als eine schwache Brise. Es würde lange dauern, bis sich die schwerfälligen Boote gegen den Wind die Breite herauf gekämpft hätten. Deshalb also der Aufmarsch der Orks. Sie wollten verhindern, daß die Boote die Stadt erreichten. Sie würden sie unter Geschützfeuer nehmen und womöglich noch unter den Mauern kurz vor der Hafeneinfahrt versenken.

Marcian sandte Boten aus, um seine Offiziere zu versammeln. Als sich der letzte auf den Weg gemacht hatte, kam der Bursche mit dem Fernrohr zurück. Vorsichtig lehnte der Inquisitor das schwere Messingrohr auf die Brüstung der Mauer und suchte am Horizont den Punkt, an dem sich die Schiffe gegen die Strömung vorwärts kämpften. Mit einigen Drehungen stellte er das Objektiv scharf.

Nun konnte er sehen, wie Reiter der Orks den Booten entlang dem Flußufer folgten und die Schiffe mit Pfeilen überschütteten. Die Bordwände waren zum Schutz der Männer mit Schilden behängt worden, ganz so, wie man es von den Langbooten der Thorwaler kannte. Dahinter mühten sich etliche Männer und Frauen an langen Rudern, die ganz so wie die zerbrechlichen Beine eines Wasserkäfers dicht über der Wasserlinie schwebten, um immer wieder mit kräftigen Stößen einzutauchen und die Boote einige Schritt weiter gegen die Strömung voranzutreiben. Die großen Segel flatterten unstet in der schwachen Brise. Bei diesem Tempo mochte es noch über eine Stunde dauern, bis sie die Stadt erreichten. Armbrustschützen, die hinter den Aufbauten der Schiffe in Deckung knieten, erwiderten das Feuer der Orks. Die Rümpfe lagen sehr tief im Wasser. Offensichtlich waren die Boote bis unter die Ladeschotten mit Vorräten vollgepackt.

Inzwischen hatten sich die Offiziere um Marcian versammelt. Stumm überließ er ihnen das Fernrohr, damit sie sich ein Bild von der Lage machen konnten. Lysandra war die erste, die etwas sagte. »Ich glaube nicht, daß sie die Stadt erreichen werden. Siehst du die Feuerkörbe, die die Orks hinter ihren Riedschildern vorbereiten? Sobald sie auf Höhe der Stadt sind, werden die Boote mit einem Hagel von Brandpfeilen überschüttet werden.«

»Denkst du, ein Ausfall wäre sinnvoll?« Marcian hatte sich der Amazone zugewandt.

»Wenn wir wollen, daß die Schiffe durchkommen, ist ein Ausfall der einzige Weg. Wir hätten dabei auch Gelegenheit, einen großen Teil der Geschütze der Orks zu vernichten. Sie haben im Verlauf des Morgens fast alles hier an die Flußseite schaffen lassen. Trotzdem ist es riskant!«

Der Inquisitor blickte sich nach Oberst von Blautann um. Eigentlich hatte er schon längst mit einem Kommentar des draufgängerischen Reiteroffiziers gerechnet. Doch dieser musterte noch immer durch das Fernrohr die Stellungen der Orks auf der anderen Seite des Flusses. Zwischen den Lederzelten des Lagers konnte man einige große Gestalten erkennen. Streitoger! Riesige, annähernd menschenähnlich aussehende Bestien, die von den Orks in Rüstungen aus dickem Leder gesteckt worden waren. Sie galten als unberechenbare Kämpfer, die von Schamanen auf magische Weise kontrolliert werden mußten. Ihre Waffen, schwere mit eisernen Nägeln gespickte Keulen, konnten die Größe und das Gewicht eines Mannes erreichen. Im Nahkampf galten die Streitoger als so gut wie unbesiegbar.

Langsam ließ der junge Obrist das Fernrohr sinken. »Das wird schwer. Ich will nicht sagen, daß es unmöglich ist, aber ein Angriff auf die andere Flußseite ist mit etlichen Schwierigkeiten verbunden. Um mit meinen Reitern durch die Furt zu kommen, steht das Wasser noch zu hoch. Die schmale Holzbrücke weiter im Norden müssen wir erst von den Orks erobern. Wenn sie schlau waren, ist die Brücke allerdings schon längst so präpariert, daß man sie mit wenigen Axtschlägen zum Einsturz bringen kann. Sind wir einmal auf der anderen Seite, denke ich schon, daß ich den Schwarzpelzen mit meinen Reitern ordentlich zusetzen kann, zumal ihre eigene Kavallerie durch die Verfolgungsjagd am Fluß erschöpft sein wird.«

»Wie viele Männer brauchst du?«

»Zu diesem Kommando würde ich nur schwergepanzerte Kämpfer mitnehmen. Es kommt weniger auf die Zahl als auf die Schlagkraft der Truppe an. Ich denke, meine hundert Kürassiere würden reichen.«

»Vielleicht sollten wir auch versuchen, über den Fluß hinweg mit Booten anzugreifen«, mischte sich Darrag ein. »Im Hafen liegen bestimmt zwanzig kleine Ruderboote und Flöße. Darauf könnte man mehr als hundert Männer einschiffen.«

»Aus dir spricht ja der blanke Wahnsinn! Willst du unsere Bürger auf die Schlachtbank führen?« Die Stimme des jungen Gernot Brohm überschlug sich vor Zorn. »Auf den Booten sind die Männer nichts weiter als Zielscheiben. Wenn du hundert losschickst, wird nicht einmal die Hälfte von ihnen lebend das andere Flußufer erreichen.«

»Vielleicht doch!« Der Schmied war noch immer von seinem Plan überzeugt und hatte sich drohend vor dem schmalbrüstigen Patriziersohn aufgebaut. »Ich denke, es kommt einfach darauf an, daß uns die Bogenschützen und Artilleristen von der Mauer aus Feuerschutz geben. Außerdem sollten wir erst dann losschlagen, wenn die Flußschiffe es bis vor die Stadtmauern geschafft haben. Die Schwarzpelze müssen sich dann zwischen Zielen entscheiden. Könnten wir auf diese Weise die Flußschiffe retten, wären sie das Opfer in jedem Fall wert gewesen.«

»Ihr denkt immer nur an nackte Gewalt«, mischte sich der Zauberer Lancorian ein. »Mit Hilfe der Elfe, glaube ich, kann ich den Orks einen gewaltigen Streich durch die Rechnung machen. Bereitet die Ruderboote vor und vertraut uns beiden. Wir werden an den Orks Rache für das spurlose Verschwinden von Sartassa nehmen.«

Eine Stunde später hatten die fünf Flußschiffe beinahe die Stadtmauern erreicht. Nur wenige hundert Schritt trennten sie noch vom rettenden Hafen. Jeder auf der Wehrmauer konnte jetzt mit bloßem Auge den verzweifelten Kampf der Bootsmannschaften beobachten. Wie sich Männer und Frauen jeweils zu dritt gegen die langen Ruderstangen stemmten, um den Schiffen etwas mehr Fahrt zu geben. Wie die Armbrustschützen mit gezielten Schüssen die Reihen der Reiter lichteten. Jeder Treffer wurde von den Mauern mit einem Jubelschrei der Kämpfer belohnt.

Die Bordwände der Schiffe, die dem von Orks beherrschten Ufer zugewandt waren, hatten die Schwarzpelze dicht an dicht mit Pfeilen gespickt. Überall auf den Decks lagen Verwundete. Einige der Boote trugen Hornissen, leichte Geschütze, die Pfeile von der Größe eines Armbrustbolzens verschossen und eine hohe Schußfolge hatten, wenn ihr komplizierter Mechanismus gerade mal nicht blockierte. Zwerge, die von Kriegern mit fast mannshohen Holzschilden abgeschirmt wurden, standen hinter den Hornissen. Auf dem vordersten Flußschiff waren auch einige Männer in langen, altertümlichen, weißen Roben auszumachen. Ihrem ganzen Erscheinungsbild nach mußten es Magier sein. Sie hatten sich bislang zurückgehalten. Auch ihnen standen Krieger mit großen Holzschilden zur Seite.

Inzwischen waren im Hafen der Stadt alle verfügbaren Boote und Flöße bemannt worden. Die besten Schwertkämpfer aus allen Einheiten warteten auf das Signal zum Aufbruch. Geführt wurden sie von Gernot Brohm, Darrag und Zerwas. Keiner der Offiziere hatte dem anderen den Ruhm überlassen wollen, dieses Todeskommando allein überstanden zu haben. So hatte Marcian sie schließlich alle drei losgeschickt. Das vorderste Boot, dicht vor der Ausfahrt des Hafens, war mit Lancorian und der Auelfe Nyrilla Mondauge besetzt. Sie hatten eine dünne hölzerne Schutzwand in den Bug des Ruderbootes stellen lassen und kauerten nun hinter dieser spärlichen Deckung.

Marcian beobachtete angespannt den Hafen. Sobald das erste Boot durch die schmale Ausfahrt auf den Fluß unter der Mauer kam, sollten alle Bogner und Geschütze das Feuer auf die Orks am anderen Flußufer eröffnen. Ein scharfes Knallen gefolgt vom Geräusch splitternden Holzes ließ ihn zu den Schiffen blicken. Die Ballistas der Orks hatten das Feuer eröffnet. Über hölzerne Laufschienen verschossen sie Steinkugeln, die dicht über der Wasseroberfläche auf die Schiffe zuflogen. Eines der Geschosse hatte ein gezacktes Loch in die Reling des vordersten Flußschiffes gerissen. Zwei Soldatinnen lagen an Deck. Ein schriller Pfiff lenkte die Aufmerksamkeit des Inquisitors wieder auf den Hafen. Er zog sein Schwert aus der Scheide und hob den Arm hoch über den Kopf, so daß jeder entlang der Mauer es sehen konnte. Dann ließ er die Waffe sinken. Im selben Augenblick ertönte ein Sirren wie von Hunderten wütender Hornissen. Lysandras Bogenschützen hatten das Feuer eröffnet. Die Amazone in ihrer strahlenden Rüstung stand mitten unter ihnen. Auch die Geschützmannschaften unter dem Kommando von Yonsus begannen ihr tödliches Handwerk.

Auf dem anderen Flußufer war das Geschrei der Unterführer der Orks zu hören. Marcian konnte beobachten, wie kleine Fontänen aus Staub und Erde aufstiegen, wo die Geschosse von den Artilleristen der Stadt einschlugen. Doch auf die kurze Distanz gab es nur wenige Fehlschüsse. Die Treffer zerfetzten die Rietwände, als seien sie nicht mehr als Spielzeug aus dünnem Pergament.

Besorgt blickte Marcian zu den Schiffen. Obwohl die Orks unter schwerem Feuer lagen, hielten sie sich an ihre Order. Noch immer wurden die Flußschiffe von einem wahren Hagel aus Steinen und Pfeilen überschüttet. Marcian konnte beobachten, wie die Magier, gefolgt von ihren Schildträgern in der Deckung der Reling zum Bug krochen. Dann wurden die großen Schutzschilde aufgerichtet und mit der Bordwand verhakt. Todesmutig stellten sich die Zauberer hinter der unsicheren Deckung auf. Ein Felsbrocken der Orks traf eine der Wände am oberen Ende und überschüttete die Männer dahinter mit einem Regen von Holzsplittern. Wie dumpfe Donnerschläge konnte man die Treffer an den Schiffsrümpfen hören. Davon ungerührt legten die Magier nun gleichzeitig, wie auf ein stummes Kommando, jeweils ihre rechte Hand an die Schulter. Was dann geschah, konnte Marcian nicht genau erkennen, doch Augenblicke später zischten fünf Flammensäulen über das Wasser und vernichteten die vorderen Geschütze am Ufer in einem tobenden Feuersturm. Auch einige der Schwarzpelze waren von den Flammen erfaßt worden. Schreiend wälzten sie sich am Ufer. Andere sprangen in den Fluß.

Während er noch die Verwüstung beobachtete, zogen Nebelschwaden von Norden über das Wasser. Der Inquisitor blickte flußaufwärts. Der Nebel begann unmittelbar vor dem Boot Lancorians. Langsam wurde der Dunst immer dichter und zog wie ein schützender Schirm unmittelbar am Ufer der Gegner entlang und behinderte ihre Sicht. Mittlerweile hatte auch das letzte der Ruderboote den Hafen verlassen. Während man von den etliche Schritt hohen Mauern der Stadt immer noch gut über den Nebel in das Lager der Feinde schauen konnte, war den Orks nun fast völlig die Sicht auf den Fluß genommen. Marcian hörte mit Genugtuung die verwirrten Schreie der Unterführer, die versuchten, eine Panik unter den Schwarzpelzen zu verhindern. Dann ertönte der Ruf: »Für Sartassa!« am anderen Ufer. Die ersten Boote hatten die Stellungen der Orks erreicht. Das helle Klingen von Schwertern klang durch den Nebel.

Zerwas lächelte grimmig, als er rings um sich seine Kämpfer Sartassas Namen rufen hörte. Offiziell war sie bei einem Wachgang auf der Ostmauer verschwunden. Das Opfer irgendeines bösen Zaubers der Ork-Schamanen. So hatten es die Offiziere beschlossen, als das spurlose Verschwinden der Halbelfe ruchbar wurde. Marcian hatte ihn an diesem Abend finster angeblickt. Er wußte besser, was mit Sartassa geschehen war und daß sie in dieser Nacht keinen Fuß auf die Nordmauer gesetzt hatte. Dennoch war er es, der die offizielle Lüge über ihr Verschwinden erfand. Und nun nahmen die Bürgerwehren in Sartassas Namen Rache an den Orks. Welch göttliche Ironie!

Mit Bedacht zog der Vampir ›Seulaslintan‹ aus der langen Scheide auf seinem Rücken und umklammerte den lederumwundenen Griff des Zauberschwertes mit beiden Händen. Dann schritt er die Böschung hinauf.

Noch immer hüllten Nebelschwaden das Ufer ein. Wie aus dem Nichts tauchte ein Ork vor ihm auf. Mit einem Schrei versuchte er, dem Vampir sein Schwert in den Bauch zu rammen, doch Zerwas wich elegant aus, ließ sein schwarzes Schwert einmal über dem Kopf kreisen und rammte es dem Ork in die Seite. Wie vom Blitz getroffen stürzte der Ork zu Boden und begann, sich schreiend zu winden, während die Waffe ihm das kleine Fünkchen Unsterblichkeit aus dem Körper sog und seine Existenz auf immer beendete.

Dann stürmte der Vampir weiter. Er mußte zu seinen Leuten aufschließen. Er hatte sie zwar wochenlang gedrillt, doch sie hatten noch nie in einem wirklichen Kampf gestanden. Mit einem großen Schritt stieg er über eine Leiche. Ein Tuchmacher, der sich schon mit dem Holzschwert nicht sonderlich gut gehalten hatte. Vor sich hörte Zerwas ein Stöhnen. Dort lag an einen erdgefüllten Weidenkorb gelehnt Amber, eine arrogante Patrizierin, die er noch nie hatte leiden sehen. Krampfhaft preßte sie sich die Hände auf die Brust in dem vergeblichen Versuch, die Blutung einer klaffenden Wunde zu stillen.

»Hilf mir!« bat sie Zerwas mit erstickender Stimme. Der Vampir blickte sich um. Nebel umgab sie. Er leckte sich über die Lippen. Doch ein Brennen in den Handflächen erinnerte ihn daran, daß dies der Tag seines Schwertes sein sollte. Mit einer fließenden Bewegung stieß er Amber die schwarze Klinge in die Brust. Schreiend bäumte sich die Patrizierin noch einmal auf, die Augen in fassungslosem Entsetzen auf Zerwas gerichtet. Dann sank sie zurück. Noch einmal blickte er sich um und dankte Boron stumm für den Nebel. Niemand konnte ihn gesehen haben.

Vor ihm wurde der Kampflärm immer lauter. Mit einem einzigen Schritt ließ er den magischen Nebel hinter sich und stand wieder im grellen Sonnenlicht des Praiosnachmittags. Rund um ihn tobte der Kampf, und es geschah genau das, was Zerwas befürchtet hatte. Nachdem die Orks sich vom ersten Schrecken erholt hatten, formierten sie sich zum Gegenangriff.

Ein Windhauch strich über das Schlachtfeld. Zerwas spürte ein Prickeln auf der Haut. Die Schamanen der Orks hatten zum Gegenschlag ausgeholt. Sie riefen Windgeister herbei, um den Nebel aufzulösen. Vielleicht würden sie sogar versuchen, eines der Schiffe kentern zu lassen. Grimmig faßte er sein Schwert fester und warf sich in den Kampf. Dem ersten Gegner spaltete er mit wuchtigem Schlag den Schädel. Dann sprang er mitten in einen kleinen Trupp Feinde und ließ die schwarze Klinge kreisen. Als wäre es nur Stoff, schnitt das Schwert durch Metall und Leder, trennte Arme von Rümpfen und schlitzte Bäuche auf. Es dauerte nicht lange, und Zerwas wurde gemieden. Kein Ork wagte es mehr, sich dem rasenden Krieger in der schwarzen Rüstung zum Kampf zu stellen. Wurden rundherum die Streiter der Bürgerwehren langsam zurückgetrieben, so reichte das bloße Auftauchen des Vampirs, um die Schlachtreihen der Feinde in blinder Panik fliehen zu lassen.

Zerwas war außer sich vor Zorn. Er wollte kämpfen! Erst im allerletzten Augenblick bemerkte er den Bogenschützen, der auf ihn angelegt hatte. Der Pfeil schwirrte von der Sehne. Zu spät, schoß es dem Vampir durch den Kopf, als ›Seulaslintan‹ ohne sein Zutun eine ruckartige Bewegung in Richtung des Pfeils ausführte. Mit einem scharfen Kratzen schrammte die Spitze des Geschosses an der Klinge entlang. Der Reflex des Schwertes hatte ausgereicht, die Flugbahn des Pfeils so zu verändern, daß er an Zerwas' Haupt vorbei flog. Mit grimmigem Schrei stürzte sich der Vampir auf den Bogenschützen.

Mittlerweile war der Nebel zerstoben. Doch die kurze Zeitspanne hatte ausgereicht, daß die Schiffe Zuflucht im Hafen fanden. Der ganze Zorn der Orks richtete sich nun gegen die wenigen Schwertkämpfer, die tapfer das Ufer gestürmt hatten. Und ihre Schar schmolz wie Schnee in der Sonne, denn die Krieger in der Bastion verließen ihre Mauern nicht. Sie hatten wohl bereits erkannt, daß die Ausfalltruppe auf verlorenem Posten kämpfte. Schon bemannten die Orks wieder einige Geschütze und richteten sie nun gegen die Stadtmauer, um Rache an den Bogenschützen zu nehmen, die aus der vermeintlich sicheren Deckung der Zinnen blutige Ernte unter den Schwarzpelzen gehalten hatten.

Zerwas war es unterdessen gelungen, alle noch lebenden Schwertkämpfer um sich zu scharen. Sie bildeten einen großen Kreis, um zu versuchen, die rettenden Boote am Flußufer zu erreichen. In ihrer Mitte standen Lancorian und Nyrilla. Aus allen Richtungen prasselten Pfeile auf sie ein. Doch dann tönte ein lautes Kommando über das Schlachtfeld. Die Bogenschützen zogen sich zurück. Erleichtert atmete Zerwas auf, bis er sah, was der Grund für die Feuerpause gewesen war. An der Spitze einer Schar von Kriegern kamen drei Streitoger auf sie zugelaufen. Wahre Hünen mit Keulen, deren wuchtigen Treffern selbst die beste Rüstung nicht standhalten würde.

Der Vampir schluckte. Das war eine Sorte Gegner, die selbst ihm Schauer über den Rücken laufen ließ. Sollte ihm mit einer solchen Waffe der Schädel zertrümmert werden, wäre es vermutlich mit seiner Unsterblichkeit vorbei. Seine Hände waren naß von Schweiß, während sich rechts und links neben ihm die ersten Kämpfer schreiend zur Flucht wandten. Zerwas dachte nicht mehr viel. Er umklammerte sein Schwert fester und schrie: »Für Sartassa!« Dann lief er den Ungetümen entgegen, und es geschah das Unfaßbare. Sie hielten an. Sie starrten entsetzt zu ihm herüber, dann drehten sie sich um und flohen. Auch die Orks rannten weg. Einige warfen sogar Waffen und Schilde davon, um schneller laufen zu können.

Zerwas hielt inne. Was mochte nur geschehen sein? Er hatte Menschen gesehen, die sich vor ihm zu Tode fürchteten, wenn er in dämonischer Gestalt auftrat. Doch ein ganzes Heer davonlaufen zu sehen war eine neue Erfahrung für den Vampir. Er drehte sich um. Aus dem Fluß hinter ihm hatte sich ein Gigant erhoben. Eine riesige Männergestalt wohl an die sechs Schritt groß stand plötzlich am Ufer. Das mußte einer der gefürchteten Orkland-Riesen sein.

Instinktiv machte Zerwas einen Schritt zurück. Dann durchschaute er den Zauber. Das alles war nichts weiter als das Blendwerk des Illusionisten Lancorian. Der Vampir stieß vor sich das Schwert in den Boden und begann lauthals zu lachen. Auch die anderen Bürger stimmten in das Gelächter ein, obwohl es bei vielen mehr hysterisch als erlöst klang. Der Henker schritt zu Lancorian hinüber und klopfte ihm auf die Schulter. »Du hast ohne einen Schwertstreich den Tag für uns entschieden, ohne auch nur einem Geschöpf ein Leid zuzufügen. Für mich bist du der größte Held auf diesem Schlachtfeld.«

Dann wandte er sich an die erschöpften Bürger. Gernot Brohm und Darrag waren nirgends zu sehen. Also übernahm er das Kommando. Zerwas wußte, daß die Orks bald wiederkehren würden. Er teilte die Krieger in zwei Gruppen. Die einen suchten das Schlachtfeld nach Verwundeten und Toten ab, die anderen zertrümmerten mit ihm die Geschütze der Orks und legten Feuer. In der Ferne hörten sie Kampflärm. Oberst von Blautann mußte es geschafft haben, über die Brücke zu kommen, und lieferte nun vermutlich den Geflohenen ein Gefecht, bevor sie sich neu formieren konnten. Der Vampir entschloß sich, nicht auf den Ausgang dieses Kampfes zu warten. Er ließ die Verwundeten zu den Booten schaffen und befahl den Rückzug in den Hafen.

Während Greifenfurt seinen Sieg über die Orks feierte, saß Marcian in seinem Turmzimmer und brütete finster vor sich hin. Viele Siege dieser Art konnten sie sich nicht leisten. Vor ihm auf dem Tisch lagen die Verlustlisten. Es waren beinahe so viele Kämpfer tot oder verwundet, wie sie auf den Schiffen an Nachschub erhalten hatten. Zwei Banner des Angbarer Schanz- und Sappeurregiments waren an Bord gewesen. Kämpfer, die auf den Umgang mit Artillerie und das Errichten von Verteidigungsanlagen spezialisiert waren. Einige zerlegte Geschütze hatten sich in den Schiffsbäuchen befunden. Dazu genug Lebensmittelvorräte, um zwei Lagerhäuser zu füllen.

Marcian dankte den Zwölfgöttern für dieses Gechenk. Am dankbarsten war er allerdings für die fünf Magier, die in die Stadt gekommen waren. Ihr Anführer Eolan hatte ihm bereits seine Aufwartung gemacht. Ein arroganter Kerl unbestimmbaren Alters. Mit seinen Adepten kam er aus der ›Halle des vollendeten Kampfes zu Bethana‹. Angeblich hatte ihn seine Herrin, Gräfin Udora auf diese Mission geschickt. Seine Anwesenheit sollte als ein Zeichen des guten Willens verstanden werden, nachdem es in letzter Zeit zu erheblichen Spannungen zwischen dem Kaiserreich und dem Lieblichen Feld gekommen war. Glaubte man den Legenden, so war Bethana die älteste Stadt der Menschen auf Aventurien. Ein kleiner Hafen am Meer der sieben Winde. Die Magier, die dort ausgebildet wurden, betrachteten sich als die vollkommenen Kampfmagier des Kontinents.

Marcian wußte sehr wohl, wie begehrt Adepten dieser Akademie unter den Offizieren aller Armeen waren. Er erinnerte sich an die kleine Kostprobe ihres Könnens, die Flammenlanzen, mit denen sie einige der Geschütze der Orks vernichtet hatten. Noch mehr beeindruckte ihn allerdings die Kaltblütigkeit, mit der sie mitten im feindlichen Feuer gestanden hatten und sich auf ihre Zauber konzentrierten. Dennoch war der Inquisitor sich nicht sicher, ob das Mut oder Überheblichkeit war.

Zumindest Eolan war bis an die Grenze des Erträglichen arrogant. Er hatte für sich und die vier anderen Magier geradezu fürstliche Quartiere verlangt. Jeder von ihnen sollte einen eigenen Raum erhalten und einen Lakaien für niedrige Arbeiten. Der Magus hatte sich für seinen Auftritt vor Marcian mächtig herausgeputzt. Etliche goldene Ringe schmückten seine Finger. Er hatte ein neues, sauberes Gewand angelegt, trug ein Diadem mit einem prächtigen Edelstein auf seinem kahlrasierten Schädel und eine seltsam archaisch anmutende weiße Robe. Schließlich hatte Marcian seinen Wünschen entsprochen. Die Magier bekamen ein eigenes Haus in der Stadt, und Eolan hatte ihm auch das Versprechen abgetrotzt, daß sie alle an den Offiziersversammlungen teilnehmen durften.

Sehr viel angenehmer war da Hauptmann Himgi, ein Erzzwerg und Anführer der beiden Banner der kaiserlichen Armee, die mit den Flußschiffen eingetroffen waren. Ohne große Umschweife hatte er sich seinem Kommando unterstellt und mit ihm beratschlagt, wo seine Männer Quartier beziehen konnten. Der leicht hinkende Zwerg mit seinem wallenden schwarzen Bart und dem einfachen soldatischen Gemüt war Marcian sofort sympathisch.

Wieder widmete sich Marcian den Papieren vor ihm auf dem Tisch. Es waren Akten, die ihm Odalbert und Riedmar aus dem Stadtarchiv gebracht hatten. Schriftstücke, die Hinweise auf Henker enthielten, die vor mehr als dreihundert Jahren der Stadt Greifenfurt gedient hatten. Verblüffend war die Ähnlichkeit ihrer Namen und auch die Tatsache, daß der jeweils amtierende Henker seinen Nachfolger bestimmen durfte. Und da war noch etwas. Er verglich die Namen dreier Henker, die nacheinander der Stadt gedient hatten.

WARSEW DER NIE ALTERNDE
WRESAN DER ZUREITER
ZARWEN DER HELD

Die unterstrichenen Buchstaben des Beinamens, den jeder Henker führte, tauchten bei seinem Nachfolger als neuer Namensbestandteil auf. Dafür verschwand ein anderer Buchstabe, während die übrigen mit denen im Vornamen des Vorgängers identisch blieben. Odalbert und Riedmar hatten versucht, ihn davon zu überzeugen, daß es sich bei all den Henkern um ein und dieselbe Person handelte. Hinweise darauf waren Anspielungen auf das sehr langsame Altern der Scharfrichter, die man immer wieder in den Aufzeichnungen fand, sowie die Tatsache, daß alle immer dasselbe Schwert benutzten. Und hier fanden sich die beunruhigenden Verbindungen zu Zerwas.

Marcian hoffte darauf, daß bald Aufzeichnungen über den Inquisitionsprozeß gegen einen Henker, der vor dreihundert Jahren stattfand, entdeckt würden. Er war sich sicher, daß mit dieser Akte das Geheimnis von Zerwas gelüftet werden konnte. Offensichtlich war es genau das Schriftstück, das den Stadtschreiber Irgan Zaberwitz das Leben gekostet hatte. Leider hatte sich die Spur zu der Patrizierfamilie Brohm sie nicht weitergeführt. Marcian hatte ihre Bibliothek durchsuchen lassen, doch eine Akte über den Prozeß gegen den Henker war dort nicht aufzuspüren gewesen. Neben allerlei Urkunden über die Geschichte der Stadt fanden die beiden Magier hier vor allem Hinweise darauf, daß die heute so hoch angesehene Familie von bitterarmen Holzfällern abstammte und keineswegs seit Gründung der Stadt in Greifenfurt lebte, wie jeder Brohm seit Generationen behauptete. Einige der Dokumente aus der Bibliothek waren offensichtlich auch zur Erpressung anderer Patrizierfamilien genutzt worden.

Wieder zermarterte Marcian sein Hirn. Er konnte sich einfach nicht vorstellen, daß der Stadtschreiber so dumm gewesen sein sollte, die Akte über den Prozeß zu dem geheimen Treffen auf dem Dachboden des Magistrats mitzunehmen. Nach allem, was er über den Mann gehört hatte, war er extrem vorsichtig gewesen. Er müßte noch einmal mit ihm sprechen können. Das wäre der einfachste Weg. Von ihm konnte er alles erfahren. Er kannte den Inhalt der Akte, und er kannte seinen Mörder. So mußten nun die beiden Magier für ihn mühsam das Stadtarchiv auf den Kopf stellen. Vielleicht würde sich dort doch noch eine Spur finden lassen.

Marcian streckte sich müde in dem hochlehnigen Stuhl. Er verharrte. Irgend etwas hatte sich verändert. Der Lärm des Festes draußen war verstummt. Die Geräusche klangen fremd. Und auch die Beleuchtung im Zimmer war verändert. Durch die Schießscharten im Osten drang ein rötlicher Schein in das Turmzimmer. Der Inquisitor stand auf und ging zu einem der schmalen Schlitze in der Mauer, um auf die nächtliche Stadt zu blicken.

Direkt am Platz der Sonne brannte ein großes Haus. Welches Gebäude es war, ließ sich nicht genau ausmachen. Fluchend griff Marcian seinen Umhang und machte sich auf den Weg in die Stadt. Nahm dieser Tag denn nie ein Ende!

Bis man den Brand gelöscht hatte, war der Morgen angebrochen. Müde und rußgeschwärzt stand Marcian neben den Trümmern des Magistrats. Das Feuer hatte das große Haus vollständig vernichtet. Wie die anderen Männer und Frauen war der Inquisitor am Ende seiner Kräfte. Der Brand mußte im Archiv in den Kellern des Magistratsgebäudes ausgebrochen sein. Nichts und niemand war imstande gewesen, ihn zu löschen. Man konnte froh sein, daß es geglückt war zu verhindern, daß das Feuer auf die angrenzenden Gebäude übergriff. Der Inquisitor betrachtete seine schwieligen Hände. Die ganze Nacht über hatte er Eimer auf Eimer in die Flammen geschüttet.

Jemand klopfte ihm auf die Schulter. Es war Odalbert. »Danke«, sagte er schlicht. »Danke für Riedmar.«

Dank war das letzte, was der Inquisitor jetzt wollte. Er wollte zurück in sein Turmzimmer und schlafen.

»Offen gestanden, hätte ich nicht von dir erwartet, daß du dich so für einen deiner Agenten einsetzen würdest«, redete Odalbert neben ihm weiter.

»Schon gut, vergiß es«, erwiderte Marcian gereizt. Er wollte sich jetzt keine Lobeshymnen dafür anhören, daß er den Magier aus den Flammen gerettet hatte. Der unvernünftige Kerl war doch tatsächlich in das brennende Haus gerannt, um noch einige Dokumente aus dem Archiv zu retten. Marcian hatte ihm nachgesetzt, hatte ihn auf der Treppe zum Keller gefunden und niedergeschlagen, weil er sich einfach nicht ausreden ließ, noch weiter in die Flammenhölle hineinzulaufen. Dann hatte er ihn auf den Schultern aus dem Inferno getragen.

Der Inquisitor spuckte in den Schlamm des Platzes. Er hatte einen schlechten Geschmack im Mund. Noch immer brannten seine Lungen vom Rauch, den er geschluckt hatte. Er würde nun in die Garnison zurückkehren. Vor Erschöpfung konnte er sich kaum noch auf den Beinen halten. Er klopfte noch einigen der Bürger auf die Schulter und lobte sie für ihren selbstlosen Einsatz im Kampf gegen die Flammen, dann verließ er den Platz Richtung Westen.

## 9

Als Marcian erwachte, war es bereits wieder finster. Er wußte nicht, wie lange er geschlafen hatte. Noch immer trug er die rußverschmierten Kleider. Er zog sich aus und wusch sich mit dem kühlen Wasser, das wohl einer der Wachposten neben sein Bett gestellt hatte. Dann massierte er mit Öl die schmerzhaften Verbrennungen. Noch immer gingen ihm dieselben Gedanken durch den Kopf, wie vor dem Feuer. Könnte er nur ein letztes Mal mit Irgan Zaberwitz reden und von ihm erfahren, was in der verschwundenen Akte stand oder wer ihn ermordet hatte.

Mit Bedacht goß er sich frisches Wasser aus dem Krug in die Waschschüssel, um sein Haar zu spülen. Und da durchzuckte es sein Hirn wie ein Blitz. Die Magier! Es gab vielleicht eine Möglichkeit, mit Zaberwitz zu reden. Der Weg, den er dazu gehen mußte, würde zwar das Mißfallen der Priesterschaft finden, doch es gab ohnehin keine Priester mehr in der Stadt. Marcian mußte mit Eolan reden. Hastig trocknete sich der Inquisitor das Haar und legte frische Kleider an. Dann blickte er über die Burghöfe zum hell erleuchteten Palas. Die Offiziersversammlung war noch nicht aufgelöst. Dort würde er die Magier treffen.

Mit ihren seltsam archaischen Gewändern, den kurzgeschorenen Haaren und asketischen Gesichtern erinnerten die Magier an Priester. Es war Marcian schwergefallen, Eolan zu überreden. Doch schließlich erklärte sich der weißhaarige Anführer bereit, ihm die gewünschte Hilfe zu gewähren. Allerdings fordete er einen hohen Preis. Ihm sollte die letzte Entscheidungsgewalt in allen Dingen zufallen, die direkt oder indirekt die Anwendung von Magie betrafen. Damit hatte Lancorians Wort in der Offiziersrunde kaum noch Gewicht. Eolan hatte auch keinen Hehl daraus gemacht, daß er den Illusionisten und Bordellbesitzer für einen billigen Jahrmarktzauberer hielt.

Der Inquisitor hatte das Offizierstreffen im Palas mit den fünf Magiern schon bald wieder verlassen. Gemeinsam waren sie zu dem Patrizierhaus gegangen, das er den Zauberern am Vortag hatte übereignen lassen. Nun befanden sie sich in einem holzgetäfelten Raum mit steinernem Boden, der einst als Eßzimmer gedient haben mochte. Die Magier hatten den schweren, kostbar geschnitzten Tisch aus der Mitte des Zimmers geschoben und die Teppiche beiseite gerollt. Der Boden war nun mit Zirkeln und arkanen Symbolen bemalt. Marcian war bei der ganzen Sache unwohl. Er wußte, daß der Baron, der Leiter der kaiserlichen Inquisition, ein solches Vorgehen nicht dulden würde. Doch der Inquisitor glaubte, keine Wahl zu haben.

Wieder wandte sich der hagere Eolan an den Stadtkommandanten. »Du bist sicher, daß du wirklich willst, worum du mich gebeten hast?«

Der Inquisitor nickte stumm.

»Dann brauche ich jetzt einen Gegenstand aus dem Besitz des Toten.« Marcian reichte dem Magier den Schlüssel zum Stadtarchiv. Irgan Zaberwitz mußte ihn ein halbes Leben lang um den Hals getragen haben. Inzwischen hatte Eolan sich auf den Boden gekniet und zeichnete mit Kreide einen Halbkreis. Obwohl er feingliedrig aussah, bewegte er sich mit der Kraft und Entschlossenheit eines Kriegers. Der Mann war es gewohnt zu befehlen, ging es Marcian durch den Kopf. Er gehörte zum Dekanat der Magierakademie zu Bethana. Viel hatte er darüber hinaus nicht verraten, doch die fast verblaßte Narbe, die sich über Stirn und rechte Augenbraue zog, und eine weitere auf dem rechten Handrücken verrieten, daß er nicht nur Theoretiker und Lehrer war. Wieder erinnerte der Inquisitor sich daran, wie die Magier im Feuer der Orks gestanden hatten. Selbst kaiserliche Gardesoldaten hätten sich nicht kaltblütiger verhalten können.

»Die Vorbereitungen sind abgeschlossen«, schreckte ihn Eolans Stimme auf. »Ich muß von dir nun wissen, welche Fragen du beantwortet haben möchtest. Und sei gleich nicht ungeduldig. Es wird eine Weile dauern, bis sich mein Geist einen Weg in das Reich der Toten gebahnt hat. Es kommt auch vor, daß die Antworten, die wir von Verstorbenen erhalten, uns zunächst wirr, ja verrückt erscheinen. Oft klärt sich ihr Sinn erst im nachhinein. Drei Fragen werde ich für dich stellen. Der Kampf gestern hat meine Kräfte strapaziert, und ich möchte meine Energie nicht unnötig für ein Unternehmen aufwenden, dessen Rechtfertigung mir fragwürdig erscheint.«

Marcian ignorierte die bissige Bemerkung. Noch einmal erläuterte er Eolan, was er wissen wollte. Dann begann der Magier mit feierlicher Stimme die Beschwörung. Seine vier Schüler hatten sich schweigend in die Ecken des Raums gestellt und schlugen Schutzzeichen. Auch Marcian zeichnete mit fahriger Geste ein Symbol zur Abwehr böser Geister in die Luft. Mit monotoner Stimme wiederholte Eolan immer wieder die Formel. Sein Blick war auf den Schlüssel im Halbkreis gerichtet, und doch machte es den Eindruck, als würde er durch den Boden in unendliche Ferne schauen. Sein Geist mußte bereits auf dem Weg zu jenem Ort sein, der allen Lebenden verwehrt war, den dunklen Hallen des Totengottes, jenem Ort der Schwermut und Melancholie, von dem es unter normalen Umständen kein Zurück mehr gab.

Langsam begann der Inquisitor, sich Sorgen zu machen. Allzu lange hatte Eolan schon mit den Beschwörungsformeln geendet und blickte nur noch auf den Schlüssel. Ob er den Unwillen des Totengottes geweckt hatte? Vielleicht war er nun dazu verdammt, als einzig Lebender unter den Geistern der Verstorbenen gefangen zu sein.

Plötzlich durchlief ein leichtes Zittern die Lippen des Magiers. Die Wangen zuckten unter unkontrollierten Reflexen. Dann strich die Zunge des Magiers über seine Lippen. Eolan hatte Marcian erklärt, daß er einem Teil des Bewußtseins des toten Stadtschreibers in seinen Körper Platz gewähren würde, so daß er dem Stadtkommandanten auf die Fragen antworten konnte.

Wieder zitterten die Lippen Eolans. Dann öffnete er seinen Mund und versuchte zu reden. Die Stimme erinnerte ein wenig an die Irgans, doch klang sie dumpf, als käme sie aus unvorstellbarer Ferne.

»...ter Däm... Dämon ... Rot ... wie Blut. ... erschwingen ... Nicht der ... auf den ich gewartet hatte ... Er brachte ein Seil ... Ich wollte nicht ... Sein Blick zwang mich, ... es zu tun ... Er nahm die Akte ... und ... machte die Schlinge ... Ich wollte nicht ... auf den Stuhl ... Ich wollte nicht ... die Schlinge berühren ... Seine Augen waren schrecklich ... Seine Stimme war in meinem Kopf. Ich versuchte, mich zu wehren ... Der rote Dämon ist unbesiegbar. Dann stieß er den Stuhl fort, und ich stürzte in die Finsternis ... Flügelrauschen ... Der große Vogel, der dunkle Mann ...«

Bei den letzten Worten war die Stimme immer leiser geworden. Bis sie zuletzt zu einem Flüstern erstarb. Tränen liefen über Eolans Wangen. Dann begann er von neuem zu sprechen.

»Du mußt meinen Tisch finden. Irgan war nicht dumm! Ich habe dem Schwarzgerüsteten nicht getraut ... Als er die Blätter aus der Akte nahm, hat er nur unnützes Zeug bekommen. Aufzeichnungen über unsere Handelsbeziehungen zu Andergast ... Was du suchst, ist in dem hohlen Bein des Tisches versteckt, den der Schreiner Ulrik für meinen Vater angefertigt hat ... Der Schwarze und der Rote, die nur einer sind, haben es bis heute nicht gefunden.«

Die Stimme erstickte in einem schrillen Lachen. Dann war es für lange Zeit still. Marcian fürchtete schon, keine Antwort mehr auf seine dritte Frage zu erhalten, als noch einmal die Stimme Irgans erklang. Doch nun schien sie gehetzt. Er sprach in großer Eile, und Schweiß perlte von der Stirn Eolans.

»Er weiß, daß wir das Schweigen der Toten gebrochen haben! Er ist zornig und sucht uns. In der Akte findest du alles über den Prozeß, den die Inquisition gegen den Henker von Greifenfurt geführt hat. Seine Gespielin ist damals den Jägern des Praios ins Netz gegangen und hat ihren Meister verraten. Sie haben ihn mit dem Ring des Großinquisitors in den Bann geschlagen und mit sieben silbernen Dolchen auf dem Platz der Sonne gerichtet. Dann wurde sein toter Körper unter dem Allerheiligsten des Praios-Tempels eingemauert, auf daß er nie zurückkehre, denn der Henker war ein Wahhh...« Mit einem schrillen Schrei brach die Stimme mitten im Satz ab. Das war nicht mehr Irgan. Eolan hatte geschrien. Ein kalter Windstoß fuhr durch das Zimmer und löschte einige der Kerzen aus. Wieder schrie der Magier und krümmte sich unter Schmerzen. Marcian war es, als höre er das Schlagen gewaltiger Flügel. Für einen Moment verdunkelte der Schatten eines riesigen Vogels den Raum. Dann stürzte Eolan zu Boden. Der Inquisitor sprang an seine Seite. Blut tropfte von der Brust des Zauberers. Eine große Kralle hatte ihm das Gewand zerfetzt und drei blutige Striemen über die Rippen gezogen.

Benommen schlug der Zauberer die Augen auf. »Er hat mich gesehen«, flüsterte er mit heiserer Stimme.

»Wer?«

»Ich muß einen Fehler gemacht haben. Er ist auf mich aufmerksam geworden und hat seinen Boten geschickt. Ich höre noch immer das Flügelschlagen.« Haßerfüllt blickte der Magier Marcian an. »Ich hätte mich nicht auf dich einlassen sollen. Du bringst Tod und Verderben. Das habe ich schon gespürt, als ich dich zum ersten Mal sah. Ich hätte mich nicht bereden lassen dürfen, einen Zauber zu versuchen, den ich nur unvollkommen beherrsche. Weiche von mir, du Ausgeburt der Niederhöllen. Du sagst, du bringst das Licht, doch in Wirklichkeit stärkt dein Tun ganz andere Mächte.«

Zitternd erhob sich Eolan. Seine Schüler stützten ihn und halfen dem Magier, auf einem Stuhl Platz zu nehmen. Marcian hatte den Eindruck, daß die Falten im sonnengebräunten Gesicht des Mannes tiefer geworden waren. Auch erschien er dürrer und ausgezehrter. »Weiche von mir, Bote der Finsternis!« kreischte Eolan mit der Stimme eines Greisen. »Meine Zeit ist noch nicht gekommen. Hesinde beschütze mich!« Lauthals begann er ein Gebet, in dem er um die Hilfe der Göttin der Magie flehte.

Aufgeregt murmelten die Adepten untereinander. »Er altert.«

»Nein, er wird wahnsinnig. Etwas greift nach seinem Verstand.«

»Wir müssen einen Schutzkreis ziehen. Vielleicht können wir es aufhalten.«

Dann wandte sich ein junger, blonder Mann mit strengem Gesicht an Marcian. »Verlaß dieses Haus. Du kannst uns nicht helfen und hast für heute genug Unheil unter unser Dach getragen.«

Marcian schluckte eine zornige Antwort herunter und ging. War es seine Schuld, wenn Eolan seine Kräfte überschätzte? Er hätte doch nur seine Hilfe zu verweigern brauchen. Nein, der alte Magier war nicht an ihm, sondern an seiner eigenen Überheblichkeit gescheitert! Marcian verließ den Raum, in dem das unheimliche Ritual stattgefunden hatte, und wurde von einem verschüchterten Diener durch einen dunklen Flur zur Haustür geleitet.

Auf der Straße wandte er sich nach Osten und schritt energisch aus. Die kühle Nachtluft ließ ihn wieder klar denken. In dem Viertel hinter der alten Stadtmauer war das Haus des Archivars. Schon zweimal hatte er das bescheidene Fachwerkhaus aufgesucht, das einst Irgan Zaberwitz gehörte. Vergebens. Seine Hoffnungen, dort eine Spur zu finden, waren enttäuscht worden. Doch nun wußte er, wo er suchen mußte!

Für einen Moment hielt Marcian inne. Hatte er das Geräusch von Flügeln gehört? Erschrocken blickte er in den nächtlichen Himmel, aber nichts war zu erkennen. Seine Hand war instinktiv zum Schwertgriff gefahren. Langsam drehte er sich in der schmalen Gasse um seine eigene Achse und musterte das kleine Stück Himmel, das zwischen den hervorragenden Dachfirsten zu erkennen war. Er konnte nichts sehen, und doch fühlte er sich beobachtet. Vielleicht war das auch eine Nachwirkung des unheimlichen Rituals, dem er beigewohnt hatte. Schaudernd erinnerte er sich wieder an den großen Vogelschatten und das Geräusch schlagender Flügel. Ob ein Wächter des Totenreichs auf Eolan aufmerksam geworden war? Der Inquisitor versuchte, den beunruhigenden Gedanken beiseite zu schieben. Vielleicht suchte dieser Todesbote sogar nach ihm? Schließlich war er doch verantwortlich dafür, daß die Beschwörung stattgefunden hatte.

Marcian beschleunigte seine Schritte. Kaum war er in die nächste Gasse eingebogen, hörte er wieder das Geräusch. Er bildete sich allerdings ein, daß das Flügelschlagen ein wenig anders klang. Vielleicht, weil sein Jäger nun endgültig die Welt der Lebenden erreicht hatte?

Der Inquisitor rannte los. Er mußte einen geschützten Ort finden.

Für einen Augenblick fragte sich Marcian, ob er begann, verrückt zu werden. Nein! Diese Bedrohung bildete er sich nicht ein. Er mußte das Haus des Schreibers erreichen! Wieder schlug er einen Haken, mied es, einen kleinen Platz zu überqueren, und folgte erneut dem Lauf einer engen Gasse. Was ihm da am nächtlichen Himmel folgte, würde ihm mit Sicherheit die Krallen in den Rücken stoßen, wenn er einen Platz überquerte und die Gelegenheit zu einem Angriff bot.

Marican erreichte die Gasse der Weber. Eine ärmliche Gegend mit heruntergekommenen eingeschossigen Fachwerkhäusern. Die Mauern standen hier so dicht beisammen, daß er immer wieder mit der Schulter an den Wänden entlangschrammte, während er durch die Gasse auf sein Ziel zurannte. Die Giebel der windschiefen Häuschen ragten so weit nach vorne, daß es fast unmöglich war, den Himmel zu sehen. Marcian blickte dennoch nach oben. Nichts!

Mit wild klopfendem Herzen stand er endlich vor der Tür zum Haus des Schreibers. Seit Irgan zu Boron gegangen war, schloß hier niemand mehr ab. Der Inquisitor drückte die Schulter gegen die Tür, die ohne Widerstand aufsprang. Das ganze Haus bestand aus nur einem Raum. Eine hölzerne Leiter führte unter den Dachfirst. An der gegenüberliegenden Wand, unweit des gemauerten Kamins, stand ein mit Papieren bedeckter Tisch. Er war das einzige etwas besser gearbeitete Möbelstück in dieser bescheidenen Hütte. Hinter ihm durchbrach ein großes Fenster die Mauer, dessen hölzerne Läden von innen verriegelt waren. Marcian durchmaß den Raum, um im Kamin mit Stein und Stahl ein wenig Zunder zu entfachen. Daran entzündete er die Kerzen, die auf dem Sims in einem alten bronzenen Halter standen. Dann bückte er sich neben den Tisch. Er klopfte mit dem Knöchel gegen die schön gedrechselten Beine. Beim dritten hatte er Erfolg. Es klang hohl. Wie hatte er dieses Versteck nur übersehen können! Das Tischbein ließ sich herausschrauben. In seinem Innern war ein Bündel eng zusammengerollter Pergamentseiten versteckt. Marcian überflog die Papiere. Sie trugen allesamt das Siegel der Inquisition.

Vor Aufregung hatte er die Bedrohung am Nachthimmel für einen Augenblick vergessen, als mit lautem Krachen die Fensterläden aufflogen. Marcian rollte sich unter den Tisch und zog sein Schwert. Ein eisiger Luftzug ließ die Kerzen verlöschen. Ein riesiger Schatten huschte über ihn hinweg und landete mitten im Zimmer. Die Gestalt, die sich vor ihm aufbaute, maß mehr als zwei Schritt. Mächtige lederne Flügel wuchsen aus ihren Schultern. Im Dunkeln konnte der Inquisitor sie nur ungenau erkennen, doch entsprach das, was er sah, ziemlich genau seinem Bild von Dämonen. Ein ganz leichtes Glimmern leuchtete noch im Kamin. Es tauchte das Monstrum in ein rötliches Licht. Marcian schluckte. Das Wesen schien keine Haut zu haben. Naß schimmerte blutiges Muskelfleisch. Breite Lederbänder liefen über seine Brust, und es schien etwas auf den Rücken geschnallt zu tragen.

Als die Gestalt sich umdrehte, knirschten die alten Bodendielen bedenklich, als würden sie jeden Augenblick zerbersten. »Komm aus deinem Loch gekrochen!« forderte sie ihn auf. Die Stimme erklang in Marcians Innerem. Das Wesen hatte seine Lippen nicht bewegt und zeigte ein Maul mit dolchartigen Reißzähnen, während es ihn mit bösen gelben Augen argwöhnisch musterte. Die Kreatur war ein Telepath. Er mußte aufpassen, was er dachte, denn seine Gedanken würden wie ein offenes Buch sein.

»So ist es!« ertönte es in seinem Schädel. Obwohl die Stimme ohne gesprochene Worte auskam, schien sie ihm merkwürdig vertraut. »Ich habe etwas für dich, du heimtükkischer Mörder.« Die Kreatur schleuderte ihm einen kleinen Beutel herüber. »Los, mach ihn auf!«

Ohne den Blick von der Gestalt im Zimmer zu wenden, fingerte Margian an dem Lederriemen, der den Beutel verschloß. Aus seinem Inneren klingelte es metallisch. Was mochte dieses Nachtgeschöpf nur beabsichtigen? Warum verfolgte es ihn und griff dann doch nicht an? Obwohl das Wesen diese Gedanken deutlich vernommen haben mußte, erhielt der Inquisitor keine Antwort.

Endlich war der Beutel offen. Marcian schüttete den Inhalt auf die Holzdielen. Es war eine silberne Kette aus Münzen, in die ein kunstfertiger Schmied tränenförmig geschliffene Onyxe eingearbeitet hatte. Daneben lag ein kleiner goldener Ring mit einem Greifensiegel. Sartassa! Das war ihr Schmuck und sicher auch ihr Ring.

»Komm da heraus!« erklang wieder die vertraute Stimme. »Später wirst du noch genug Zeit haben, vor mir zu knien.«

Das Ungeheuer wich einen Schritt in das Zimmer zurück, und Marcian kroch unter dem Tisch hervor. Drohend hob er das Schwert in der Rechten und richtete es auf die Kehle des Monstrums. Er war sich zwar nicht sicher, ob die Waffe gegen diese Ausgeburt des Bösen helfen mochte, doch fühlte er sich mit dem blanken Stahl in der Hand ein wenig wohler. Marcian erinnerte sich an das Abschiedsgeschenk des Großinquisitors. Sollte der Baron recht behalten, konnte ihm die Kreatur nichts anhaben. Mißtrauisch musterte ihn das Geschöpf. Er hatte versucht, nicht konkret an das zu denken, was er um den Hals trug. Dennoch schien es etwas bemerkt zu haben. Es bleckte die Zähne und fauchte ihn an.

Marcian faßte neuen Mut. »Was hast DU mit Sartassa gemacht?« Die Stimme des Inquisitors hatte fast ihren gewohnten Befehlston wiedergefunden.

»Die Frage sollte besser lauten, was hast du mit Sartassa gemacht! Sie kam zu mir mit Verrat im Sinn.«

Marcian verharrte. Jetzt wußte er, woher er die Stimme kannte. Die Kreatur imitierte Zerwas!

»Was soll dein Gaukelspiel? Warum sprichst du mit der Stimme des Henkers.«

»Hast du wirklich noch nicht begriffen? Glaubst du, ich wüßte nicht, wer hier der Gaukler ist? Wessen Leute verbergen sich denn hinter Masken? Welchem Herren dienen die drei Magier im Palas wirklich? Wer hat Sartassa und ihre Freundin, die Auelfe, zu mir geschickt, damit ich sie in meine Bürgerwehr aufnehme? Was sind die Jägerin, der Zwerg und der Söldner wirklich? Du siehst, ich kenne alle deine Agenten, INQUISITOR!«

Der Rote und der Schwarze, hatte die Stimme des toten Irgan gesagt. Sie waren ein und dieselbe Person. Langsam fügten sich die Geheimnisse für Marcian zu einem Bild. Der Rote, das war der Dämon, der nun vor ihm stand, und der Schwarze war Zerwas in seiner schwarzen Rüstung. Dieses Monstrum war auch der Henker!

»Du hast lange gebraucht, um mich zu erkennen«, klang es in seinem Kopf.

Was für ein Diener des Namenlosen Gottes mochte sich nur hinter dieser Kreatur verbergen? »Was bist du, Zerwas? Bist du auch der Henker, von dem in dieser Akte die Rede ist? Verbirgst du dich hinter all den Scharfrichtern, die das geflammte schwarze Schwert trugen?« Vor seinem geistigen Auge sah der Inquisitor, wie der böse Geist des Zerwas seit Jahrhunderten die Stadt heimsuchte.

»Bin ich ein Narr, dir meine Geheimnisse zu verraten?« Die Gestalt bleckte ihre tödlichen Reißzähne und hob eine ihrer Klauenhände wie zum Schlag.

Marcian wich einen Schritt zurück. »Was willst du von mir, Zerwas? Was willst du von Greifenfurt?«

»Blut und Leben! Ich will die Stadt leiden sehen, so wie die Stadt mich hat leiden sehen, und du, Marcian, bist schon lange zum Vollstrecker meiner Wünsche geworden. Du hast Greifenfurt in den Kampf mit den Orks geführt, und das wird der Untergang der Stadt sein. Hätten die Bürger gewartet, bis der Prinz kommt, was wäre ihnen schon geschehen? Doch nun wird Greifenfurt zum Grab für seine Bürger werden.«

»Weiche von mir, Kreatur der Finsternis, oder du wirst die Macht der Inquisition zu spüren bekommen, so wie es schon einmal geschehen ist!« Marcian machte einen Ausfallschritt und versuchte, der Bestie die Kehle aufzuschlitzen, doch gewandt wie eine Katze wich sie aus.

»Mich nennst du Kreatur der Finsternis, doch ich bin aufrichtiger als du. Ich schicke niemandem einen Spion bei Nacht. Ich komme selbst, und ich lebe, was ich bin. Doch was bist du, hochmütiger Inquisitor? Ein Mann, der zu einer Hure von Liebe redet, wenn er einsam ist, der aber nicht den Mut hat, sich öffentlich zu ihr zu bekennen. Und warst du nicht derjenige, der Sartassa in den Tod geschickt hat? Du mußtest wissen, daß ich, wenn ich Finsteres im Schilde führe und sie meine Geheimnisse entdeckt, keine andere Wahl haben würde, als sie zu töten. Hat dich das abgehalten? Du, Marcian, spielst dich hier als Retter der Stadt auf. Dabei bist du nicht einmal ehrlich genug, den Leuten, die du retten willst, zu sagen, was du wirklich bist. Ich verachte dich!«

Marcian preßte die Hände gegen die Schläfen. Er versuchte, sich gegen diese verleumderischen Gedanken zu sperren. Er mußte ihnen Widerstand leisten. Sie widerlegen. »Rede du mir nicht von Masken, Bestie! Spielst du nicht den Bürgern genauso ein Spiel vor? Was anderes ist dein Zerwas als ein Sinnentrug?«

»Ich, Marcian, betrüge mich wenigstens nicht selbst. Ich weiß, was ich bin. Ich weiß, was ich will, und ich handle danach. Brauche ich Blut, dann nehme ich es mir und habe deshalb kein schlechtes Gewissen. Doch was tust du? Du verheimlichst deine Gelüste, deine Triebe, deine dunkle Seite. Könnte ein Mann Inquisitor werden, der nichts Böses in sich trägt. – Nein! Denn er könnte keinem unschuldigen Opfer die Daumenschrauben anlegen. Du und ich, Marcian, wir sind uns ähnlicher, als du zugeben magst. Doch ich lebe meine dunkle Seite aus. Ich bekenne mich dazu. Wohingegen du dabei bist, eine ganze Stadt mit dir in den Abgrund zu reißen.«

Mit einem Aufschrei warf sich der Inquisitor auf die Kreatur. Sein Schwert hatte er fallen lassen. Er raste vor Wut und dachte nicht mehr nach. Er wollte dieses widerwärtige Geschöpf mit bloßen Händen töten! Vergebens! Mit unirdischer Kraft entwand sich die Bestie seinem Griff und schleuderte ihn mit spielerischer Leichtigkeit gegen die Wand. Mühsam rappelte er sich auf. Der Dämon griff mit der rechten Hand nach dem, was er zwischen seinen Flügeln festgeschnallt hatte, das geflammte schwarze Richtschwert.

Marcians Kehle wurde trocken. Schlug nun seine letzte Stunde? Ohne die Kreatur aus den Augen zu lassen, bückte er sich nach seiner Waffe. Der Dämon stand wie versteinert in der Mitte des Zimmers. Marcian versuchte, seine Angst zu unterdrücken, doch war ihm klar, daß die Bestie mit ihrem telepathischen Talent auch die kleinste seiner Gefühlsregungen wahrnehmen würde. Trotzig erklärte er: »Ich werde Greifenfurt retten, und ich schleiche nicht bei Nacht durch die Gassen, um ungesühnte Morde zu begehen.«

»Bist du wirklich so blind? Egal, wer letzten Endes gewinnt, die Kaiserlichen oder die Orks, von Greifenfurt wird nicht mehr als ein Haufen rauchender Trümmer bleiben. Und du willst mir sagen, du begehst keine ungesühnten Morde. In meinen Augen ist es Mord, wenn du einen Bürger, der ein paar Tage mit einem Holzschwert geübt hat, in die Schlacht führst. Ich jedenfalls habe in den letzten Tagen nicht annähernd so viele zu Boron geschickt wie du.«

»Ich werde dich vernichten, Zerwas. Du sprichst mit der

Zunge des Bösen. Doch in mein Herz wirst du keinen Zweifel säen.« Leere Worte. Zerwas mußte sehen, welchen Erfolg er hatte. Und die Bestie fuhr unbeirrt fort.

»Und wäre es wahr, wäre das dann eine Tugend? Dein Ideal nenne ich blinde Verbohrtheit! Der Zweifel zeichnet den intelligenten Menschen aus. Doch vielleicht erwarte ich wirklich zu viel von dir? Vielleicht habe ich dich überschätzt? Nun denn, wir haben genug geredet. Ich werde dich schon noch dazu bringen, an den Tugenden der Inquisition zu zweifeln.«

Das Monstrum bleckte wieder seine Zähne. Geduckt wich es ein wenig zurück. Seinen Körper durchlief ein Zittern, so als schüttelten es Krämpfe. Der Inquisitor traute seinen Augen kaum. Es veränderte sich. Sein Brustkorb schrumpfte. Haut bedeckte das blutig rote Fleisch. Aus Klauen wurden Hände. Am schrecklichsten anzusehen war die Veränderung des Kopfes. Wie sich der Schädelknochen unter dem Fleisch verformte, so als wäre er nur Lehm in der Hand eines Töpfers. Aus dem flachen Schädel modellierte sich eine hohe Stirn. Platte Nüstern wurden zu einer geraden schönen Nase. Das Ungeheuer stöhnte vor Schmerz. In wenigen Atemzügen sproß ihm langes, schwarzes Haar aus dem Kopf und fiel über seine Schultern. Die Gestalt wurde zu Zerwas. Marcians Rechte krampfte sich um das Schwert. Jetzt war die Gelegenheit, ihn zu töten. Der Inquisitor stieß die Klinge nach der Kehle des Henkers. Vergebens.

Mit zitternder Hand parierte Zerwas den Schlag. Seine Verwandlung war nun fast abgeschlossen, und er wollte sein Spiel spielen. Wollte Angst in Marcians Augen sehen, um ihm zum Schluß seine Zähne in die Kehle zu treiben. Er sollte zum Vampir werden, wie jeder, dessen Blut er trank und den er nicht enthauptete. Ein Inquisitor, hinter dem sich ein Vampir verbarg! Letzte Nacht war ihm die Idee gekommen, und er fand sie von Stunde zu Stunde besser. Vergoß die Inquisition nicht genauso das Blut von Unschuldigen wie er? Inquisitoren töteten für eine Idee, eine Ideologie. Er tötete, um zu leben, weil es seine Natur war. War ein Wolf böse, weil er ein Schaf riß? Doch sie töteten alles, was nicht ihrem Weltbild entsprach. Die Inquisition war nichts anderes als ein tausendarmiges Monstrum, das ein ganzes Reich in seinem festen Griff hielt. Es wäre köstlich, einen Inquisitor zu einem wirklichen Vampir zu machen. Im Grunde hieße das nichts anderes, als ihm zu seiner wahren Gestalt zu verhelfen.

Wieder wich Zerwas geschickt den Hieben Marcians aus. Dann ging der Henker zum Gegenangriff über: Wie Hagelschlag prasselten seine Schwerthiebe auf den Inquisitor nieder, der Schritt um Schritt zurückweichen mußte und schließlich mit dem Rücken zur Wand stand. Zerwas entblößte seine tödlichen Fänge und sagte mit klarer Stimme: »Weißt du, was dein größter Fehler ist, Marcian? Der Irrtum, aus dem all deine anderen Fehler resultieren? Du versuchst immer und um jeden Preis, gerecht zu sein!«

Wie eine schwarze Flamme fuhr das Schwert des Henkers herab. Mit mörderischer Wut traf es die Klinge des Inquisitors, der erst im letzten Augenblick die Waffe hochriß, um den Schlag aufzufangen. Eine Welle von Schmerz durchlief Marcians rechten Arm. Seine Finger fühlten sich taub an und waren wie gelähmt. Ein zweiter Schlag prellte ihm die Waffe aus der Hand. Zerwas setzte den Fuß auf das Schwert.

»Nun, mein Freund, was nutzt dir dein Gerechtigkeitssinn jetzt?« höhnte der Vampir. »Wo ist dein Gott Praios? Du krankst daran, daß du nicht erkennen kannst, daß Gerechtigkeit nicht mehr als eine Idee ist. Auch wenn du dir größte Mühe gibst, wirst du es nie allen recht machen können. Eine gute Tat ist nur deshalb gut, weil du sie so definierst. Gib einem Bettler ein Goldstück, und jeder wird sagen, was für ein großherziger Mensch du bist. Doch was hat der Bettler davon? Für ein paar Tage kann er sich zu essen und zu trinken leisten, was er will, und darf in einem Bett schlafen. Doch sobald der letzte Heller ausgegeben ist, fällt er in die Gosse zurück. Dann bleibt ihm nur die Erinnerung, wie schön das Leben sein könnte, und jetzt ist ihm erst recht bewußt, in welchem Elend er lebt. Aus dieser Warte gesehen, kann man die scheinbar noble Geste auch grausam nennen. Und so ist es mit allem, was du tust. Du wirst niemals gerecht sein. Du jagst nur einem Traum nach, und ich werde dich nun in einen neuen Traum stürzen, werde im Namen aller, deren Tod du verschuldet hast, Gerechtigkeit an dir üben.«

Zerwas schleuderte sein Schwert beiseite und packte den Inquisitor. Verzweifelt versuchte sich Marcian, dem Griff zu entwinden. Doch der Vampir war stärker. Er beugte ihn zurück, wie ein stürmischer Liebhaber, der seine Braut küssen will, und entblößte seine tödlichen Eckzähne.

Marcian spürte den heißen Atem auf seiner Haut. Doch dann fuhr der Vampir plötzlich schreiend zurück. Ein gezacktes Brandmal lief von seiner Oberlippe bis weit auf die linke Wange. Es sah fast aus wie ein Blitz. Wütend rieb sich das Nachtgeschöpf die verbrannte Stelle. Der Inquisitor nutzte die Gelegenheit und bückte sich nach seinem Schwert. Der Vampir hatte mittlerweile beide Hände vors Gesicht geschlagen und stöhnte. Es roch nach verbranntem Fleisch. Vorsichtig umkreiste Marcian ihn, doch Zerwas beachtete ihn nicht. Dann stieß er dem Vampir seine Klinge tief in den Bauch, drehte das Schwert in der Wunde und wich zurück. Langsam ließ Zerwas die Hände vom Gesicht gleiten, starrte ihn mit glasigen Augen an. In Strömen schoß das Blut aus der tödlichen Wunde. Das Mal im Gesicht hatte sich bis auf den Knochen eingebrannt und seine Züge gräßlich entstellt. »Was ist geschehen?« murmelte er mit erstickter Stimme.

»Gerechtigkeit«, entgegnete Marcian kalt. »Du hast meinen Gott gelästert und seine Kraft zu spüren bekommen. Deshalb trägst du nun das Mal des Blitzes in deinem Gesicht. Und nun stirb!«

Für einen Moment überlegte der Inquisitor, ob er das Schwert aus der Wunde ziehen sollte, doch dann entschied er sich dagegen. Die Waffe sollte zurückbleiben, als Beweis dafür, daß er dieses Monstrum getötet hatte. Langsam, den Blick nicht von Zerwas wendend, schritt er zur Tür. Zerwas wimmerte, er bettelte darum, im Augenblick des Todes nicht allein zu sein. Marcian drehte sich um und begann zu laufen, um der Stimme zu entkommen. Er würde ihm keine Gnade gewähren. Er war die Verkörperung des Bösen. Wahrscheinlich ein Geschöpf des Namenlosen Gottes. Ihm durfte keine Gnade widerfahren.

Gierig atmete Marcian die kühle Nachtluft. Er hatte das Haus des Stadtschreibers und den sterbenden Zerwas weit hinter sich gelassen, war durch die Straßen geirrt und hatte über das nachgedacht, was Zerwas über die Gerechtigkeit gesagt hatte. Ketzerische Gedanken und doch gingen sie ihm nicht aus dem Kopf. War es Glück oder Fügung, daß er nicht zum Vampir geworden war? Er wußte fast nichts über die Geschöpfe der Nacht. Der Großinquisitor selbst führte die Jagd auf sie. Erst vor einigen Jahren hatte er bei Winhall den Umtrieben eines Werwolfs ein Ende gesetzt. Doch er, Marcian, hatte sich niemals an einem solchen Fall beteiligt. Es kam selten vor, daß diese Kreaturen auftauchten, und dann waren es fast immer die Leiter der Inquisition, die ihnen ein Ende bereiteten. Allein sie verfügten über das umfassende Wissen, das man benötigte, dieser Übel Herr zu werden, und nur sie besaßen auch die gesegneten Waffen, mit denen man das Böse bannen konnte. Dinge wie die Greifenfeder, die ihm der Baron zum Abschied gegeben hatte. Ein mächtiger Talisman, der vor dem Zugriff des Bösen schützte. Ihr verdankte Marcian wohl sein Leben. Ohne diese Feder wäre er jetzt ein Vampir. Ein Geschöpf wie Zerwas. Der Inquisitor genoß seinen Triumph. Er hatte der Inkarnation des Bösen getrotzt.

Marcian blickte zum Himmel empor, betrachtete das kalte Funkeln der Sterne. Die Nacht war so schön. Wie konnte es sein, daß in ihrem Schutz das Grauen wuchs? Etwas fiel mit dumpfem Schlag vor ihm in den Staub der Straße. Er bückte sich danach, um den länglichen Gegenstand näher zu betrachten, und erschrak bis ins Innerste. Dort lag sein Schwert!

Ein sengender Schmerz bohrte sich in sein Hirn. Vertrieb jeglichen Gedanken. Es war, als griff eine Hand mit kalten Klauen durch seinen Schädel nach seinem Verstand. Er ging in die Knie, preßte sich die Hände auf die Schläfen, versuchte an Praios zu denken, ein Schutzgebet zu murmeln, doch die Schmerzen verließen ihn nicht. Dann hörte er tief in sich die Stimme von Zerwas. »Heute nacht hast du deine Unschuld verloren. Du wolltest gerecht sein. Doch zur Gerechtigkeit gehört auch die Gnade, und hier hast du versagt. Wärst du das, was du gerne sein möchtest, hättest du den Großmut besessen, bei einem sterbenden Feind auszuharren. Doch dein Stolz und dein Hochmut waren stärker. Wärest du geblieben, hättest du gesehen, daß ich so leicht nicht zu töten bin, aber vielleicht hättest du einen anderen Weg gefunden, um mich zu vernichten, so lange ich schwach war. Nun brauche ich Blut, um meine Kräfte wieder zu gewinnen, und für jedes meiner Opfer trägst auch du einen Teil der Schuld. Auch hättest du in deinem voreiligen Triumph die Akte nicht liegen lassen sollen! Dein einziger Beweis für mein wirkliches Wesen ist jetzt Asche. Versuche nicht, gegen Zerwas den Henker vorzugehen, denn für die Greifenfurter bin ich ein Held aus ihren Reihen und du ein tyrannischer Unterdrücker. Klage mich an, und am Ende wirst du gerichtet werden!«

Die Stimme war verschwunden. Marcian lag mit dem Gesicht im Staub der Straße. Die Schmerzen wichen nur langsam von ihm. Der Vampir hatte recht. Sein Hochmut hatte ihn zu Fall gebracht. Doch er würde daraus lernen. Er würde den Rest der Nacht auf dem steinernen Boden seines Gemachs kniend in Demut verbringen. Würde um die Gnade seines Gottes beten und um Hilfe im Kampf gegen die Finsternis.

# 10

Zerwas saß am anderen Ende der Tafel und scherzte mit Darrag. Alle lachten hinter vorgehaltener Hand über den Schmied, der zwar tapfer, aber alles andere als ein großer Stratege gewesen war. Allein dieses Monstrum schien sein Freund zu sein, ging es Marcian durch den Kopf. Mit Schaudern erinnerte er sich wieder an die Nacht im Haus des toten Stadtschreibers. Mehr als eine Woche war seitdem vergangen. Er hatte seinen Agenten verboten, noch weiter nach dem Geheimnis des Henkers zu forschen. Er wollte nicht noch mehr Tote unter seinen Leuten. Ohne die Greifenfeder wäre er jetzt wahrscheinlich auch bei Boron. Sie hatten nichts, das sie beschützte, und wer der Wahrheit um den Henker zu nahe kam ...

Zerwas hob ihm grüßend den Pokal entgegen. Er nickte. Keiner durfte merken, daß zwischen ihnen beiden etwas nicht stimmte. Sie hatten heute einen großen Sieg errungen, als die Orks vergeblich versuchten, die Ostmauer zu stürmen. Schon am Vortag hatten die Schwarzpelze bei dem Versuch, die Bastion am Fluß einzunehmen, eine bittere Niederlage einstecken müssen. Jetzt feierte die ganze Stadt. Wieder blickte Marcian verstohlen zu Zerwas. Er kämpfte wie ein Held, und die Bürger hatten es gesehen. Als es einem Streitoger gelungen war, auf die Stadtmauer zu gelangen, hatte sich der Henker dem Monstrum allein in den Weg gestellt. Ohne seine Tapferkeit wäre den Orks der Durchbruch gelungen. Dieser Kampf war entscheidend gewesen.

Marcian schüttete sich erneut Wein in den Pokal. Viele in der Runde waren verwundet. Von Blautann trug den Arm in der Schlinge. Ein Pfeil hatte seine Rüstung durchschlagen. Lysandra hatte einen blutigen Verband am Kopf. Doch ihrer guten Laune schien das keinen Abbruch zu tun. Lancorian und zwei andere Magier lagen im Siechenhaus. Eolan hatte das alles unbeschadet überstanden, doch war er seit dem

Zwischenfall bei der Totenbeschwörung schweigsam geworden. Er sah um Jahre gealtert aus und stützte sich beim Gehen auf seinen prächtigen, goldverzierten Zauberstab.

Die ganze Woche lang hatte er darüber nachgedacht, wie er Zerwas loswerden könnte, doch dem Inquisitor war kein Weg eingefallen. Es gab nur eine Lösung. Konnte er den Vampir nicht besiegen, mußte er sich mit ihm verbünden. Nur wenn Zerwas ihn für schwach und verzweifelt hielt, beging er vielleicht einen Fehler.

Müde erhob sich der Inquisitor aus dem hohen Lehnstuhl am Ende der Tafel. Augenblicklich wurde es stiller im Saal. Die Männer und Frauen blickten zu ihm. Marcian machte eine beschwichtigende Handbewegung. Sollten sie weiterfeiern. Er würde nun gehen. Sein Körper war übersät mit Prellungen. Es war zwar keiner gegnerischen Klinge gelungen, seinen Panzer zu durchdringen, dennoch hatte er viele schmerzhafte Hiebe einstecken müssen, und seine Rüstung sah übel zugerichtet aus. Als er am Platz des Henkers angelangt war, beugte er sich zu ihm herab und flüsterte ihm ins Ohr, er möge in sein Zimmer kommen. Ohne weiteren Kommentar verließ der Inquisitor dann den von Fackeln hell erleuchteten Saal.

Marcian mußte nicht lange warten, bis es an seine Tür klopfte. Zerwas trat ein, ein böses Lächeln auf den Lippen. »Hier bin ich, und ich muß sagen, du hast Mut. Nach unserem letzten Treffen hätte ich nicht geglaubt, daß du es noch einmal wagen würdest, mir allein zu begegnen.«

»Unten im Saal sitzen zwei Dutzend Zeugen, die gesehen haben, wie ich dich nach hier oben eingeladen habe. Du wärst nicht so dumm, mich jetzt zu töten. Außerdem bin ich überzeugt, daß du es nicht kannst, oder hast du schon vergessen, was bei deinem letzten Versuch geschehen ist?«

Zerwas blickte sich in dem großen, karg möblierten Raum um. Ein Bett, ein Tisch, zwei Stühle. Das war fast die ganze Einrichtung. Kein Vergleich zu dem Luxus, mit dem er sich umgab. »Also, wenn wir uns nicht gegenseitig an die Gurgeln gehen, was willst du dann von mir?«

»Ich will einen Pakt mit dir schließen.«

Zerwas schaute ihn fassungslos an. »Ein Pakt zwischen einem Inquisitor und einem Vampir? Du amüsierst mich. Glaubst du etwa ernsthaft, daß ich dir das abnehme?«

»Ich glaube sogar, daß wir beide keine andere Wahl haben. Ich kann nicht zwei mächtige Feinde zur gleichen Zeit bekämpfen. Ich biete dir an, daß du so lange sicher vor mir sein wirst, bis die Orks geschlagen sind. Ich werde nichts gegen dich unternehmen. Als Gegenleistung verlange ich, daß du mir alle Hilfe gegen die Orks gibst, die du geben kannst.«

Der Henker schritt unruhig im Zimmer auf und ab. »Du redest, als könntest du mir Bedingungen stellen. Warum sollte ich auf das Angebot eingehen?«

Marcian versuchte, gelassen zu wirken. Er setzte sich und ließ sich Zeit mir der Antwort. »Du solltest darauf eingehen, um wieder ruhig schlafen zu können.«

Zerwas lachte laut auf. »Glaubst du etwa, daß du mir Angst machst?«

»Wenn nicht, kann ich nur sagen, um so besser. Auf Übermut folgt stets der Fall. Vergiß nicht, daß ich Inquisitor bin. Ich werde schon einen Weg finden, dir zu schaden!«

»Und was willst du als Gegenleistung für deine Gnade?« Zerwas stand nun unmittelbar vor Marcian, hatte die Hände in die Hüften gestemmt und blickte ihn herausfordernd an.

»Zunächst möchte ich wissen, warum du heute mittag die Stadt gerettet hast. Noch vor ein paar Tagen hast du mir erzählt, du wolltest Greifenfurt leiden sehen.«

»Wo ist da der Widerspruch? Ich möchte nicht, daß es schnell vorbei ist. Ich will meinen Spaß haben. Ich werde nicht sterben, wenn die Stadt von den Orks überrannt wird. Aber zunächst möchte ich erleben, wie immer wieder die Hoffnungen der Bürger enttäuscht werden. Möchte sehen, wie ein Haus nach dem anderen in Flammen aufgeht. Wie Kinder und Mütter mit vor Hunger hohlen Wangen auf den Straßen stehen, um sich die schmale Lebensmittelration abzuholen, die ihnen zugedacht ist. Zu wenig zum Leben, aber zu viel zum Sterben. Ich will hören, wie tausendfach dein Name verflucht wird, Inquisitor. Und ich will dich zerbrechen sehen. All das wäre mir genommen worden, hätten die Schwarzpelze schon heute die Mauern überrannt.«

Marcian war beunruhigt. Mit einem solchen Haß war er bislang noch nicht konfrontiert worden. Daß Menschen ihn sterben sehen wollten, hatte er schon oft erlebt, aber einen solchen Weg zum Ziel hatte bislang noch keiner eingeschlagen. »Warum bist du dir so sicher, daß die Stadt untergehen wird?«

Zerwas zuckte mit den Schultern. Er hatte wieder begonnen, im Turmzimmer auf- und abzugehen. »Das ist ein Gefühl, eine Ahnung.«

»Doch zunächst kann ich mich darauf verlassen, daß du alles tun wirst, um zu verhindern, daß Greifenfurt erobert wird.«

»Natürlich. Ich habe dir doch schon gesagt, warum. Meine Rache wäre verdroben, wenn ich dich und die Bürger der Stadt schon morgen an den Zinnen der Stadt aufgehängt sähe.«

»Ich möchte dir etwas vorschlagen.« Marcian zögerte noch. Was er plante, verstieß für einen Inquisitor gegen Ehre und Gewissen. Allein für den Gedanken daran, mit diesem Geschöpf der Finsternis gemeiname Sache zu machen, gehörte er auf den Scheiterhaufen. »Ich werde dir nicht weiter nachstellen, doch du wirst mir dafür helfen, die Stadt vor den Orks zu retten.«

»Du weißt, daß ich dir ein solches Versprechen nur für ein paar Monate geben kann. Letztendlich gehen wir verschiedene Wege. Ich will die Stadt zerstört sehen, und du willst sie retten.«

»Ich weiß«, lächelte Marcian hintersinnig. »Doch ein Stück Weges werden wir noch zusammen gehen. Laß uns einen Pakt darauf schließen, daß ich dir innerhalb dieser Mauern keinen Schaden zufügen werde und du mir dafür hilfst zu verhindern, daß die Stadt in den nächsten zehn Wochen fällt. Danach können wir ein neues Abkommen treffen, oder du bist einfach von deinem Wort entbunden. Was hältst du davon?«

Zerwas musterte den Inquisitor mißtrauisch. Er konnte keinen Betrug hinter seinen Worten erkennen, und doch war er sich sicher, in eine Falle gelockt zu werden. Aber was konnte ihm schon passieren? »Gut, ich werde mich auf dieses Spiel einlassen. Für zehn Wochen wirst du meine Hilfe haben.«

»Dann schwöre!« Marcian richtete sich auf. »Ich will mehr als nur dein Wort. Ich will, daß du dich wirklich an unsere Vereinbarung gebunden fühlst.«

»Du schacherst wie eine alte Fischfrau.« Arrogant grinste Zerwas ihn an. Doch die Selbstsicherheit war nur Maske. Er wollte noch ein wenig Zeit gewinnen, um die Worte des Inquisitors abzuwägen. Er konnte aber keine Heimtücke an ihnen finden. »Also gut. Ich schwöre feierlich bei Boron, dem Gott der Toten und dem einzigen Herren, dem ich mich verbunden fühle. In den nächsten zehn Wochen werde ich alles tun, um dich im Kampf gegen die Orks zu unterstützen. Dafür erwarte ich, daß du alle Nachstellungen gegen meine Person einstellst.«

»So sei es!« Feierlich hob der Inquisitor die rechte Hand. »Ich schwöre bei Praios, dem Gott der Gerechtigkeit und des Lichtes, daß ich für diesen Zeitraum alle Intrigen gegen dich ruhen lasse und dir innerhalb der Mauern dieser Stadt, die mir untersteht, kein Leid widerfahren soll.«

Noch immer war sich Zerwas nicht sicher, ob er das Richtige getan hatte. Der Inquisitor war einer der wenigen Menschen, die er nicht vernichten konnte. Er wandte sich zur Tür. »Nun, wo dir deine Angst vor mir genommen ist, kann ich doch wohl gehen.« Der Vampir bemühte sich, herablassend zu klingen.

»Ich werde dich nicht gegen deinen Willen halten. Das widerspräche doch unserem Pakt.«

Marcians Selbstgefälligkeit reizte Zerwas. Wütend riß er die Tür auf und verschwand auf der Treppe, die zum Burghof führte.

Der Inquisitor lehnte sich entspannt in seinen Stuhl zurück. Der erste Teil seines Plans war aufgegangen. Jetzt galt es zu hoffen, daß der Vampir sich an sein Wort gebunden fühlte.

Zerwas betrachtete Sartassa. Seit er sie zum Vampir gemacht hatte, war sie noch schöner geworden. Ihre böse Seite hatte Oberhand gewonnen. Sie war launisch und grausam. Es dauerte eine ganze Weile, bis er ihr begreiflich machen konnte, was sie war. Zunächst mußte er Sartassa anketten, damit sie sich in ihrer Unwissenheit kein Leid zufügte. Vieles, was früher selbstverständlich war, barg nun Gefahren. Schon ein einfacher Spaziergang im Sonnenlicht würde ihren Tod bedeuten. Langsam hatte sie sich in ihr Schicksal gefügt und fand nun zunehmend Gefallen daran. In der Nacht, als die Flußschiffe wieder die Stadt verlassen hatten, machten sie ihren ersten gemeinsamen Ausflug. Zerwas lehrte sie, wie sie mit seiner Hilfe ihren Körper verwandeln konnte, um eine Fluggestalt anzunehmen. Gemeinsam waren sie durch den nächtlichen Himmel gesegelt. Hatten versucht, bis zu den Sternen zu fliegen, waren so hoch in den Himmel gestiegen, bis sie in der dünnen Luft kaum noch Atem bekamen und dann in halsbrecherischem Sturzflügen wieder auf die Erde zurückgerast.

Der Vampir drehte sich um und betrachtete die schöne Elfe, die neben ihm auf dem Lager aus Teppichen und Kissen in seinem geheimen Versteck tief unter der Stadt lag. Im gedämpften Licht der bronzenen Ampeln, die von der gewölbten Decke hingen, hatte Sartassas Haut einen goldenen Schimmer. Ihr schwarzes Haar fiel fast bis zu den Hüften. Als sie merkte, daß er sie beobachtete, drehte sie sich langsam um und strich mit ihren schlanken Fingern durch sein Haar. Küßte seine Brust, auf der noch immer die rote Narbe zu sehen war, die der Orkspeer aus Eschenholz hinterlassen hatte. Langsam glitt sie tiefer. Neckte ihn mit ihrer Zunge, bis er vor Lust aufstöhnte. Doch bevor er zum Orgasmus kam, richtete sich die Elfe überraschend auf und blickte ihn mit sprühenden grünen Augen an.

»Warum tötet mich Sonnenlicht, und dir macht es nichts?« Zerwas hatte diese Frage schon hundertmal zu hören bekommen und keine befriedigende Antwort geben können. Er wollte nicht, daß sie mit ihren Liebkosungen aufhörte.

»Meine Andersartigkeit muß mit der Macht des Schwertes zusammenhängen. Ich bin sicher, die Klinge hat mich zum Vampir gemacht. Doch bin ich nicht das, was man für gewöhnlich unter einem solchen Geschöpf versteht. Ich profitiere von der Macht des Schwertes. Gestärkt hat mich auch mein Tod. Wann immer ein Vampir stirbt und wieder ins Leben zurückkehrt, ist er mächtiger. Doch jetzt hör auf mit den Fragen. Ich finde, du hast dir den falschen Augenblick dazu ausgesucht.«

»Nein, das ist genau der richtige Moment. Töte mich und hole mich ins Leben zurück, und du wirst Dinge erleben, von denen du bislang nicht einmal geträumt hast.« Sartassa sagte das mit einem verführerischen Lächeln, griff ihm zwischen die Beine und spielte mit seiner Männlichkeit. »Ich möchte dir gleich sein, nur dann können wir wirklich ein Paar werden.«

Zerwas griff nach ihrer Hand. Er war des Spiels müde und blickte die Elfe ernst an. »So leicht ist das leider nicht. Du mußt zufällig wiedererweckt werden. Willentlich könnte ich dich nicht ins Leben zurückholen. Deshalb kommt es so selten vor, daß ein Vampir ein zweites Mal ersteht. Damit ich wiederkehren konnte, mußte der Fußboden unter dem Allerheiligsten des Praiostempels aufgebrochen werden. Das allein ist schon unwahrscheinlich, denn ein solcher Tempelfrevel geschieht nur alle paar Jahrhunderte einmal. Doch das war noch nicht alles. Man mußte die sieben Dolche aus dem Grab entfernen, den Siegelring des Großinquisitors von meinem Finger ziehen und zerschlagen, meine Knochen aus dem Bannkreis holen und in einer Vollmondnacht mit frischem Blut benetzen. Und das alles mußte zufällig geschehen. Du siehst, eigentlich dürfte ich hier gar nicht sitzen. Der Großinquisitor hatte sich damals alle Mühe gegeben zu verhindern, daß ich jemals ins Leben zurückkehren könnte. Und doch ist es geschehen. Es muß wohl mein Schicksal gewesen sein, noch einmal zu leben, um Rache an der Stadt zu nehmen, die mich nach Jahrhunderten treuer Dienste in einen grausamen Tod geschickt hat.«

»Und unter welchen Bedingugnen könnte man mich wieder zum Leben erwecken?«

»Ich weiß es nicht, Sartassa. Auf jeden Fall spielt Blut in dem Ritual eine wichtige Rolle, und es sollte eine Nacht sein, in der das Madamal rund am Himmel steht. Mehr weiß ich nicht zu sagen. Doch vergiß es, denn jeder Versuch, dich mit Absicht zu erwecken, ist von vornherein zum Scheitern verurteilt.«

»Und was wäre, wenn du deine Opfer nicht enthauptest? Würde es dann immer mehr und mehr Vampire geben?« Diese Eigenart an Sartassa gefiel Zerwas überhaupt nicht. Sie stellte Fragen über Fragen. Der Vampir erhob sich vom Lager, schlüpfte in seine lederne Hose und griff nach dem Hemd.

»Die meisten, die zum Vampir werden, begreifen zunächst nicht, was mit ihnen geschieht. Sie treten am nächsten Morgen nichtsahnend ins Sonnenlicht und sterben. Nähme eine Bürgerin von Greifenfurt ein so spektakuläres Ende, würde das natürlich zu Nachforschungen führen. Deshalb sorge ich dafür, daß meine Opfer so aussehen, als wäre ein Wahnsinniger über sie hergefallen oder ein Ork. Manchmal lasse ich sie auch ganz verschwinden. Doch nun wollen wir über etwas anderes reden.« Zerwas schloß seinen Gürtel und kam noch einmal zu Sartassa herüber. Zärtlich strich er der Elfe über die Schultern, küßte ihren Hals und liebkoste ihre Brüste. Sie hatte ihn seine Einsamkeit vergessen lassen. Mit ihr konnte er reden, hatte einen verwandten Geist gefunden, vor allem seit sie sich änderte. Sie hatte akzeptiert, daß sie würde töten müssen, um zu leben.

»Wohin gehst du?« Sartassa griff nach einer dünnen, fast durchsichtigen Decke und zog sich ein Stück zurück.

»Ich muß zur Offiziersrunde. Sie planen einen Schlag gegen die Stellungen der Orks. Wir müssen etwas gegen den dauernden Beschuß der Stadt unternehmen. Es zermürbt den Kampfwillen der Bürger, wenn wir nur hier sitzen und zuschauen, wie die Stadt Haus für Haus durch die Katapulte der Orks vernichtet wird. Noch in dieser Nacht soll ein Angriff stattfinden.«

Geschmeidig erhob sich die Elfe vom Lager. »Dann nimm mich mit! Ich brenne darauf, dieses Gewölbe endlich wieder zu verlassen. Für mich sind diese Mauern hier zum Grab geworden. In all den Wochen habe ich dein Versteck erst dreimal verlassen. Ich muß hier raus, oder ich werde wahnsinnig.« Entschlossen griff Sartassa nach ihren Kleidern und begann sich anzuziehen.

Zerwas packte sie fest an den Schultern und drehte sie um. »Wie stellst du dir das vor? Man wird dich wiedererkennen und fragen, wo du gewesen bist. Marcian hat sich, seitdem wir unseren Pakt geschlossen haben, zwar ruhig verhalten, aber eine solche Gelegenheit würde er nicht ungenutzt verstreichen lassen. Ich bin sicher, er sucht noch immer nach einem Weg, mich zu vernichten. Bekommt er dich in die Hände und erkennt, was du bist, dann hat er, was er braucht, um mich vor ein Inquisitionsgericht zu bringen. Du bist eine Närrin, wenn du glaubst, du könntest so einfach dieses Versteck verlassen, Sartassa.«

»Und ich sage dir, ich muß hier raus.« Die Elfe hielt dem Blick des Henkers stand. »Dann laß uns gemeinsam jagen gehen. Ich fühle mich schwach. Ich brauche Blut.« Genießerisch leckte sie sich die Lippen und entblößte dabei ihre Vampirfänge. »Gönne mir wenigstens dieses Vergnügen!«

Zerwas zögerte. Es würde auffallen, wenn er bei der Versammlung fehlte. Dann blickte er zu Sartassa hinüber. Er würde einen Weg finden!

Der Monat Rondra war schon fast verstrichen. Anderswo im Kaiserreich wurden nun die Ernten eingefahren. In Greifenfurt hielt allein Boron Ernte. Zerwas lächelte. Der Totengott mußte ihn lieben. Auch wenn sein Schwert sich nahm, was des Gottes war, so blieben immer noch genug, die nicht der Klinge zum Opfer fielen. Zwei Angriffe hatte es Anfang des Monats gegeben, doch jedesmal waren die Schwarzpelze blutig abgewiesen worden. Sie hatten erkennen müssen, daß Greifenfurt ohne schweres Belagerungsgerät nicht zu erobern war. Danach war es lange ruhig gewesen. Sie hatten von ihren Mauern zusehen müssen, wie die Orks am Untergang der Stadt arbeiteten. Ein Zwerg unterwies die Belagerer im Bau von Geschützen, koordinierte Trupps, die Bauholz holten, beaufsichtigte die Feldschmiede und ließ Katapult um Katapult fertigstellen. Marcian hatte nichts dagegen unternommen. Er glaubte, daß man sie nur zu einem Ausfall reizen wollte. Eine Woche war es nun her, daß die Orks aufgehört hatten zu bauen.

Vor sieben Tagen hatte das Dauerfeuer auf die Stadt begonnen. Zunächst schossen die Schwarzpelze noch jämmerlich schlecht. Zerwas erinnerte sich, wie die Soldaten auf den Mauern gestanden hatten und lachend die Fehlschüsse kommentierten, die weit vor der Stadtmauer ins Erdreich einschlugen. Doch die Orks hatten schnell gelernt, und mittlerweile war auch dem letzten in der Stadt das Lachen vergangen. Pausenlos prasselten mächtige Felsbrokken auf sie hernieder, zerschlugen Häuserdächer oder rissen Löcher in die Zinnen der Stadtmauer. Die Bürger konnten tagsüber kaum noch die Häuser verlassen. Nirgends in der Stadt war man sicher. Der Tod wählte seine Opfer ohne Bedacht. Kinder, Krieger und Greise wurden von den

Geschossen getötet, die ohne Unterlaß auf Greifenfurt niedergingen. Selbst bei Nacht schossen die Schwarzpelze gelegentlich, so daß man sich nie sicher fühlen konnte. Auf Dauer würden die Bürger diesen zermürbenden Angriffen nicht standhalten. Es war höchste Zeit, etwas zu unternehmen!

Ungeduldig blickte der Vampir zur Mauer hinauf. Sartassa näherte sich dem Turm. Ein weiches gelbes Licht fiel aus der Tür, die auf den Wehrgang der Stadtmauer führte. Nun trat die Elfe in den Lichtschatten und rief leise nach der Wache im Turm. Sie war nackt und sah aus wie die Göttin der Liebe. Unwiderstehlich. Zerwas hatte seine dämonische Gestalt gewählt, um mit Sartassa auf telepathischem Weg in Kontakt zu bleiben. Sie sollte selbst ihren Opfern nachstellen, doch würde im Turm irgend etwas Unvorhergesehenes geschehen, wüßte er sofort Bescheid. Er war so sehr mit ihrem Geist verschmolzen, daß er durch ihre Augen sah und jedes ihrer Gefühle teilte.

Ein Wachtposten erschien in der erleuchteten Tür. Zerwas konnte spüren, wie das Herz der Elfe schneller schlug. Sie begann mit dem Mann zu flirten. Zerwas kannte ihre honigsüßen Worte nur zu gut und wußte, daß sie stets ihre Wirkung erzielten. Die beiden verschwanden im Turm. Der Vampir spürte ihre Gier, die Lust nach dem Blut des jungen Mannes. Sie mußte vorsichtig sein. Aufpassen, daß sie sich nicht zu schnell verriet, oder sie würde keinen Spaß mehr an der Sache haben.

Noch jemand war im Turm. Einige Worte wurden gewechselt. Dann sah Zerwas eine Gestalt in der Tür auftauchen. Eine Frau mit kurzem blonden Haar in einer Lederrüstung. Sie schlenderte den Wehrgang entlang. Offensichtlich wollte sie das vermeintliche Liebespaar nicht stören. Wieder spürte Zerwas die gewaltige Lust der Elfe, spürte, wie sie sich unter schmeichelnden Worten über den Tisch der Wachstube beugen ließ, sie dem jungen Mann in Fetzen das Hemd von der Schulter riß. Er spürte, wie sie sich seinen

Küssen hingab und sie ihn wiederküßte. Es war der Moment, in dem er in sie eindrang, als sie zubiß. Der Wachtposten stöhnte vor Lust, er begriff nicht, was mit ihm geschah. Sartassa jubelte innerlich. Jede Faser ihres Körpers schien von neuer Kraft belebt. Zerwas spürte, wie ihr das warme Blut die Kehle hinabrann. Der junge Soldat wurde schwächer. Der Narr argwöhnte immer noch nichts und glaubte, daß der Liebesakt ihm die Kraft genommen habe. Schritte lenkten die Aufmerksamkeit des Vampirs zur Stadtmauer. Die Kriegerin kam zurück. Zu früh! Sie durfte noch nicht in den Turm! Sartassa sollte ihr Spiel mit dem Wachtposten bis zu Ende genießen.

Zerwas spannte seine mächtigen ledernen Flügel. Er schlug ein paarmal in die Luft, um sich dann mit einem kraftvollen Sprung vom Boden zu lösen. Steil schoß er in den Nachthimmel und flog einen weiten Bogen, um die Kriegerin von hinten anzugreifen. Einen Moment verharrte er flügelschlagend über ihr, um dann hinabzustoßen, wie ein Falke, der ein Kaninchen schlägt. Mit vernichtender Wucht traf er die Frau im Rücken. Die Krallen seiner Füße durchschnitten die schlecht gearbeitete Lederrüstung und drangen ihr in die Lungen. Der mächtige Aufprall ließ sie vornüberstürzen.

Mit einem Satz trennte sich der Vampir von seinem Opfer. Vergeblich versuchte sich die Kriegerin aufzustemmen und erbrach Blut. Die Wunden in ihrem Rücken waren tödlich. Langsam zog Zerwas sein Schwert und schritt auf die blonde Frau zu. Mit einem Tritt in den Leib riß er sie herum, so daß sie auf dem Rücken lag und er ihr ins Gesicht sehen konnte. Langsam näherte sich seine Klinge ihrer Brust. Behutsam zerschnitt er ihren Panzer und weidete sich am Entsetzen in ihrem Blick. Noch immer quoll Blut über ihre Lippen. Offensichtlich konnte sie kaum noch atmen. Dann stieß er ihr die Klinge tief in den Körper.

Zerwas blickte immer noch auf die Tote, als ihn eine Hand sanft an der Schulter berührte. Sartassa stand hinter ihm. Ein Tropfen geronnenen Blutes klebte an ihrem Kinn. »Das ist das erste Mal, daß ich mit Fug und Recht behaupten kann, einen Jüngling vernascht zu haben.« Ein böses Grinsen spielte um ihre Lippen. »Was tun wir nun?«

»Wir müssen die Spuren beseitigen.« Zerwas durchforschte ihren Geist. Sie hatte Gefallen an der Bluttat gefunden. Erst jetzt konnte er Sartassa wirklich als Gefährtin betrachten. Gemeinsam gingen die beiden zum Turm zurück. Dort lag der Wachsoldat auf dem Tisch. Sein Gesicht war bleich wie Wachs. In den erstarrten Zügen spiegelten sich noch immer Lust und Verzücken. Sein Oberkörper war nackt und trug blutige Striemen von den Nägeln der Elfe. Die Hose war um seine Füße geschlungen.

»Zieh ihn wieder an«, befahl Zerwas der Elfe. »Man darf nicht ahnen, was hier geschehen ist. Wir müssen alles so herrichten, daß kein Verdacht auf mich fällt.« Die Elfe gehorchte und begann, den Knaben, so gut es ging, wieder anzuziehen. Ein letztes Mal blickte Zerwas ihn an. Er mochte vielleicht achtzehn Jahre alt sein. Vermutlich war dies seine erste Liebesnacht gewesen. Nun, er konnte wenigstens sicher sein, daß den meisten Männern eine solche Ekstase in ihrem ganzen Leben nicht vergönnt war.

Zerwas verließ den Turm und stieg in den Nachthimmel auf. Er brauchte einen Felsbrocken. Ein Geschoß der Orks. In größer werdenden Kreisen flog er um den Wachturm. Es war alles ruhig. Keine anderen Wachen patroullierten über die Mauer. Hier im Süden der Stadt hatte es während der ganzen Belagerung noch keinen Angriff gegeben. Deshalb standen wenige Männer Wache.

Endlich fand er, was er suchte. Einen mächtigen Felsbrokken, der sich tief in den Schlamm einer Straße eingegraben hatte. Der Vampir landete und machte sich an dem Geschoß zu schaffen. Es aus der Erde zu lösen war leicht, denn er verfügte über weit mehr Kräfte als ein gewöhnlicher Mensch.

Doch selbst er würde mit dem Felsen nicht fliegen können. Durch die Straßen zu schleichen wäre zu riskant. Auch wenn es Nacht war, konnte man jederzeit einer Patrouille begegnen. Für einen Augenblick zögerte der Vampir, dann griff er nach dem Knauf des dunklen Schwertes zwischen seinen Flügeln. Mit geschlossenen Augen konzentrierte er sich auf die Macht der schwarzen Klinge und spürte schließlich, wie deren Kraft auf ihn überging. Wieder griff er mit beiden Klauenhänden nach dem Geschoß. Nun wog es nicht schwerer als ein abgetrennter Menschenkopf, obwohl es einen Durchmesser von mehr als einer Elle hatte. Mühelos erhob er sich in den Himmel.

Als er wieder den Turm erreichte, hatte Sartassa ihre Arbeit vollendet. Gemeinsam zerrten sie die Leichen auf den Wehrgang. Dann hob Zerwas den Fels und schmetterte ihn auf den Schädel des Knaben, der wie eine Nuß zerbarst. Die Bißwunde, die Sartassa ihm beigebracht hatte, war nicht mehr zu sehen. Die Leiche der Kriegerin rollte er von der Mauer. Dann hob der Vampir erneut das Geschoß und ließ es auf sie herabfallen, so daß ihr Brustkorb zerschmettert wurde. Für den uneingeweihten Betrachter mußte es nun so aussehen, als wären die zwei bei einem Wachgang von der Felskugel getroffen worden.

Sartassa hatte ihn während der ganzen Zeit beobachtet. Aus der nächtlichen Stadt war ein dumpfes Geräusch zu hören. Zerwas griff sie beim Arm und stürmte mit ihr die Stiege des Wachturms hinauf. Von der Plattform konnten sie sehen, wie ein Trupp Reiter die Hauptstraße vom Platz der Sonne her kam. Sie hatten die Hufe ihrer Pferde umwickelt, um leiser voranzukommen. Nun wurde das südliche Tor geöffnet.

Der Augenblick für den Angriff war gut abgepaßt. Das Madamal war bereits hinter dem Horizont versunken, und Wolken verdunkelten den Himmel im Osten. Mit etwas Glück würden sie die Schanze, die wenig mehr als zweihundert Schritt vor dem Tor lag, überrennen können, bevor von dort auch nur der erste Schuß abgefeuert wurde. Noch immer kamen Reiter die Straße entlang. Blautanns Kürassieren folgten Freischärler von Lysandra und Bürger, die sich in den letzten Gefechten als Schwertkämpfer hervorgetan hatten. Es sah so aus, als hätte man jeden auch noch so altersschwachen Gaul aus den Ställen geholt, um eine möglichst große Reitertruppe zu bilden. Zerwas fluchte innerlich. Ein großartiges Gemetzel stand bevor, und nur weil er Sartassas Wünschen nachgekommen war, stand er noch immer hier auf dem Turm. Er fühlte ›Seulaslintan‹ in seiner ledernen Scheide auf seinem Rücken vibrieren. Auch das schwarze Schwert spürte, daß ein großes Gefecht bevorstand. Eine Nacht, in der viele Männer und Frauen ihr Leben lassen würden.

»Wir sollten mitkämpfen«, murmelte Sartassa vor sich hin, während sie mit zusammengekniffenen Augen den Reitern nachschaute, die vor der Stadtmauer in der Dunkelheit verschwanden. »Gib mir meine Fluggestalt. Wir können noch vor den Reitern im Hauptlager der Orks sein und Verwirrung stiften.«

Zerwas musterte die Elfe. Er versuchte, ihre Gedanken zu durchforschen, doch sie schirmte sich vor ihm ab. Der Vampir zog sich aus ihrem Geist zurück.

»Vergiß nicht, was du mir versprochen hast«, war sein letzter Gedanke.

Die Elfe blickte ihn an. »Mit Sicherheit nicht!« Sie lächelte zweideutig und entblößte dabei ihre Reißzähne.

Beide stellten sich gegenüber in die Mitte des Turmdachs und umklammerten jeweils mit der rechten Hand den Griff von ›Seulaslintan‹. Zerwas konzentrierte sich auf die bösen Kräfte der Waffe. Mit ihrer Hilfe würde er Sartassa zu ihrem Dämonenleib verhelfen. Es galt, die dunkle Seite der Elfe zu einer fleischlichen Gestalt werden zu lassen. Sartassa stöhnte auf. Die Verwandlung war schmerzhaft. Zerwas blinzelte sie an, sah, wie sich ihre Haut dunkler verfärbte und ein großer Höcker aus ihren Schultern wuchs. Mit der

Linken griff er nach der Hand der Elfe, die das Schwert umklammerte. Sie durfte jetzt nicht loslassen. Immer weiter wuchs der Buckel. Sie beugte sich nach vorne, wand sich unter Schmerzen. Dann zerriß die Haut, und zwei große Fledermausflügel entfalteten sich. Füße und Hände der Elfe waren zu tödlichen Krallen geworden, doch sonst hatte sie ihre Gestalt in stärkerem Maße beibehalten als Zerwas. Ihre Haut war nun von nachtdunklem Blau. So wie das Böse, das jeder in sich trug, von Mensch zu Mensch verschieden war, so variierten auch die Körper, die entstanden, wenn die dämonische Seite der Seele entfesselt wurde. Sartassa bewegte ihre Flügel ungeduldig im Nachtwind.

»Laß uns fliegen!« Der Gedanke traf Zerwas mit fast schmerzhafter Intensität. Die Elfe war eine begabtere Telepathin als er. Vielleicht, weil sie schon von Geburt an magische Kräfte in sich trug.

Mit kräftigem Stoß hoben die beiden vom Turm ab. Sartassa hielt eine blitzende Klinge in ihrer Hand. Das Schwert des toten Jünglings. In einem weiten Bogen flogen sie auf das Hauptlager der Orks zu. Tief unter sich hörten sie Kampflärm. Die Kavallerie war im Begriff, die Orks in der Stellung vor dem Südtor niederzumachen. Es sah so aus, als wären die Schwarzpelze im Schlaf überrascht worden. Die meisten trugen keine Rüstungen und wurden von den kampferprobten Männern Oberst von Blautanns niedergemetzelt.

Mit wenigen kräftigen Flügelschlägen hatten sie das Hauptlager der Orks erreicht. Dort schien noch alles ruhig zu sein. Matt leuchteten verlöschende Lagerfeuer zwischen den Zelten, und nur wenige Wachen waren zu sehen. Die meisten Schwarzpelze schliefen auf einfachen Strohlagern unter freiem Himmel. Im Westen des Lagers, parallel zur Stadtmauer, standen in einer langen Reihe mehr als zehn Katapulte. »Wo wollen wir zuschlagen?« ging es Zerwas durch den Kopf. Er blickte über die Schulter. Sartassa flog kurz hinter ihm und hatte telepathisch mit ihm Kontakt aufgenommen.

»Am besten im Norden. Dort werden die Reiter zuletzt ankommen, wenn sie überhaupt so weit kommen.«

Langsam glitten die beiden Schatten am Himmel tiefer, um lautlos neben dem am weitesten im Norden stehenden Geschütz zu landen. Nur wenige Schritte vom Katapult entfernt lag seine Bedienungsmannschaft im hohen Gras. Keine Wache war zu sehen. Die Orks fühlten sich vollkommen sicher.

»Schneid ihnen die Kehlen durch. Und keine Spielchen! Wir wollen so viele töten, wie wir können.« Statt einer Antwort nickte die Elfe nur kurz. Ihre Flügel zitterten unruhig.

Zerwas hatte Sartassas Mordlust gespürt, als er kurz in ihren Geist eingedrungen war. Ihr Trieb, zu zerstören und zu töten, überlagerte alle anderen Gedanken. Er machte sich Sorgen. Vielleicht war es ein Fehler gewesen, die Elfe mitzunehmen. Sie hatte sich hinter einen dicken Ork gekauert, der friedlich auf der Seite liegend schlief. Wovon Orks wohl träumten? Zerwas drang in seine Gedanken ein und sah eine große Karenherde über eine weite Steppenlandschaft ziehen. Im hohen Gras verborgen lagen einige Jäger. Eine Stimme gab ein Kommando. Die Jäger fächerten aus und schlichen in einem Halbkreis näher an die Herde heran. Eines der Leittiere hob aufmerksam den Kopf, blähte die Nüstern und blickte in Richtung der Orks.

Plötzlich durchschoß ein greller Lichtblitz die Szene. Zerwas spürte einen kurzen Schmerz und dann bleierne Müdigkeit. Schnell zog er sich aus dem Geist des Orks zurück. Sartassa hatte dem Krieger die Kehle durchschnitten. Sie kauerte noch immer hinter ihm. Blut schoß in kleinen Fontänen aus der tödlichen Wunde und bespritzte Sartassa. Als sie merkte, daß Zerwas sie beobachtete, hob sie ihr Schwert an die Lippen und leckte in obszöner Geste über die blutige Klinge.

Der Vampir wandte sich ab und zog seine Waffe. ›Seulaslintan‹ lag vibrierend in seiner Hand. Er würde sich um keinen der Träume der schlafenden Männer mehr scheren. Er war hier, um zu töten.

Sartassa schien in eine Art Blutrausch verfallen zu sein. Als er wieder zu ihr hinüberschaute, sah er, wie sie einem der toten Orks ihre Krallenhände tief in die Brust trieb, ihn regelrecht zerfetzte und sein Blut trank. Dann gellten Alarmrufe vom anderen Ende des Lagers. Die Reiter griffen an, und rings um sie erwachten die Orks aus dem Schlaf. Zunächst waren sie noch zu verwirrt, um zu begreifen, was geschah. Zerwas versuchte in den Geist der Elfe einzudringen. Es war an der Zeit, sich zurückzuziehen. Doch vergebens! Der Wunsch zu töten, war so mächtig in ihr, daß seine Stimme ungehört verhallte.

Noch war Gelegenheit zur Flucht. Die meisten Orks, die die beiden Dämonen sahen, suchten schreiend das Weite. Doch schon faßten die ersten Mut und traten ihnen in den Weg. Die Schwarzpelze waren Jäger und Krieger. Nach ihrem Ehrenkodex war es schlimmer, als Feigling zu leben, als in einem aussichtlosen Kampf zu sterben. Zerwas tastete nach dem Geist der Krieger, die ihn umgaben. Er spürte den inneren Kampf zwischen dem nackten Entsetzen und Ehrgefühl. Der Vampir gab sich Mühe, ihre Zweifel zu stärken. Flüsterte ihnen zu, daß von denen, die sich zum Kampf stellten, keiner überleben würde, um von der Feigheit derer, die fortliefen, zu berichten. Es wirkte: Wieder rannten etliche Orks in die weite Graslandschaft hinaus, um sichere Verstecke zu suchen.

Zerwas stürzte sich auf einen einzelnen Krieger, der sich zögernd zum Kampf stellte. Er trieb ihm wütend die Klinge durch den Hals und setzte einigen Flüchtenden nach. Doch es waren zu viele. Ihre schiere Masse machte ihnen Mut. Immer mehr griffen nach ihren Waffen, um sich zum Kampf zu stellen. Aus den Augenwinkeln konnte Zerwas sehen, wie Sartassa von zwei Pfeilen in den Rücken getroffen wurde. Im Zorn rasend fuhr sie herum, setzte mit einem Flügelschlag über einige Körper hinweg und riß dem Bogenschützen mit ihren tödlichen Krallen die Kehle heraus. Wütend schleuderte sie seinen Körper beiseite und stieß einen unirdischen Schrei aus, brüllte Haß und Schmerz in die Nacht hinaus. Erneut wichen die Orks zurück.

Zerwas parierte einen Schlag und erhob sich dann in die Luft. So bot er zwar ein besseres Ziel für die Bogenschützen, doch konnte er nicht mehr von Fußkämpfern umringt werden. Er legte seine ganze Kraft in einen erneuten Versuch, in Sartassas Bewußtsein einzudringen, um dort Schmerz, Haß und Tötungstrieb zu überwinden. Sie blickte zu ihm auf. Endlich hatte er sie erreicht. Sie machte einen Ausfall gegen zwei Schwertkämpfer und nutzte den Augenblick, als sie zurückwichen, um sich in die Luft zu erheben. Mit kräftigem Flügelschlag gewann sie schnell an Höhe. Pfeile zischten neben ihr in den Himmel. Auch Zerwas stieg in weiten Kreisen immer höher in den Nachthimmel, bis sie schließlich beide außer Reichweite der Bogenschützen waren.

»Was für eine herrliche Nacht!« Mit der Macht eines Sturmwinds drang Sartassa in die Gedanken des Henkers ein. »Es macht Spaß, in diesem unverwundbaren Körper zu kämpfen. Ich hätte immer weiter machen können. Das beste ist, in ihren Gedanken zu sein, wenn sie merken, daß sie nicht gewinnen können, daß mein nächster Angriff ihnen den Tod bringt. Du fühlst dich wie ein Gott, wenn du ihre Panik spürst.«

»Ich weiß«, antwortete Zerwas ihr emotionslos. »Aber du bist kein Gott. Vergiß das nicht! Und dein Körper ist nicht unverwundbar. Man kann dich töten. Wenn man dir die Kehle durchtrennt, wirst auch du sterben. Wenn die schiere Masse deiner Gegner dich zu Boden drückt, bist auch du verloren. Du mußt lernen, deine Beherrschung nicht zu verlieren. Du mußt bewußter kämpfen und darfst dich nicht von deinen Trieben mitreißen lassen. Sonst wirst du nicht lange leben. Nun flieg zurück in unser Versteck und vergiß nicht, dir die Pfeile herauszuziehen. Sie würden dir bei der Verwandlung schreckliche Schmerzen bereiten.«

Zerwas spürte, wie seine Ermahnungen ungehört im Geist der Elfe verhallten. Sie hielt sich für unbesiegbar, doch er spürte auch, daß sie nun heimkehren würde. Bald würde es hell werden, und das Sonnenlicht bedeutete ihren Tod. Sie hob ihre Hand zum Gruß und drehte nach Westen ab. Der Vampir schaute ihr nach, bis sie in der Dunkelheit verschwunden war. Sie hatte Fehler, und doch freute er sich schon jetzt darauf, zu ihr zurückzukehren, wieder in ihren Armen zu liegen, ihr langes Haar zu liebkosen und sich ihren feurigen Küssen hinzugeben. Er war verliebt, auch wenn er sich geschworen hatte, dieses Gefühl nie wieder zuzulassen. Sich nie mehr jemand anderem zu offenbaren. Als er sich das letzte Mal hingegeben hatte, brachte ihm die Liebe nur Qual und Tod.

Der Vampir drehte noch einmal eine weite Runde über dem Lager. Er genoß den kühlen Nachtwind auf seinem nackten Körper, das Gefühl von Macht und Freiheit, das ihn immer überkam, wenn er flog. Plötzlich drang eine fremde Stimme in sein Bewußtsein: »Ich habe dich erkannt, Dämon«, flüsterte sie hämisch.

»Dann fürchte mich!« Zerwas versuchte aufzuspüren, von wo sie kam, doch der Fremde hatte sich sofort zurückgezogen. Im Sturzflug raste der Vampir der Erde entgegen. Er fühlte sich nicht mehr sicher unter dem weiten Sternenhimmel. Versteckt im hohen Gras verwandelte er sich in seine menschliche Gestalt zurück. Er hatte sich Kleider in einem kleinen Tuchbeutel auf den Rücken geschnallt. Hastig legte er sie an. Dann lief er geduckt auf das Lager der Orks zu. Noch immer tobte der Kampf um die Katapulte. Zahllose Brände erleuchteten den Himmel. Die Reiter hatten sich in etliche kleine Gruppen aufgesplittert. So griffen sie viele Geschütze gleichzeitig an. Einige sprangen von den Pferden und schlugen mit schweren Hämmern und großen Äxten auf die Holzrahmen der Steinschleudern ein, während die anderen sie gegen die Angriffe der Orks abschirmten.

Zwischen den Kriegern stachen die weißen Roben der Magier ins Auge. Gerade setzte wieder einer von ihnen mit einem Feuerzauber die zerstörten Reste eines Katapults in

Brand. Zerwas faßte sein Schwert mit beiden Händen und stürzte sich in den Kampf.

»Henker, wo bist du gewesen?« Oberst von Blautanns Stimme übertönte das Schlachtgetümmel. »Wir haben dich bei der Offiziersversammlung vermißt.«

»Ich war unterwegs, um das Lager der Orks auszuspähen, um euch zu warnen, falls ihr in eine Falle reiten solltet.«

»Das war aber nicht deine Aufgabe. Du weißt, daß der Kommandant Einzelgänger nicht schätzt. Du wirst nachher in der Stadt viel Spaß mit Marcian haben.« Lachend wendete der Offizier sein Pferd und verschwand im Getümmel.

Die Reiter hatten ihr zerstörerisches Werk schon fast vollendet, als sich die Orks zum Gegenangriff formierten. Sie zogen Gruppen von Bogenschützen zusammen. Marcian ließ seinen Hengst steigen und hob das Schwert über den Kopf. »Zurück! Unsere Arbeit ist getan.« In schimmernder Rüstung mit flammendem Umhang machte er Eindruck. Unweit von ihm kämpfte die Amazone, umgeben von ihren Löwinnen. Auch sie war prächtig gerüstet, trug einen bronzenen Küraß und einen Helm mit wallendem Federbusch.

Zerwas schmunzelte. In seinen einfachen Kleidern sah er aus wie ein schlichter Mann von der Straße. Gekonnt fing er einen Hieb ab. Sein Gegner versuchte, ihn niederzustoßen, doch hatte er nicht mit der Geschicklichkeit des Vampirs gerechnet. Zerwas hakte seinen Fuß hinter das haarige Bein des Orks und brachte ihn aus dem Gleichgewicht. Blitzend schnitt sein Schwert einen Halbkreis durch die Luft und durchtrennte dem gestürzten Schwarzpelz die Kehle.

»Alle zu mir! Das eine müssen wir noch schaffen. Dann sind alle erledigt.« Die heisere Stimme des Schmieds war kaum zu hören. Nur wenige Männer aus seiner Nähe folgten ihm. Seine Frau Misira stand wie immer im Kampf an seiner Seite. Ein Pfeil riß ihr den Helm vom Kopf. Verzweifelt versuchte sie, ihren Mann mit drei anderen gegen die Pfeile der Orks abzuschirmen, während der Schmied wie ein Besessener auf das letzte Katapult einhieb.

Diese Verrückten! Irgendwie mochte Zerwas den bulligen Mann mit seinem breiten Schnauzbart. Die anderen Offiziere machten sich oft lustig über Darrag und sein schlichtes Gemüt, doch in der Schlacht kämpfte er mit dem Mut eines Löwen, und das war alles, was jetzt zählte. Der Vampir rannte zu ihm hinüber.

»Haltet ein, Schmied, und gebt mir auch noch etwas Gelegenheit, die Holzarbeiten der Orks auf ihre Stabilität zu prüfen!«

Breit grinsend und dankbar blickte Darrag ihn an. »Dann zeigt mal, ob ein Henker genauso dreinschlagen kann wie ein Schmied!«

»Plaudert doch bitte ein andermal. Und seht, daß ihr mit eurer Arbeit fertig werdet. Gleich gibt's hier mehr Ärger, als ihr beiden Maulhelden wegstecken könnt.« Misira war mit den anderen Reitern näher an das Katapult herangerückt. Sie drohten, durch die Orks vom Rest der Kämpfer abgeschnitten zu werden.

Stöhnend hieb Darrag wieder mit seinem schweren Hammer auf den mächtigen hölzernen Bogen ein, der dem Katapult die Spannung gab. Zerwas zerschlug unterdessen den geschnitzten hölzernen Löffel, der die Felsbrocken in den Himmel schleuderte, wenn das Geschütz entsichert wurde.

Ein Hagel von Pfeilen ging auf sie nieder. Der Schmied schrie auf. Eines der Geschosse hatte sich in seine Schulter gebohrt. Misira wendete ihr Pferd und kam heran. »Jetzt reicht es, Mann. Für mich mußt du nicht bei jeder Gelegenheit den Helden spielen. Lebendig bist du mir lieber.«

Wieder prasselten Pfeile auf die kleine Gruppe. Zwei Pferde wieherten auf und brachen zusammen. Während der eine Reiter in hohem Bogen ins Gras geschleudert wurde, verschwand der andere unter dem Pferdeleib. Misira hatte ihren Braunen neben Darrag gezügelt. Ein zweites Pferd zog sie hinter sich her. »Los, steig auf«, herrschte sie den Verwundeten an. »Wo hast du dein Pferd gelassen, Henker?«

Zerwas zuckte mit den Schultern. »Ist mir im Gefecht abhanden gekommen.«

»Dann steig bei mir auf! Wir müssen hier weg.« Wie um ihre Worte zu unterstreichen, schlugen wieder rings um die Gruppe Pfeile ein.

Mit der linken Hand klammerte sich Zerwas um die schlanke Hüfte Misiras, während er mit der rechten ›Seulaslintan‹ führte. Ihr langes, blondes Haar wehte ihm ins Gesicht, so daß er nicht sehen konnte, was vor ihnen geschah. Plötzlich hörte er Darrag fluchen, und Misira zügelte scharf das Pferd. Wenige Schritte vor ihnen hatten sich Orks mit Bögen aufgebaut. Jetzt waren sie endgültig von den anderen Reitern abgeschnitten.

Wieder gingen Pfeile auf sie nieder. Misira riß ihren Schild hoch und wendete das Pferd. Drei Pfeile fing sie mit dem Schild ab. Ein vierter zog ihr eine tiefe Schramme über die Wange. Zerwas stöhnte auf. Ein Geschoß hatte sich in seinen Oberschenkel gebohrt. Wütend zerrte er an dem gefiederten Schaft. »Treib dein Pferd auf die Schanzen zu. Wir müssen in gerader Linie auf die Stadt zureiten. Die anderen holen wir sowieso nicht mehr ein.« Die Frau des Schmieds gab dem Braunen die Sporen. Darrag und der letzte seiner Männer folgten ihnen.

In gestrecktem Galopp jagten die drei Pferde auf die Schanze, einen niedrigen Erdwall, zu. Hatten sie diese letzte Verteidigungslinie überquert, wären sie gerettet. Misira sah als erste das Funkeln von Speerspitzen hinter dem Wall. »Für Ingerimm!« hörte der Vampir den Schmied brüllen, der mit seinem unverletzten Arm in weiten Kreisen seinen Hammer über den Kopf schwang. Misira murmelte leise ein Gebet. Dann erreichten sie den Erdwall. Ein halbes Dutzend Orks versuchte, sie aufzuhalten. Misira riß im letzten Moment ihr Pferd herum, wechselte die Richtung kurz vor dem Sprung und entging so zwei Speeren, die gegen den Pferdeleib gerichtet waren. Zerwas hörte einen scharfen metallischen Klang und das Geräusch von splitterndem Holz. Er hieb mit dem Schwert nach einem Ork, der plötzlich neben dem Pferd auftauchte. Dann blickte er nach hinten.

Der verwundete Schmied hatte den Sprung über den Wall geschafft. Doch der andere Reiter war von den Orks niedergemacht worden.

»Gerettet«, schrie Darrag. »Nichts wie zurück!«

Zerwas spürte, wie ihm warmes Blut über den Arm floß, mit dem er Misiras Hüfte umklammerte.

»Was ist los mit dir? Wo hat es dich erwischt?«

»Das spielt keine Rolle mehr«, mühsam preßte Misira die Worte heraus. »Zerwas, gib mir ein Versprechen! ... Paß auf ... meinen Mann auf ... Du bist der beste Schwertkämpfer, den ich je gesehen habe ... Achte auf Darrag ... Er paßt oft ... nicht ... recht ... auf sich ... auf ...«

Misira sank in die Arme des Vampirs. Zerwas mußte mit sich kämpfen. Der Geruch des warmen Blutes, das Haar, das der Wind in sein Gesicht wehte ... In ihm stieg das Verlangen auf, seine Zähne in ihren weichen Nacken zu graben. So konnte er sie vielleicht sogar retten. Aber er würde Darrag damit letzten Endes keinen Gefallen tun. Der Schmied hatte sein Pferd näher zu ihnen herübergetrieben.

»Gut, daß du zum Aufbruch geblasen hast, das war knapp.« Darrag ritt nun unmittelbar neben ihnen.

Misira hob mit letzter Kraft den Kopf. Sie wollte nicht, daß ihr Mann etwas merkte, bevor sie die schützenden Stadtmauern erreichten. Wenn sie nicht weiterritten, konnten sie hier immer noch von Verfolgern eingeholt werden. »Stimmt, das war knapp«, erwiderte sie matt.

»Zu Hause werden wir erst einmal feiern. Jedesmal wenn ich aus der Schlacht zurückkomme, fühle ich mich wie neugeboren. Selbst wenn ich dabei einen Pfeil in der Schulter habe.«

Zerwas konnte spüren, wie Misira am ganzen Leib zitterte. Noch immer blutete ihre Wunde. Vorsichtig löste er seine Hand von ihrer Hüfte und tastete sich höher. Darrag sollte nicht sehen, was mit ihr los war. Dicht unter ihrer rechten Brust ertastete er einen gezackten Schaft eines abgebrochenen Speers. Zerwas ließ seinen Arm hochgleiten, so daß er den Schaft verdeckte. »Danke«, flüsterte Misira leise. »Wenn ich nicht bis zur Stadt durchhalte, spiel ihm was vor ... Lenk ihn ab ... Ich will ... daß er in Sicherheit kommt.«

»Na, was turtelt ihr beiden denn da. Würde ich dich nicht so gut kennen, Zerwas, würde ich mit Sicherheit eifersüchtig.«

»Weißt du, daß ich dich liebe?« Misira hatte ihre letzte Kraft für diese Worte zusammengenommen.

»Natürlich weiß ich das, aber jetzt ist keine Zeit für romantisches Getue. Wir müssen schauen, daß wir die Stadt erreichen.« Der Schmied gab seinem Pferd die Sporen und preschte auf Greifenfurt zu.

Vor ihnen tauchte der dunkle Schatten der Stadtmauer auf. Sie waren in einem weiten Bogen geritten und hatten nur noch zwei Dutzend Pferdelängen bis zum Südtor vor sich. Fackelschein erleuchtete das von Türmen flankierte Tor. Marcian, von Blautann und Lysandra deckten die Rückkehr der letzten versprengten Krieger.

Noch bevor sie das Tor erreichten, sank Misira der Kopf auf die Brust. Ein leichtes Zittern durchlief ihren Körper, dann lag sie still in Zerwas' Arm. Ihre Wunde hatte aufgehört zu bluten. Sie passierten das Tor. Während Darrag mit den anderen Offizieren scherzte und berichtete, wie sie den Orks entkommen waren, hielt sich der Vampir im Schatten. Er wollte nicht, daß hier schon auffiel, was geschehen war, sondern wollte allein mit dem Schmied reden. Mit den Schenkeln lenkte er das Pferd durchs Tor und in den Eingang einer angrenzenden Gasse. Die anderen Reiter machten sich auf den Weg zur Garnison. Geduldig wartete er, bis der Schmied an ihm vorbeikam und rief ihn aus dem Schatten der Gasse an.

»Hier steckt ihr beiden also. Ich hab' schon überall nach euch gesucht.« – Darrag hielt inne. »Was ist mit dir los, Misira?« Der Schmied lenkte sein Pferd zu ihnen herüber, und Zerwas wich zurück, so daß man sie von der Hauptstraße nicht mehr sehen konnte. »Warum antwortest du nicht? Was soll das Spielchen?«

Zerwas leckte sich über die Lippen. Sein Mund war wie ausgedörrt. Er wußte nicht, wie er Darrag erklären sollte, was passiert war. »Weißt du, daß du eine sehr tapfere Frau hast, Darrag? Wenn sie uns am Katapult mit den anderen nicht gedeckt hätte, würden wir zwei jetzt nicht hier stehen.«

Darrag lachte. »Natürlich ist Misira mutig, aber was soll das Gerede. Laß uns hier verschwinden und unseren Sieg feiern. Was hältst du eigentlich von dem dummen Gewäsch, daß unser Henker hier von sich gibt?« Der Schmied blickte zu seiner Frau.

Zerwas schluckte. Für einen Moment war nur das Schnauben der Pferde in der engen Gasse zu hören. Darrag rutschte nervös auf seinem Sattel hin und her. Dann stieg er ab und griff nach den Zügeln, die Misira auch im Tod noch umklammerte. Er legte den Kopf schief und blickte sie an. »Misira, was ist mit dir?«

Unruhig tänzelte das Pferd auf der Stelle. Dadurch glitt einer von Misiras Armen leblos an ihrem Körper entlang. Darrag griff danach. Dann sah er die dunklen Flecken auf ihrem Küraß. Er zog ihr den Handschuh ab, drückte ihre kalten Finger und murmelte wieder. »Was ist mit dir? Du mußt zu einem Heiler, du bist verletzt.«

»Darrag, du bist ein tapferer Mann ...«, setzte Zerwas an. »Du wirst jetzt mehr Mut und Stärke brauchen als in der Schlacht. Deshalb sind wir in der Gasse, wo wir beide allein sind.«

»Laß meine Frau los, Henker! Siehst du nicht, daß sie dringend die Hilfe eines Medicus braucht.« Zerwas ließ los; Misira rutschte vom Pferd und fiel dem Schmied in die Arme.

»Sie braucht jetzt keinen Heiler und keinen Medicus mehr. Sie ist zu den Göttern gegangen.« Die Stimme des Vampirs war tonlos.

»Nein, sie wird leben!«

Zerwas stieg vom Pferd. »Sei kein Narr, Darrag. Sie ist tot.« Er legte dem Schmied die Hand auf die Schulter.

»Aber ich habe doch eben noch mit ihr gesprochen.« Darrag schluchzte und blickte in Misiras leblose Augen. »Wann ...«

»Die letzten Worte, die sie in dieser Welt an dich gerichtet hat, sprachen von Liebe. Vergiß das nie!«

Tränen liefen dem Schmied über die Wangen. »Wer war das? – Wie ist das passiert?« stammelte er fassungslos.

»Als wir über die Schanze geritten sind, hat sie das Pferd beiseite gerissen, um den Speeren der Orks auszuweichen und uns beide gerettet. Dabei muß sie verwundet worden sein. Ich habe es selbst erst bemerkt, als wir die Schanze schon ein ganzes Stück hinter uns gelassen hatten.«

»Du sagst, daß der Hund, der meine Frau getötet hat, noch lebt?« Darrag bebte vor Wut. »Dem werde ich die Haut abziehen! Du wirst ihn bis ins Totenreich schreien hören.«

Darrag starrte in die toten Augen seiner Frau. Dann griff er nach dem Sattelknauf und versuchte aufzusteigen. Zerwas fiel ihm in den Arm. »Laß den Unsinn! Du wirst dich nur umbringen, wenn du allein zu den Orks zurückreitest. Man würde dir vermutlich nicht mal das Stadttor öffnen.«

»Versuch nicht, mich aufzuhalten!« Darrag drehte sich mit dem Rücken zum Pferd und griff nach dem Schwert an seiner Seite.

»Denk an deine Kinder! Sollen sie Waisen werden? Wenn ihre Mutter tot ist, ist es schon schwer genug für sie. Willst du dir jetzt auch noch das Leben nehmen? Misira ist tot, und sie wird nicht wieder lebendig, indem du einen Ork umbringst. Das letzte, was sie sagte, war, daß sie dich liebt. Beweise jetzt, daß du ihrer Liebe wert bist!«

Darrag nahm die Hand von der Waffe. Dann umschlang er mit beiden Armen seine tote Frau und fing wieder an zu weinen.

»Komm, Darrag! Wir wollen die Tote aufbahren. Sie ist

gestorben wie eine Heldin und sie soll morgen ein Heldenbegräbnis haben. Ich werde dir helfen, ihren Leichnam so herzurichten, daß deine Kinder von ihr Abschied nehmen können.« Zerwas nahm beide Pferde am Zügel und machte sich auf den Weg. Einige Schritte hinter ihm folgte Darrag. Schweigend trug er Misira auf seinen Armen, preßte sie an seine Brust wie ein großes Kind. Er hatte wieder angefangen zu weinen. Seine Tränen tropfen auf den schimmernden Küraß, den er seiner Frau geschmiedet hatte. Ein prächtiger Panzer und doch hatte er sie nicht vor dem Tod bewahren können. Er würde sich nie verzeihen, daß er sie zu diesem Angriff mitgenommen hatte, und er hatte Angst vor den Fragen seiner Kinder.

## 11

Im Morgengrauen schritt Sharraz Garthai durch das verwüstete Lager der Orks. Der Überfall in der Nacht hatte sie die Arbeit von mehr als zwei Wochen gekostet. Nie in der Geschichte hatte ein Orkgeneral über so viele Steinschleudern verfügt wie er, und nun waren sie nicht mehr als ein Haufen rauchender Trümmer. Ganz zu schweigen von den Verlusten unter seinen Kriegern. Der überraschende Angriff hatte mehr als hundert Kämpfern das Leben gekostet, und fast doppelt so viele waren verletzt.

»Du hättest auf mich hören sollen«, meldete sich der Zwerg neben ihm zu Wort. Kolon Tunneltreiber war eine unangenehme Erscheinung. Keine anderthalb Schritt groß war er zunächst von den Kriegern verlacht worden. Jetzt lachten sie nicht mehr. Der Zwerg war überaus empfindlich und jähzornig. Gleich am ersten Tag, als er das Lager in Orkenwall erreichte, hatte er drei Krieger in Duellen getötet. Seitdem hielten die meisten gehörigen Abstand zu ihm.

Kolon hatte ihn vor einem Ausfall gewarnt und darauf bestanden, daß das Hauptlager oder zumindest die Geschützstellungen mit Schanzen befestigt würden, doch Sharraz hatte es abgeschlagen. Er meinte, daß seine Krieger keine Maulwürfe seien. Wieder schweifte sein Blick über die Trümmerlandschaft. Einige der Katapulte loderten noch immer. Dünne Rauchsäulen stiegen zum Himmel auf und wurden vom schwachen Wind davongetrieben.

»Gut, du hast recht gehabt. Bist du nun zufrieden? Du hast es besser gewußt, Kolon.« Sharraz machte sich nicht einmal die Mühe, zum Zwerg hinabzublicken, während er mit ihm sprach.

»General, es gibt eine Möglichkeit, die Menschen für das büßen zu lassen, was sie uns letzte Nacht angetan haben. Wir haben den Vorteil, daß sie uns nach diesem leichten Erfolg mit Sicherheit für dumm und schwach halten.«

Sharraz drehte sich um. Ihm gefiel der Tonfall nicht, in dem der Zwerg die letzten Worte gesprochen hatte. Mit blutunterlaufenen Augen blickte ihn der Belagerungsexperte über seinen wildwuchernden weißen Bart an. Seinem Gesicht war nicht abzulesen, was er für Gedanken hegte.

»Zunächst brauche ich mehr Sklaven. Schick Reiter aus, die jeden Mann und jede Frau im Umkreis von zwanzig Meilen einfangen! Deine Krieger haben sich bei den Schanzarbeiten nicht gerade bewährt. Sie arbeiten zu langsam, folgen meinen Befehlen nicht recht und sind aufsässig. Ich will sie nur noch als Wachen um mich haben. Für Belagerungsarbeiten sind sie einfach nicht zu gebrauchen.« Kolon griff nach einem verkohlten Ast und zerrieb ihn langsam zwischen den Fingern. »General, wenn ich genug Arbeiter bekomme, um meine Pläne auszuführen, dann verspreche ich dir, werden die Greifenfurter beim nächsten Ausfall erbarmungslos zusammengeschossen.«

»Du sollst bekommen, was du willst.« Sharraz war verärgert über den anmaßenden Tonfall des kleinen Mannes. »Aber ich rate dir, sei erfolgreich, sonst wird dein Kopf meine Zeltstange schmücken, gleichgültig, ob du hier mit persönlicher Empfehlung des Marschalls bist oder nicht.«

Der Ork genoß, daß er den Zwerg ganz offensichtlich für einen Moment aus der Fassung gebracht hatte. Jedenfalls schien er langsam wieder zu begreifen, wer hier den Befehl führte.

»Ich fürchte, ich werde dich dieser Freude berauben. Stattdessen werde ich dir die Köpfe derer, die den nächsten Ausfall anführen, vor die Füße legen.« Kolon salutierte wie ein kaiserlicher Offizier und machte sich davon.

Noch so ein Verräter, dachte Sharraz. Was mochte ihn dazu bewogen haben, auf Seiten der Orks zu kämpfen? Und auch noch an diesem Ort. War Greifenfurt doch das legendäre Saljeth, wo einst eine Koalition von Elfen und Zwergen den Orks eine vernichtende Niederlage beigebracht und anschließend das Heiligtum des Tairach geschändet hatte. Für kurze Zeit hatte er heute morgen geglaubt, der Zwerg habe absichtlich schlechte Arbeit geleistet, so daß es den Menschen leichtfiel, in dieser Nacht ihren Angriff auf das Lager auszuführen. Doch es war Kolon gewesen, der ihn vor einem solchen Angriff ausdrücklich gewarnt hatte. Nun, der Zwerg hatte diesmal mit seinen Versprechungen den Mund reichlich voll genommen. Sollte er versagen, wäre es Sharraz ein Vergnügen, ihn persönlich zu richten.

Zerwas hatte wieder seine Dämonengestalt angenommen. Mit zusammengefalteten Flügeln hockte er auf dem Dach des Patrizierhauses, das Marcian den Magiern aus Bethana überlassen hatte. Eolan und seine Spießgesellen störten ihn. Der Vampir schloß nicht aus, daß diese weißgewandeten Magier mit ihrem überheblichen Getue in irgendeiner Verbindung mit der Inquisition standen. Ihre asketischen Gesichter, die merkwürdigen Zeichen, mit denen ihre Roben bestickt waren, all das gefiel ihm nicht. Wieder dachte er an die Schlacht um die Geschütze. Die Stimme, die ihm zuflüsterte: »Ich habe dich erkannt, Dämon!« Es mußte Eolan gewesen sein. Wer sonst sollte telepathische Fähigkeiten haben? Der Bordellbesitzer Lancorian war zwar auch ein Zauberer, doch traute er ihm solche Gaben nicht zu.

Der Vampir stieß sich vom Dach ab. Leichter Nieselregen machte die Schindeln rutschig und umhüllte das Gemäuer des Hauses mit einem schwachen Schimmer. Die Fenster im oberen Stockwerk waren erleuchtet. Die fünf Magier mußten Dutzende Kerzen abbrennen, so hell strahlte es durch die Fenster. Vielleicht hatten sie Angst vor der Dunkelheit? Der Vampir schmunzelte und verwarf diesen Gedanken wieder. Wo hatte man je gehört, daß ein Meister der weißen Magie wie Eolan Angst vor der Finsternis hat? Wahrscheinlicher war, daß sie irgendein Ritual vollzogen.

In engen Kreisen flog Zerwas um das Haus. Es war nicht leicht gewesen, die Namen der Adepten herauszufinden. Schon vor ein paar Tagen hatte er Uriens damit beauftragt, ihm diese Information zu verschaffen. Der verwirrte Bettler war ihm bislang jedesmal ein zuverlässiger Diener gewesen. Er bereute es nicht, ihn in der Blutnacht verschont zu haben. Der verstümmelte Mann konnte sich völlig frei in der Stadt bewegen. Niemand scherte sich um seine Fragen, denn die meisten hielten ihn für wahnsinnig. Sein Verstand hatte auch tatsächlich gelitten, doch dafür war durch das, was er ihm angetan hatte, sein prophetisches Talent in ihm geweckt worden. Wieder ging Zerwas durch den Kopf, was der Blinde zum Abschied zu ihm gesagt hatte. »Hüte dich vor dem Licht! Auch wenn du vor dem Glanz des Praios gefeit bist, wird er dir dennoch Schmerzen bereiten!«

Wieder drehte der Vampir eine Runde um das Haus und suchte nach einem Fenstersims oder einem vorstehenden Wasserspeier, an dem er sich festklammern konnte, um die Zauberer zu beobachten. Vielleicht bezog sich die Prophezeiung auf sie? Vielleicht dienten sie dem Licht.

Uriens hatte mit einem der Bediensteten der Magier gesprochen. Sie waren nicht gerade beliebt bei ihrem Personal. Die Diener des Hauses behandelten sie fast wie Sklaven. So wußte der Vampir, daß die fünf Zauberer bei Nacht fast immer allein in ihrer Villa waren, wußte, wem welche Kammer gehörte, und kannte all ihre Namen.

Zerwas landete im Garten hinter dem Haus. Er hatte kein Fenstersims gefunden, das breit genug gewesen wäre, um dort Halt zu finden. Er mußte nun versuchen, in die Villa einzudringen. Obwohl der Regen mittlerweile aufgehört hatte, tropfte es noch immer von den großen Bäumen im Garten. Leise knirschte Kies unter seinen Krallen. Er stand vor dem Portal zum Garten. Wer immer dieses Haus hatte errichten lassen, verfügte über einen für Menschen ungewöhnlichen Geschmack. Das prächtige Portal war mit reichen Steinmetzarbeiten verziert. Der unbekannte Künstler hatte zwei Bäume aus dem Marmor geschlagen, deren Geäst sich als Torbogen über den Eingang wölbte. Bei genauerem Hinsehen konnte man erkennen, daß zwischen dem Blätterwerk der Bäume zwei nackte Frauen saßen. Nein, Frauen war die falsche Bezeichnung. Es waren Dryaden, verzauberte Geschöpfe, wie man sie in den alten Elfenwäldern finden konnte. Zerwas blieb noch eine Weile stehen und musterte den Torbogen. Merkwürdig, daß dieses Haus, das zur Straße hin so nüchtern wirkte, hier mit solcher Kunst prunkte.

Verstohlen rüttelte der Vampir an der Pforte. Sie war offen. Vorsichtig schritt er in den dunklen Flur, der dahinter lag. Von oben konnte er den Singsang der Magier hören. Wußte der Namenlose, was sie dort trieben?

Auf jedes Geräusch lauschend, schlich Zerwas weiter über den Flur. An der zweiten Tür machte er Halt. Hier mußte das Zimmer des Kalakaman sein, des blonden Zauberers, dem zwei Finger an der linken Hand fehlten. Behutsam drückte der Vampir die Klinke herunter und trat ein. Der Raum war klein, doch geschmackvoll möbliert. Schrank,

Bett und Tisch waren mit Schnitzereien geschmückt. Ein dichter Teppich lag in der Mitte des Zimmers. Alles war ordentlich aufgeräumt. Nirgendwo lag etwas herum, das Rückschlüsse auf den Bewohner dieses Raums erlaubte.

Zerwas ging zum Schrank. Hier hingen verschiedene Roben. Daneben waren zwei gefaltete Hemden in ein Fach gelegt. Mit vorgestrecktem Kopf schnupperte er an den Hemden. Seine Sinne waren in Dämonengestalt wesentlich schärfer. Das untere Hemd sah abgetragener aus, und obwohl es gewaschen war, hatte es noch immer einen Hauch vom Körpergeruch des blonden Magiers an sich. Er holte es aus dem Schrank und riß einen kleinen Leinenstreifen vom Saum. Dann faltete er es wieder, so gut es mit seinen klauenbewehrten Händen möglich war, und legte es an seinen Platz im Schrank zurück. Vorsichtig schlich er zum Flur zurück.

In den Kammern der anderen Magier verfuhr er ähnlich. Er riß ein Stück vom ledernen Schnürriemen eines Schuhs ab, zog einige Haare aus einem Kamm und stahl ein Schnupftuch. Alles, was er mitnahm, verstaute er einzeln in kleinen Lederbeuteln, die er an die breiten Riemen des Schwertgurts gebunden hatte, der über seine Brust lief. Jetzt galt es nur noch, in die Kammer Eolans einzudringen. Doch der Raum des Erzmagiers lag im oberen Stockwerk. Zerwas stand an der breiten Treppe, die von der Mitte des Flurs nach oben führte, und lauschte. Die Magier hatten ihre Beschwörung oder ihr gemeinschaftliches Gebet beendet. Es war ruhig.

Zerwas fluchte innerlich. Er hätte zuerst nach oben gehen sollen. Jetzt blieb ihm keine Wahl. Er mußte in Eolans Kammer! Langsam schlich er die Treppe hinauf. Fadenscheinige Gobelins hingen von der Galerie, zu der die Stufen führten. Soweit Zerwas erkennen konnte, zeigten sie die Fabeltiere der Elfenwälder. Einhörner, Flußgeister und Pegasi, Wesen, denen man nachsagte, daß sie die Pforten zu verborgenen Welten kannten.

Am obersten Absatz der Treppe machte Zerwas wieder Halt und musterte die Türen, unter denen schmale Lichtschlitze ins Dunkel fielen. Behutsam schlich er über den steinernen Boden auf die Tür zu, hinter der er das Zimmer vermutete, in dem er vorhin die Magier gesehen hatte. Seine Krallen verursachten bei jedem Schritt ein leises Klicken auf den Steinen. Gebannt lauschte er vor der Tür. Es waren mehrere Männerstimmen zu hören. Beruhigt schlich der Henker weiter. Sie schienen ihr Palaver noch nicht beendet zu haben.

Am anderen Ende der Galerie lag Eolans Zimmer. Auch hier fiel Licht unter der Tür durch. Einen Augenblick stand der Vampir still, doch nichts schien sich im Inneren des Raumes zu rühren. Langsam drückte er die Klinke herunter, schob die Tür vorsichtig einen Spaltbreit auf und spähte hinein. Der Raum war verlassen und von Dutzenden Kerzen erleuchtet. Schnell schlüpfte er durch die Tür und schloß sie hinter sich wieder. Ihm gegenüber wies ein großes Fenster auf den Platz der Sonne. Eilig huschte sein Blick über die Einrichtung. Eolan schien weniger penibel als seine Adepten zu sein. Achtlos über einen Stuhl geworfen lag noch sein Prachtgewand herum, das er jeden Abend zu den Offiziersversammlungen anlegte. Zerwas ließ seine Pranke über die prächtige, mit Perlen bestickte und von Goldfäden durchwirkte Robe gleiten. Ein kleines Fädchen blieb an einer seiner Krallen hängen. Das war gut, dachte Zerwas. Dieser Goldfaden sollte den Erzmagier ins Verderben stürzen. Auf der Galerie öffnete sich eine Tür. Stimmen und Schritte waren zu hören.

Für einen Augenblick überlegte der Vampir, ob er es auf einen Kampf ankommen lassen sollte, doch dann huschte er zum Fenster. Buntes Bleiglas zeigte einen lichtdurchfluteten Wald. Matt spiegelte sich das Kerzenlicht auf den Scheiben. Hastig entriegelte er das Fenster und stand mit einem Satz auf dem Sims. Hinter sich hörte er, wie die Tür geöffnet wurde. Zerwas breitete die Schwingen aus und stieß sich ab.

Ein schriller Schrei erklang aus dem Zimmer. Die hysterische Stimme eines alten Mannes. »Es ist wieder da! Ich habe wieder das Flügelschlagen gehört! Der Totenvogel ist gekommen!«

Erschöpft landete Zerwas auf der obersten Stufe seines Turmes. Er hatte seine ›Geschenke‹ weitergegeben. Das Problem der Magier würde bald gelöst sein. Er machte den Schritt in den Abgrund und fand sich im nächsten Augenblick in seinem geheimen Versteck tief unter der Stadt wieder. Müde schnallte er sein Schwert vom Rücken und verwandelte sich in seine menschliche Gestalt zurück. Lange war es her, daß er diese verborgene Kammer unter der Stadt bei seinen magischen Experimenten gefunden hatte. Die Greifenfurter hatten keine Ahnung, worauf sie hier hausten.

Zerwas schmunzelte. Es paßte zu den Hinterwäldlern, die wahre Geschichte ihrer Stadt nicht zu kennen, nicht zu wissen, auf welch schicksalsträchtigem Boden sich ihre Vorfahren niedergelassen hatten. Diese Erde hier barg weit gefährlichere Dinge als seine Gebeine, und das war auch der Grund, weshalb die Orks vor den Toren der Stadt standen. Die Gewölbe, die Zerwas bewohnte, waren einst Teil einer unterirdischen Kultstätte gewesen. Die Elfen und Zwerge hatten diesen Ort zerstört. Doch nicht vollständig. Es mochten auch noch andere Höhlen und Gänge erhalten geblieben sein, und das war es, was die Schwarzpelze suchten, als sie den Praios-Tempel eingerissen hatten. Unter dem Hügel, auf dem der Platz der Sonne lag, mußte sich einst das Kultzentrum befunden haben. Zerwas hatte hier selbst einst nach Höhlen geforscht, hatte versucht, seinen Geist tief unter die Erde zu schicken. Doch es schien alles vernichtet, und noch immer herrschte eine mächtige, ihm übel gesonnene Kraft tief unter dem Platz. Etwas, das sich an seinen Leiden ergötzt hatte, als er hingerichtet wurde.

Der Vampir erinnerte sich, wie damals ein fremder Geist in ihn eingedrungen war, lauernd in ihm saß und sein Sterben verfolgte. Zerwas schüttelte den unangenehmen Gedanken ab. »Sartassa!« rief er in das Halbdunkel des Gewölbes, doch nichts regte sich. Wieder rief er den Namen der Elfe. Vergebens. Sie war jagen, obwohl sie versprochen hatte, niemals ohne ihn zu gehen. Der Vampir fluchte vor sich hin. Sollte sie sehen, was sie davon hatte. Er würde ihr nicht folgen. Wütend warf er sich auf das Bett und starrte die Decke des Gewölbes an. Der Ruß hatte die Bronzeampeln, die an Ketten von der Decke herabhingen, im Lauf der Jahrhunderte schwarz gefärbt. Einige verborgene Luftschächte dienten als Rauchabzug, doch fiel kein Licht durch sie in die verborgene Kammer. Unruhig wälzte er sich auf dem Bett und dachte an Sartassa.

Marcian fluchte vor sich hin. Er haßte diesen Morgen. Vor einer Stunde hatten ihn Wachen aus dem Bett geholt. Es hatte wieder einen Mord gegeben. Diesmal war es ein regelrechtes Massaker. Ein junger Mann und seine drei Kinder waren umgebracht worden. Der Inquisitor stand im Regen vor der ärmlichen Hütte, in der das Verbrechen geschehen war. Er brauchte frische Luft.

Lysandra trat neben ihn. »Der Bestie, die das getan hat, möchte ich am liebsten das Herz herausreißen.«

Marcian blieb stumm. Er hatte eine Wache vor das Haus postiert. Die neugierigen Nachbarn sollten nicht sehen, was dort passiert war. Obwohl er selbst schon schrecklicher Folter beigewohnt hatte, war ihm übel geworden. Drugon, der Vater, lag nackt auf dem Tisch. Seinen abgetrennten Kopf hatte man auf dem Strohlager gefunden, das der Familie als Bett diente. Der Mörder hatte ihm die Brust gespalten und das Herz herausgeholt.

Hauce, den ältesten Sohn, hatte man mit dem Kopf nach unten an einem Seil am Deckenbalken aufgeknüpft. Ihm war die Kehle durchschnitten worden. Der Knabe, er mochte vielleicht fünf sein, erinnerte an ein geschächtetes Lamm. Die beiden kleinsten Kinder, ein Junge und ein Mädchen, hatte der Mörder mit dem Kopf gegen die Bretterwand geschlagen. Ihre Schädel waren geplatzt wie überreife Melonen.

Während die anderen um ihn herum rätselten, wer so bestialische Morde begangen haben konnte, sah der Inquisitor in seinem Geiste den Mörder vor sich. Den anderen war ein wesentliches Detail entgangen. Trotz des bestialischen Gemetzels war nur wenig Blut auf dem Boden der Hütte und in den Strohlagern der Kinder gewesen. Unter dem geschächteten Knaben hätte eine riesige Lache sein müssen. Statt dessen klebten nur einige Tropfen Blut auf dem Boden. Das war das Werk von Zerwas! Doch es wunderte ihn, daß keiner der Nachbarn die Schreie der Familie gehört haben wollte. Es war doch unmöglich, daß ein solches Massaker lautlos geschehen konnte.

Der lockige Odalbert, einer seiner Agenten, schreckte ihn aus den Gedanken auf. Er hatte einen hageren Mann mit eisgrauem Stoppelbart im Gefolge. »Der Kerl hat letzte Nacht gesehen, wie Drugon Besuch bekommen hat. Eine Frau war bei ihm.«

»Erzähl es mir in deinen Worten. Doch sag mir zuerst einmal, wer du bist!« Marcian musterte die zerlumpte Gestalt. Er gehörte wohl auch in dieses heruntergekommene Viertel. Direkt am Fluß lagen die Hütten der Hafen- und Feldarbeiter. Hier lebten Männer und Frauen, die nichts als ihre Muskelkraft zu verkaufen hatten.

»Ich heiße Karman, Herr. Ich wohne hier schon, seit ich Kind war.« Karman wirkte verlegen und wich den Blicken Marcians aus. »Gestern abend, nach Mitternacht, habe ich gesehen, wie eine Frau die Straße herunterkam. Donnerwetter, sagte ich zu mir, was für ein hübsches Weib. Muß wohl eine Rahjabraut gewesen sein. So eine, die tut, als wär's für den Tempel und die Göttin, tut's aber in Wirklichkeit nur für die Geldkatze am Gürtel. Hat einen langen roten Kapuzenmantel getragen und war angemalt wie eine Novadihure.

Hat auch so einen bimmelnden Schmuck um den Hals gehabt.« Karman machte eine Pause und spuckte einen gelbbraunen Priem in den Schlamm der Gasse.

»Und was war mit der Frau?« Marcian wurde ungeduldig. Ihm war der Mann zuwider.

»Die ist bei Drugon reingegangen. Er stand an seiner Tür und glotzte in den Himmel. Da ist auch das Weib stehengeblieben. Haben ein paar Worte geredet, und dann ist sie mit ihm rein. Und ich dachte mir noch, ist seine Alte noch nicht kalt, da treibt er es schon vor den Kindern mit einer Nutte.«

»Seine Frau Yasinthe ist vorgestern nacht beim Überfall auf das Orklager umgekommen. Sie gehörte zu meinen Löwinnen.« Lysandra hatte bisher schweigend zugehört, doch jetzt war sie außer sich vor Zorn. »Ich hätte das nie von Drugon gedacht. Ich habe ihn zwar immer für einen Weichling gehalten, doch daß er so etwas macht, hätte ich nicht geglaubt.«

»Und hast du sonst noch was gesehen? Ist nach der Frau noch jemand bei Drugon gewesen?« Marcian war verwirrt. Das paßte alles nicht mehr zu dem Bild, das er sich von den Morden gemacht hatte.

»Ich glaube nicht.« Karman wirkte verschüchtert. »Ich dachte noch, wo nimmt der nur das Geld her für so eine Braut? Als die dann rauskam, hatte sie bloß noch ein helles Kleid an. War schlank wie eine Elfe und hat langes schwarzes Haar gehabt.«

»Und nach ihr ist niemand mehr gekommen?« fragte Marcian ungeduldig.

»Das weiß ich nicht. Ich bin dann nach Hause gegangen und habe mich aufs Ohr gehauen.« Wieder spuckte Karman auf die Straße. Ein dünner Faden geblichen Speichels lief ihm aus dem Mund und tropfte vom Kinn auf seine zerschlissene Jacke.

»Gut, Mann. Geh jetzt nach Hause. Vielleicht werde ich dich noch einmal besuchen.« Marcian schritt noch einmal zu der Hütte hinüber. Die Einrichtung war spärlich. Ein Lager aus Stroh war in einer Ecke hergerichtet. Einige zerknüllte Decken lagen dort. Es gab einen Tisch und zwei Stühle, einen gemauerten Kamin mit einem Topf und einigen Holzschüsseln. Das war schon alles. Neben dem Kamin lagen die Kleider des toten Drugon.

Marcian schritt hinüber. Billige Stiefel, ein schlichtes Hemd und zerrissene Hosen. Und zuunterst lag ein roter Kapuzenmantel. »Der Tod trägt rot«, ging es dem Inquisitor durch den Kopf. Die Prophezeiung des verrückten Blinden. Kannte er die Mörderin? Gab es noch mehr Vampire außer Zerwas?

»Odalbert!« Der junge Magier war nicht mit in die Hütte gekommen. Er hatte sich übergeben müssen, als er die Toten zum ersten Mal sah, und mied es seitdem, das Haus noch einmal zu betreten. Marcian trat heraus. »Such mir alle Frauen in der Stadt, auf die die Beschreibung von dem alten Kerl paßt. Nimm dir noch ein paar Leute, wenn du es nicht alleine schaffst. Bring die Verdächtigen zu Karman und schau, ob er vielleicht eine wiedererkennt. Und du, Lysandra, kümmere dich darum, daß die Toten unter die Erde kommen. Schließlich hast du die Familie gekannt.«

Der junge Magier machte sich auf den Weg. Doch die Amazone knurrte wütend vor sich hin. »Meinetwegen können das Schwein hier die streunenden Hunde fressen. Leid tun mir bloß die Kinder.«

»Trotzdem wirst du dafür sorgen, daß alle ein Begräbnis bekommen. Ich glaube nicht, daß Drugon ein schlechter Mann war.« Marcian reichte, was er gesehen hatte. Er bahnte sich seinen Weg durch die Schaulustigen, die sich mittlerweile auf der Gasse versammelt hatten. Jeder von ihnen könnte der nächste sein. Der Inquisitor wußte nicht viel über Vampirismus, aber das wenige reichte schon aus, ihm gewaltige Sorgen zu bereiten. Vor seinem geistigen Auge sah er die Stadt schon bevölkert von blutgierigen Ungeheuern. Zumindest würden die Orks dann eine böse Überraschung erleben, wenn sie die Mauern stürmten.

Marcian wurde immer unruhiger. Gemeinsam mit den anderen Offizieren stand er am Morgen des zweiten Tages des Efferd, des Monats, der dem Gott der Meere geweiht war, auf dem Bergfried der Festung und beobachtete das Lager der Orks. Seit dem nächtlichen Überfall auf ihr Lager hatten sie keinen Angriff auf die Stadt mehr unternommen. Das Geschützfeuer war vollständig eingestellt worden. Statt dessen waren rege Bautätigkeiten zu beobachten. Sie schienen noch mehr Sklaven einzusetzen. Bereits am Vortag konnte man im Hinterland einige Rauchsäulen sehen. Vermutlich abgelegene Gehöfte, die von den Schwarzpelzen gebrandschatzt wurden. Heute morgen hatte er auch beobachtet, wie einige Reiter neue Sklaven aus dem Süden heranbrachten. Die Schanzen vor den Toren der Stadt waren schon jetzt zu regelrechten kleinen Festungen ausgebaut. Sie waren auf allen Seiten von Erdwällen geschützt, vor denen die Sklaven tiefe Gräben ausgehoben hatten. Die Flanken der Erdwälle waren mit dicken angespitzten Ästen gespickt. Ein Reiterangriff auf diese Stellungen war nun unmöglich. Im Gelände rund um die Schanzen waren große hölzerne Schutzwände aufgestellt. Auch dort gingen irgendwelche Arbeiten vor sich. Regelmäßig fuhren Karren vor und wurden voll Erde geschaufelt. Vermutlich waren die Schwarzpelze dabei, dort Fallgruben auszuheben.

»Wenn die so weiterwühlen, haben sie bis Monatsende die Stadt mit einem geschlossenen Gürtel von Verteidigungsanlagen umgeben. Dann kommt, außer vielleicht über den Fluß, niemand mehr hier herein oder hinaus.« Oberst von Blautann stützte sich auf die Zinnen und musterte die Stellungen der Orks.

»Sehr scharfsinnig«, kommentierte Lysandra seine Beobachtungen.

»Was sie wohl hinter den Schutzwänden treiben?« warf Marcian fragend ein, um einem Streit zwischen den beiden vorzubeugen.

»Vermutlich werden dort Gruben mit angespitzten Pfählen ausgehoben. Reiterfallen. Das Ganze mit System, und es ist beunruhigend anders als alles, was ich bisher über Belagerungen von Orks gehört habe. Diese Arbeiten sehen so aus, als würden sie direkt nach dem Reißbrett eines kaiserlichen Strategen angefertigt. Genauso würde ich auch vorgehen, wenn ich diese Stadt stürmen sollte und meine Truppen zunächst einmal vor überraschenden Ausfällen zu schützen hätte.« Himgi, der Zwergenhauptmann, der mit den Versorgungsschiffen in die Stadt gekommen war, mußte auf einem Stuhl stehen, um über die Zinnen des Bergfrieds zu schauen. Vor sich hatte er eine Karte auf die Mauer gelegt und verzeichnete dort alle Arbeiten, die er im Lager der Orks beobachten konnte. Besonders sorgfältig malte er dabei auf, wo überall die Schutzwände gestanden hatten. So würden sie einen Plan der Fallen haben.

»Die befestigten Lager vor den Toren fassen jeweils rund zweihundert Krieger. Ich fürchte, damit sind sie zu groß, als daß wir sie noch angreifen könnten. Wie viele Reiter haben wir noch, von Blautann?«

Der Obrist runzelte die Stirn und überlegte einen Augenblick. »Wenn wir jedes Pferd der Stadt mitrechnen, können wir rund zweihundertfünfzig Krieger ausrüsten. Aber in meinen Augen ist es ohnehin völlig sinnlos, diese Befestigungen mit Reitern anzugreifen. Wir können unmöglich über die Gräben hinweg die Erdwälle stürmen. Das ist die Aufgabe von Infanteristen.«

»Euer Fazit ist also, daß es uns langsam unmöglich wird, noch irgendwelche Initiative zu ergreifen.« Marcian war während des ganzen Gesprächs unruhig auf- und abgegangen. Jetzt blieb er stehen und musterte den Zwerg.

»So ist das nun mal bei einer Belagerung. Wir sitzen hier wie die Mäuse in der Falle und müssen abwarten, was die anderen tun.« Der Zwerg hielt dem Blick des Inquisitors stand und strich sich über den Bart. »Das einzig Erfreuliche ist, daß die Orks ihre Stellungen auf der anderen Flußseite fast ganz geräumt haben. Sie scheinen auch zu wenig Leute zu haben, um an allen strategisch wichtigen Stellen präsent zu sein.«

»Was wird nun weiter geschehen?« fragte Marcian gereizt.

»Das kann ich auch nicht mit Sicherheit sagen.« Himgi hüpfte von seinem Hocker und trat auf die Falltür im Boden der Plattform. »Wäre ich der Offizier, der dort drüben zu befehlen hätte, würde ich die Stellungen weiter so ausbauen, daß ein Angriff auf sie reiner Selbstmord wäre. Danach würde ich neue Geschütze bauen lassen und die Stadt in Trümmer schießen.«

»Na, das sind ja rosige Aussichten.« Lysandra hieb mit der Faust auf die Zinnen. »Ich wußte doch, daß ich nicht hätte hierbleiben sollen. Kann man irgend etwas dagegen tun?«

»Nichts«, entgegnete der Himgi, öffnete die Falltür im Boden und schritt die Treppe hinab.

Zwei Tage später hatten die Orks ihre Arbeiten vor den Toren beendet. Nun hatten sie alle Sklaven im Hauptlager zusammengezogen und damit begonnen, drei große Rampen aus Erde aufzuschütten. Daß er einen Großteil der Arbeiten der Belagerer nicht sehen und einschätzen konnte, machte Marcian nervös. Wilde Gerüchte kursierten in der Stadt. Das Verrückteste, was er bislang gehört hatte, war, daß die Schwarzpelze hinter den hölzernen Schutzwänden Käfige aufgestellt hätten, in denen sich blutgierige Säbelzahntiger befanden.

Wieder stand Marcian vor einer Wand. Sieben Schritt durchmaß sein Turmzimmer, und er war wohl schon hundertmal auf- und abgegangen. Er wußte sehr wohl, daß seine Offiziere bereits hinter seinem Rücken Späße über diese Marotte machten, doch er konnte einfach besser denken, wenn er dabei umherlief. Er wartete auf Eolan. Schon vor einer halben Stunde hatte er einen Boten zu dem Magier geschickt. Er wollte wissen, ob die Zauberer irgendeine Möglichkeit hatten, auszuspähen, was hinter den Erdaufschüttungen im Hauptlager vor sich ging oder was hinter den Holzwänden vor den Toren der Stadt versteckt war.

Wieder stand der Inquisitor vor einer Wand und drehte um. Da öffnete sich die Tür. Eolan trat herein. Ohne zu klopfen und ohne einen Gruß kam er mitten ins Zimmer. Der Magier stützte sich schwer auf seinen Stock. »Du hast mich rufen lassen, Kommandant?« Seine Stimme klang verbittert.

»Setz dich, Eolan!« Marcian überging das provokative Auftreten des alten Mannes. Mit einem Seufzer ließ der Magier sich auf einem Stuhl nieder. »Ich muß von dir wissen, ob es einen Weg gibt, das Lager der Orks auszuspähen.«

Der Magier schwieg eine Weile und wiegte den Kopf hin und her. Dann begann er langsam und bedächtig zu sprechen. »Es gibt zwei Wege, die Orks auszuspionieren, doch keiner ist leicht. Du verlangst wieder nach Dingen, die im Grunde meine Fähigkeiten übersteigen.«

Marcian starrte dem alten Mann in sein eingefallenes Gesicht. Eolan hatte sich den Schädel völlig kahl rasieren lassen, und er wußte von den andern Magiern, daß ihr Meister fast den ganzen Tag in Meditation verbrachte. Er war besessen von der Furcht, bald zu sterben, und versuchte, seinen Frieden mit dem Universum zu machen.

»Du sprichst in Rätseln für mich. Von welchen Wegen redest du, und warum willst du sie nicht gehen?«

»Ich könnte einen Dämon beschwören, um unsere Feinde auszuspähen, doch behagt mir der Gedanke nicht. Ich möchte nicht mehr in Sphären vordringen, die uns Menschen eigentlich verwehrt sind. Aus einer Dämonenbeschwörung, die fehlschlägt, kann viel Leid entstehen. Dieses Risiko möchte ich nicht mehr eingehen.«

»Mit anderen Worten, du hast Angst!« schleuderte ihm der Inquisitor entgegen.

»Nenne es ruhig Angst, wenn du es so siehst. Ich denke allerdings, daß es mehr mit Weisheit zu tun hat, wenn man sich nicht mit Kräften mißt, von denen man nicht weiß, ob man sie beherrschen kann. Ich habe lange zu dieser Einsicht gebraucht und dafür einen hohen Preis zahlen müssen. Jedenfalls werde ich nicht dir zum Gefallen noch einmal einen Fehler machen.«

»Und der andere Weg? Du hast von zwei Möglichkeiten gesprochen.«

»Ich weiß, daß einer meiner Adepten sich mit einem Zauber aus dem Volk der Waldelfen beschäftigt hat, der es erlaubt, die Gestalt eines Tieres anzunehmen. Doch weiß ich nicht, wie vollkommen er diesen Zauber beherrscht und was für ein Tier er gewählt hat. Nutzen würde uns ja wohl allein ein ... Vogel.« Eolan hatte eine ungewöhnlich lange Pause gemacht, bevor er das letzte Wort über die Lippen brachte.

»Gut!« Marcian begann wieder auf- und abzugehen. »Dann finde heraus, was dein Schüler kann, und setz mich darüber in Kenntnis.«

Stöhnend erhob sich der Magier aus dem Stuhl. »Es wird aber in jedem Fall noch einige Tage dauern, denn bevor ich gestatte, daß sich einer meiner Adepten einem solchen Risiko aussetzt, will ich erst persönlich sehen, wie gut er diesen Zauber beherrscht.«

Eolan verließ das Turmzimmer. Auch diesmal sagte er kein Wort zuviel. Kein Abschiedsgruß kam über seine Lippen, er schloß nicht einmal die Tür. Marcian ärgerte sich über den alten Mann. Mit der Arroganz, mit der er in den ersten Tagen nach seiner Ankunft aufgetreten war, hatte er besser umgehen können. Daß er ihm nicht wirklich helfen wollte, war unübersehbar. Er würde nun seine Agenten um sich versammeln. Immerhin verfügte er noch über andere Zauberer, die ihm bislang treu gedient hatten. Vielleicht besaßen die drei Magier und die Auelfe weniger Skrupel, was die Beschwörung eines Dämonen anging, oder sie verstanden es, sich in einen Vogel zu verwandeln. Zu guter Letzt blieb auch noch sein Freund Lancorian. Wieder stand Marcian vor der Wand des Turmzimmers. Er wendete, um seinen endlosen Marsch weiter fortzusetzen.

Drei Tage hatte es gedauert, bis Marcian Nachricht von Eolan erhielt. Alle anderen Versuche, ohne die Magier aus Bethana auszukommen, waren fehlgeschlagen. Lancorian und die drei anderen Magier beherrschten den Tierzauber nicht. Auch die Elfe Nyrilla konnte dem Inquisitor nicht weiterhelfen. Sie beherrschte zwar den Verwandlungszauber, doch hatte sie die Gestalt einer Wildkatze gewählt und kam somit für einen Spähtrupp gegen die Orks nicht in Frage.

Marcian war ins Haus der Magier am Platz der Sonne gebeten worden. Wie schon bei ihrem ersten Treffen sollte die Verwandlung in dem getäfelten Eßzimmer im ersten Stock stattfinden. Doch kaum war er angekommen, schickte man ihn schon wieder hinaus. Kalakaman, der junge blonde Zauberer mochte es nicht, wenn ihm der Stadtkommandant bei der Verwandlung zusah. Also hatte Marcian das Zimmer verlassen und stand nun wartend auf der Galerie. Er hatte den Eindruck, daß die Zauberer es genossen, ihre Macht ihm gegenüber auszuspielen. Doch blieb ihm keine andere Wahl, als sich ihren Launen zu fügen. Hinter der Tür hörte er, wie laut eine Zauberformel gerufen wurde. Nur ein Wort war deutlich zu verstehen: »Adler.«

Es wäre nicht schlecht, wenn es Kalakaman gelingen sollte, sich in einen Adler zu verwandeln. Als König der Lüfte bräuchte er keinen Gegner zu fürchten, und mit scharfem Blick würde er den Schleier über den Geheimnissen der Orks lüften.

Seit vorgestern war beinahe ununterbrochenes Hämmern aus ihrem Hauptlager vor der Ostmauer zu hören. Die Arbeiten an den drei hohen Erdhügeln waren abgeschlossen. Sklaven hatten Erde auf mehr als fünf Schritt Höhe aufgeschüttet und dann noch eine hölzerne Palisade darauf gesetzt. Das einzige, was man von der Stadt aus jetzt noch beobachten konnte, war, wie mehrmals am Tag auf großen Ochsenkarren Bauholz hinter die Hügel geschafft wurde.

Die Wirkung dieser Heimlichtuerei war enorm. Man

redete von gewaltigen Katapulten, die dort gebaut würden, oder von Tunneln, die von hinter den Hügeln bis tief unter die Stadtmauern getrieben würden. Selbst seine Offiziere hatten sich schon zu den verwegensten Spekulationen hinreißen lassen. Lancorian war es gewesen, der erst gestern abend die These aufstellte, bei den drei nebeneinanderliegenden Hügeln handle es sich um eine Kultanlage oder um Gräber für getötete Anführer der Orks. Jedenfalls mußte Marcian dem Geheimnis auf den Grund gehen, oder um ihn herum würden noch alle verrückt werden. Ein Vogelschrei schreckte den Inquisitor aus seinen Gedanken. Er drang aus dem verschlossenen Eßzimmer. Dann hörte er das Geräusch wie Flügelschlagen. Die Tür öffnete sich, und einer der Adepten bat ihn wieder hereinzukommen.

Als Marcian den Raum betrat, hockte der prächtige Vogel, in den sich Kalakaman verwandelt hatte, bereits auf dem Sims des geöffneten Fensters. Sein Gefieder glänzte silbrig und blau. Er war wenig größer als der Unterarm eines Mannes. Blaue Augen musterten ihn kalt, und krächzend schrie ihm der Falke etwas ins Gesicht. Dann stieß er sich ab und schraubte sich auf gewaltigen Schwingen schnell in den Himmel.

Alle eilten zum Fenster, um seinen Flug zu verfolgen. Nachdem er genügend Höhe gewonnen hatte, drehte der Vogel nach Süden, dort wo die Orks ihre Verteidigungsanlagen vor dem Stadttor ausgebaut hatten. Dumpfer Hörnerklang war jenseits der Mauern zu hören. Die Schwarzpelze schienen den majestätischen Falken am Himmel bemerkt zu haben. Doch was konnten sie schon tun. Er kreiste weit außerhalb der Reichweite jedes Bogenschützen. Noch immer drehte Kalakaman seine Kreise über dem Südtor.

»Laßt uns jetzt in den Garten gehen! Sobald er nach Osten fliegt, können wir ihn vom Fenster aus nicht mehr beobachten«, erklärte Eolan. Gestützt auf einen seiner Schüler, war er bereits auf dem Weg zur Galerie. Marcian folgte ihm.

Als die Gruppe den Garten erreichte, kreiste der Falke

bereits über dem Hauptlager der Orks. Aus der großen Höhe mußte er ohne weiteres erkennen können, was sich hinter den Hügeln verbarg. Da entfuhr einem der Adepten ein Fluch. Mit ausgestrecktem Arm wies er in den Himmel. Links von Kalakaman, noch einige hundert Schritt entfernt, war ein schwarzer Punkt zu erkennen. Ein mächtiger Vogel stieß auf den verwandelten Magier zu. Dieser erkannte die Gefahr und versuchte, nach Westen zur Stadt hin zu entkommen. Eolan hatte dem jungen Zauberer eingeschärft, sich auf keinen Fall irgendeinem Risiko auszusetzen.

Der schwarze Vogel holte schnell auf. Währenddessen gelang es dem Falken, in weiten Kreisen an Höhe zu gewinnen.

Der schwarze Vogel erschien riesig. Noch war er zu weit entfernt, als daß man seine Größe hätte schätzen können, doch war er deutlich größer als der Falke. Ganz so, als ahnte er, daß der andere ihn nicht angreifen würde, hatte er den kräfteraubenden Steigflug abgebrochen und befand sich nun unterhalb Kalakamans.

»Das muß ein anderer Magier sein.« Eolans Stimme klang heiser. »Er verhält sich sehr klug. Er will auf jeden Fall verhindern, daß Kalakaman hier in der Stadt landet. Sobald er tiefer geht, wird er ihn angreifen.«

»Und warum wehrt dein Schüler sich nicht?« Marcian hatte von Anfang an nicht verstanden, warum der alte Magier seinem Adepten verboten hatte, sich auf einen Luftkampf einzulassen.

»Er wäre dumm, sich zum Kampf zu stellen. Kalakaman hat zwar jetzt den Körper eines Falken, und er kann auch fliegen, doch ist es töricht zu glauben, er wäre ebenso geschickt wie ein Blaufalke. Er hat erst wenige Male diese Gestalt angenommen. Ihm fehlt die Erfahrung im Luftkampf. Ist sein Gegner mit der Vogelgestalt, die er gewählt hat, vertrauter, wird es ihm leichtfallen, meinen Schüler zu besiegen.« Eolan hatte vor Wut die Fäuste geballt und starrte in den Himmel. Mittlerweile waren die beiden Vögel über der Stadt. Nun konnte man den Schwarzen besser erkennen. Seine Spannweite mußte mehr als drei Schritt betragen. Kopf, Flügelspitzen und Brust des Vogels waren schneeweiß, der Rest des Körpers von tiefem Schwarz. Wer immer sich hinter dieser Gestalt verbarg, er hatte klug gewählt. Der schwarze Vogel war ein Königsadler, der seltenste unter den Adlern Aventuriens. Legenden rankten sich um diesen mächtigen Vogel, und es gab Königreiche, in denen es unter Todesstrafe verboten war, Jagd auf ihn zu machen. Sein Erscheinen würde den meisten Bürgern als ein Omen gelten.

Noch immer versuchte Kalakaman, weiter an Höhe zu gewinnen. »Das ist keine Lösung, Junge«, murmelte Eolan vor sich hin.

»Warum?« Marcian verstand den Einwand des alten Mannes nicht.

»Weil er nicht ewig am Himmel bleiben kann. Kalakaman hatte mit einem kurzen Erkundungsflug gerechnet. Eigentlich sollte er jetzt schon wieder im Garten sitzen.«

»Wo ist das Problem?« Marcian wandte den Blick nicht vom Himmel. Der Königsadler hatte begonnen, langsam höher zu steigen. Entweder würde er den Adepten so bald erreichen, oder der junge Magier mußte immer weiter in den Himmel fliehen. Doch statt aufzusteigen, schwankte der Falke unsicher in der Luft. Es sah ganz so aus, als hätte er mit schweren Winden zu kämpfen.

Auch Eolan verfolgte den verzweifelten Wettkampf und ließ sich Zeit mit der Antwort. Immer wieder murmelte er: »Komm zurück, du mußt es wagen!«

»Warum fliegt er nicht einfach davon?« Marcian hatte den Eindruck, als würde der Falke immer mehr zum Spielball der Winde. Er kam kaum noch von der Stelle, und der Königsadler würde ihn bald eingeholt haben. »Warum fliegt er nicht einfach in einen Wald und versteckt sich dort?«

»Weil er das nicht kann!« Eolans Stimme war verzweifelt. »Er wird vom Himmel stürzen. Er muß sich jetzt entscheiden. Du scheinst das Wesen der Magie zu vergessen. Heute kann fast kein Zauber mehr gewirkt werden, der von ewiger Dauer ist. Kalakaman hat nur einen Teil seiner Kräfte aufgewandt, um sich in den Falken zu verwandeln. Während er den Zauber sprach, mußte er sich entscheiden, wie lange die Verwandlung andauern sollte. Wir hatten abgesprochen, daß er nur wenig Kraft aufwenden sollte, weil er nur einen kurzen Flug vor sich hatte. Mit diesem Duell war nicht zu rechnen, und deshalb wird er sich bald zurückverwandeln. Geschieht das in der Luft, ist es sein sicherer Tod, sollte er aber …« Eolan brach mitten im Satz ab.

Der Falke hatte sich entschieden. Er legte die Flügel an und schoß in halsbrecherischem Sturzflug auf den Boden zu. Nur um Augenblicke verzögert folgte ihm der Adler, an dem er pfeilschnell vorbeigestoßen war. Bald erwies sich der Königsadler als schneller. Schon drohte er den Falken einzuholen, als der Vogel geschickt zur Seite wegdrehte und in einem langgezogenen Bogen wieder an Höhe gewann.

Mit breit gespreiztem Gefieder bremste der Adler seinen Flug und versuchte, ebenfalls wieder an Höhe zu gewinnen. Doch jetzt stieß der Falke auf ihn herab.

Für jedes Ausweichen war es zu spät, und die beiden Vögel wurden zu einem stürzenden Knäuel aus Federn, als der Falke dem Königsadler seine Fänge in den Rücken trieb. Bis in den Garten konnte man die schrillen Schreie der kämpfenden Raubvögel hören. Der Falke hatte nur den Vorteil des überraschenden Angriffs gehabt. Jetzt löste sich der Adler. Kalakaman geriet in seiner Vogelgestalt ins Trudeln. Einer seiner Flügel schien verletzt zu sein.

Mit kräftigen Schlägen flog der Adler einen kleinen Bogen und stieß dem stürzenden Falken hinterher. Gnadenlos stieß sein Schnabel vor. Federn stoben in die Luft. Gellend war der Schrei des Falken zu hören. Wieder löste sich der Adler, während der Falke offensichtlich am Ende seiner Kräfte auf den Boden zustürzte. Triumphierend schrie der mächtige schwarze Vogel seinen Sieg hinaus, während der Blaufalke in wenigen Augenblicken tot sein würde.

»Nein!« schrie Eolan. »Nein!«

Und dann geschah das Wunder. Knapp über den Dächern der Stadt breitete der Falke wieder die Flügel aus, bremste den Fall und segelte auf den Garten des Magierhauses zu. Der Königsadler stieß hinterher, doch es war zu spät. Schon verschwand der Falke zwischen den Bäumen.

Während seine Adepten weiter den Adler im Auge behielten, stürmte Eolan auf den Falken zu, der wie tot unter einem Baum lag. Blut sickerte durch sein blaues Gefieder, und er atmete nur noch schwach. Dann durchlief ein Zittern den Körper des Vogels, seine Krallen begannen sich zu verformen, und der kleine Körper begann unkoordiniert zu zucken. Die Krallen verschwanden in den langen dünnen Zehen, die langsam dicker wurden und sich zu einem zarten Rosa verfärbten. Gleichzeitig bildeten sich am ganzen Körper des Vogels die Federn zurück, verschwanden in blasser Haut, während alle Gliedmaßen auf abscheuliche Art anzuschwellen begannen.

Marcian wandte den Blick ab. Allein das letzte, was er gesehen hatte, würde ihn noch lange in Alpträumen verfolgen. Ein schwellender Kopf, halb Mensch halb Vogel, der ständig widerliche Ausbuchtungen trieb und kurz vor dem Zerplatzen schien. Erst als er ein eindeutig menschliches Stöhnen hörte, riskierte es Marcian, sich wieder umzudrehen. Eolan kniete neben dem blonden Zauberer und versuchte, ihn aufzurichten. Tiefe blutende Schrammen zogen sich über Kalakamans Rücken. Auch an Brust und Schulter war er verletzt.

»Was hast du gesehen?« Marcian mußte es wissen. Vielleicht würde der Magier seinen Verletzungen erliegen. Würde er jetzt nicht sprechen, mochte alles umsonst gewesen sein.

»Laß meinen Schüler in Ruhe!« herrschte ihn Eolan an.

»Aber ich muß es wissen ... Jetzt!«

»Da war nichts.« Kalakamans Stimme war kaum mehr als ein Flüstern.

Marcian beugte sich zu ihm hinab. »Was?« Er konnte nicht fassen, was er hörte.

»Da war nichts.« Die Stimme des jungen Zauberers klang nun ein wenig fester. »Hinter den Holzwänden war nichts. Nichts als Gras. Und hinter den Hügeln waren Gerüste aus Balken, doch ich konnte nicht genau erkennen, wozu sie dienten. Der Bau war noch nicht weit genug fortgeschritten.«

»Jetzt reicht es.« Harsch unterbrach Eolan seinen Schüler. »Du sprichst mir kein Wort mehr. In deinem Zustand hast du jede Anstrengung zu vermeiden. Und du, Marcian, verlasse den Garten! Wie du siehst, hast du uns wieder einmal Unheil gebracht.« Die jungen Adepten hatten inzwischen eine Decke aus dem Haus geholt. Sie rollten den Verletzten auf das Tuch und trugen ihn auf sein Zimmer. Marcian blieb allein unter den Bäumen zurück. Er blickte zum Himmel. Der Königsadler war verschwunden. Langsam schritt er zu dem Portal, das aus dem Garten auf die Straße führte. Dort standen überall Menschen und diskutierten. Der Kampf am Himmel hatte großes Aufsehen erregt, und viele hielten den Triumph des Königsadlers für ein schlechtes Omen.

## 12

Mehr als eine Woche war seit dem Duell am Himmel vergangen, und die Orks hatten beängstigende Fortschritte gemacht. Das Hauptlager war von Gräben und Erdwällen umgeben, doch waren die Verteidigungsanlagen noch nicht lückenlos. Dafür hatten allerdings die ersten Geschütze wieder das Feuer auf die Stadt eröffnet. Mehr als das, was man sah, beunruhigte alle, was sich hinter den Erdhügeln verbergen mochte. Unmengen von Brettern und Balken waren auf Karren dorthin geschafft worden, und immer mehr glaubten, daß von dort Tunnel unter die Ostmauer getrieben wurden.

»Wir brauchen endlich Klarheit!« Lysandra war von ihrem Sitz in der Offiziersversammlung aufgesprungen. »Mag sein, daß ein Ausfall gefährlich ist, aber langsam drehen mir die Rekruten durch. Wenn die Schwarzpelze dieses Spielchen noch ein wenig weiter treiben, ergeben sich die Bürger noch freiwillig.«

»Meine Rede«, stimmte ihr Oberst von Blautann zu. »Ein Ausfall kann gar nicht so gefährlich sein wie die Ungewißheit, die uns langsam alle wahnsinnig macht.«

»Ja, Wahnsinn!« Der Zwerg Himgi hatte das Wort ergriffen. »Jeder, der da hinaus ins Feuer der Orks reitet, muß wahnsinnig sein. Wer von uns weiß schon, wie viele Fallgruben sie nachts heimlich ausgehoben haben? Wer weiß, was sie sich sonst noch ausgedacht haben? Sicher ist nur: Sie wollen, daß wir herauskommen. Sie wollen uns mit ihrer Geheimnistuerei provozieren! Und jeder Soldat sollte wissen, daß es niemals klug ist, das zu tun, was der Gegner gerne möchte.«

»Aus dir spricht doch nur die Angst. Wäre ich so klein wie du, würde ich die Welt sicher auch ängstlicher sehen. Ich denke, daß die Orks in ihrem Lager sitzen und sich über unsere Feigheit totlachen, weil wir uns nicht trauen, einen Ausfall zu unternehmen, bevor sie ihre Arbeiten vollendet haben. Sind sie erst einmal fertig, wird es wirklich zu spät sein.« Der junge Gernot Brohm hatte gesprochen. Der Patriziersohn mit dem dunklen Lockenschopf brannte darauf, endlich wieder in die Schlacht zu ziehen. Seit seiner Verletzung beim Kampf am Fluß war er noch nicht wieder zum Einsatz gekommen.

Darrag saß an der Tafel und sagte nichts. Er war still geworden. Zwar kam der Schmied regelmäßig zu den Offiziersversammlungen und erfüllte auch sonst all seine Pflichten, doch schien es, als sei das Feuer verloschen, das einst in ihm brannte. Er hatte sich völlig in sich zurückgezogen.

Zerwas hob in feierlicher Geste seinen Pokal. »Ruhe!« rief er mit schallender Stimme über das Gemurmel im Saal. »Auch ich denke, wir sollten schnell einen Angriff führen. Am besten noch heute nacht. Wir können uns nicht leisten, länger zu warten. Es mag sein, daß dies ein Fehler ist und daß die Orks genau darauf warten. Doch sicher ist auch, daß wir unsere Autorität verlieren werden, wenn wir nichts unternehmen. Ich weiß, daß viele meiner Bürgerwehrsoldaten schon lange hinter vorgehaltener Hand darüber tuscheln, wir seien Feiglinge. Laßt uns unseren Kämpfern beweisen, daß wir den Mut zur Schlacht nicht verloren haben. Auf unseren Sieg!« Zerwas trank den Pokal in einem Zug leer und warf ihn über seine Schulter.

»Das ist ein Wort!« rief Oberst von Blautann und tat es ihm gleich. Auch Lysandra und Gernot Brohm erhoben sich von ihren Sitzen. Schließlich stand mehr als die Hälfte der Männer und Frauen, die Offiziersränge bekleideten.

Da erhob sich Marcian. »Nun, es sieht so aus, als könnte man euch nicht mit guten Worten von dieser Dummheit abhalten. Dann laßt uns gemeinsam überlegen, wie dieses Unternehmen so gut wie möglich durchzuführen ist. Und du, Zerwas, sollst das Oberkommando innehaben!« Mit überheblicher Geste bedankte sich der Vampir.

Dies mochte eine Gelegenheit sein, ihn loszuwerden, dachte Marcian und lächelte freundlich zurück.

Kolon stand auf dem Erdwall der Schanze vor dem Andergaster Tor. Bald würden sie kommen; dessen war er sich völlig sicher. Schon vor zwei Nächten hatte er die Speerschleudern in Position bringen lassen. Verborgen hinter den hölzernen Schutzwänden standen die Aale, wie sie die Soldaten wegen der langen Speere nannten, die diese Geschütze verschossen, bereit, jeden Ausfall zu einem Blutbad werden zu lassen. Er hatte dafür gesorgt, daß die besten Bogenschützen der Armee auf die Schanzen direkt vor den Toren der Stadt verteilt waren. Sollten die Greifenfurter nur kommen! Kolon erwartete sie sehnsüchtig. Diesmal würden sie es sein, die eine Niederlage erlitten.

Der Zwerg legte den Kopf in den Nacken und schaute zu den verblassenden Sternen. Er brauchte den Angriff. Es fiel ihm immer schwerer, Sharraz Garthai noch davon zu überzeugen, daß es besser wäre, wenn die Menschen zuerst angriffen. Schon hatte er befehlen müssen, die Ostmauer zu beschießen, um den Sturm der Orks vorzubereiten. Sharraz Garthai befürchtete, seine Autorität zu verlieren. Er brauchte dringend einen Erfolg.

Kolon verachtete die Orks. Sie waren strohdumm. Wäre er nicht hier, würden sie vermutlich immer noch mit Wurfankern und Leitern versuchen, die Mauern der Stadt zu überrennen. Doch so etwas mußte anders angepackt werden. Man mußte Finten wagen und den Feind verwirren. Der Kampf um eine Stadt war im Grunde von einem Schwertkampf nicht sehr verschieden. Es gab nur drei Wege, den Gegner zu vernichten. Er konnte an einer Vielzahl kleiner Schläge zugrunde gehen, doch das hieße, eine lange Belagerung führen. Statt dessen bestand auch die Möglichkeit, einen Angriff mit solcher Kraft voranzutreiben, daß ihm einfach nichts entgegenzusetzen war, doch dafür hatte Sharraz Garthai zu wenige Krieger, und dann gab es noch den dritten Weg: Man mußte einen Schlag führen, der völlig unerwartet kam und tödlich traf. Genau das würde geschehen. Kolon hatte lange mit Gamba über dessen Möglichkeiten beraten, und sie hatten gemeinsam einen Plan ausgeheckt, der den sicheren Untergang der Stadt bedeutete. Zunächst war auch Sharraz Garthai davon überzeugt gewesen, doch nun dauerte ihm das alles zu lange. Auch wenn er die Belagerung leitete, so war er doch wie die meisten seines Volkes zu ungeduldig.

Angestrengt lauschte Kolon in die Morgendämmerung. Hatte er nicht gerade ein Pferd wiehern gehört? Jetzt war es wieder still, bis auf das Zwitschern der Vögel, die im hohen

Gras ihre Nester hatten. Der Zwerg versuchte, im Zwielicht das Stadttor auszumachen. Doch vergebens. Es mochte noch eine halbe Stunde dauern, bis die Sonne aufging.

Da war das Geräusch wieder. Das konnte kein Zufall mehr sein. Der Zwerg hob den Arm und winkte. Zehn Orks standen hinter ihm unten am Erdwall bereit. Sie würden nun ausschwärmen und leise ihre Kameraden wecken. Jetzt durfte es noch keine Horn- und Trommelsignale geben.

Aus den Augenwinkeln sah Kolon, wie sich eine Gestalt über die Böschung schwang und zu den hölzernen Schutzwänden hinüberlief. Dort schliefen direkt neben den Geschützen die Bedienungsmannschaften. Noch wenige Augenblicke und alle waren in Alarmbereitschaft. Schon kamen die ersten Bogenschützen auf den Erdwall und kauerten sich hinter die Brustwehr. Im Morgendunst war ein leises Knirschen zu hören. Das Geräusch der Stadttore, die sich in ihren Angeln bewegten. Er hatte recht gehabt. Sie kamen.

Kolon drehte sich um und ließ prüfend den Blick über das Lager der Orks schweifen. Alle Krieger waren mittlerweile geweckt. Er lachte leise, diesmal würden die Greifenfurter diejenigen sein, die eine Überraschung erlebten. Bis zum Hauptlager durchzukommen war unmöglich. Kolon war sich völlig sicher, an alles gedacht zu haben. Neben ihm kauerte ein Ork mit einem ausgehöhlten Mammutstoßzahn. Sobald Kolon es befahl, würde er ein Hornsignal geben, und die Bogenschützen eröffneten das Feuer. Aber erst mußten die Feinde näher kommen. Wieder spähte der Zwerg angestrengt ins Zwielicht. Eine lange Reihe Reiter durchquerte das Tor. Fast völlig lautlos nahmen sie Aufstellung. Dann folgten Fußsoldaten. Sie sollten vermutlich die Reiter abschirmen.

In geschlossener Formation kamen die Infanteristen nun langsam auf die Schanze zumarschiert. Kolon griff nach der schweren Armbrust, die vor ihm auf der Brustwehr lag und gab dem Ork mit dem Horn ein Zeichen. Ein dumpfer, quäkender Ton zerriß die Stille des Morgens. Für einen Augenblick schienen die Menschen in ihrem Vormarsch zu stocken.

Der Zwerg hörte, wie die hölzernen Schutzwände ins Gras fielen. Dann war das scharfe Klacken der zurückschnellenden Sicherungsbügel der Speerschleudern zu vernehmen. Er hatte den Geschützbedienungen eingeschärft, zunächst auf die Reiter zu schießen. Das Fußvolk wäre Sache der Bogenschützen, die sich nun neben ihm erhoben. Von einem Augenblick zum anderen war die Luft erfüllt vom Sirren der Bogensehnen und Pfeile. Schon hörte man die ersten Schreie Getroffener durch die Nacht gellen und das Wiehern von Pferden im Todeskampf. Kolon spannte seine Armbrust. Noch immer rückten die Fußsoldaten vor. Der Zwerg ließ sich Zeit. Er wollte einen Offizier. Dann erkannte er einen Jüngling mit Locken. Er trug einen runden Schild und einen Küraß, soweit Kolon es im schwachen Licht erkennen konnte. Sorgfältig zielte er, legte den Zeigefinger an den Abzugsbügel und schoß. Der Bolzen riß den Mann von den Beinen. Er taumelte gegen die rückwärtigen Reihen und brach dann endgültig zusammen. Rings um ihn entstand Verwirrung. Die Fußsoldaten waren keine vierzig Schritt mehr vom Graben der Bastion entfernt.

Kolon griff nach dem Köcher mit den Bolzen und spannte seine Waffe erneut. Unter den Menschen brach nun endgültig Panik aus. Viele warfen die Schilde weg und rannten um ihr Leben. Schon wollten die ersten Orks die Böschung hinunterstürmen, den Graben durchqueren und ihnen nachsetzen, als die Stimme des Zwerges den Lärm der Schlacht übertönte. »Alles bleibt auf dem Posten! Wer hier ohne meinen Befehl die Verfolgung beginnt, den schieße ich nieder. Denkt an die Reiter! Im offenen Gelände sind wir ihnen nicht gewachsen.«

Die meisten hielten zögernd an und blickten mißtrauisch herüber. Kolon legte ruhig seine Armbrust an und zielte auf einen Ork, der den Graben durchquert hatte und gerade die gegenüberliegende Böschung erklomm. Kolon schoß. Mit einem Schrei stürzte der Krieger nieder, versuchte sich in der weichen Erde festzuklammern und rutschte sterbend die Böschung herunter. »Alles zurück auf die Posten!« Die Orks gehorchten ihm.

Jetzt kamen die Reiter zurück. Offensichtlich war ihnen der Durchbruch mißglückt. Ihre Reihen hatten sich gehörig gelichtet. »Vergeßt die Fußsoldaten, schießt nur noch auf die Reiter! Feuer!« kommandierte der Zwerg. Wieder war das harte Klacken der entsicherten Speerschleudern zu hören. Wie Blitze fuhren die Geschosse zwischen die Menschen, rissen Roß und Reiter zu Boden. Kolon fiel ein blonder Offizier mit wallendem blauen Umhang auf. Er versuchte, ein Trüppchen Reiter um sich zu sammeln. Offensichtlich wollte er eine Attacke auf die Geschützstellungen reiten, um so das Feuer auf sich zu ziehen und den anderen den Rückzug durch das Tor zu erleichtern.

Hastig spannte der Zwerg seine Armbrust und drehte an der Kurbel, die über einen ausgeklügelten Mechanismus den stählernen Bogen der Waffe spannte. Dann stützte er die Armbrust auf die Brustwehr auf, um sorgfältiger zielen zu können. Er wollte den Kopf dieses blonden Reiters. Nervös spannte er den Finger am Abzug und schoß, doch im selben Moment bäumte sich das Pferd des Reiters auf. Der Bolzen schlug dem Hengst in die Brust, der noch ein zweites Mal stieg und dann zusammenbrach. Geschickt sprang der Reiter aus dem Sattel und rollte sich im Gras ab. Schnell war er wieder auf den Beinen. Einer der Männer aus seinem Gefolge stieg ab und überließ ihm sein Pferd. Schon saß der Reiter wieder im Sattel, und sein Befehl zum Angriff schallte über das Schlachtfeld.

Respektvoll pfiff Kolon durch die Zähne. Die Ritter hatten Mut. Es mochten vielleicht zwanzig sein, die auf die Stellung der Orks zugaloppierten. Die Wahrscheinlichkeit, diesen Angriff zu überleben, war gering, doch ihr Plan ging auf. Alle Bogenschützen ringsherum konzentrierten ihr

Feuer auf die näherkommenden Reiter. Auch die Bedienungsmannschaften der Speerschleudern richteten ihre Geschütze neu aus, um den Rittern, die auf die befestigten Schanzen zuhielten, in die Flanken zu schießen.

Pferde strauchelten, von Pfeilen durchbohrt. Ritter wurden von Speeren aus dem Sattel gerissen und mehrere Schritt hinter ihre Reittiere geschleudert, doch noch immer hielten die Überlebenden auf die Schanze zu. Sie mußten jetzt weniger als fünfzig Schritt entfernt sein. Wieder spannte Kolon seine schwere Armbrust. Auf diese Distanz würde er treffen. Bedächtig zog er einen Bolzen aus dem Köcher an seiner Hüfte. Einen Augenblick betrachtete er das massige kleine Holzgeschoß mit seiner kantigen stählernen Spitze. Du wirst ein Heldenleben beenden, dachte er und legte den Bolzen ein. Als er aufblickte, um zu zielen, sah er, wie der Ritter samt Pferd zur Seite gerissen wurde. Ein Speer hatte Roß und Reiter getroffen. Diesmal gelang es dem Blondschopf nicht, sich abzurollen. Er verschwand unter dem stürzenden Pferdeleib.

Eine rothaarige Frau riß ihren Schimmel hart herum und sprang aus dem Sattel. Sie kniete neben dem gefallenen Ritter. Kolon kniff die Augen zusammen, um besser zu sehen. Noch immer war das Morgenlicht schwach und hatte kaum die Kraft, die Dunkelheit zu vertreiben. Es schien, als wäre dem Reiter der Speer durch den Oberschenkel geschlagen, so daß er regelrecht an sein totes Pferd genagelt war. Die Frau mit dem wehenden weißen Umhang machte sich an dem Schaft zu schaffen. Rings um sie wendeten nun die wenigen überlebenden Reiter ihre Pferde, um dem tödlichen Feuer der Orks zu entgehen. Nur zwei blieben bei ihr und versuchten, sie mit den Schilden von den Pfeilen der Gegner abzuschirmen. Mit einem Schwerthieb durchtrennte sie den Speer kurz über dem Bein des Reiters, dann löste sie den Schenkel aus der tödlichen Verklammerung. Einige Speere schossen kurz über ihren Kopf hinweg. Einer der zurückgebliebenen Ritter wurde getroffen. Ein Speer schlug ihm glatt durch den Unterleib, doch die anderen hatten Glück.

Kolon fluchte. Diese barbarischen Hinterwäldler. Immer, wenn es darauf ankam, schossen sie daneben. Aus Orks würde man wohl niemals vernünftige Artilleristen machen. Er würde dieses Schauspiel nun beenden. Soeben versuchte die Rothaarige, mit einem anderen den Pferdeleib wegzurollen und den Ritter endgültig zu befreien. Sorgfältig zielte der Zwerg und schoß. Einen Atemzug später sah er, wie es die Frau nach hinten riß. Zufrieden schmunzelte er. Doch dann richtete sie sich wieder auf. Kolon schrie vor Wut und fluchte in der Sprache der Zwerge auf den Schmied, der diese Rüstung gefertigt hatte. Der Bolzen mußte an ihrem Küraß abgeglitten sein, ohne ihn zu durchschlagen.

Wieder machte sie sich an dem Pferd zu schaffen. Um sie und den letzten verbliebenen Streiter schlugen die Geschosse ein. Jetzt hatten sie den Ritter mit dem blauen Umhang befreit. Der Zwerg blickte zum Stadttor hinüber. Die drei mußten mehr als zweihundert Schritt laufen, um die rettenden Mauern zu erreichen. Das würden sie nicht schaffen. Selbst wenn alle Orks blind wären und ziellos ihre Pfeile abfeuern würden, konnten sie die Strecke bis zum Tor unmöglich überleben. Kolon fühlte sich wie der Kommandant eines Erschießungskommandos. Die drei hatten es gewagt, ihm zu trotzen. Dafür würden sie nun sterben!

»Schießt sie nieder und holt euch ihre Skalps!« schrie Kolon auf orkisch seinen Kriegern zu, die den Befehl mit begeistertem Geschrei aufnahmen. Der Zwerg musterte die schwarzbehaarten Kreaturen, die er kommandierte. Früher hatte er Orks als Abschaum betrachtet, heute sah er sie anders. Sie waren zwar undisziplinierte Barbaren, doch gute Kämpfer. Die meisten menschlichen Soldaten waren den Hieben eines wütenden Orks nicht gewachsen. Und so würde es auch den Greifenfurtern ergehen. Heute war der Tag, an dem die Stadt fallen würde.

Vor dem Andergaster Tor waren nur noch wenige Reiter. Fast alle hatten sich hinter die schützenden Mauern geflüchtet. Ein großer Mann in schwarzer Rüstung ließ seinen Rappen steigen. Er rief etwas, doch auf die Entfernung konnte Kolon seine Worte nicht verstehen. Dann ließ der Schwarze sein Schwert über dem Kopf kreisen und wies auf die Stellung der Orks. Er riß das Pferd herum und kam auf sie zugaloppiert. Die anderen folgten. Dicht an seiner Seite fiel noch ein zweiter Mann in schimmerndem Plattenpanzer und mit wehendem roten Umhang auf. Das mußte Marcian sein!

Kolon lächelte böse. Sollten sie nur kommen! Sie wären nur mehr Futter für seine Geschütze. Die drei Überlebenden hatten inzwischen hinter den Kadavern toter Pferde Dekkung gesucht, um nicht dem Beschuß der Orks ausgesetzt zu sein.

Unter den angreifenden Reitern ertönte ein Hornsignal. In weit ausgefächerter Linie galoppierten sie auf die Schanze zu. Die meisten trugen nur leichte Lederrüstungen und waren mit Bögen bewaffnet.

Kolon gab erneut den Befehl zu schießen. Wie Hornissen im ersten Licht der Sonne blinkend flogen die geölten Speere der Geschütze auf die Reiter zu. Einer durchschlug den Hals eines Pferdes und drang tief in die Brust des Reiters. Auch die Bogenschützen verrichteten ihr tödliches Handwerk. Dichte Schauer von Pfeilen flogen den Angreifern entgegen. Das mußten Wahnsinnige sein.

Als sie die drei hinter den gestürzten Pferden erreicht hatten, zügelten die Bogenschützen ihre Pferde und erwiderten das Feuer. Ein bunt gefiederter Pfeil schlug dicht vor dem Zwerg in die Brustwehr ein. Einige der Orks schrien getroffen auf und stürzten. Diese Hunde schossen elend gut. Doch sie würden der Übermacht der Orks nicht lange standhalten.

Wieder hielten die Speere der Geschütze tödliche Ernte unter den Reitern. Mittlerweile waren die Verletzten von den Anführern auf die Pferde gezogen worden. Kolon legte auf den Mann in der Rüstung an. Das war ein Göttergeschenk, daß der Kommandant der Stadt jetzt unmittelbar vor ihm stand. Er mußte sorgfältig zielen. Traf der Bolzen nicht genau auf die schweren Eisenplatten des Harnischs, würde er wirkungslos abgleiten. Jetzt! Zusammen mit einem Schauer von anderen Pfeilen flog der Bolzen des Zwergs auf sein Ziel zu. Der Ritter riß seinen Schild hoch. Fünf oder sechs Pfeile fing er so ab. Doch der Bolzen mußte den Schild durchschlagen haben. Ein Horn ertönte. Der Mann wendete sein Pferd. Er schwankte im Sattel.

»Treffer!« Kolon hüpfte hinter der Brustwehr auf und ab. Dann beruhigte er sich wieder. Jetzt würde er dem Kerl den Rest geben. Wieder drehte er die Kurbel seiner Armbrust und beobachtete, wie sich der stählerne Bogen langsam spannte. Die Reiter hatten gewendet. Sie holten alles aus ihren Pferden heraus, um endlich wieder in die Sicherheit der Stadtmauern zu gelangen. Der Ritter in der schwarzen Rüstung und Marcian fielen zurück. Der Schwarze hatte die rothaarige Frau zu sich auf den Sattel gezogen und der Kommandant den Offizier mit dem blauen Umhang. Dadurch waren sie wesentlich langsamer geworden. Rund um sie schlugen Speere ein.

Dann zerstob neben Kolon ein Teil der Brustwehr aus festgestampfter Erde. Zwei Orks wurden schreiend von der Schanze gefegt. Sie mußten auf der Stadtmauer ein Geschütz in Stellung gebracht haben. Kolon war vor Schreck die Armbrust losgegangen. Fluchend spannte er den Bogen erneut. Gleich waren die Reiter außerhalb der Reichweite. Schon öffneten sich die Tore der Stadt. Kolon schoß, doch die Wahrscheinlichkeit, auf diese Distanz noch zu treffen, war gering. Er hatte gefehlt. Der Zwerg hob den Arm. Es war sinnlos, noch weiter zu schießen. »Feuer einstellen!«

Langsam senkten die Orks die Bögen. »Holt euch eure Beute!« Der Zwerg wußte, daß die meisten der Krieger darauf brannten, sich die Skalps der Toten zu holen. »Kommt aber nicht zu dicht an die Mauer. Artilleristen, nehmt die Rotze auf der Mauer unter Feuer.« Das Geschütz mit der geraden Schußbahn konnte ihnen gefährlich werden. Die Schanzen waren zu weit von der Stadt entfernt, als daß sie von einem einzelnen Geschütz ernsthaft bedroht werden konnten. Doch wagten sich seine Männer aufs freie Feld, sah die Sache schon anders aus. Schon schwärmten die ersten Krieger durch den Graben auf das Schlachtfeld zu. Die Morgensonne beschien Dutzende von toten Pferden und Reitern, die in grotesker Verrenkung am Boden lagen. Dieser Ausfall war die Greifenfurter teuer zu stehen gekommen. Schon begannen die Orks, die Verwundeten niederzumachen, die auf der Walstatt liegen geblieben waren. Auch Kolon hatte sich über die Schanze hinab in den Graben rutschen lassen. Er wollte den Kopf des gelockten Offiziers.

## 13

Seit dem Morgen dröhnten die großen Kriegstrommeln der Orks. Kolon malte sich aus, wie den Menschen in der Stadt zumute sein mußte. Nach dem abgeschlagenen Ausfall hatte er Sharraz Garthai auf einem Speer den Kopf des getöteten Anführers der Fußtruppen gebracht.

Der Kommandant der Orks war zufrieden. Er hatte ihm erlaubt, den Angriff auf die Stadt wie abgesprochen fortzusetzen. Zunächst ließ der Zwerg darauf die Krieger aus den Schanzen vor den Stadttoren vorrücken. Gedeckt hinter hölzernen Schutzwänden näherten sich die Bogenschützen der Mauer und überschütteten die Verteidiger mit einem Hagel von Pfeilen. Unterstützt wurden sie dabei von den Aalen, den Geschützen, die schwere Speere gegen die Mauern schossen.

Jetzt zur Mittagszeit sollte die Strategie geändert werden. Unter die Aale hatte man Holzkeile getrieben, so daß sie die Geschosse nun steil in den Himmel schleuderten. Doch statt herkömmlicher Speerspitzen staken auf den Schäften kleine eiserne Körbe. Sie wurden mit öldurchtränkten Lappen gefüllt und dann in Brand gesetzt. Feurige Schweife hinter sich herziehend flogen sie in die Stadt. Schon waren die ersten Häuserdächer in Brand geraten. Die Bürger waren so abgelenkt und mußten sich entscheiden, ob sie ihre Heime retten oder die Mauern gegen die Orks verteidigen wollten.

Kolon blickte zurück. Auf den Erdhügeln standen Gamba und die Schamanen der Orks. Seit über einer Stunde waren sie mit einem komplizierten Ritual beschäftigt. Sie sollten die Geister des Windes beschwören, und langsam zeigte sich erster Erfolg. Über der Stadt zogen sich dunkle Wolken zusammen, während der Himmel rings herum sommerlich blau blieb. Überall vor der Ostmauer sammelten sich Truppen, Krieger aus Dutzenden verschiedenen Stämmen. Kämpfer in Lederrüstungen mit Helmen und Schilden, die im Nahkampf die Verteidiger niederringen sollten. Bogenschützen, die oft nur einen Lendenschurz und skalpgeschmückte Köcher an der Seite trugen.

Weiter hinten im Lager waren große Kesselpauken aufgestellt. Verletzte, die nicht mehr kämpfen konnten, schlugen dort monoton den Takt zum Untergang der Stadt. Sharraz Garthai befehligte eine kleine Einheit von Tordochai. Sie galten als die wildesten Kämpfer unter allen Stämmen der Orks. Weiter nördlich machten sich Tiertreiber bereit. Mehr als fünfzig blutgierige Kampfhunde warteten darauf, als Vorhut durch die Breschen in der Mauer getrieben zu werden. Sie zerfleischten gnadenlos alles, was nicht nach Ork roch, und würden in der Stadt für Panik sorgen. Doch zunächst trommelten die Felsen der Katapulte noch gegen die Ostmauer. Seit dem Morgengrauen währte der Beschuß, und langsam zeigten sich tiefe Risse in der Mauer. Die Brustwehr war auf weiter Strecke nur noch eine Trümmerlandschaft und bot den Verteidigern kaum noch Deckung.

Ein Blitz zuckte aus den finsteren Wolken und ging auf die Stadt nieder. So stellte sich Kolon den Untergang Deres, seiner Welt, vor. Ein apokalyptischer Sturm, Feuer und eine gewaltige Schlacht. Er schwenkte die Streitaxt über dem

Kopf. Jetzt würde er sein Geheimnis enthüllen und die Menschen ins Verderben locken. Alle Sklaven waren hinter die Erdhügel gebracht und unter der Aufsicht peitschenschwingender Orks in Ketten vor die großen Belagerungstürme gespannt worden. Langsam setzten sich die riesigen, hölzernen Gebilde mit ihren massigen Scheibenrädern in Bewegung. Auf den Plattformen der Türme hatte er Gerüste mit Speeren aufstellen lassen, so daß es auf Entfernung so aussehen mußte, als stünden sie voller Krieger. Unendlich langsam umrundeten die hölzernen Riesen die Hügel. Dann wurden sie über drei große Rampen gezogen, die der Zwerg in der Verschanzung des Hauptlagers angelegt hatte. Schritt für Schritt näherten sich die Türme der Mauer, während das Heer angriffsbereit verharrte. In vorderster Linie standen Dutzende fahrbare Sturmwände bereit. Sie sollten den Bogenschützen Deckung bieten, die den ersten Angriff zu führen hatten und die größten Verluste erleiden würden. Kolon schnallte sich den Schild über den Arm und schritt zu seiner Einheit. Auch er würde im Kampf in vorderster Linie dabei sein.

Während die Schamanen dunkle Gewitterwolken über der Stadt zusammenzogen, konzentrierte sich Gamba auf den mächtigen Festungsturm, der die Mitte der östlichen Stadtmauer sicherte. Hier würden zweifellos die fünf Magier stehen. Sie waren die einzigen, die die Macht hatten, die vorrückenden Belagerungstürme aufzuhalten. Er kannte diese arroganten Akademiezauberer gut. Sie machten aus der Magie eine Wissenschaft, lernten aus Büchern, ohne je zu begreifen, welches mächtige Band zwischen den astralen Kräften und der Natur bestand. Sie waren vorausberechenbar. Gamba war sich völlig sicher, daß sie in die Falle gehen würden, die er ihnen gemeinsam mit Kolon gestellt hatte. Wieder konzentrierte er sich auf die Gewitterwolken und spürte das unruhige Knistern der gewaltigen Kraft, die sich in ihnen ballte.

Hinter den Zinnen des Festungsturms meinte er, die weißen Roben der Magier zu erkennen. Obwohl es hier bei den Hügeln im Lager der Orks heller Tag war, verschlechterten die Gewitterwolken und die dichten Rauchschwaden von den Bränden die Sicht in der Stadt.

Noch waren die Belagerungstürme mehr als hundert Schritt von der Stadt entfernt. Noch mußte er warten. Die Magier sollten sich verausgaben! Kurz blickte der Druide zu den Bogenschützen, die um ihn herum auf dem Hügel kauerten. Sie warteten nur auf sein Zeichen.

Jetzt war es soweit. Der vorderste Belagerungsturm war weniger als hundert Schritt von der Mauer entfernt. Gamba meinte, regelrecht zu fühlen, wie die ungebundenen astralen Kräfte der Natur ringsum durch die Vorbereitung eines mächtigen Zaubers aus dem Gleichgewicht gerieten. Dann löste sich von den Zinnen des Festungsturms ein gewaltiger Flammenstrahl, der heller als die Sonne war, und traf auf den vorderen Holzturm. Für einen Augenblick schwankte er unter dem Aufprall hin und her und trotzte der sengenden Hitze der Flammen. Dann siegte das Feuer, und binnen eines Atemzuges stand die Maschine von den mannshohen hölzernen Rädern bis zur Plattform in Brand. In Panik versuchten die Sklaven, von ihren Ketten freizukommen. Glühende Balken des auseinaderbrechenden Turms prasselten auf sie herab, während ihre Aufseher die Fesseln lösten. Für die, die dicht an der Flammensäule gestanden hatten, kam jede Hilfe zu spät. Die ungeheure Hitze hatte sie getötet.

Von den Mauern Greifenfurts war ein vielstimmiges »Hurra!« zu hören. Gamba grinste böse. Ein weiterer Flammenstrahl löste sich vom Festungsturm, um den nächsten Belagerungsturm zu vernichten. Bis zu seinem Hügel konnte der Druide das Schreien der sterbenden Sklaven hören. Es roch nach verbranntem Fleisch. Die Truppen der Orks standen weiterhin abwartend vor dem Lager. Ihre Anführer hatten ihnen erklärt, was zu erwarten war, und so beobachteten sie schweigend die Macht-Demonstration der Magier.

Der letzte noch verbliebene Belagerungsturm hatte seine Bewegung eingestellt. Die Sklaven versuchten, sich von ihren Ketten loszureißen. Die Peitschen der Orks knallten, rissen Fleisch in blutige Striemen. Dann wurde auch dieser Turm zum Fraß der Flammen. Drei großen Fackeln glichen die mächtigen Belagerungsmaschinen.

Gamba konzentrierte sich und versuchte, die Kräfte in den Gewitterwolken zu sammeln. Schweiß rann ihm in Sturzbächen den Körper hinab. Mit einem Aufschrei ließ er die Kräfte frei, die er gebündelt hatte. Ein gewaltiger vielarmiger Blitz zuckte vom dunklen Himmel über die Stadt und schlug in den Turm der Magier ein. Das Gestein ächzte, und rund um die Plattform war eine Halbkugel, umspielt von gleißend blauem Licht, zu sehen.

Gamba fluchte und spuckte aus. Er hatte einen bitteren Geschmack im Mund. Dann gab er einen kurzen Befehl an die Bogenschützen. Fünf Krieger zogen die Sehnen auf die Waffen und griffen nach den schwarzen Pfeilen, die sie vor sich in den Boden gesteckt hatten. Seinem ersten Ansturm hatte der Schutzzauber der Menschen noch standgehalten, doch diesmal würde er sie zerschmettern. Wieder ließ er seinen Geist in die finsteren Gewitterwolken aufsteigen und bündelte die Urgewalt des Sturmes. Er ließ sich Zeit. Diesmal sollte sein Schlag vernichtend sein. Gamba erzitterte am ganzen Körper, während er mit leerem Blick in den Himmel starrte, seine Augen so verdreht, daß nur noch das Weiße zu sehen war.

Wieder entlud sich ein gewaltiger Blitz über dem Turm der Magier. Sein Gleißen tauchte das Schlachtfeld in kaltes Licht. Die Hunde der Tiertreiber heulten auf. Für einen Augenblick hielt der Schutzschirm, den Eolan und seine Adepten um die Plattform des Turms gelegt hatten, und absorbierte einen Teil der zuckenden weißblauen Blitze, doch dann brach er in sich zusammen. Im selben Augenblick sirrten fünf schwarze Pfeile auf den Turm zu. Keiner der Kampfmagier sollte entkommen. Ihr Tod war das Vorspiel zum Untergang der Stadt. Das Bersten von Steinen ließ Gamba aufblicken. Nachdem er die Blitze gegen die Zauberer gerichtet hatte, war er kraftlos zusammengesunken.

Noch immer zuckte das Himmelsfeuer um den Turm. Aus dem Inneren schlugen Flammen durch die Schießscharten. Dann brach das Gemäuer mit Getöse in sich zusammen. Eine mächtige Wolke aus Staub und Rauch stieg zum Firmament. Als die Sicht wieder klarer wurde, klaffte mitten in der Ostmauer eine mehr als zehn Schritt breite Lücke, gefüllt mit den geschwärzten Trümmern des Turms. Ein Mann in schwarzer Rüstung und ein Ritter mit rotem Umhang waren im wehenden Rauch zu erkennen. Neben ihnen noch einige andere Gestalten. Gamba lachte. Der Kampf der Magier war beendet. Nun würden die Schwerter sprechen, und diese paar Recken würden den Sturm der Orks nicht aufhalten können.

Marcian war verzweifelt. Es kam ihm vor, als stünde er schon Tage in der Bresche. Schulter an Schulter mit dem Vampir hatte er einen Angriff nach dem anderen abgeschlagen, doch wie die Wellen eines Ozeans brandeten immer wieder neue Orkscharen gegen die breite Lücke in der Mauer. Um sie herum lagen die zerfetzten Leiber erschlagener Orks und Menschen. Beide kämpften mit gewaltigen Zweihändern. Waffen, die einen silbrig schimmernden Kreis aus Tod und Verderben um die Recken zogen.

Bislang war es keinem Ork gelungen, diesen Bannkreis des Todes zu durchbrechen, doch langsam erlahmten die Kräfte der beiden Kämpfer. Die Elite der Greifenfurter Krieger hatte in den letzten Stunden ihr Leben gelassen. Zunächst hatte die kleine Schar der Kürassiere von Blautanns den Orks getrotzt. Danach sprangen Lysandras Löwinnen in die Bresche, und jetzt hatte Darrag mit seinen Leuten die Amazone abgelöst. Wieder wichen die Orks zurück.

»Alles in Deckung!« schrie Marcian, doch eigentlich war der Befehl unnütz. Längst kannten alle Kämpfer die Strategie der Orks. Wann immer sich die Schwarzpelze zurückzogen, gingen Schauer von Pfeilen auf die Bresche nieder. Marcian hastete hinter einen halb eingefallenen Torbogen. Einst war das die Pforte zum Hauptturm der Ostmauer gewesen. Jetzt standen von dem mächtigen Bollwerk in der östlichen Verteidigungslinie nur noch einige rußgeschwärzte Trümmer. Zerwas hatte sich denselben Platz als Deckung ausgesucht. Eben erst hatte Marcian gesehen, wie ein Pfeil ihn am Kopf streifte und eine blutige Schramme zurückließ. Jetzt war die Wunde verschwunden.

»Gibt es nichts, was dich tötet?« murmelte der Inquisitor. Er selbst spürte seine Kräfte mehr und mehr schwinden. Seine schwere Rüstung war übersät von Schrammen und Beulen. Sein Körper schmerzte von zahlreichen Prellungen, und sein linker Arm fühlte sich taub an. Obwohl Lancorian die Schußwunde, die er sich am Morgen zugezogen hatte, auf magische Weise versiegelt hatte, war sein linker Arm immer noch schwach.

»Wenn es etwas gäbe, was mich töten könnte, wärst du der letzte Mensch, dem ich es verraten würde.« Zerwas lachte laut auf. »Deine Greifenfeder scheint gegen die Hiebe der Orks nicht zu schützen. Du siehst schlecht aus, Inquisitor. Ich fürchte, wenn du dich nicht aus der Bresche zurückziehst, werde ich dich noch vor Sonnenuntergang sterben sehen.«

»Sei dir nicht …« Krachend schlug ein Felsbrocken zwischen die Trümmer. »Bei allen Göttern! Jetzt ist es vorbei!« Vorsichtig lugte Marcian über den Rand des Torbogens. Die Katapulte der Orks begannen, sich auf die Bresche einzuschießen. Sie würden ihre Stellung räumen müssen. Ein weiterer Felsbrocken schlug wenige Schritt rechts von ihm gegen die Brustwehr der Mauer und riß einen Mann in die Tiefe. Splitter von berstenden Steinen prallten mit hellem Klang an der Rüstung des Inquisitors ab. Bis jetzt hatten

Himgis Sappeure ihnen von der Mauer aus Feuerschutz gegeben, doch weiter unter dem Beschuß der Katapulte auszuharren, hieße, nur sinnlos Leute zu opfern.

»Alles zurück!« schrie Marcian verzweifelt. »Wir werden von den Barrikaden in den Gassen aus weiter kämpfen.«

Marcian ließ sich wieder in Deckung rutschen. »Wie lange gibst du der Stadt noch?« fragte ihn der Vampir.

»Wenn die Orks so weitermachen, halten wir morgen früh nur noch die Garnison. Sieht ganz so aus, als würde aus deiner Rache nichts mehr. Es wird jetzt schnell vorbei sein, es sei denn ...« Zischend zog ein Felsblock über ihre Köpfe. Es war an der Zeit, sich abzusetzen. Die Orks schienen zu merken, was vor sich ging. Ganz in der Nähe war das Heulen ihrer Kriegshunde zu hören. Geduckte Gestalten huschten zwischen den Mauerresten und zogen sich in die Stadt zurück.

»Zeit zu gehen, Vampir!« Mühsam zog sich Marcian an der Mauer hoch. Das Gewicht seiner Rüstung schien ihn zu erdrücken. Er war todmüde und hatte kaum noch die Kraft, den mächtigen Zweihänder aufzuheben, mit dem er in der Bresche gefochten hatte. »Ich kann nicht sagen, daß es nett war, dich gekannt zu haben, Zerwas. Fahr zum Namenlosen!«

Stolpernd hielt der Inquisitor auf die Häuser zu. Die Bürger hatten Karren in den Gassen quergestellt und Möbel auf die Straße geworfen, um Barrikaden zu errichten. Mühsam erklomm Marcian das vorderste Hindernis. Beißender Rauch zog durch die Stadt. Schon vor einer Stunde hatte er den Befehl gegeben, sich nicht mehr um die Brände zu kümmern. Er brauchte jetzt jeden, der eine Waffe halten konnte. Aus der Bresche ertönte Hundegekläff. Schon konnte Marcian die ersten der vierbeinigen Bestien erkennen, widerliche Geschöpfe mit langen Reißzähnen. Viele von ihnen trugen plumpe Lederpanzer um den Leib. Diese Kreaturen wollten nur eins: töten.

Zerwas kam auf die Stellung zugerannt. Drei Kampfhunde waren ihm auf den Fersen. »Gebt ihm Feuerschutz!« schrie Marcian die Bürger hinter der Barrikade an. In der schweren schwarzen Rüstung kam der Vampir nur langsam voran. Mit einem Schlag nach hinten trennte er einem Hund, der zum Sprung ansetzte, die Vorderläufe ab. Aufheulend stürzte die Bestie, rollte sich mit wild in der Luft zuckenden Läufen auf dem Rücken, während die anderen beiden über sie herfielen und gnadenlos zerfleischten. Zerwas erreichte die Barrikade und zog sich mit einem Ruck an einem umgestürzten Schrank hoch. Dann sprang er auf der anderen Seite herab. Atemlos keuchte er: »Ich muß mit dir reden, Marcian.« Er zog den Inquisitor von der Barrikade in die Gasse.

»Was willst du?«

»Du hast gesagt ... daß du noch ... einen Weg ... siehst! Welchen?« Keuchend blickte ihn der Vampir an.

»Wenn ich ein paar Kämpfer hätte wie dich, Krieger, die beinahe unverwundbar sind ...« Marcians Stimme war zu einem Flüstern geworden. Er wußte, daß er allein für diesen Gedanken schon auf den Scheiterhaufen gehörte. Die Inquisition durfte niemals erfahren, was hier vor sich gegangen war. Doch auch dafür hatte er schon Vorbereitungen getroffen.

Zerwas überwachte den Abtransport der Verwundeten aus dem Siechenhaus der Therbuniten. Lange konnte dieses Viertel nicht mehr gehalten werden. Überall loderten Brände, und die Kampfhunde der Orks streunten durch die Straßen. Noch leisteten die Bürger auf den Barrikaden verzweifelten Widerstand, schossen aus den Fenstern der brennenden Häuser und warfen Felsbrocken und Balken von den Dächern auf die anstürmenden Schwarzpelze, doch schon hatte Marcian befohlen, eine neue Verteidigungslinie auf Höhe der alten Stadtmauer zu bilden.

Der Vampir trug einen Mann über der Schulter, dem am

Mittag der Arm amputiert worden war. Fluchend scheuchte er die anderen vorwärts. Zum dritten Mal machte die Kolonne von Trägern schon den Weg quer durch die Stadt. Die Barrikaden auf den Straßen verhinderten, daß man noch mit einem Karren bis zum Siechenhaus durchkam. Erst westlich des Platzes der Sonne waren die Wege wieder frei. Die Verletzten sollten in die Burg geschafft werden. Zerwas blickte zum Himmel. Noch immer standen finstere Wolkengebirge über der Stadt. Bald würde im Westen die Sonne untergehen. Dann konnte er Sartassa holen und beginnen. Es hatte lange gedauert, bis der Inquisitor ihn überredet hatte, doch würde er diesen verzweifelten Plan nicht ausführen, erschiene ihm die Stadt nicht schon jetzt verloren.

Beinahe wäre er gestolpert. Die Leiche eines kleinen braunhaarigen Mädchens lag quer in der Gasse. Die Hunde der Orks hatten ihr die Kehle herausgerissen. Ihr Körper war von Klauen und Zähnen gräßlich entstellt. Sein Entschluß stand fest. Er würde Marcian helfen!

»Wir werden ihnen nicht sagen, was sie wirklich sind«, flüsterte Zerwas Sartassa zu. »Sobald sie erwachen, behaupten wir, Lancorian hätte einen Heilzauber auf sie gesprochen, der sie vor dem Tode gerettet hat. Sie sollen glauben, daß sie beinahe unsterbliche Kämpfer sind, und das ist ja nicht einmal gelogen.« Wieder blickte er auf die zwölf Männer und Frauen, die auf Strohlagern am Boden des Kellergewölbes lagen. Verwundete, die tödliche Verletzungen empfangen hatten, aber nicht so verstümmelt waren, daß sie Gliedmaßen eingebüßt hätten. Dem einen ragte das abgebrochene Geschoß einer Speerschleuder aus der Hüfte. Zerwas hatte den Schaft untersucht. Es war Ulmenholz. Der Speer mußte nicht aus der Wunde entfernt werden. Daneben lag eine Frau, der herabstürzende Trümmer die Rippen zerschmettert hatten. Ein anderer war halb verbrannt, sein Kopf nur noch ein schrecklicher Klumpen roten Fleischs. Sie alle wären noch vor Morgengrauen in Borons Hallen gegangen, doch jetzt würden sie leben. Sie würden Gelegenheit bekommen, sich an den Schwarzpelzen zu rächen.

Neben der Tür stapelten sich Waffen und Rüstungen, das Beste, was in den Arsenalen der Burg noch aufzutreiben war. Sauber gefaltete, schwarze Umhänge lagen auf einem Stuhl. Jeder aus Zerwas' Elitetruppe sollte einen tragen, damit man sie von den anderen Kriegern unterscheiden konnte.

»Schau, der Verbrannte sieht schon viel besser aus«, sprach ihn Sartassa an. Am Hals des Mannes schimmerte frische rosige Haut. Die gräßliche Wunde begann sich langsam zu schließen. Der Mann stöhnte im Schlaf. »Was glaubst du, wie lange es noch dauern wird?« fragte die Elfe.

Zerwas zuckte mit den Schultern. »Ich weiß nicht. Ich hoffe, nicht zu lange. Das letzte, was ich aus der Stadt gehört habe, war beunruhigend. Die Orks sind schon bis zur alten Stadtmauer vorgedrungen, und es sieht so aus, als würde auch das Andergaster Tor bald fallen.«

»Vielleicht sollte ich schon einmal vorgehen.« Sartassa machte einige Schritte in Richtung Tür.

»Bleib hier!« herrschte Zerwas sie an. »Wir werden alle zusammen losschlagen.«

Wütend bleckte die Elfe ihre Fangzähne, doch sie blieb.

Das war also das Ende, dachte Lancorian. Die Orks hatten das Andergaster Tor gestürmt und waren, fast ohne auf Widerstand zu stoßen, bis zum Platz der Sonne vorgedrungen. Mit einer Handvoll Männer stand er gemeinsam mit Marcian in der Gasse vor der ›Fuchshöhle‹ und verteidigte eine Barrikade. Für einen Augenblick war Ruhe. Eben erst hatte er die Illusion eines Dämons erschaffen, der wutschnaubend aus einem der brennenden Häuser hervorbrach. Die Schwarzpelze waren darauf laut schreiend davongelaufen. Doch dies bedeutete nur einen kurzen Aufschub.

Aus allen Richtungen waren Kampflärm und das Schreien Sterbender zu hören. Greifenfurt war am Ende und er auch. Der Zauberer hatte mehr als vierundzwanzig Stunden nicht geschlafen. Seit dem gescheiterten Ausfall im Morgengrauen stand er fast ununterbrochen im Kampf. Er hatte kaum noch die Kraft, auf den Beinen zu bleiben. Neben ihm lag Marcian an die Barrikade gelehnt.

»Deine Ruhe möchte ich haben.« Lancorian schaute seinen Freund verständnislos an. Dessen Rüstung war von den Hieben der Orks gezeichnet, und sein roter Umhang hing ihm zerfetzt von den Schultern. »Rund um dich herrscht ein unbeschreibliches Inferno, und du sitzt da und grinst.«

»Ja«, antwortete der Inquisitor schlicht. »Ich habe alles getan, was ich tun konnte. Ich habe sogar die Inquisition verraten. Jetzt trage ich keine Verantwortung mehr. Wenn die Stadt vernichtet wird, so hatten die Götter es eben so beschlossen. Ich glaube, daß ich mich jetzt nicht einmal mehr wehren würde, wenn die Orks noch einmal angreifen. Ich bin so müde, daß mir die Aussicht auf ewige Ruhe sehr angenehm erscheint.«

»Sprich leiser«, zischte der Magier. »Was sollen die Männer von dir denken? Du bist ihr Vorbild. Reiß dich gefälligst zusammen!«

»Nein, Lancorian. Jetzt nicht mehr. Beug dich zu mir herunter. Ich möchte dir etwas geben.«

Dumpf schlugen Pfeile ringsum in die Barrikade ein. Die Illusion, die Lancorian erschaffen hatte, war verblaßt, und die Orks kamen vorsichtig zurückgeschlichen.

»Nimm das!« Marcian nahm sich einen Lederriemen mit einer bunten Feder vom Hals und reichte ihn seinem Freund. »Das wird dich vor der Macht des Bösen schützen. Spare deine Kräfte! Wenn noch nicht alles verloren ist, werden wir dich noch brauchen.« Der Kommandant schloß die Augen.

»Was ist los mit dir?« Lancorian rüttelte ihn an der Schulter.

»Was soll schon sein? Ich werde ein wenig schlafen. Wenn die Orks angreifen, werde ich schon wieder auf den Beinen sein.«

Vorsichtig spähte der Magier über einen umgestürzten Leiterwagen. Die Gelassenheit, mit der Marcian auf seinen Tod wartete, war ihm unverständlich. Vom Platz der Sonne erklang lauter Kampflärm. Die Orks schienen in ein schweres Gefecht verwickelt zu sein. Noch leisteten die Greifenfurter Widerstand! Vielleicht würden sie sogar zum Gegenschlag ausholen. Immerhin waren es kaum mehr als fünfzig Schritt bis dorthin.

Wieder schlug ein Pfeil in das Holz der Barrikade. Der Zauberer versuchte, im flackernden Licht der Flammen den Schützen auszumachen. Vergebens. Er wollte auch nicht riskieren, sich zu weit vorzustrecken. Dann würde er ein gutes Ziel bieten. Ein streunender Kampfhund zerrte an einer Leiche, die in der Gasse lag. Widerliche Biester, dachte Lancorian. Schade, daß sie alle Pfeile verschossen hatten. Hinter den Rauchschwaden bewegte sich etwas. Er schluckte. Ein Trupp Orks schlich näher. Es mußten mehr als zehn sein. Vorsichtig kamen sie die Gasse herunter. Lancorian kroch hinter die Barrikade zurück und rüttelte Marcian an der Schulter. »Sie kommen!« Mühsam rappelte sich der Inquisitor auf. Auch die anderen Männer und Frauen griffen müde nach ihren Waffen. Ein erbärmlicher Haufen. Dies würde wohl das letzte Gefecht sein. Der Zauberer zog einen Dolch, den er bislang unter seinem Gewand verborgen hatte. Mindestens einem der Kerle würde er noch das Lebenslicht ausblasen.

Dann ging alles rasend schnell. Das letzte Stück zur Barrikade rannten die Orks. Schon begannen sie, über den umgestürzten Wagen zu klettern. Neben Lancorian wurde eine Kriegerin von einem Wurfspeer umgerissen. Marcian rammte dem ersten, der über den Wagen sprang, sein Schwert in den Bauch. Doch immer mehr Orks drangen aus der Gasse. Schon waren vier oder fünf über die Hindernisse hinweg. Marcian wurde eingekreist und langsam gegen eine Hauswand gedrängt. Müde parierte er die Schläge seiner Angreifer, während Lancorian einen der Schwarzpelze mit einem Blendzauber ausgeschaltet hatte.

Plötzlich stand eine Frau mit schwarzem Umhang unter ihnen. Im ersten Augenblick glaubte der Magier, sie sei eine Söldnerin auf Seiten der Orks, doch dann hieb sie auf ihre Gegner ein. Die Frau kämpfte überaus geschickt und schien keine Angst vor dem Tod zu haben. Sträflich vernachlässigte sie ihre Deckung und griff tollkühn drei Orks auf einmal an. Noch weitere Krieger mit schwarzen Umhängen kamen ihr zu Hilfe. Nach wenigen Augenblicken lagen etliche Gegner tot auf der Gasse. Der Rest floh in die Nacht.

»Dank dir, Lancorian!« sagte die Kriegerin, die zuerst zu ihrer Unterstützung kam und schüttelte ihm die Hand. »Ohne dich wäre ich schon längst tot. Warum hast du Marcian noch nicht unsterblich gemacht?«

Der Magier war völlig verblüfft. »Äh ...«, fing er verlegen an.

»Weil ich das nicht wollte«, mischte sich der Inquisitor schnell ein.

Verständnislos blickte ihn die Kriegerin an. »Nun ja«, sagte sie schließlich, »wir müssen weiter. Bis Sonnenaufgang wird die Stadt wieder in unserer Hand sein. Die meisten Orks rennen wie die Hasen, wenn sie Zerwas kommen sehen. Er kämpft, als sei Rondra in ihn gefahren.« Die Krieger verschwanden in der Nacht.

»Lancorian, ich muß dir etwas erklären.« Marcian packte seinen Freund bei der Schulter und zog ihn in einen Hauseingang.

»Was ist da los?« Sharraz Garthai bebte vor Wut. Wieder war einer der Unterführer zu ihm gekommen und berichtete von Kriegern in schwarzen Umhängen, die nicht zu töten waren.

»Brich den Angriff ab!« Kolon der Zwerg wußte sich auch

keinen Reim auf die Nachrichten zu machen, die seit einer Stunde das Hauptquartier der Orks erreichten. »Zieh die Männer zurück! Sie brauchen Ruhe. Morgen werden wir uns den Rest der Stadt nehmen. Allein die Garnison wird uns noch eine Weile widerstehen können.«

»Trotzdem möchte ich wissen, was dort vor sich geht. Ihre Kampfkraft schien doch schon fast gebrochen. Warum setzen sie diese Truppen erst jetzt ein?« Sharraz Garthai war verzweifelt. Der massige Krieger saß auf einem Haufen aus Fellen und hatte angefangen, sich zu betrinken.

»Es könnte sein, daß wir morgen genausowenig Erfolg haben werden.« Gamba, der bislang schweigend zugehört hatte, erhob sich. »Ich weiß nicht, was dort passiert, aber es kann nicht mit rechten Dingen zugehen. Wir sind in einer schlechten Position. Die Schamanen und ich sind mit den Kräften am Ende. Wir werden Tage brauchen, bis wir wieder in der Lage sind, einen machtvollen Zauber zu wirken, und ich glaube, daß das, was in der Stadt vor sich geht, nicht ganz geheuer ist. Es gibt keine Menschen, die unsterblich sind. Es sei denn, sie sind verzaubert. An deiner Stelle würde ich mich auf einen Gegenangriff der Greifenfurter vorbereiten, Sharraz.«

Dem Ork fiel der Unterkiefer herab. »Was? Du spinnst. Heute haben wir sie fast vernichtet ...«

»Und diese Nacht sind wir aus der Stadt wieder zurückgeschlagen worden. Beschönige die Dinge nicht! Wenn ich der Kommandant von Greifenfurt wäre und über unsterbliche Krieger gebieten könnte, würde ich zum Angriff übergehen.«

Ungläubig starrte der General den Druiden an. Es ließ sich nicht leugnen, daß er recht hatte. »Kolon, sorge dafür, daß unsere Stellungen bereit sind, einen Angriff abzuschlagen!«

»Jawohl, Gebieter.« Der Zwerg salutierte zackig und verließ das Zelt. Draußen hob er den Blick zu den Sternen. Wie, bei allen Göttern, sollte man einen Angriff von Kriegern abwehren, die offenbar unsterblich waren?

Bald würde die Sonne aufgehen. Zehn Reiter hatten sich bei der Ostmauer, unweit der Bresche, versammelt. Marcian musterte jeden argwöhnisch. Einige Vampire waren in der Nacht umgekommen. Unglückliche Treffer hatten ihnen den Kopf zerschmettert, andere waren durch Pfeile getötet worden. Es schien, als seien bestimmte Sorten Holz geeignet, sie zu Boron zu schicken. Er blickte zu Zerwas auf seinem prächtigen Rappen. Ob das auch für ihn galt? Die sieben überlebenden Vampire waren jedenfalls unverletzt und kräftig. Sie wußten immer noch nicht, was mit ihnen geschehen war, glaubten weiterhin das Ammenmärchen, das ihnen der Henker erzählt hatte.

Die Pferde, auf denen sie saßen, hatten mit Rauschkräutern beruhigt werden müssen. Sie spürten sehr wohl, was für Geschöpfe sie im Sattel trugen.

Gemeinsam mit Sartassa, Lancorian und den anderen Reitern sollte Zerwas einen Angriff gegen die Orkstellungen vortragen. Marcian hoffte, daß die Schwarzpelze dadurch so sehr in Panik geraten würden, daß sie die Belagerung vielleicht ganz aufgaben. Auf der anderen Seite konnte es auch sein, daß die Vampire bei der Attacke ihr unheiliges Leben verlieren würden. Marcian blickte zu Boden und lächelte in sich hinein. Gleichgültig, was geschah, seine Feinde würden sich nun untereinander bekriegen, und er war auf jeden Fall der Sieger. Sorgen machte er sich allein um Lancorian. Er sollte die Vampire durch einen Dunkelzauber schützen, sobald die Sonne aufging.

Zerwas hatte sich zunächst gegen diesen Angriff gesträubt. Es schien, als spürte er, daß Marcian ihn in eine Falle locken wollte. Doch als die feurige Sartassa den Vampir einen Feigling genannt hatte, war er zum Angriff auf die Orks bereit gewesen. Wieder schmunzelte Marcian. Selbst jetzt, wo die Elfe von der Seite des Lichts zur Finsternis gewechselt war, leistete sie ihm noch gute Dienste. Sie schien großen Einfluß auf Zerwas zu haben.

Erste Streifen silbrigen Lichts zeigten sich am Horizont.

Bald würde sich im Osten das feurige Gestirn des Praios über die sanften Hügel erheben. Zerwas zog sein Schwert aus der prächtigen Scheide auf seinem Rücken. Unruhig schnaubten die Pferde. »Für Boron!« schrie der Vampir und gab seinem Rappen die Sporen.

In der Bresche hielten die Reiter noch einmal kurz an. Lancorian formte seine Hände zu einer geschlossenen Kugel und verschloß die Augen. Mißtrauisch beobachtete ihn Zerwas. Der Magier war ein guter Freund des Inquisitors. Er sollte ihn im Auge behalten. Vorsichtig lenkte er sein Pferd durch die Trümmer näher an ihn heran. Rund um die Reiterschar begann die Luft zu flimmern. Schnell wurde aus Zwielicht vollkommene Dunkelheit. Eine Schwärze, die jedes Licht absorbierte. Zerwas brauchte einen Augenblick, um sich an die Finsternis zu gewöhnen. Als Vampir sah er bei Nacht besser als am Tag, doch diese Finsternis war irgendwie anders. Er konnte kaum noch sehen, wo er lang reiten würde.

»Achtung, alles im Schritt vorwärts!« kommandierte der ehemalige Henker. »Paßt auf, daß ihr nicht die Richtung verliert.«

»Ich werde euch vor Hindernissen warnen, ich kann noch ganz normal sehen«, meldete sich Lancorian zu Wort. »Wir reiten jetzt mitten in einer zehn Schritt umfassenden Halbkugel aus Finsternis. Von außen kann uns keiner sehen. Die Dunkelheit ist für Orks und Menschen undurchdringlich.«

Aus dem Lager der Schwarzpelze erklangen quäkende Hörner. Sie hatten den drohenden Schatten vor der Stadtmauer bemerkt. Allmählich gewöhnten sich Zerwas' Augen an den Zauber. Schemenhaft konnte er das Lager der Orks zweihundert Schritt voraus erkennen.

»Achtung, steigert jetzt das Tempo!« rief der Vampir seinen Streitern zu. »Wir werden über die Rampen, auf denen sie gestern die Belagerungstürme herausgeschoben haben, in das Lager einfallen.«

Donnernd rissen die Hufe der Pferde das Gras auf. Vor ihnen konnten sie erkennen, wie vereinzelt Orks auf Geschütze zurannten. Einige Bogenschützen schossen wahllos auf die unheimliche Schwärze, die mit stetig steigendem Tempo auf das Lager zukam.

»Wir werden unsere Freunde jetzt ein wenig erschrekken«, rief Lancorian atemlos. Der Reitertrupp war nun weniger als fünfzig Schritt vom Lager entfernt. Plötzlich war eine tiefe, böse Stimme zu vernehmen, die in gebrochenem Orkisch stammelte: »Ich bin der Herr der Finsternis und schicke meine Schergen, um euch in den Abgrund zu reißen. Fürchtet euch, denn für den, den die Nacht erfaßt, wird es kein Entkommen mehr geben.«

Zerwas hörte den Zauberer leise neben sich lachen.

Der Bordellbesitzer hatte schon einen merkwürdigen Sinn für Humor, doch offensichtlich war seine Strategie erfolgreich. Schon warfen die ersten Bogenschützen ihre Waffen ins Gras und stürmten mit gellenden Schreien ins Lager zurück.

Die Reiter hatten die mittlere Rampe erreicht. Kein Krieger war dort, um sich ihnen in den Weg zu stellen. Vor ihnen lag das Lager der Orks. Ein wimmelndes Chaos aus Gestalten, die ihr Glück in der Flucht suchten. Nirgends schienen sich Gruppen zum Widerstand zu bilden.

Das wird kein Kampf, sondern ein Schlachtfest, dachte der Vampir und umklammerte ›Seulaslintan‹ fester. »Für Boron!« rief er noch einmal und trieb seinen Rappen zwischen die Flüchtenden.

Die Orks kreischten schrill auf, wenn sie von der Kugel aus Dunkelheit verschluckt wurden. Orientierungslos tappten sie umher oder warfen sich wimmernd zu Boden. Die Schwerter seiner Streiter fanden reiche Beute. Zerwas war der Kampf zuwider, doch ›Seulaslintan‹ bebte vor Lust. Auch Sartassa jauchzte vor Vergnügen. Sie machte sich einen Spaß daraus, ihre Gegner nicht zu töten, sondern durch gezielte Schläge zu verstümmeln. Ihr offenes schwarzes Haar umgab sie wie ein Umhang. Zerwas leckte sich über die Lippen.

Er wußte, daß er von dieser Frau besessen war, und er hatte es schon lange aufgegeben, dagegen anzukämpfen. Er sehnte die Nacht herbei. Stunden, in denen sie endlich wieder zu zweit sein würden.

Ein Ork taumelte gegen sein Pferd. Mit raschem Schlag spaltete der Vampir ihm den Schädel.

»Laßt uns halten und Feuer legen, es ist genug.« Der Vampir zügelte sein Pferd.

»Warum?«, erklang Sartassas Stimme hinter ihm. »Wir können noch Dutzende Orks niederstrecken. Laß sie uns in die Hügel verfolgen. Sie sind geschlagen und bilden keine Gefahr mehr.«

»Sie hat recht, Zerwas. So leicht können wir nie wieder Rache für unsere Toten nehmen«, stimmte ihr Lancorian zu.

Unwillig gab der Vampir seinem Rappen die Sporen. Die anderen waren vorwärtsgeprescht, ohne sich weiter um seine Einwände zu kümmern. Er blickte zum Himmel. Die Sonne stand schon mehr als eine Handbreit über dem Horizont. Er fühlte sich unwohl. Duldete er, daß eines seiner Opfer zum Vampir wurde, so herrschte ein unsichtbares Band zwischen ihnen. Er fühlte sich wie eine Art Vater. Er mußte sie schützen, denn es waren seine Geschöpfe. Sie hatten nur noch wenig Menschliches an sich, auch wenn sie es selbst noch nicht wußten. Er hatte gestattet, daß diese dunkle Saat aufging, und nun trug er die Verantwortung für sie. Wieder beobachtete er den Magier. Lancorian schien keine Waffe zu haben. Er beteiligte sich nicht am Kampf. Dann wurde der Vampir abgelenkt, denn sie hatten wieder eine Gruppe fliehender Orks erreicht.

Das Gefecht war nur kurz. Ein freudloses Gemetzel. »Genug!« rief Zerwas wieder mit lauter Stimme. »Wir reiten zurück. Es reicht.« Unruhiges Gemurmel wurde zwischen den Reitern laut.

»Warum lassen wir sie ziehen?« fragte Sartassa.

»Hat je ein Ork einen Menschen geschont?« rief ein anderer. »Laßt sie uns verfolgen und bis auf den letzten auslöschen!«

Zerwas drehte sich nach dem Magier um. Er entfernte sich schweigend von der Gruppe. Der Vampir wollte ihm etwas zurufen, doch im selben Augenblick blendete ihn ein gleißend heller Lichtstrahl. Die Dunkelheit, die sie schützend umgeben hatte, war verschwunden. Mit gellenden Schreien stürzten die Vampire von ihren Pferden. Zerwas sprang aus dem Sattel, suchte Sartassa. Die Elfe lag zusammengerollt im Gras. Ihre Hände bohrten sich in die Erde. Sie schrie wild vor Schmerz. Zerwas berührte sie mit der Schwertspitze zwischen den Schultern.

»Rette sie«, flüsterte er. »Rette sie, oder du wirst mich verlieren!« Doch nichts geschah. Es roch nach verbranntem Fleisch. Der Vampir sah, wie der Elfe die verschrumpelte Haut von den langen schlanken Fingern riß. Sie hatte aufgehört zu schreien, röchelte nur noch leise. Dann drehte sie sich um. Ihr Gesicht war eine gräßliche Maske des Todes. Das Fleisch schien ihr von den Knochen geschmolzen zu sein. Dünn spannte sich rissige Haut über ihren Schädel. Ihre prachtvollen Lippen waren nur noch blasse, beinahe farblose Striche. »Auf Wiedersehen ...« flüsterte sie leise. Kaum konnte er ihre gehauchten Worte verstehen. Er beugte sich vor und legte sein Ohr auf ihre verfallenen Lippen. »Auf Wiedersehen in ... der Finsternis, ... mein Geliebter.« Kraftlos preßte sie ihre Lippen an sein Ohr. Dann sank der Kopf der Elfe zurück.

Im hellen Licht der Sonne zerfiel ihr Schädel zu Staub. Allein ihre Waffen und ihre Rüstung blieben im hohen Gras zurück.

Zerwas hob seine Fäuste zum Himmel und schrie seine Wut heraus. Um ihn lagen alle seine Gefährten und waren das Opfer des Sonnengottes geworden. Zerwas fluchte auf Praios. Fluchte, daß er nicht das Schicksal seiner Geliebten teilen konnte, und dann blickte er sich nach Lancorian um.

Der verräterische Magier sollte ihm büßen. Mit einem Satz saß er wieder auf seinem Rappen, gab dem Tier die Sporen und preschte durch die Hügel auf die Stadt zu.

Als er das verlassene Lager der Orks erreichte, mußte er erkennen, daß es zu spät war. Der blonde Magier ritt durch die Bresche in der Ostmauer. Zerwas erkannte den roten Umhang Marcians. Der Inquisitor hatte dort auf ihn gewartet.

Unablässig wirbelten Worte durch seinen Kopf, Worte, die Fingerzeige auf sein Schicksal gewesen waren und die er nicht richtig verstanden hatte. Wieder erinnerte er sich, wie Marcian ihm versprochen hatte, ihm und seinen Kreaturen würde in der Stadt nichts geschehen. Zerwas schnaubte vor Wut. Dieser Praios-Sklave hatte Wort gehalten! Dann dachte er an den wahnsinnigen Propheten, der ihm geweissagt hatte, das Licht des Praios werde ihm Schmerzen bereiten. Die Sonne stand nun schon hoch am Himmel. In zwei Stunden würde Mittag sein. Der Vampir wendete sein Pferd. Er würde nicht in die Stadt zurückkehren. Nicht jetzt. Wenn er wiederkam, dann wollte er die Klinge des Eroberers in der Hand führen. Marcian sollte dasselbe fühlen, das er gefühlt hatte, als Sartassa vor seinen Augen starb. Auch er sollte seine Liebe hilflos vergehen sehen!

»Der schwarze Dämon verläßt die Stadt. Wir sind gerettet.« Der Krieger, der gesprochen hatte, drehte sich zu Sharraz Garthai um. Gemeinsam mit einigen Getreuen stand der General der Orks auf einem Hügel und hatte aus sicherer Entfernung mitangesehen, was geschehen war.

»Blast die Hörner! Schickt Reiter in die Hügel und sucht die Versprengten. Die Menschen haben unser Lager nicht zerstört, und noch immer stehen Truppen in den Schanzen vor den Stadttoren. Wir werden zurückkehren. Wir werden Rache nehmen!« Sharraz Garthai schritt langsam den Hügel hinab. Heute war der erste Tag in seinem Leben, an dem er vor etwas davongelaufen war. Dafür sollten die Menschen büßen. Für einen erneuten Sturmangriff waren ihm zu wenige Krieger geblieben. Aber er konnte noch immer den Belagerungsring dichter schließen. Er würde die Stadt mit Erdwällen umgeben und dafür sorgen, daß niemand mehr hinauskam, bis die Menschen verrückt vor Hunger zu ihm gekrochen kamen und um Gnade flehten.